HEIDI PERKS
Die Freundin

Buch

Seit Harriet, Brian und ihre kleine Tochter Alice vor einigen Jahren in das Küstendorf Chiddenford in Dorset gezogen sind, hat die zurückhaltende Alice nicht viele Freundschaften geschlossen. Nur mit der lebenslustigen Charlotte trifft sie sich regelmäßig, und sie ist auch die Einzige, der sie die vierjährige Alice anvertrauen würde. Noch nie hat sie ihr Kind aus den Augen gelassen, doch als Charlotte ihr anbietet, Alice mit auf ein Schulfest zu nehmen, stimmt sie zu.
Dann passiert das Undenkbare: Gerade noch hat Alice mit Charlottes Kindern gespielt – in der nächsten Sekunde ist sie verschwunden. Charlotte ist am Boden zerstört. Sie würde alles tun, um ihren Fehler wiedergutzumachen, doch die völlig verzweifelte Harriet weigert sich, ihre Freundin zu sehen oder mit ihr zu sprechen, und auch Harriets Mann Brian gibt Charlotte die Schuld an Alices Verschwinden. Doch beide Frauen scheinen etwas zu verbergen zu haben … Zwei Wochen nach den Geschehnissen auf dem Schulfest werden sie getrennt voneinander von der Polizei verhört, und beide haben große Angst, was die andere den Beamten erzählen könnte. Was ist geschehen? Und welche dunklen Geheimnisse warten nur darauf, ans Tageslicht befördert zu werden?

Autorin

Heidi Perks arbeitete als Marketingchefin eines Finanzunternehmens, bevor sie sich entschloss, Vollzeit-Mutter und -Autorin zu werden. Sie ist ein unersättlicher Fan von Kriminalromanen und Thrillern und will immer herausfinden, wie die Menschen ticken. Heidi Perks lebt mit ihrer Familie in Bournemouth an der Südküste Englands.

Besuchen Sie uns auch auf www.facebook.com/blanvalet und
www.twitter.com/BlanvaletVerlag

HEIDI PERKS

DIE FREUNDIN

PSYCHOTHRILLER

Deutsch von
Sabine Schilasky

blanvalet

Die Originalausgabe erschien 2018 unter dem Titel »Now You See Her« bei Century, London.

Sollte diese Publikation Links auf Webseiten Dritter enthalten, so übernehmen wir für deren Inhalte keine Haftung, da wir uns diese nicht zu eigen machen, sondern lediglich auf deren Stand zum Zeitpunkt der Erstveröffentlichung verweisen.

Verlagsgruppe Random House FSC® N001967

1. Auflage
Copyright der Originalausgabe © Heidi Perks 2018
Copyright der deutschsprachigen Ausgabe © 2019 by Blanvalet
in der Verlagsgruppe Random House GmbH,
Neumarkter Str. 28, 81673 München
Redaktion: Michaela Kolodziejcok
Umschlaggestaltung: © Favoritbuero, München
Umschlagmotiv: © Michael Trevillion/Trevillion Images,
Quality Stock Arts/Shutterstock.com
AF · Herstellung: sam
Satz: Vornehm Mediengestaltung GmbH, München
Druck und Bindung: GGP Media GmbH, Pößneck
Printed in Germany
ISBN 978-3-7341-0710-8

www.blanvalet.de

*Für Bethany und Joseph
Habt große Träume und glaubt an euch*

HEUTE

»Ich heiße Charlotte Reynolds.« Ich beuge mich vor, als ich in das Aufnahmegerät spreche, obwohl ich nicht weiß, warum. Vielleicht ist es mir nur wichtig, dass ich zumindest meinen Namen klar und deutlich sage. Dann greife ich nach dem Glas vor mir, drehe es zwischen den Fingerspitzen gegen den Uhrzeigersinn und beobachte, wie sich die Wasseroberfläche darin kräuselt. Mir ist nicht bewusst, dass ich die Luft angehalten habe, bis ich pustend ausatme.

Die Uhr an der sonst kahlen weißen Wand zeigt 21:16 in grellroten Leuchtziffern. Meine Kinder werden schon im Bett sein. Tom will über Nacht bleiben und im Gästezimmer schlafen. »Keine Sorge«, hat er gesagt, als ich ihn vorhin anrief. »Ich bleibe hier, bis du wieder zu Hause bist.« Das ist es nicht, weswegen ich mich sorge, doch das sage ich nicht.

Zu Hause kommt mir in diesem luftleeren, weiß getünchten Raum mit den drei Stühlen, dem Schreibtisch und dem Aufnahmegerät an einem Ende so weit weg vor, dass ich mich frage, wie lange ich hier sein werde. Wie lange können sie mich festhalten, bevor sie entscheiden, was als Nächstes kommt? Seit dem Fest hat mir davor gegraut, meine Kinder zu verlassen. Ich würde alles dafür geben, könnte ich sie jetzt in ihren Betten zudecken, ihren vertrauten Geruch einatmen und ihnen die eine zusätzliche Geschichte vorlesen, um die sie immer betteln.

»Sie halten dich da doch nicht fest, oder?«, hatte Tom mich am Telefon gefragt.

»Nein, sie wollen mir nur einige Fragen stellen.« Ich winkte die Tatsache, dass ich auf einer Polizeiwache war, weg, als wäre es nichts. Ich habe Tom nicht erzählt, dass der weibliche Detective gefragt hat, ob ich jemanden bei mir haben wolle, was ich ablehnte und so lässig, wie ich konnte, versicherte, dass ich niemanden bräuchte, weil ich ihr gern alles erzählen würde, was ich weiß.

Meine Finger beginnen zu kribbeln, und ich ziehe sie von dem Glas weg, um sie unter dem Tisch zu massieren, damit das Blut wieder zirkuliert.

»Also, Charlotte«, beginnt der Detective langsam. Sie hat mich um Erlaubnis gefragt, mich mit Vornamen anzusprechen, jedoch nicht angeboten, dass ich es umgekehrt mit ihr auch tue. Ich weiß, dass sie Suzanne heißt, weil sie das aufs Band gesprochen hat, schätze aber, ihr ist klar, dass ich sie nicht so nennen werde. Nicht nachdem sie sich als Detective Inspector Rawlings vorgestellt hat. Es ist nur eine Kleinigkeit, doch sie untermauert, wer das Sagen hat.

Mein Atem steckt mir in der Kehle fest, als ich warte, dass sie mich fragt, was ich heute Abend dort wollte. In vielerlei Hinsicht wäre es leicht, die Wahrheit zu sagen. Ich frage mich, ob sie mich, sollte ich es ihr erzählen, nach Hause zu meinen Kindern gehen lässt.

Detective Rawlings wird von einem Klopfen an der Tür unterbrochen und blickt auf, als eine Polizistin den Kopf hereinsteckt. »DCI Hayes ist auf dem Weg her aus Dorset«, sagt die Polizistin. »Er schätzt, dass er in drei Stunden hier ist.«

Rawlings bedankt sich nickend, und die Tür geht wieder zu. Hayes ist der leitende Ermittler in dem, was zum Alice-Hodder-Fall geworden ist. In den letzten zwei Wochen war er eine feste Instanz in meinem Leben, und ich überlege, ob es bedeutet, dass sie mich hierbehalten werden, bis Detective Hayes da ist, denn ich vermute, dass er mich sprechen will. Bei dem Gedanken, noch drei weitere Stunden in diesem Raum eingepfercht zu sein, fühlt sich alles noch enger an. Ich erinnere mich nicht, jemals an Klaustrophobie gelitten zu haben, dennoch wird mir bei der Vorstellung, hier gefangen zu sein, schwindlig, und meine Sicht flackert, als meine Augen versuchen, einen Punkt zu fixieren.

»Geht es Ihnen gut?«, fragt DI Rawlings. Ihre Worte klingen schroff und signalisieren, dass sie genervt reagieren würde, sollte dem nicht so sein. Ihr blondiertes Haar ist zu einem strammen Knoten zurückgebunden, sodass die dunklen Ansätze zu sehen sind. Sie wirkt jung, nicht älter als dreißig, und hat zu viel knallroten Lippenstift auf ihre sehr vollen Lippen aufgetragen.

Ich halte mir eine Hand vor den Mund und hoffe, dass die Übelkeit vorbeigeht. Nickend greife ich zu dem Wasserglas und trinke einen Schluck. »Ja«, sage ich. »Danke, es geht schon. Mir ist nur ein bisschen übel.«

DI Rawlings schürzt die Lippen und lehnt sich auf dem Stuhl zurück. Sie hat es nicht eilig. Vielleicht will sie den Anschein erwecken, die Ereignisse heute Abend hätten ihre Pläne durchkreuzt, doch ihre langen Redepausen verraten, dass sie nichts Besseres vorhatte.

»Also«, beginnt sie noch einmal und stellt ihre erste Frage. Es ist nicht die, mit der ich gerechnet habe. »Fangen wir an, indem Sie mir erzählen, was vor dreizehn Tagen passiert ist«, sagt sie stattdessen. »Dem Tag des Festes.«

CHARLOTTES
GESCHICHTE

VORHER

Charlotte

Um Punkt zehn Uhr am Samstagmorgen klingelte es, und ich wusste, dass es Harriet war, weil sie nie auch nur eine Sekunde zu spät kam. Ich verließ das Bad noch im Pyjama, als es zum zweiten Mal läutete. Um sicherzugehen, zog ich die Vorhänge oben beiseite und sah Harriet unten an der Haustür stehen, einen Arm fest um die Schultern ihrer Tochter gelegt. Sie hatte den Kopf gesenkt, während sie mit Alice sprach. Das kleine Mädchen neben ihr nickte, drehte sich zur Seite und schmiegte sich an seine Mutter.

Die Schreie meiner eigenen Kinder hallten von unten herauf. Die beiden Mädchenstimmen kämpften darum, die lautere zu sein. Evie übertönte Molly jetzt mit einem anhaltenden, gellenden Heulen, und als ich die Treppe hinunterlief, konnte ich nur verstehen, dass Molly ihre kleine Schwester anschrie, ruhig zu sein.

»Ihr hört beide auf zu schreien!«, brüllte ich, unten angekommen. Mein Ältester, Jack, bekam von alledem nichts mit; er saß im Spielzimmer, die Ohrstöpsel drin, und war in ein Spiel auf dem iPad vertieft, von dem ich wünschte, Tom hätte es ihm nie gekauft. Wie ich Jack manchmal um diese Fähigkeit beneidete, sich in seine eigene Welt zu flüchten! Ich hob Evie hoch, wischte mit einer Hand über ihr feuchtes Gesicht und verrieb die Marmite-Spuren in ihren Mundwinkeln nach oben. »Jetzt siehst du aus wie der Joker.«

Evie starrte mich an; mit ihren drei Jahren steckte sie mitten in der Trotzphase. Wenigstens hatte sie inzwischen aufgehört zu plärren und schlug nun die Füße zusammen. »Jetzt sind wir lieb, ja? Für Alice«, sagte ich, während ich die Tür öffnete.

»Hi, Harriet, wie geht's?« Ich ging vor Alice in die Hocke und lächelte sie an, doch sie vergrub weiterhin den Kopf im Rock ihrer Mutter. »Freust du dich schon auf das Schulfest heute, Alice?«

Zwar rechnete ich nicht mit einer Antwort, redete aber weiter auf sie ein. Hätte Molly sie erst mal unter ihre Fittiche genommen, würde Alice ihr vergnügt überallhin folgen wie ein Welpe. Und meine Sechsjährige wäre hochzufrieden und würde sich überlegen fühlen, weil endlich ein kleineres Kind zu ihr aufschaute.

»Nochmals danke für heute«, sagte Harriet, als ich mich aufrichtete.

Ich beugte mich vor und gab ihr einen Kuss auf die Wange. »Mache ich gern, das weißt du doch. Ich kann schon gar nicht mehr mitzählen, wie oft ich dich angefleht habe, mal Alice übernehmen zu dürfen«, entgegnete ich grinsend.

Harriets rechte Hand spielte mit ihrem Rocksaum, knüllte und glättete ihn wieder, und für einen Moment konnte ich nicht aufhören hinzusehen. Ich war darauf gefasst gewesen, dass sie nervös wäre, hatte sogar halb erwartet, dass sie absagte.

»Aber vier von denen, bist du sicher ...«, begann sie.

»Harriet«, unterbrach ich sie sofort. »Ich nehme Alice wirklich gern mit zu dem Fest. Mach dir bitte keine Sorgen.«

Harriet nickte. »Ich habe sie schon mit Sonnencreme eingeschmiert.«

»Oh, das ist gut.« Und bedeutete, dass ich jetzt Sonnencreme für meine eigenen Kinder finden musste. Hatte ich überhaupt welche?

»Na ja, es ist so heiß, und ich will nicht, dass sie einen Sonnenbrand bekommt ...« Sie verstummte und trat von einem Fuß auf den anderen.

»Du freust dich doch auf deinen Kurs heute, oder nicht?«, fragte ich. »Du siehst nämlich nicht so aus. Aber das solltest du. Es ist genau das, was du brauchst.«

Harriet zuckte mit den Schultern und sah mich an. »Es ist Buchhaltung«, sagte sie.

»Weiß ich, aber das willst du machen. Es ist super, dass du deine Zukunft planst.«

Ich meinte es ernst, auch wenn ich anfangs die Nase gerümpft hatte, weil es Buchhaltung war. Ich hatte noch versucht, Harriet zu einem Gartenbaukurs zu überreden, weil sie eine brillante Gärtnerin abgeben würde. Ich konnte sie mir lebhaft vorstellen, wie sie mit ihrem kleinen Van durch die Stadt fuhr, und versprach sogar, ihr eine Website zu gestalten. Harriet hatte ausgesehen, als würde sie darüber nachdenken, letztlich aber gesagt, dass Gartenarbeit nicht so gut bezahlt würde.

»Du könntest meinen Garten übernehmen«, hatte ich gesagt. »Ich brauche jemanden, der mir ein paar neue Ideen gibt. Ich würde ...« Da hatte ich abrupt abgebrochen, denn ich war im Begriff ihr zu sagen, dass ich mehr als den üblichen Satz bezahlen würde. Doch wenn es um Geld ging, wurden meine guten Absichten bisweilen falsch verstanden.

»Wie wäre es mit Unterrichten?«, hatte ich rasch vorgeschlagen. »Du weißt selbst, dass du eine wunderbare Lehrerin wärst. Sieh dir nur an, wie du mit Jack warst, als ich dich kennengelernt habe.«

»Dafür müsste ich noch eine Ausbildung machen, und ich brauche diesen September einen bezahlten Job«, hatte sie geantwortet und sich abgewandt. Ich kannte sie gut genug, um zu wissen, wann ich aufhören musste.

»Dann also Buchhaltung«, hatte ich lächelnd gesagt. »Und darin wirst du super sein.« Auch wenn es nicht das wäre, was ich tun wollte, dachte Harriet immerhin über die Zeit ab September nach, wenn Alice in die Schule kam und sie sich auf etwas anderes konzentrieren konnte. Mir standen noch zwei lange Jahre bevor, ehe Evie eingeschult würde und ich mich wieder auf den Anschein einer Karriere stürzen könnte, anstatt zwei Tage die Woche für den Schnösel in den Zwanzigern zu arbeiten, der mir mal unterstellt gewesen war.

»Oh, ich habe ihr gar nichts zu essen eingepackt«, sagte Harriet plötzlich.

Ich winkte ab. »Braucht sie auch nicht. Wir können uns dort einen Snack besorgen. Der Elternrat investiert grundsätzlich mehr in Essensstände als in alles andere«, scherzte ich.

»Gut.« Harriet nickte, lächelte aber nicht und fügte nach einem Moment hinzu: »Dann gebe ich dir Geld.«

»Nein«, sagte ich entschieden und hoffentlich nicht zu streng. »Ist nicht nötig. Lass mich das machen.«

»Aber es ist kein Problem.«

»Weiß ich.« Ich lächelte. »Aber bitte trotzdem, Harriet. Die Mädchen freuen sich, dass Alice mitkommt, und wir werden einen tollen Tag haben. Sorg dich bitte nicht um sie«, wiederholte ich und streckte Alice meine Hand hin, die sie aber nicht nahm.

Harriet bückte sich, umarmte ihre Tochter, und ich beobachtete, wie die Kleine sich an die Brust ihrer Mutter drängte. Unwillkürlich trat ich einen Schritt zurück, weil ich das Gefühl hatte, den beiden Raum geben zu müssen. Das Band zwischen Harriet und ihrer Tochter schien so stark und so viel enger als irgendwas, das ich mit meinen Kindern hatte, doch ich wusste auch, dass dies hier heute ein Riesending für sie war. Denn Alice war schon vier, aber Harriet hatte sie noch nie zuvor in der Obhut von jemand anderem gelassen.

Ich für meinen Teil war begeistert gewesen, als ich Evie zum ersten Mal über Nacht bei meiner Freundin Audrey ließ, und da war sie knapp zwei Monate alt gewesen. Ich musste Tom beschwatzen, mit mir in den Pub zu kommen, und auch wenn wir um halb zehn zu Hause waren und ich keine halbe Stunde später auf dem Sofa einschlief, war es die eine Nacht ungestörten Schlaf wert gewesen.

»Ich liebe dich«, flüsterte Harriet in Alices Haar. »Ich liebe dich so sehr. Sei schön artig, ja? Und pass auf dich auf.« Sie schlang die Arme noch fester um ihre Tochter. Als sie die Umarmung löste, legte sie die Hände an Alices Wangen und küsste sie sanft auf die Nase.

Ich wartete verlegen an der Tür, dass Harriet sich wieder aufrichtete. »Möchtest du mit Molly in ihrem Zimmer spielen, bevor wir zum Fest gehen?«, fragte ich Alice und wandte mich an Harriet. »Willst du immer noch, dass ich sie um fünf nach Hause bringe?«

Harriet nickte. »Ja, das wäre nett, danke«, sagte sie und machte keine Anstalten zu gehen.

»Hör bitte auf, dich zu bedanken«, erwiderte ich grinsend.

»Ich bin deine beste Freundin. Dafür bin ich da.« Außerdem wollte ich ihr Alice abnehmen. Harriet war in den letzten zwei Jahren oft genug für mich da gewesen. »Du weißt, dass du mir vertrauen kannst«, ergänzte ich.

Andererseits waren wir wohl alle angespannter als sonst, weil letzten Oktober ein kleiner Junge aus dem Park entführt worden war. Er war neun – im selben Alter wie Jack. Es war am anderen Ende von Dorset passiert. Hinreichend nahe also, dass wir alle die Bedrohung empfanden, und bis heute wusste niemand, warum er entführt wurde oder was mit ihm geschehen war.

Ich legte eine Hand auf den Arm meiner Freundin. »Keine Bange. Ich passe gut auf sie auf.« Schließlich trat Harriet einen Schritt von der Tür zurück, und ich nahm Alices Hand.

»Du hast meine Nummer, falls du mich brauchst«, sagte Harriet.

»Ich rufe an, sollte es ein Problem geben. Aber das wird es nicht«, versicherte ich.

»Brian ist zum Angeln; er hat sein Handy dabei, geht aber meistens nicht ran.«

»Okay, ich melde mich bei dir, falls es nötig ist«, sagte ich. Brians Handynummer hatte ich sowieso nicht; es bestand kein Grund, weshalb ich sie haben sollte. Ich wollte, dass Harriet sich beeilte und ging. Schließlich war ich noch im Pyjama, und ich konnte sehen, wie Ray gegenüber bei seinem elend langsamen Rasenmähen immer wieder zu mir starrte. »Harriet, du kommst zu spät«, sagte ich, aus dem Gefühl heraus, dass ich strenger mit ihr sein musste, sonst würde sie noch den Rest des Tages vor meiner Haustür stehen.

Als Harriet endlich gegangen war, schloss ich die Tür und atmete tief durch. Es hatte mal eine Zeit gegeben, in der hätte ich Tom zugerufen, dass Ray mich begaffte, und wir hätten darüber gelacht. Bei den merkwürdigsten Gelegenheiten fiel mir auf, dass ich seit der Trennung niemanden mehr hatte, mit dem ich solche Momente teilen konnte.

»Ray hat mich im Pyjama erwischt«, sagte ich grinsend zu Jack, der aus dem Spielzimmer kam.

Mein Sohn sah mich verständnislos an. »Kannst du mir einen Saft holen?«

Ich seufzte. »Nein, Jack. Du bist zehn und kannst dir selbst Saft holen. Und würdest du bitte Alice begrüßen?«

Jack blickte Alice an, als hätte er sie noch nie zuvor gesehen. »Hallo, Alice«, sagte er und verschwand in die Küche.

»Tja, mehr darf man wohl leider nicht erwarten.« Ich lächelte Alice zu, die bereits Mollys Hand genommen hatte und nach oben geführt wurde. »Leute, ich muss duschen, und danach machen wir uns fertig für das Fest«, rief ich, was jedoch nichts als Schweigen erntete.

Als ich ins Schlafzimmer kam, läutete mein Handy. Toms Nummer leuchtete auf dem Display. »Wir hatten sieben Uhr heute Abend abgemacht«, meldete ich mich direkt.

»Was?«, rief er über lauten Verkehrslärm hinweg.

Stöhnend murmelte ich vor mich hin, er solle das verfluchte Verdeck hochklappen. Lauter sagte ich: »Ich habe gesagt, sieben Uhr. Ich vermute, du hast vergessen, wann du heute Abend kommen sollst, um auf die Kinder aufzupassen?« Dabei hatte ich es ihm erst gestern gesagt.

»Eigentlich wollte ich nur fragen, ob du mich wirklich immer noch brauchst.«

Zähneknirschend schloss ich die Augen. »Ja, Tom, ich habe immer noch vor auszugehen.« Ich bat ihn nicht oft, die Kinder zu hüten, da ich nur selten ausging. In den zwei Jahren seit unserer Trennung war mir erst nach und nach klar geworden, dass ich ihm nicht zeigen musste, ob ich mich noch amüsierte. Meistens tat ich es ohnehin nicht. Inzwischen fühlte ich mich mit meinem Single-Leben ausreichend wohl, um nur noch dann auszugehen, wenn ich es wollte. Wenn ich allerdings ehrlich war, hatte ich wenig Lust auf Drinks mit den Nachbarn heute Abend. Dennoch würde ich Tom nicht den Gefallen tun, mich in letzter Minute versetzen zu dürfen.

»Es hat sich nur was bei der Arbeit ergeben. Ich muss nicht hin, aber es würde besser aussehen, wenn ich dabei bin.«

Ich rieb mir die Augen und schrie im Geiste. Wie mein Abend würde, ahnte ich bereits: holprige Unterhaltungen bei zu viel Wein mit Nachbarn, mit denen ich wenig gemeinsam hatte. Trotzdem hatte ich das Gefühl, dass ich hingehen sollte. Nicht nur hatte ich fest zugesagt, sondern ich hatte auch das letzte Mal gepasst, als sie sich trafen – und das vorletzte Mal.

»Du hast mir erzählt, dass du Zeit hast«, sagte ich matt.

»Weiß ich, und ich komme auch, wenn du mich wirklich brauchst. Es ist nur …«

»Ach, Tom«, seufzte ich.

»Ich sage ja nicht ab, falls ich immer noch kommen soll. Ich frage bloß, ob ich definitiv da sein soll, sonst nichts. Normalerweise willst du nie zu diesen Abenden.«

»Doch, will ich«, erwiderte ich und hasste es, dass er mich so gut kannte. Diesen Stress hätte ich mit einem Babysitter nicht, aber die Kinder würden sich freuen, ihn zu sehen.

»Okay, okay, ich komme«, sagte er. »Sieben Uhr.«

»Danke. Und komm allein«, platzte ich heraus. Ich wusste, dass er seine neue Freundin nicht mitbringen würde; er hatte sie den Kindern bisher nicht einmal vorgestellt.

»Charlotte«, sagte er, »ich weiß nicht, warum das sein musste.«

»Ich will ja nur sichergehen«, erwiderte ich scharf, warf das Telefon hin und hatte zu allem Überfluss ein schlechtes Gewissen. Natürlich hätte es nicht sein müssen, egal wie wütend er mich machen konnte. Daran, wie er seinen Pflichten als Vater nachkam, gab es nichts auszusetzen. Und wir wurschtelten uns verblüffend gut durch.

Als ich die Dusche aufdrehte, versuchte ich, nicht darüber nachzudenken, warum mich seine jüngsten Beziehungsneuigkeiten so verstörten. Es war ja nicht so, als wollte ich ihn zurück. Unsere fünfzehnjährige Ehe hatten wir nicht aus einer Laune heraus beendet; bis dahin hatten wir uns längst viel zu weit auseinandergelebt. Vielleicht mochte ich einfach keine Veränderung, dachte ich und stieg unter die Dusche. Vielleicht hatte ich mich zu sehr an mein ruhig dahinfließendes Leben gewöhnt.

Die zehnminütige Fahrt zur Schule führte uns durch unser Dorf Chiddenford in Richtung Ortsgrenze, wo die Dorfwiese und die malerischen kleinen Läden den weiten ländlichen Bereichen wichen. Gebäude und Außenanlagen der St. Mary's School konnten es locker mit mancher Privatschule aufnehmen. Über die Straße von der Schule war die eindrucksvolle Festwiese, an die Weiden und kleine Haine anschlossen.

Hier war ich Harriet vor fünf Jahren zum ersten Mal begegnet; sie hatte als Hilfslehrerin gearbeitet. Ich hatte immer gedacht, sie würde Alice auf diese Schule schicken, doch die Fahrt von ihrem Haus aus war ein Albtraum. Was schade war, denn es hätte Alices Selbstvertrauen gestärkt, Molly zwei Jahrgänge über sich zu haben.

Es musste weit nach zwölf gewesen sein, als wir endlich bei dem Fest ankamen und uns in die lange Autoschlange zu dem Abschnitt der Wiese einreihten, der zum Parkplatz umfunktioniert worden war.

Unter der bunten Wimpelgirlande an der Einfahrt stand Gail Turner und winkte die Wagen durch, als würde sie die Schule leiten, nicht bloß den Elternrat. Sowie sie mich sah, signalisierte sie mir, ich solle mein Fenster herunterlassen. Ihre weißen Zähne blitzten im Sonnenschein. »Hallo, Süße, haben wir nicht ein Glück mit dem Wetter?«, rief sie durch mein offenes Seitenfenster. »Mir kommt es vor wie ein persönliches Geschenk.«

»Ja, das ist wirklich Glück, Gail«, sagte ich. »Kann ich irgendwo parken?« Geländewagen und Vans wie meiner drängten sich bereits in Lücken, die viel zu eng waren und aus denen sie wohl nicht allzu leicht wieder herauskommen würden. »Warum ist so viel los?«

»Liegt bestimmt an meiner Werbung«, strahlte sie. »Ich habe mit so vielen Eltern wie möglich geredet, damit sie auch ja kommen.«

»Und wo kann ich parken?«, fragte ich und erwiderte geduldig ihr Lächeln.

»Warte, Süße, lass mich mal sehen, ob ich eine VIP-Lücke für dich finde.« Sie drehte sich vom Fenster weg, und ich wandte den Kopf zu Jack und rollte mit den Augen. Als Gail sich wieder zu mir umdrehte, zeigte sie auf eine Stelle ganz hinten. »Fahr dahin«, sagte sie lächelnd. »So weit hinten kann dich keiner einparken.«

»Danke, Gail.« Langsam fuhr ich weiter. Mit ihr befreundet zu sein, hatte einige Vorteile.

Es war der heißeste Maitag seit Beginn der Wetteraufzeichnungen, hatte der Radiomoderator morgens gesagt. Als ich aus dem Wagen stieg, begann bereits das pinke Sommerkleid, das ich aus dem Schrank gerupft hatte, mir unter den Achseln in die Haut zu schneiden, und ich bereute, keine Flip-Flops zu tragen. Ich band mein Haar zu einem Zopf und wühlte in meiner Handtasche nach der Sonnenbrille. Auf einem der Gläser war ein Kratzer, an dem ich rieb, bevor ich sie aufsetzte. Und ich nahm mir vor, nach dem Brillenetui zu suchen, wenn ich wieder zu Hause war. »Eine Oakley-Sonnenbrille für hundertfünfzig Pfund sollte nicht lose in deiner Tasche herumfliegen«, hatte Audrey einmal gesagt, und ich stimmte ihr zu, hatte jedoch keinen Schimmer, wo das Etui sein könnte.

»Mummy, ich muss mal!«, rief Evie, kaum dass wir es bis auf die Festwiese geschafft hatten.

»Oh, Evie, das ist nicht dein Ernst«, murmelte ich und rupfte mein Kleid aus ihren Händen. »Und zerr bitte nicht an meinen Sachen, Schatz.« Ich zog das Kleid wieder nach oben und sah nach, ob mein BH nicht rausblitzte. »Ich habe dich schon mal gebeten, das zu lassen.«

»Aber ich muss. Ich kann alleine gehen.«

»Nein, Evie, kannst du nicht«, seufzte ich. »Du bist erst drei.«

»Dann geh ich mit Jack.«

Ich drehte mich zu Jack um, der hinter mir herschlurfte, immer noch mit seinem iPad beschäftigt und mit gerunzelter Stirn, weil er sich ganz auf seinen Kampf gegen Drachen konzentrierte. Jack war inzwischen zehn und hatte enorme Fähigkeiten entwickelt, wenn es darum ging, alles wegzuwischen, wegzutippen oder wegzuschnippen, was eine Bedrohung darstellte. Selbstverständlich sollte ich darauf achten, dass er weniger Zeit mit Daddeln verbrachte. Mir war sogar schon gesagt worden, dass es seiner dürftigen sozialen Kompetenz wenig förderlich war. Nur wusste ich auch, dass mein Sohn in seiner eigenen kleinen Welt am glücklichsten war.

Mit seinem dichten dunklen Haar und der Art, wie er bei Anstrengung die Augen zukniff, sah er Tom unglaublich ähnlich. Ich lächelte ihm zu, obwohl er gar nichts mitbekam, und als ich mich wieder zu Evie drehte, bemerkte ich, dass ich die anderen beiden aus den Augen verloren hatte. »Wo sind Molly und Alice? Die waren doch eben noch hier. Evie?«, schrie ich. »Wo sind Molly und Alice hin?«

Evie zeigte mit einem kleinen Wurstfinger auf einen Kuchenstand. »Da drüben.«

Ich atmete auf. Die beiden starrten die kleinen Törtchen mit Zuckerglasur an, die von den Müttern zu Hunderten angeliefert worden waren. Meine Tochter hielt Alices Arm fest umklammert, redete auf sie ein und zeigte auf die Kuchen, als wolle sie zugreifen und sich einen mopsen.

»Mädchen, ihr bleibt bei mir!«, rief ich. Scharen von Menschen strömten zwischen den Ständen umher, und Molly und Alice verschwanden für einen Moment hinter einer Familie – einem massigen Vater mit einem T-Shirt, auf dem »Los Pollos Chicken« stand, und einer nicht minder kräftigen Frau, die sich einen Donut in den Mund stopfte. Ich steuerte auf den Kuchenstand zu und spähte zwischen Beinen hindurch nach den Kindern.

»Molly! Komm her, sofort.« Endlich tauchten die beiden Mädchen auf. Mittlerweile hüpfte Evie von einem Bein aufs andere und zog erneut an meinem Kleid.

»Wann dürfen wir Zuckerwatte?«, fragte Molly. »Ich habe so Hunger.«

»Und ich muss jetzt wirklich ganz doll, Mummy«, rief

Evie und stampfte mit ihrem kleinen rosa Schuh ins Gras. »Iiiih, ich habe ganz viel Matsch auf den Füßen«, kreischte sie, schüttelte ihren Fuß und trat mir dabei ans Schienbein.

»Das ist nur ein bisschen Erde, und hatte ich dir nicht gesagt, dass diese Schuhe auf einer Wiese unpraktisch sind?«, antwortete ich, während ich den Schmutz von ihrem Fuß und meinem Schienbein wischte. »Jetzt pass bitte besser auf, Evie. Du tust Mummy weh.«

»Ich bin schmutzig«, kreischte Evie und ließ sich auf den Boden fallen. »Ich muss mal.« Ich blickte mich um und betete, dass niemand uns beobachtete. Ein paar Mütter schauten in unsere Richtung und gleich wieder weg. Ich fühlte, wie meine Wangen heiß wurden, als ich überlegte, ob ich weggehen und sie dort auf dem Boden liegen lassen oder sie hochheben und nachgeben sollte, nur um mein Gesicht zu wahren.

»Ach, Evie«, sagte ich erschöpft. »Wir gehen hinter den Baum dort.« Ich zeigte zum Wiesenrand.

Evies Augen leuchteten.

»Aber jetzt musst du still sein. Sonst lenkst du alle Blicke auf uns, und das wollen wir doch nicht«, sagte ich und zog sie zu dem Baum. »Danach können wir Zuckerwatte holen«, rief ich den anderen hinter mir zu. »Und wir suchen nach den Hüpfburgen, wie ist das?« Falls irgendwer von ihnen antwortete, hörte ich es in dem Lärm nicht.

Obwohl ich spürte, dass ich Kopfschmerzen bekam, bestellte ich mir einen Kaffee am Zuckerwattestand. Es kam mir falsch vor, mit einem Glas Pimm's herumzulaufen, wenn ich vier Kinder zu beaufsichtigen hatte, und Kaffee war quasi die zweitbeste Wahl. Ich blickte mich um und winkte Freunden zu, die ich in der Ferne ausmachte. Audrey stakste in lächerlich hohen Sandalen über die Wiese. Ihr Haar war hoch aufgesteckt, und ihr langer Seidenrock flog beim Gehen hinter ihr auf. Sie war weder für das Wetter noch für das Schulfest halbwegs passend gekleidet, doch das scherte sie nicht. Sie winkte zurück und deutete mit übertrieben entsetzter Miene auf die vielen Kinder um mich herum. Ich zuckte mit den Schultern, als wäre es ein Lacher für mich, allein auf so viele Kinder aufzupassen.

Ich sah Karen und grinste, weil sie vor einem Bierzelt stand und übertrieben mit den Armen fuchtelte. Zweifellos bemühte sie sich nach Kräften, ihren Mann auf sich aufmerksam zu machen, der sich gewiss verstecken wollte, aber nie lange damit durchkam.

»Jetzt zu den Hüpfburgen?«, fragte ich, als alle Kinder glücklich an ihrer klebrigen Zuckerwatte zupften. Wir machten uns auf den Weg zum anderen Ende der Wiese, wo ich die Spitze einer aufblasbaren Tunnelrutsche erkennen konnte. »Seht mal, wie hoch die ist!«

»Da will ich lieber rein als in die Hüpfburg.« Molly hatte die Augen weit aufgerissen und zeigte zu dem gigantischen Ding direkt am Wiesenrand. Es war grellgrün mit aufgeblasenen Palmen, die obenauf hin und her schwankten, und auf der Seite stand groß »Jungle Run«. Molly rannte hinüber, um durch die Netzstoff-Fenster zu linsen, und ausnahmsweise war Jack ihr dicht auf den Fersen.

»Die ist irre!«, rief sie. »Komm mal her, Alice.« Brav ging Alice zu ihr und sah durch das Fenster. Wieder verspürte ich einen kleinen Stich im Herzen, weil es so oft schien, als würde Alice bereitwillig alles tun, was die anderen entschieden. Manchmal wünschte ich mir, sie würde mal den Mund aufmachen und sagen, was *sie* tun wollte. Es war unmöglich zu erkennen, ob sie glücklich war oder schlicht zu wenig Selbstvertrauen hatte, um auszusprechen, wenn nicht.

»Dürfen wir da rein, Mum?«, fragte Jack.

»Ja, natürlich dürft ihr.« Solch ein Ding hätte ich als Kind auch geliebt und sofort meine Schwester reingezerrt.

Alice wich zurück und sah mich an.

»Du musst nicht, wenn du nicht willst«, sagte ich.

»Klar willst du, oder, Alice?«, kam es umgehend von Molly.

»Molly, sie darf selbst entscheiden.« Ich holte mein Portemonnaie hervor und zählte Münzen ab. »Möchtest du lieber bei mir bleiben?«, fragte ich Alice.

»Ich will nicht da rein«, unterbrach Evie uns. »Ich gehe zur Rutsche.«

»Möchtest du mit Evie zur Rutsche gehen?«

»Nein, ich gehe mit Molly«, antwortete Alice leise, und ich stellte fest, dass es das Erste war, was sie heute überhaupt zu mir sagte.

»Na gut, aber ihr bleibt alle zusammen. Und, Jack, pass auf die Mädchen auf, ja?«, rief ich ihm nach, bezweifelte indes, dass er mich hörte. Er war bereits seitlich halb um das Ding herum.

Ich gab das Geld einer Mutter, die ich nicht kannte, und als ich mich wieder umdrehte, waren die Kinder nicht mehr zu sehen.

»Komm jetzt, Mummy.« Abermals zog Evie an meinem Kleid.

»Fünf Minuten noch, Evie«, sagte ich. »Sie dürfen fünf Minuten hier toben, und dann gehen wir zur Rutsche.« Ich musste mich in den Schatten setzen, denn mein Kopf begann zu pochen, was der Kaffee um nichts besser machte. »Sehen wir uns an, wie der Zauberer aufbaut, und danach darfst du rutschen, versprochen.«

Evie war gebannt von dem Zauberer, was bedeutete, dass sie vorübergehend Ruhe gab. Aus purer Gewohnheit holte ich mein Handy aus der Tasche und sah nach Nachrichten. Ich las eine Textnachricht von einem meiner Nachbarn wegen der Party abends; er bat, dass alle direkt nach hinten in den Garten kamen, damit wir das Baby nicht weckten.

Dann rief ich meine E-Mails auf und klickte einen Link an, der mich zu Facebook führte, wo ich ein bescheuertes Quiz las und mich dann durch Posts scrollte, mich in anderer Leute Leben verlor.

Ich blickte durch die Zeltöffnung hinüber und sah die Kinder die kleine Rutsche am Ende des Jungle Run herabgleiten und gleich wieder nach hinten zum Einstieg laufen, bevor ich oder irgendwer sonst ihnen sagen konnte, dass ihre Zeit um war. Ich tippte einen Kommentar zum Urlaubsfoto einer Freundin und ergänzte zu meinem Status, dass ich das Wetter bei einem Schulfest genoss.

Als ich schließlich aufstand, sagte ich Evie, dass sie zur Rutsche dürfe. Wir gingen zurück zum Jungle Run, wo wir beide loslachten, als Jack sich am unteren Ende über den Rand schwang und auf dem Hintern landete.

»Das war genial«, rief er, rappelte sich auf und kam zu mir.

Ich legte einen Arm um seine Schultern und drückte ihn an mich. Ausnahmsweise verspannte er sich nicht sofort. »Freut mich, dass es dir Spaß gemacht hat. Wo sind die Mädchen?«

Jack antwortete mit einem Achselzucken.

»Oh, Jack, ich hatte dir gesagt, dass du auf sie aufpassen sollst.«

»Dann hätten sie bei mir bleiben müssen«, konterte er überheblich.

Wir sahen, dass Molly sich oben auf die Rutsche warf und

nach unten rauschte. »Ha, ich war dir ja wohl eine Meile voraus!«, lachte Jack.

»Weil du mich vorhin geschubst hast. Mummy, Jack hat mir am Arm wehgetan!«

»Ist sicher nicht schlimm«, sagte ich und rieb ihren Ellbogen, den sie mir hinhielt. »Wo ist Alice?«

»Ich habe gedacht, sie ist hinter mir.«

»Ist sie nicht, Molly. Wahrscheinlich steckt sie irgendwo fest und hat Angst. Einer von euch muss noch mal rein.«

»Ich gehe«, bot Jack sich an und rannte bereits zum Aufstieg.

»Ich auch.« Molly verschwand genauso schnell, und wieder waren beide außer Sicht. Ich wartete, blickte mich auf der Wiese um, staunte über die Unmenge Leute hier und entdeckte Audrey wieder, die jedoch zu weit weg war, um nach ihr zu rufen. Ich musste sie fragen, ob sie Jack am Montag mit zum Fußball nehmen konnte, daher sollte ich sie heute irgendwann noch abfangen.

Jack erschien oben an der Rutsche. »Hier drinnen ist sie nicht«, rief er und warf sich auf die Rutsche, um wenig später unten zu meinen Füßen zu landen.

»Was soll das heißen, da drinnen ist sie nicht? Natürlich ist sie das.«

Er zuckte mit den Schultern. »Ich habe sie nicht gesehen, und ich war überall drinnen, aber da ist sie nicht.«

»Molly? Hast du Alice gesehen?«, fragte ich meine Tochter, die nun ebenfalls am Rutschenende auftauchte. Molly schüttelte den Kopf. »Aber sie muss da sein. Sie kann doch nicht einfach verschwinden. Du musst noch mal rein, Jack«, sagte ich und schob ihn um die Rutsche herum. »Und diesmal findest du sie.«

Harriet

Zu Beginn des Kurses wurde Harriet gesagt, dass sie ihr Handy ausschalten sollte. Sie blickte sich im Raum um und wunderte sich, dass niemand sonst sich zu sträuben schien, alle ihre Handys ausstellten und sie achtlos in ihre Hand- oder Jackentaschen gleiten ließen. Waren hier denn sonst keine Leute, die Kinder hatten?

Natürlich war Harriet bewusst, dass ihr Widerstreben beinahe neurotisch anmutete. Aber ich habe meine Tochter noch nie zuvor verlassen, dachte sie im Stillen. Wie kann man von mir erwarten, dass ich nicht erreichbar sein soll, wenn Alice bei jemand anderem ist?

Letztlich entschied sie, ihr Handy lautlos zu stellen und es so obenauf in ihre Handtasche zu legen, dass sie das Aufleuchten des Displays sehen würde, wenn jemand anrief oder eine Textnachricht schickte. Mit dieser Entscheidung ging es ihr ein wenig besser, weil sie ein Problem gelöst hatte. Sie holte ihr iPad hervor und legte es vor sich hin, damit sie sich Notizen machen konnte.

Während sie der Kursleiterin Yvonne bei der Einführung in die Welt der Buchhaltung lauschte, überlegte Harriet, dass sie vielleicht doch lieber auf Charlotte gehört hätte und etwas gewählt, das sie interessierte. Schließlich hatte ihre Freundin recht; Harriet wäre eine gute Lehrerin, und es wäre schön, ihren Abschluss in Englisch besser zu nutzen. Doch hier ging es ums Geld, erinnerte sie sich und versuchte, sich zu konzentrieren.

Die Minuten dehnten sich langsam zu Stunden, und am frühen Nachmittag hatte Harriet das Gefühl, einen Großteil ihres Lebens in diesem kleinen Raum zu hocken. Es war unglaublich stickig, weil zu viele Leute hier hereingepfercht waren, was das Atmen schwierig machte. Harriet fächelte sich mit ihrem Notizheft Luft zu und wünschte, Yvonne würde ein Fenster öffnen, doch die Frau schien nicht mitzubekommen, wie unwohl sie sich fühlte. Nun bekam sie einen Krampf im rechten Bein, und obwohl sie sicher bald eine Pause machen würden, fragte sie sich, ob sie auf die Toilette verschwinden und sich die Stirn mit Wasser kühlen könnte. Dann würde sie auch gleich nach Nachrichten auf ihrem Handy sehen. Es war irgendwie tiefer in die Tasche gerutscht, und ohne auffallend danach zu kramen, konnte sie nicht herausfinden, ob es verpasste Anrufe gab.

Harriet traf einen spontanen Entschluss, nahm ihre Handtasche und drängte sich an den Leuten am Nachbartisch vorbei. Mit gesenktem Kopf verließ sie den Raum und trat in den hellen, luftigen Korridor. Schon jetzt bekam sie leichter Luft.

»Reicht es dir auch?«, fragte eine Stimme hinter ihr.

Harriet drehte sich um und sah, dass ihr ein junges Mädchen aus dem Kurs nach draußen gefolgt war.

»Wie bitte?«

»Mir reicht das da drinnen. Es ist viel zu heiß, oder?«

»Ja, ist es.«

»Und zu öde.« Das Mädchen kicherte. »Deshalb verschwinde ich.« Sie starrte Harriet an, und ihr Blick fiel auf ihren Mund.

Unsicher wischte Harriet sich über die Lippen, aber das Mädchen sah weiter hin. Sie hatte sich künstliche Wimpern angeklebt und blinzelte kaum.

»Ich kann dieser Yvette nicht eine Sekunde länger zuhören«, fuhr das Mädchen fort.

»Yvonne«, korrigierte Harriet unwillkürlich, ehe sie sich bremsen konnte.

»Stimmt«, sagte das Mädchen achselzuckend. »Du solltest auch gehen – es sei denn, dir macht das Spaß.« Ihre Mundwinkel zuckten.

Nein, Harriet machte es keinen Spaß, aber sie wusste auch, dass sie nicht gehen konnte. Sie durfte unmöglich vor dem Ende verschwinden.

Mit einem letzten Grinsen trottete das Mädchen den Korridor hinunter, bog um eine Ecke, und Harriet schlüpfte in die Toilette.

Sie atmete tief aus, als sie kaltes Wasser über ihre Handgelenke laufen ließ, und betrachtete ihr Spiegelbild. Ihre Wangen waren gerötet von der Hitze und ihr Hals fleckig. Einzelne Strähnen hatten sich aus dem Knoten gelöst, und sie strich sie nach hinten, wobei sie graue Strähnen an ihrem Haaransatz bemerkte.

Harriet runzelte die Stirn. Sie war neununddreißig und alterte schnell – tat allerdings auch nichts, um es zu kaschieren. Sie trug kein Make-up, und ihr Haarschnitt war formlos. Charlotte schlug ihr dauernd Salons vor, in denen sie es richtig schneiden lassen könnte, aber fünfunddreißig Pfund schienen ihr viel zu übertrieben. Ein bisschen Wimperntusche hingegen könnte betonen, dass sie Wimpern besaß, und sie weniger müde aussehen lassen. Und ihre Kleidung schmeichelte ihr nicht. Ihre gesamte Garderobe war grau oder dunkelbraun. Einmal hatte sie sich einen von Charlottes grellpinken Schals geliehen und umgebunden, weil es im Park frisch geworden war, und sie wollte nicht glauben, welche Wirkung er gehabt hatte.

Sobald Harriet sich abgekühlt hatte, holte sie ihr Handy

hervor und tippte auf die Taste, die das Display erhellte. Als nichts geschah, drückte sie den seitlichen Knopf, um es einzuschalten, doch es blieb alles schwarz.

»Komm schon«, murmelte sie, und reflexartig krampfte sich ihr Bauch zusammen. Immer wieder drückte sie den Knopf, aber nichts passierte. Sie hatte das Handy gestern Abend ans Ladekabel gestöpselt, so, wie sie es immer tat, wenn sie schlafen ging. Harriet erinnerte sich daran, weil sie gewusst hatte, dass sie das Telefon heute dringender denn je bräuchte.

Vielleicht hatte sie es vergessen.

Nein, hatte sie definitiv nicht. Sie hatte darauf geachtet, es an die Ladestation anzuschließen, bevor sie sich einen Tee machte, den sie mit an ihr Bett nahm. Sie erinnerte sich, dass sie es auf dem Weg in die Küche überprüft hatte. Dennoch blieb das Handy tot.

Harriet warf es zurück in die Tasche. Jetzt hatte sie keine Ahnung, wie es beim Schulfest lief, und niemand konnte ihr berichten. Plötzlich wollte sie wegen des blöden leeren Akkus in Tränen ausbrechen.

Sie unterdrückte ein Schluchzen. Es schmerzte sie, von Alice getrennt zu sein, es brach ihr das Herz, doch niemand verstand das. Also hatte Harriet gelernt herunterzuspielen, wie sehr sie sich an ihre Tochter klammern wollte und es hasste, sie aus den Augen zu lassen. Ihr entging nicht, dass Charlottes Freundinnen Blicke wechselten, als sie zugab, dass sie noch nie eine Nacht ohne Brian oder Alice verbracht hatte.

»Sie käme ohne dich klar«, hatte Charlotte gesagt. »Will Brian dich nicht ab und zu mal eine Nacht ganz für sich?« Harriet versuchte sich vorzustellen, was Brian sagen würde, sollte sie es vorschlagen. Wahrscheinlich wäre er begeistert.

»Oder du lässt sie bei Brian und kommst mal einen Abend mit uns mit«, hatte Charlotte beharrt.

Das wiederum konnte sie sich nicht vorstellen, was sie jedoch nicht durchblicken ließ, weil sie selbst hasste, dass sie so war. Niemand ahnte, wie viel es ihr abverlangte, Alice heute bei Charlotte zu lassen. Charlotte war entzückt gewesen, als Harriet sie gefragt hatte, also hatte Harriet ihr nicht erzählt, dass sie sonst niemanden fragen konnte.

»Irgendwann muss man sie loslassen«, hatte einmal eine Frau in einem Laden zu ihr gesagt. »Eines Tages werden sie flügge und fliegen davon. Wie ein Schmetterling«, fügte sie hinzu und wedelte mit den Armen in der Luft. Harriet hatte den Drang verspürt, ihr die Arme nach unten zu schlagen.

Alice würde irgendwann wegfliegen wollte, genau wie Harriet es getan hatte. Ihre eigene Mutter hatte sich zu sehr an sie geklammert, daher wusste Harriet, wie destruktiv solch ein Verhalten sein konnte. Sie hatte sich geschworen, bei ihren Kindern nicht so zu sein, und nun war sie es. Sie war zu der Mutter geworden, die sie nie sein wollte.

Harriet sollte das Handy vergessen, zurück in den Raum gehen und den Rest des Kurses durchstehen. Es spielte keine Rolle, sagte sie ihrem Spiegelbild. Es waren nur noch – sie blickte auf ihre Uhr – höchstens zwei Stunden, und sie wäre wie geplant um halb fünf zu Hause.

Oder sie könnte sich wegschleichen wie das Mädchen.

Harriet trommelte mit den Fingern auf dem Waschbeckenrand. Sie sollte wirklich imstande sein, simple Entscheidungen zu fällen.

Charlotte

Als ich durch das Netzstoff-Fenster des Jungle Run linste, konnte ich nur kreischende Kinder sehen, die übereinanderpurzelten und vor lauter Aufregung gar nicht mitbekamen, dass sie sich gegenseitig traten. Alice könnte in einem Winkel kauern, und die meisten Kinder würden sie gar nicht bemerken. Ich musste selbst hinein, denn ich konnte mich nicht darauf verlassen, dass Jack richtig nachgesehen hatte.

»Kommt mit, Mädchen«, sagte ich bemüht ruhig. »Sehen wir mal nach, wo Alice steckt.« Ich nahm die Mädchen an die Hand, und als wir zur Rückseite des Jungle Run liefen, kam mir in den Sinn, dass ich weniger besorgt wäre, wenn es sich um eines meiner Kinder handeln würde. Sie neigten dazu, sich vor mir zu verstecken oder einfach loszuwandern. Aber Alice? Bei ihr konnte ich mir weder noch vorstellen. Sie hatte etwas Zerbrechliches an sich, wie ich es von keinem anderen Kind kannte. Überdies war es undenkbar, das Kind von jemand anderem zu verlieren.

Fünf Meter hinter der Rückwand der Tunnelrutsche war der Zaun, der die Wiese von den Feldern und Wäldchen dahinter trennte, und in der Ferne war der Golfplatz halb hinter einer Baumreihe verborgen. Ich streifte meine Schuhe ab, nahm sie in eine Hand und krabbelte hinein, beide Mädchen dicht hinter mir.

Drinnen rief ich nach Alice, während wir über Rampen und durch Tunnel krochen, und sah jedes Kind an, an dem ich vorbeikam, hoffte darauf, ihr rotes Kleid aufblitzen zu sehen.

»Wo kann sie hin sein?«, rief ich Jack zu, der am Ende der Rutsche wartete. Er zuckte mit den Schultern. Ich schwang unelegant ein Bein über die letzte Rutschbahn, stieß mich ab und streckte meine freie Hand nach Evie aus, die kichernd hinter mir war, völlig aus dem Häuschen, weil ich mit ihr hier durchgeklettert war.

»O Gott, das ist lächerlich.« Ich blickte mich um, zog meine Schuhe wieder an und drehte mich zu den Kindern. »Hatte sie euch gesagt, dass sie lieber woanders hinwollte? Hatte sie vielleicht den Zauberer erwähnt?« Ich hatte sie nicht ins Zelt kommen sehen, aber sie könnte in die falsche Richtung gegangen sein und sich verirrt haben. »Sicher hätte ich sie bemerkt«, murmelte ich vor mich hin.

»Molly, hast du wirklich gesehen, wie sie in das Ding gestiegen ist?«, fragte ich. Meine Stimme rutschte eine Oktave höher, als ich auf die Aufblasrutsche hinter uns zeigte.

»Ich glaube ja.«

»Du glaubst?«

»Na ja …« Sie stockte. »Ich glaube, sie ist hinter mir gewesen.«

»Aber du weißt es nicht genau?« Ich musste mich anstrengen, nicht zu schreien.

Molly schüttelte den Kopf. Ich ging hinüber zu der Frau, die unser Geld angenommen hatte und sich nun mit einer anderen Mutter über den Kuchenstand unterhielt. »Ein kleines Mädchen war mit meinen Kindern hier drin«, unterbrach ich die beiden. »Vor ungefähr zehn Minuten, aber sie ist nirgends zu sehen.«

»Ach nein?« Ich bezweifelte, dass sie mitbekommen hatte, welche Kinder rein- und raussstiegen. Sie hatte kaum den Kopf gehoben, als ich ihr die Münzen in die ausgestreckte Hand gelegt hatte. »Tut mir leid, das weiß ich nicht«, sagte sie. »Wie sieht sie aus?«

»Etwa so groß.« Meine Hand schwebte über Mollys Kopf. Alice war groß für ihr Alter. »Sie ist aber erst vier. Und sie hat ein rotes Kleid mit einem weißen Gürtel an.«

Die Frau schüttelte den Kopf, während ihre Freundin mich ausdruckslos ansah. »Nein, tut mir leid«, wiederholte sie. »Ich erinnere mich nicht an sie. Aber ich halte die Augen offen.«

»O mein Gott.« Mir wurde schlecht. Das durfte nicht wahr sein.

»Was machen wir jetzt?« Jack sah mich an und knabberte seitlich an seinem Daumennagel, während er auf eine Antwort wartete. Er war nicht in Sorge, warum auch? Er nahm an, dass ich das Problem löste und wir, nachdem wir Alice gefunden hatten, zum nächsten Spaß weiterzogen.

»Wir suchen sie.« Erneut nahm ich die Mädchen bei den Händen. »Wir suchen die ganze Festwiese ab. Irgendwo muss sie ja sein.« Doch mein Puls raste ein wenig schneller, als wir losgingen, Jack direkt hinter uns, und uns durch die Menge quer über die Wiese und zurück zum Parkplatz arbeiteten. Je mehr Zeit verging, desto schneller wurde mein Puls.

Wir blieben an jedem Stand stehen, sahen unter die aufgebockten Tische, zwischen die langen Beine von Erwachsenen und riefen alle mehr oder weniger panisch nach Alice. Vorbei am Entenangeln, am Torschießen, wo eine Reihe von Vätern kollektiv stöhnte, wenn jemand danebenschoss, an der Tombola und wieder dem Kuchenstand. Mit jedem Stand umklammerte ich die Hände meiner Töchter fester, drehte mich häufiger nach Jack um.

»Hast du ein kleines Mädchen gesehen?« Ich blieb kurz hinter dem Kuchenstand stehen und rief einer Mutter aus Mollys Jahrgang zu, die einen Spielzeugstand betreute. Meine Stimme war lauter als beabsichtigt. »Blondes Haar bis hier.« Ich zeigte ein Stück tiefer als meine Schulter. »Rotes Kleid.«

Ernst schüttelte sie den Kopf. »Wo hast du gesucht?«

»Überall«, rief ich atemlos aus.

Für einen Moment konnte ich mich nicht rühren. Meine Hände begannen zu zittern; mir war nicht bewusst, wie fest ich meine Töchter packte, bis Molly heulte und sich loszureißen versuchte. Ich musste irgendwas tun, aber was? Eine Durchsage machen lassen? Die Polizei rufen? Ich wusste nicht mehr, wie viel Zeit vergangen war, seit ich Alice zuletzt gesehen hatte. Zählte in solch einer Situation nicht jede Sekunde?

»Warum erkundigst du dich nicht, ob sie die Kleine ausrufen können?«, fragte die Mutter, als hätte sie meine Gedanken gelesen.

Ich starrte sie an, wusste nicht, was ich antworten sollte. Die Wahrheit war, dass ich es nicht wollte. Denn sobald ich es tat, gab ich zu, dass die Sache ernst war. Ich gestand, dass ich ein Kind verloren hatte. Noch dazu das Kind von jemand anderem.

»Charlotte?« Eine Hand umfasste meine Schulter, und ich drehte mich um. Audrey stand vor mir.

»O Gott, Aud.« Ich ließ meine Töchter los und hielt mir eine Hand vor den Mund. »Ich habe Alice verloren. Ich kann sie nirgends finden.«

»Okay«, sagte sie ruhig und blickte sich automatisch um. »Keine Panik. Sie muss hier irgendwo sein.«

»Was mache ich nur? Ich bin schon die ganze Wiese abgelaufen.« Audrey musste mir sagen, was ich tun sollte. Sie musste das auf ihre sachlich ruhige Art regeln, weil sie so gut darin war.

»Wir finden jemanden, der hier zuständig ist«, sagte sie. »Vielleicht können sie alle Ausgänge schließen.« Sie sah zum Parkplatz hinüber, und ich folgte ihrem Blick. Dort strömten noch mehr Wagen herbei, es kamen immer mehr Besucher.

»Wer?« Es gab niemanden, der zuständig war. Kein einziges Mal hatte ich den Schulleiter, Mr. Harrison, mit seinem Megafon gesehen. Er sollte heute hier sein, denn er war immer auf dem Schulfest. Aber keiner fungierte als Sicherheitskraft oder überwachte die Pforten zum Parkplatz oder den Umkreis der Wiese, abgesehen von Gail. Alice könnte in alle vier Richtungen verschwunden sein, hätte sie es gewollt. War sie, aus welchen Gründen auch immer, hinter dem Jungle Run über den Zaun geklettert und in Richtung Golfplatz gegangen?

»Wir haben ein kleines Mädchen verloren«, rief Audrey laut in die Runde. »Alle müssen nach ihr suchen.« Sie wandte sich zu mir. »Vielleicht sollten wir die Polizei rufen.«

Ich schüttelte den Kopf, als ein paar andere Mütter zu uns kamen. »Geht es dir gut, Charlotte?«, fragte eine. »Wen hast du verloren?«

»Die Tochter meiner Freundin«, rief ich. Ich presste die Hände an meine Wangen, hielt mir die Augen zu. »Alice. Sie heißt Alice, und sie ist erst vier. O Gott, das darf nicht wahr sein.«

»Ist schon gut«, sagte sie, fasste nach meinen Armen und zog sie herunter. »Alle helfen suchen. Mach dir keine Sorgen, wir finden sie. Wie lange ist sie schon weg?«

»Weiß ich nicht«, sagte ich. Mein Herz schlug sehr schnell, als ich überlegte, seit wann ich sie nicht mehr gesehen hatte. »Ungefähr zwanzig Minuten vielleicht.«

»Zwanzig Minuten?«, wiederholte die Mutter.

»Okay«, mischte Audrey sich ein. »Ich rufe die Polizei.«

Die Nachricht von einem vermissten Kind verbreitete sich rasch. Sie sprach sich nach dem Stille-Post-Prinzip in der Menge herum, löste überall Betriebsamkeit aus, und die Leute blickten sich um. Die drohende Gefahr, die unausgesprochene Aufregung: Jeder hatte eine Rolle bei der Suche, wollte zweifellos die Person sein, die ausrief, dass sich das Kind unter ihrem Stand versteckt hatte.

Natürlich malte sich niemand das Schlimmste aus. Kinder gingen verloren, und es dauerte nie lange, bis sie gefunden waren und die panischen Eltern sich überschwänglich bei dem Menschen bedankten, der zufällig das Glück gehabt hatte, sie zu entdecken.

Benommen ließ ich uns von Audrey zum Wiesenrand am Parkplatz führen, wo sie sich mit der Polizei treffen wollte.

Dort lehnte ich mit dem Rücken am Zaun. Die Sonne brannte auf uns herab, und die Leute vor mir begannen zu verschwimmen. Als ich versuchte, klarer zu sehen, überkam mich eine Welle von Übelkeit.

»Trink ein bisschen Wasser.« Audrey drückte mir eine Flasche in die Hand, und ich nahm einen großen Schluck. »Und geh um Gottes willen in den Schatten. Du siehst aus, als würdest du gleich umkippen«, sagte sie und schob mich zu einem Baum. »Alice taucht wieder auf. Sie ist nur weggelaufen und hat sich verirrt.«

»Hoffentlich hast du recht.« In Chiddenford passierte nichts Schreckliches. Nicht in einem verschlafenen Dorf in Dorset. »Aber ich glaube schlicht nicht, dass Alice einfach weglaufen würde.«

»Das tun alle Kinder hin und wieder«, sagte Aud. »Alice ist nicht anders als andere Vierjährige.«

Du kennst Alice nicht, dachte ich. Alice ist anders. Audrey

hatte sich nie die Zeit genommen, Alice kennenzulernen; wahrscheinlich hätte sie ohnehin kein Wort aus der Kleinen herausbekommen. Und sie hatte sich auch nie die Zeit genommen, Harriet kennenzulernen.

»Ich sollte Harriet anrufen«, sagte ich, als sie meine Kinder zu einem Grasflecken führte, wo sich alle drei brav hinsetzten.

»Erzähl mir noch mal, was passiert ist.«

»Ich weiß nicht, was passiert ist. Alice ist einfach verschwunden. Sie ging mit auf die Rückseite des Jungle Run und kam nie aus dem Ding raus. Was sage ich Harriet?« Ich trank noch einen Schluck Wasser. »Ich kann ihr nicht erzählen, dass ich ihre Tochter verloren habe, Aud!«

»Du musst versuchen, ruhig zu bleiben.« Sie nahm meine Arme und drehte mich zu sich. »Atme langsam. Mach schon. Eins, zwei ...« Sie fing an zu zählen, und ich fand in ihren Rhythmus. »Alice wird bald gefunden, da bin ich mir sicher. Es ist sinnlos, jetzt schon Harriet verrückt zu machen. Außerdem« – ihr Blick fiel über meine Schulter – »ist die Polizei hier.«

Audrey deutete mit einem Nicken auf die Straße, und ich drehte mich um. Ein Streifenwagen hielt neben der Einfahrt zum Parkplatz am Straßenrand. Zwei Uniformierte stiegen aus, und als sie auf uns zukamen, traf mich der Ernst der Lage erneut mit voller Wucht. Jetzt war es offiziell. Alice wurde vermisst.

PC Fielding stellte sich und seine Kollegin, PC Shaw, vor. Sie fragten, ob ich mich hinsetzen müsse, doch ich verneinte stumm. Ich wollte nur, dass sie taten, wofür sie hergekommen waren.

»Können Sie uns erzählen, was passiert ist, Charlotte?«, fragte PC Fielding.

»Die Kinder wollten unbedingt in den Jungle Run«, erzählte ich ihm und zeigte zu der großen Tunnelrutsche am anderen Ende der Wiese. »Also, nicht meine Jüngste, Evie, sie wollte zur normalen Rutsche, aber die anderen drei sind da rein«, sagte ich, obwohl ich wusste, dass Alice nicht so wild darauf gewesen war.

»Und haben Sie gesehen, wie alle drei da rein sind?«

Ich schüttelte den Kopf. »Sie sind auf die Rückseite zum Einstieg gelaufen, von vorn kann man ihn nicht sehen.«

»Also waren Sie nicht hinten, um sich zu vergewissern?«, fragte er und zog eine Braue ein wenig hoch, als er mich über den dicken schwarzen Rand seiner Brille hinweg ansah.

»Nein.« Meine Kehle fühlte sich eng an. »Ich habe nicht nachgesehen. Ich bin davon ausgegangen, dass sie alle rein sind, weil sie darum gebettelt hatten.«

Der Polizist nickte und notierte sich etwas in seinem Block. Ich hob eine Hand an meinen Hals, wo die Haut von der Hitze zu jucken begann. »Natürlich wünschte ich jetzt, ich hätte«, fuhr ich fort. »Aber ich hatte nicht gedacht, dass es nötig ist, weil sie nirgends sonst hinkonnten, soweit ich wusste ...« Ich verstummte. Selbstverständlich wünschte ich mir jetzt, ich hätte nachgesehen. Ich wünschte mir bei Gott, ich hätte sie niemals in die Tunnelrutsche gelassen.

»Und was haben Sie dann getan?«, fragte er und nickte PC Shaw zu, die ein Stück abrückte und in ihr Funkgerät zu sprechen begann.

»Ich habe mich mit meiner Jüngsten, Evie, in den Schatten gesetzt. Sie wollte nicht in den Jungle Run, und ich hatte

Kopfschmerzen«, erzählte ich, beobachtete die Polizistin und fragte mich, was sie wohl sagte und zu wem.

»Und konnten Sie diesen Jungle Run von Ihrem Platz aus sehen?«

»Ja, ich konnte das Ende der Rutsche sehen. Und ich behielt es die ganze Zeit im Blick«, sagte ich und nickte, um mehr Gewissheit zu signalisieren, als ich tatsächlich empfand.

»Und haben Sie die drei überhaupt noch mal gesehen, nachdem sie auf die Rückseite gelaufen waren?«

»J-ja, habe ich«, stammelte ich. »Ich sah sie rauskommen und wieder nach hinten laufen.«

»Alle drei?« Er blickte von seinem Block auf.

»Zuerst habe ich Jack gesehen«, antwortete ich und erinnerte mich, wie mein Sohn von einem Ohr zum anderen gegrinst hatte, weil ich so froh gewesen war, dass er seinen Spaß hatte. »Und dann Molly.« Ihr Mund hatte ein großes O geformt, als sie von der Rutsche plumpste, und ihre Zöpfe waren hinter ihr aufgeflogen.

»Und Alice?«, fragte er mit einem Anflug von Ungeduld.

Ich stockte. Zu der Zeit hatte ich geglaubt, sie gesehen zu haben. Oder ich hatte es schlicht angenommen. Ich konnte mich nicht genau erinnern, dass sie wie die anderen von der Rutsche geglitten war. »Das dachte ich«, sagte ich. »Aber ich kann es nicht mit Sicherheit sagen.«

»Und wann haben Sie bemerkt, dass Alice eindeutig nicht da war?«

»Als die beiden von der Rutsche kamen. Sie haben gesagt, dass Alice nicht bei ihnen ist, und sie konnten sich nicht erinnern, dass sie mit ihnen reingegangen war.« Ich sah hinüber zu meinen Kindern, und mir graute schon vor dem Moment, in dem die Polizei sie befragen würde.

»Was ist mit ihren Schuhen?«, fragte PC Shaw, die wieder zu uns zurückkam.

»Was meinen Sie?«

»Na, ziehen die Kinder nicht ihre Schuhe aus, bevor sie in diese Aufblasteile steigen? Waren Alices Schuhe noch da?«

»Oh.« Ich versuchte zu überlegen. »Weiß ich nicht. Ich habe nicht nachgesehen.« Mir war nicht einmal aufgefallen, dass meine Kinder ihre Schuhe aus- und wieder angezogen hatten.

»Überprüf das lieber mal«, sagte PC Fielding, und Shaw nickte, ehe sie schnell über die Wiese ging.

Mein Herz klopfte so sehr, dass es in meinen Ohren rauschte. Ich war sicher, dass PC Fielding es hören musste. Kurz sah ich zu Audrey und den Kindern, dann wieder zu ihm. Warum versprach er mir nicht, dass sie bald gefunden würde, anstatt mir mehr Fragen zu stellen? Nun ging es bei ihnen um Harriet und Brian, und ich sollte ihm ihre Telefonnummern geben.

Ich wühlte in der Handtasche nach meinem Handy, zog es heraus und scrollte, bis ich Harriets Nummer gefunden hatte. Es war zwecklos, nach Brians zu suchen, weil ich die nie gehabt hatte, aber ich tat dennoch so, als würde ich nachsehen.

Ich beschrieb Alices rotes Kleid mit dem weißen Gürtel und den aufgestickten kleinen Vögeln oben, das ich schon oft an ihr gesehen hatte. Es wurde immer kürzer mit ihren länger werdenden Beinen, war aber offensichtlich eines ihrer Lieblingskleider. Ich sagte ihm, dass sie darunter ein schlichtes weißes T-Shirt und weiße Söckchen sowie hellblaue Schuhe mit Klettverschluss getragen hatte. Auf den Schuhen waren vorn winzige Sterne zu einem Muster eingestanzt. Ich war froh, dass ich mich so exakt erinnerte, was sie angehabt hatte.

Ich gab weiterhin an, dass Alice ungefähr genauso groß wie Molly war und blonde Locken hatte, die knapp über ihre Schultern reichten. Sie hatte keine Spangen und auch kein Stirnband im Haar gehabt. Ich scrollte die Fotos auf meinem Handy durch, um nach welchen von ihr zu suchen, aber ich hatten keines, und obwohl ich Alice im Geiste vollkommen klar vor mir sah, war ich unsicher, wie gut mir eine brauchbare Beschreibung gelang.

»Wir müssen sie suchen«, sagte ich. »Sie könnte inzwischen sonst wo sein.«

»Keine Angst, es sind bereits Officers auf der Suche«, sagte PC Fielding. »Wo sind die Eltern?«

»Ihre Mutter ist bei einem Kursus in einem Hotel.« Ich konnte ihm nicht sagen, in welchem. Es gab zahlreiche kleine Hotels entlang der Küste, und ich hatte nicht daran gedacht, Harriet zu fragen.

»Und der Vater?«

»Beim Angeln, wie jeden Samstag.«

»Wissen Sie, wo?«

Ich schüttelte den Kopf. Außer »Angeln« wusste ich nichts.

»Okay.« Er winkte PC Shaw heran, die wieder über die Wiese kam. »Wir müssen die Eltern auftreiben. Hast du etwas gefunden?«

Sie schüttelte den Kopf, als sie bei uns war. »Keine Schuhe, und die Frau am Jungle Run sagt, dass keine dort zurückgelassen wurden.«

PC Fielding sah mich stumm an. Er brauchte mir nicht zu erzählen, was er dachte: Es war erdrückend deutlich zu spüren, für wie unfähig er mich hielt. »Also war sie höchstwahrscheinlich gar nicht in diesem Ding«, sagte er.

Ich ging zu Audrey und meinen Kindern, während PC Shaw versuchte, Harriet zu erreichen. Von dem Grasflecken aus beobachtete ich den Rücken der Polizistin, die von uns wegging, und strengte mich an, etwas zu hören. Dabei stellte ich mir meine Freundin am anderen Ende vor, die von dem Officer erfuhr, dass ihre Tochter vermisst wurde.

»Du zitterst«, sagte Audrey. »Setz dich hin. Ich hole dir noch eine Flasche Wasser.«

»Nein, geh nicht weg!« Mir wurde speiübel, und ich wollte Audrey dringend bei mir haben.

»Mit Alice ist alles gut. Das weißt du, oder? Sie sind da draußen, wie der Officer gesagt hat, und sie werden sie finden.«

»Und was, wenn nicht?«, heulte ich. »Was ist, wenn es derselbe Kerl ist, der letztes Jahr diesen kleinen Mason entführt hat? Wenn wir sie nicht finden und nicht wissen, was passiert ist? O Gott!« Ich schluchzte und merkte, wie Audreys Arme mich packten, als meine Knie nachgaben. Sie griff nach meinen Ellbogen und zog mich an sich. »Ich könnte damit nicht leben. Ich könnte nicht mit mir leben, wenn sie nie mehr zurückkommt.«

»Nicht«, sagte sie. »Tu das nicht. Sie wird gefunden werden. Dies hier hat nichts mit dem zu tun, was mit Mason passiert ist. Alice ist einfach losgezogen und hat sich verirrt. Keiner hat sie entführt, um Himmels willen! Da hätte hier garantiert jemand etwas gesehen.«

»Wir erreichen die Mutter nicht«, sagte PC Fielding, der zu ihnen kam. »Ich hätte noch einige Fragen, falls es Ihnen nichts ausmacht, aber ich würde gern mit Ihnen rüber zu diesem Jungle Run gehen, okay?«

Audrey blieb bei den Kindern, und ich folgte dem Officer über die Wiese. Jetzt wollte er mehr über Alices Familie wissen – fragte mich wieder, ob Harriet und Brian noch zusammen waren, was ich bejahte. Wohnten Großeltern in der Nähe? Ich verneinte, und die Fragen verstummten, als wir beim Jungle Run ankamen, wo ein paar Polizisten am hinteren Eingang beschäftigt waren.

»Es gibt keine Lücke oder Pforte in dem Zaun«, sagte einer von ihnen, der uns entgegenkam. »Hinter den Bäumen sind der Golfplatz und der Parkplatz vom Golfclub, wo ziemlich viel Betrieb ist.«

»Sicherheitskameras?«

»Das wird gerade geprüft.«

»Gut.« PC Fielding nickte und schaute sich um. Die Menge hatte sich in kleine Gruppen an den Ständen aufgeteilt, und die nahe der Tunnelrutsche beobachteten das Geschehen mit unverhohlener Neugier. »Sie könnte in jede Richtung gelaufen sein«, murmelte er. »Schon irgendwas Neues von den Eltern?«, fragte er PC Shaw hinter uns, und sie schüttelte den Kopf.

Alice würde das nicht machen, wollte ich sagen, hielt aber den Atem an und wartete, was er als Nächstes zu tun entschied. Sie war kein Kind, das sich mir nichts, dir nichts wegschlich. Doch sollte ich recht haben, würde es das Undenkbare bedeuten.

Harriet

Harriet fuhr nach Hause, wobei sie sich unentwegt fragte, ob sie das Richtige getan hatte. Sie hatte keinem gesagt, dass sie den Kurs verließ, doch kaum war sie hinaus auf den Parkplatz und in die frische Luft getreten, war sie nur noch erleichtert gewesen, aus dem Hotel zu kommen. Nach der zwanzigminütigen Fahrt nach Hause könnte sie ihr Handy wieder aufladen.

Die Straßen waren frei und die Fahrt verging schnell, aber kaum war sie in ihre Straße eingebogen, rammte sie den Fuß auf die Bremse. Blaulichter blinkten weiter vorn, und obgleich die Straße lang war und sich zu beiden Seiten Wagen reihten, wusste sie, dass die Lichtblitze direkt vor ihrem Haus waren, weil sie das blöde Wohnmobil ihres Nachbarn erfassten.

Zögernd verlegte sie ihren Fuß aufs Gaspedal, bis sie erneut bremsen musste, um einen Wagen vorbeizulassen. »Mach schon«, murmelte sie und reckte den Hals, um zu sehen, ob jemand vor ihrem Haus war. Sie trommelte ungeduldig mit den Fingern auf dem Lenkrad. Der andere Wagen rollte langsam vorbei. Harriet fühlte, wie ihr Herz pochte, und presste eine Hand auf ihre Brust. Eins. Zwei. Noch ein ausgesetzter Schlag.

Schließlich fuhr sie in die kleine Lücke zwischen dem Streifenwagen und Brians silbernem Honda und sah ihren Mann im Vorgarten, mit einer Hand hielt er seine Angelruten fest umklammert, mit der anderen rieb er sich grob über sein stoppeliges Kinn.

Eine Polizistin stand neben ihm auf dem Rasen. Harriet konnte sehen, dass sich ihre Lippen bewegten, aber ihre

Miene gab nichts preis. Sie hob beide Hände und zeigte mit einer zum Haus. Brian jedoch blieb stur, wo er war. Jetzt sah Harriet ihn nur noch von hinten, er schüttelte den Kopf, das Gesicht gen Himmel gerichtet. Seine Schultern waren angespannt.

Harriet rührte sich nicht. Sie wollte nicht aus dem Auto steigen. Nicht jetzt sofort. Sie hörte, wie ihr Atemgeräusch im Wageninneren hallte, zu tief, zu schnell. Doch wenn sie ausstieg, müsste sie sich anhören, was Brian gesagt worden war. Und sie brauchte das Gesicht ihres Mannes nicht zu sehen, um zu wissen, dass ihm die Polizistin etwas Schlimmes mitgeteilt hatte. Das erkannte Harriet allein an seiner Körperhaltung.

Ihre Finger zitterten am Zündschlüssel, als sie ihn langsam drehte und der Motor ausging. Die Polizistin und Brian wandten sich zu ihr um. Immer noch bewegte Harriet sich nicht.

Brian sagte lautlos ihren Namen, als würde ihm plötzlich bewusst, dass er das, was er eben erfahren hatte, nun seiner Frau sagen müsste. Seine Augen waren weit aufgerissen vor Angst, als er sie ansah. Dann ging er langsam den Gartenweg hinunter auf die Pforte zu, wobei er die Angelruten hinter sich herzog.

Harriet schüttelte den Kopf hinter der schützenden Windschutzscheibe. Sag es nicht. Wag es ja nicht, das zu sagen, denn wenn du es nicht tust, muss ich es nicht hören.

An dem Tag, als sie ins Krankenhaus kam und das leere Bett ihrer Mutter erblickte, war sie von der Station geflohen und hatte sich auf dem Korridor hingehockt, beide Hände über den Ohren. Sie hatte gewusst, dass ihre Mutter gestorben war; es war unvermeidlich gewesen. Harriet war seit Wochen darauf vorbereitet worden, wollte es aber dennoch nicht wahrhaben, als es letztlich geschehen war. Und sie dachte, wenn es ihr niemand direkt sagte, könnte sie vielleicht glauben, dass ihre Mutter noch lebte.

Harriet hatte den Blick nicht von Brian abgewandt, trotzdem erschrak sie von dem Klicken der Fahrertür, als er sie öffnete.

Sie schloss die Augen. »Was ist passiert?«

»Steig aus, Liebling.« Seine Stimme klang leblos und zugleich beängstigend ruhig. »Komm bitte aus dem Wagen.«

»Sag mir, was passiert ist. Was macht sie hier?« Sie nickte zu der Polizistin.

»Lass uns ins Haus gehen«, sagte er und hielt ihr seine freie Hand hin.

»Nein. Sag es mir jetzt.«

»Mrs. Hodder?« Die Polizistin erschien neben ihm. »Ich denke, wir sollten ins Haus gehen.«

»Will ich nicht!«, schrie Harriet, nahm aber Brians Hand und ließ zu, dass er sie aus dem Wagen zog.

Er umfing ihre Hand, strich mit seinem Daumen über ihren Handrücken. »Liebling, ich denke wirklich, dass wir reingehen sollten«, sagte er und schaffte es, sie in den Vorgarten zu bugsieren, ehe Harriet stehen blieb. Ihre Beine drohten einzuknicken, wenn sie weiterging.

»Kann mir bitte einer von euch sagen, was passiert ist?«

Die Polizistin blieb neben ihr stehen. Sie hatte ein mopsiges Gesicht und kleine Augen, deren Blick nervös zwischen Brian und Harriet hin- und herhuschte. Harriet sah ihren Mann an. Im Laufe der Jahre hatte sie gelernt, seine Mimik zu deuten. Sie kannte jeden seiner Gesichtsausdrücke auswendig. Sie hatte gelernt zu erkennen, wenn ihn etwas sorgte, noch ehe er den Mund aufmachte; erst recht in diesem Moment.

»Mrs. Hodder.« Die Polizistin räusperte sich. »Ich habe leider schlechte Neuigkeiten. Mrs. Charlotte Reynolds hat gemeldet, dass …«

»Alice wird vermisst«, fuhr Brian dazwischen, schleuderte es heraus. Harriet konnte beinahe sehen, wie die Buchstaben über seine Lippen rauschten, sich in der Luft neu ordneten, sodass sie keinen Sinn ergaben. Dann rieselten die Worte ihres Mannes auf sie herab, bis eines nach dem anderen auf ihr landete.

»Nein«, flüsterte Harriet. »Nein, sag das nicht.« Sie schüttelte geradezu manisch den Kopf, obwohl ihr Körper so angespannt war, dass es wehtat, sich zu bewegen.

»Gehen wir ins Haus«, sagte Brian leise.

»Alice«, sagte Harriet, blickte sich um, als könnte sie ihre Tochter im Garten entdecken, als wäre das alles nur ein kranker Scherz. »Alice!«, schrie sie, diesmal in einem ohrenbetäubenden Heulen, und sackte zu Boden. Für jeden, der es beobachtete, sah es aus, als wäre mit einem Atemzug alle Luft aus ihr gewichen, so wie sie auf dem harten Zement ihres Gartenwegs in sich zusammenfiel.

»Ist schon gut, Mrs. Hodder«, sagte die Polizistin.

Natürlich ist es nicht gut, schrie eine Stimme in Harriets Kopf. Wie konnte es denn gut sein?

Brians kostbare Angelruten fielen klappernd auf den Weg, als er sie wegwarf, von der Polizistin zu seiner Frau blickte und erschrocken wartete, dass eine von ihnen ihm verriet, was er tun solle. Er wusste nicht, ob er Harriet ins Haus zerren oder sie am Boden liegen lassen sollte, wo sie begonnen hatte, auf den Weg einzuboxen.

»Was ist passiert?«, schrie sie. »Was ist passiert?«

»Ich denke wirklich, wir sollten reingehen«, drängte Brian,

hakte die Arme unter die Achseln seiner Frau und zog sie an seine Brust. Harriet ließ sich an ihn sinken; seine Arme verschlangen sie, als er sie den Weg entlangzog. Mit einer Hand suchte er in seiner Gesäßtasche nach dem Schlüssel und steckte ihn umständlich ins Schloss. »Dies ist Officer Shaw, und sie wird uns alles erzählen«, sagte er zu Harriet.

Im Haus der Hodders war es wie gewohnt dunkel. Trotz des sonnigen Nachmittags musste Brian in der Diele Licht einschalten. Die Küchentür hinten war zu, genauso wie die nach rechts, was die kleine Diele noch enger machte.

Brian öffnete die rechte Tür und bugsierte Harriet behutsam in ihr aufgeräumtes, quadratisches Wohnzimmer und auf das Sofa. PC Shaw folgte ihnen, und schon mit ihnen dreien fühlte sich der Raum zu voll an.

»Kann mir bitte jemand sagen, was passiert ist?«, fragte Harriet.

Die Polizistin setzte sich in den Sessel, wo sie ganz auf die Kante rückte, sodass sie Harriet und Brian gegenüber war, die nun nebeneinander auf dem Sofa saßen. »Ihre Freundin, Mrs. Reynolds, hat heute Ihre Tochter gehütet?«

Harriet nickte und spürte, wie sich ihr Mann verlegen neben ihr regte. Aus dem Augenwinkel sah sie, dass er sie fragend anblickte, richtete ihren Blick aber weiter auf PC Shaw, die kurz stockte, abgelenkt von Brians ruckartigen Bewegungen. »Es tut mir so leid.« Sie wandte sich wieder zu Harriet. »Ich weiß, wie schwer es für Sie sein muss, das zu hören, aber Alice ist von dem Schulfest verschwunden. Wir haben Officers, die suchen und ...«

»Wann? Wann ist sie verschwunden?«, fragte Harriet.

»Wir erhielten den Anruf um ein Uhr fünfzig mittags.«

»Und was ist passiert?«, fragte Harriet. Sie fühlte, dass ihre Hand in Brians Umklammerung zitterte.

PC Shaw atmete laut durch die Nase ein und schien nicht wieder auszuatmen. »Ihre Tochter wollte zu einer Art Hüpfburg. Sie lief auf die Rückseite, und da hat Mrs. Reynolds sie das letzte Mal gesehen.«

»Ich verstehe nicht«, sagte Brian. »Eine Hüpfburg, sagen Sie? Was wollte sie da auf der Rückseite?«

»Nein, es war keine übliche Hüpfburg. Es heißt Jungle Run«, erklärte die Polizistin. »Und es ist ein aufblasbarer Hindernis-Parcours.«

»Aber Alice hasst solche Sachen.« Brian schüttelte den Kopf. Er packte Harriets Hand fester. »Sie war noch nie in solch einem Ding. Warum sollte sie da heute reingegangen sein?«

PC Shaw presste die Lippen zusammen, bis sie zu zwei schmalen Linien wurden. Es war offensichtlich, dass sie keine Antwort auf seine Frage hatte.

Brian starrte sie weiter an. »Wahrscheinlich hat sie Angst bekommen«, rief er aus. »Sie muss es richtig gehasst haben.« Harriet spürte, wie sich seine Schultern unter seinen Atemzügen hoben und senkten. »Aber vielleicht ist das ja gut, nicht?«, sagte er. »Es bedeutet, dass sie vermutlich nur weggelaufen ist, nicht von jemandem verschleppt wurde.«

»Das versuchen wir gerade herauszufinden, Mr. Hodder.«

»Und Charlotte?«, fragte er, sah kurz zu Harriet, dann wieder zu PC Shaw. »Wo war sie, als das passiert ist? Als sie auf unsere Tochter aufpassen sollte? Ich meine, wie konnte Alice überhaupt irgendwohin, ohne dass Charlotte es gesehen hat? Sie hätte sie die ganze Zeit im Auge behalten sollen.« Harriet fühlte förmlich, wie seine Panik wuchs; wie sein Atem schneller ging. Der Gedanke, dass eine Mutter nicht auf ein Kind achtete – er war Brian viel zu vertraut.

»Mrs. Reynolds konnte die Rückseite von dort, wo sie war, nicht sehen«, sagte die Polizistin. »Und als Alice nicht wieder rauskam, haben sie die Wiese abgesucht und Alarm geschlagen. Ich glaube, sie hat alles getan, was sie konnte, um ...«

»Um was?«, rief Brian. PC Shaw senkte den Blick. »Sie hat alles getan, was sie konnte, um nach ihr zu suchen? Wollten Sie das sagen? Sie hätte sie gar nicht erst verlieren dürfen.« Er sank auf dem Sofa nach hinten und vergrub das Gesicht in den Händen.

»Es tut mir leid«, sagte die Polizistin. »Ich wollte Sie nicht verärgern, Mr. Hodder. Das Gebiet wird gründlich abgesucht und alles getan, um Alice sicher nach Hause zu bringen.« Sie verstummte und blickte wieder nervös zwischen ihnen beiden hin und her, was Harriet zu dem Gedanken verleitete, dass sie selbst nicht glaubte, was sie sagte. »Wir tun alles, was wir können«, ergänzte sie leiser.

Brian fühlte sich hart, schwer und unangenehm nahe an. Harriet spürte seine angespannten Muskeln. Furcht übertrug sich von ihm auf sie, bis sie wegrücken wollte, um sie nicht mehr zu fühlen. Immer wieder sah er zu ihr. Sie wusste, dass es etwas gab, was er sich von der Seele reden musste.

Stattdessen legte er seine rechte Hand auf ihr Knie und sagte: »Sie finden sie, Liebling. Das werden sie. Sie müssen.« Seine Hand drückte sie, und schließlich wandte er sich wieder an die Polizistin. »O Gott, Sie denken doch nicht, dass es derselbe Kerl ist, oder?«, fragte er plötzlich. »Der, der diesen kleinen Jungen entführt hat?« Harriet bemerkte, dass er ihr Knie fester umklammerte. Sie wollte von ihm weg, ertrug es nicht, dass er jetzt schon diese Frage stellte. Mit der linken

Hand packte sie das Lederpolster unter sich und drückte fest zu, bis der Druck zu groß wurde und sie loslassen musste.

Wieder holte PC Shaw tief Luft. Dabei gab es bereits zu wenig Luft in dem Zimmer für alle.

»Wir wissen es nicht, Mr. Hodder. Zum gegenwärtigen Zeitpunkt gehen wir noch davon aus, dass Alice freiwillig das Fest verlassen hat.« Sie lächelte sehr verkrampft und senkte den Blick, damit sie keinem von ihnen in die Augen sehen musste.

»Glauben Sie das wirklich?« Er rückte auf die Sofakante vor. »Oder stellen Sie schon eine Verbindung zu Mason Harbridge her? Denn seitdem sind sieben Monate vergangen, und keiner hat einen Schimmer, was mit ihm passiert ist. Wie können Sie mir erzählen, dass es nicht derselbe Mann ist, der Alice entführt hat?«

In Harriets Kopf blitzten Bilder von dem kleinen Mason auf, dem Jungen, von dem die Presse geschrieben hatte, er hätte sich in Luft aufgelöst. »Mir wird schlecht«, rief sie und rannte aus dem Zimmer in die Küche, wo sie sich würgend über die Spüle beugte.

Jeden Moment wäre Brian hinter ihr, würde ihr den Rücken reiben, um sie zu beruhigen. Sie wischte sich mit der Hand über den Mund und spülte sie unter dem laufenden Wasserhahn ab. Sie wollte alleine sein, nur kurz, bevor Brian anfing, Fragen zu stellen, auf die sie die Antworten nicht hören wollte.

»Nur einen Moment, Mr. Hodder«, murmelte PC Shaw durch die offene Wohnzimmertür. Offenbar hielt sie ihn davon ab, Harriet nachzulaufen. Ihre Stimmen waren gedämpft, aber sobald Harriet das Wasser abgedreht hatte, konnte sie eben noch verstehen, was gesagt wurde. »Ich weiß, dass es ein Schock für Sie ist.«

»Ist es.«
»Wie gut kennen Sie Charlotte Reynolds?«
Es entstand eine Pause. »Persönlich nicht sehr gut.«
»Ist sie eine Freundin?«
»Nein, sicher nicht.«
»Ich meine, stehen sie und Ihre Frau sich nahe?«
Harriet wartete gespannt auf seine Antwort, die nach einer Weile kam: »Ja, ich schätze, das tun sie.«

HEUTE

Da ist ein lautes Einatmen, als DI Rawlings auf ihrem Stuhl vor und zurück wippt. Mir fällt es nicht schwer zu vergessen, dass wir nicht auf derselben Seite sind, so sehr, wie sie mir versichern will, dass meine Aussagen hilfreich sind.

Ja, ich weiß, wie furchtbar es war, will ich ihr sagen. Das muss man mir nicht erst erzählen.

Und inzwischen ist uns allen klar, dass es noch so viel schlimmer geworden ist.

»Erzählen Sie mir mehr über Ihre Freundschaft mit Harriet«, sagt sie. »Wie sind Sie sich zum ersten Mal begegnet?«

»Harriet hat an der St. Mary's School gearbeitet«, sage ich. Mein Mund ist trocken, und ich trinke den letzten Schluck Wasser in dem Glas in der Hoffnung, sie würde mir mehr anbieten. Sie hat mir gesagt, dass ich jederzeit Pause machen dürfe, nur fehlt mir der Mut, um eine zu bitten.

»Die Schule, auf die Ihre Kinder gehen?«, fragt sie. »Dieselbe Schule, die das Fest veranstaltet hat?«

»Ja. Bevor Harriet Alice bekommen hat, war sie dort halbtags als Hilfslehrerin tätig.« Ich erzähle ihr, dass ich in die Schule gerufen wurde, weil es ein Problem mit Jack gab, widerstand jedoch dem Drang zu sagen, dass es nichts mit meinem Sohn zu tun gehabt hatte. »Ich hatte Harriet schon vorher dort gesehen, aber das war das erste Mal, dass wir miteinander redeten.«

In meinem Kopf erscheint ein Bild von Harriet, die nervös auf dem Spielplatz umherläuft, und ich kann Audrey sagen hören: »Sie huscht herum wie ein Mäuschen«. Es kann gut sein, dass ich gekichert habe, denn wie immer traf es Auds Beobachtung genau; doch ich empfand noch etwas anderes, als ich ihr zuschaute. Mitleid vielleicht?

»Wahrscheinlich ist sie bloß schüchtern«, hatte ich gemurmelt und wieder auf Jacks kleinen Kopf gesehen. Es hatte ein weiteres Rundschreiben wegen Läusebefall gegeben, und Jack hatte sie bereits viermal gehabt. Für ein fünftes Mal war ich nicht bereit. »Oder sie will nicht von Eltern belämmert werden.«

»Hmm, sie ist ein bisschen komisch«, sagte Audrey. »Sie sieht niemandem in die Augen.«

Hierauf hatte ich aufgeblickt und gesehen, dass Harriet ins Hauptgebäude eilte. Ich hatte mich gefragt, was sie von all den Müttern denken musste, die in einer Gruppe zusammengluckten, tratschten und laut lachten. Wir waren ein Rudel, und die meisten von uns fanden das wohltuend, auch wenn wir es nicht laut aussprachen.

Nichts davon erzähle ich Detective Rawlings. Stattdessen erzähle ich ihr, dass Harriet ehrlich und offen zu mir gewesen war und ich mich gut mit ihr unterhalten konnte. Als sie mir ihre Sorge wegen Jack erklärte, hatte ich beobachtet, wie ihre Finger mit dem Saum ihres Rocks spielten. Ihre Fingernägel waren abgebissen, und seitlich an ihrem Daumennagel war ein eingetrockneter Hautfetzen. Irgendwann hatte ich mich darauf konzentriert und mir gewünscht, sie würde aufhören, so sehr zutreffend über meinen Sohn zu reden, denn ich fürchtete, dass ich anfangen würde zu weinen.

»Mrs. Reynolds?«, hatte Harriet sanft gefragt. »Falls Sie glauben, dass ich mich in meiner Einschätzung irre, sagen Sie es bitte.«

Ich schüttelte den Kopf. »Nein, Sie irren sich nicht«, sagte ich. Sie war die Erste gewesen, die es so richtig begriff, die wirklich erkannte, was für ein Junge Jack war.

»Er ist sehr klug«, fuhr sie fort. »Von seinen Leistungen her ist er den anderen weit voraus, aber in der Gruppe kommt er mit Dingen nicht immer so gut zurecht, wie er es in seinem Alter sollte.«

»Weiß ich.«

»Es gibt Einstufungstests, die wir uns ansehen könnten, und Hilfe, die wir bekommen können.«

»Ich will nicht, dass ihm ein Stempel aufgedrückt wird«, sagte ich. »Mir ist es nicht peinlich, aber ...«

»Ist schon okay, Mrs. Reynolds. Sie müssen jetzt nichts entscheiden, und erst recht brauchen Sie nicht über eine andere Schule nachzudenken, falls Sie das nicht möchten.«

Ich erzähle dem Detective, dass sie eine wunderbare Hilfslehrerin war. »Sie hat sich so sehr für die Kinder engagiert«, sage ich. »Und sie hatte Zeit für mich. Wir haben geredet, und mir wurde klar, dass wir einiges gemeinsam hatten.«

»Was haben Sie gemeinsam?« Nicht zum ersten Mal werde ich das gefragt.

»Zunächst mal unsere Vergangenheit«, sage ich. »Wir sprachen über ...« Ich verstumme abrupt. Beinahe hätte ich gesagt, dass wir über unsere Väter gesprochen hatten, dass wir uns gegenseitig Dinge anvertrauten. Obwohl es bei dem Treffen um Jack ging, war ich irgendwie zu meiner eigenen Kindheit abgeschweift und hatte Harriet von meinem Vater erzählt. Nun ja, einiges von ihm. Auf jeden Fall mehr als irgendjemandem sonst. Ich erzählte ihr, wie er uns verließ, als ich noch klein war.

Aber dann erzählte Harriet mir, dass ihr Vater starb, als sie fünf war, und prompt bekam ich ein schlechtes Gewissen, denn war das nicht so viel schlimmer?

»Es ist Jahre her«, sagte sie und drückte meine Hand. »Bitte fühlen Sie sich deshalb nicht schlecht.«

Doch trotz ihres Lächelns und ihres freundlichen Blickes hatte ich einen kleinen Tränenschimmer in ihren Augen gesehen und begriffen, dass sie nur versuchte mir weiszumachen, ich hätte sie nicht traurig gemacht. Ich spürte, dass sie tief im Inneren bis heute unter dem Verlust litt, und schon damals, gleich zu Beginn unserer Freundschaft, hatte ich Schuldgefühle bekommen.

»Die Zeit heilt alle Wunden, nicht wahr?«, sagte Harriet. »So heißt es doch immer.«

»Ja, heißt es, auch wenn ich nicht sicher bin, ob ich dem zustimme«, murmelte ich.

»Nein.« Sie lächelte. »Bin ich auch nicht.«

Es verstrichen nur Sekunden, bis ich mich dabei ertappte, wie ich sie für die Woche darauf zum Kaffee mit mir und den anderen Müttern einlud. Harriet wirkte erschrocken, und ich dachte, sie würde ablehnen.

Doch sie bedankte sich und sagte, sie käme sehr gern. Während ich sie anlächelte und sagte, es wäre wundervoll, fragte ich mich schon, ob ich es mit der Einladung überstürzt hatte. Den anderen Müttern würde nicht gefallen, dass sie nicht offen über die Schule reden konnten, und ich wäre für Harriet verantwortlich. Dabei brauchte ich wahrlich nicht noch mehr Verantwortung.

Als ich Audrey sagte, was ich getan hatte, sah sie mich verwundert an.

»Gib ihr eine Chance. Ich glaube, du wirst sie mögen«, sagte ich. »Außerdem kennt sie sonst keinen in der Gegend.«

Harriet hatte keine anderen Freunde, wie mir früh klar wurde. Tom nannte sie ein weiteres meiner Sozialprojekte, was mich über Gebühr ärgerte, doch etwas an Harriet weckte den Wunsch in mir, sie unter meine Fittiche zu nehmen. Ich beschloss, dass ich ihr helfen könnte. Und der erste Schritt war, dass sie mehr Leute kennenlernen musste.

»Harriet war erst wenige Monate vorher nach Dorset gezogen«, erzähle ich DI Rawlings nun. »Ich wollte, dass sie sich willkommen fühlt.«

»Und wie hat sie sich in Ihre Gruppe eingefügt?«, fragt sie mich.

»Gut.« Ich stocke. »Nein, eigentlich nicht. Wenn sie dabei war, sah sie immer aus, als würde sie sich unwohl fühlen, deshalb habe ich letztlich aufgehört, sie einzuladen. Ich wollte nicht, dass sie sich unsicher fühlte, und es war offensichtlich nicht ihr Ding.«

DI Rawlings zieht die Augenbrauen nach oben, und ich rutsche auf dem harten Stuhl hin und her. »Ich wusste, dass sie nicht dabei sein wollte«, beteuerte ich. »Sie mochte einige von den Müttern nicht besonders.«

»Aber Sie blieben mit Harriet befreundet?«

»Ja, zu Anfang allerdings nicht sehr eng. Ich redete mit ihr, wenn ich sie traf, aber erst als sie Alice hatte und ich Evie bekam, fingen wir an, uns regelmäßig zu verabreden. Bis dahin hatten alle meine anderen Freundinnen Kinder im Schulalter und machten tagsüber andere Sachen. Harriet und ich haben uns Gesellschaft geleistet.«

Harriet bewahrte mich vor dem Durchdrehen. Sie wurde zu einer guten Freundin in einer Zeit, als ich sie dringender denn je brauchte. Als alle anderen, die ich kannte, wieder arbeiten, zum Sport gehen oder Stunden im Café verbringen konnten, ohne sich von einer schlaflosen Nacht ausgelaugt zu fühlen. Sie vergaßen sehr schnell, wie das Leben mit einem Säugling war.

»Nach Evies Geburt war ich nicht sehr glücklich, und Harriet konnte gut zuhören«, sage ich. »Außerdem kriselte es in meiner Ehe, und ich konnte mich bei ihr aussprechen.« Viel mehr als damals bei Audrey, denn Harriet wollte immer so gern helfen.

»Also kamen Sie sich näher. Haben Sie sich alles erzählt?«, fragt DI Rawlings.

»Wir haben geredet, wie Freundinnen es tun.«

»Würden Sie es als enge Freundschaft bezeichnen?«

»Ja, sie ist eine meiner besten Freundinnen«, antworte ich, wobei ich an Aud denke und dass die beiden nicht unterschiedlicher sein könnten. Aber spielen Freundinnen nicht verschiedene Rollen in unserem Leben?

»Wie würde Harriet auf die Frage antworten?«, fragt sie.

Harriet würde sagen, dass ich ihre einzige Freundin bin.

»Sie würde dasselbe sagen.«

Ich stelle mir vor, was Rawlings denken muss, aber sie spricht die Frage nicht aus, die ihr auf der Zunge liegt.

Was würde Harriet heute sagen?

VORHER

Harriet

Brians und PC Shaws murmelnde Stimmen verschwanden im Hintergrund, als Harriet durchs Küchenfenster in den Garten blickte. Sie hatte ihn immer geliebt. Er war kein Vergleich zu Charlottes Garten, bot keinen Platz für ein hölzernes Klettergerüst mit zwei Schaukeln, ein Trampolin und ein Spielhaus. Aber zuvor hatte Harriet nur in Wohnungen gelebt und mit schmalen Balkons auskommen müssen.

Der Garten war das Einzige, was Harriet an dem Haus mochte, als sie herzogen. Vor fünf Jahren war Brian vor der schmalen Doppelhaushälfte vorgefahren, die er ihnen gekauft hatte, und Harriet war flau geworden. Der Umzug nach Dorset war ihr als ihr Traum weisgemacht worden – das Haus an der Küste, wo Harriet sich vorstellte, morgens die Fenster aufzureißen und Seeluft zu riechen, Möwenschreie zu hören und vielleicht sogar vom Schlafzimmer aus einen kleinen Ausschnitt Meer zu sehen.

Harriet hatte eigentlich nicht aus Kent weggehen wollen, aber Brians Beschreibungen vom Leben in Dorset hatten sie am Ende überzeugt. Immerhin war es das, was sie sich als Kind stets gewünscht hatte. Also waren sie dem Umzugswagen nach Südwesten gefolgt, und Harriet hatte sich ausreichend mit der Idee angefreundet, um ein bisschen aufgeregt zu sein.

Überdies war es ihre Chance, von vorn anzufangen. Brian versuchte, die Vergangenheit hinter ihnen zu lassen. Er hatte einen neuen Job in Dorset und dann ein Haus für sie gefunden. Ihr Mann strengte sich an, also konnte sie zumindest versuchen, ebenfalls mit dem Herzen bei der Sache zu sein. Und auf der Fahrt überlegte Harriet, dass es eventuell nicht schlecht war, ihr Leben an einen neuen Ort zu verlegen. Sie hätte keine Freunde und müsste einen neuen Job finden, aber vielleicht spielte all das keine Rolle. Und wenn es bedeutete, dass sie zusammen in ihrem Haus am Meer wären, musste es das wert sein.

Als sie vor dem Haus hielten, dachte Harriet, die Umzugsleute hätten sich verfahren. Sie waren vor mindestens zehn Minuten von der Küstenstraße abgebogen. Von hier aus könnte sie nicht mal zu Fuß an den Strand kommen, geschweige denn ihn sehen. Sie hatte hinüber zum Haus gesehen und dann zu Brian, der seinen Sicherheitsgurt löste und sie anstrahlte.

Das Haus entsprach ganz und gar nicht dem in ihrem Kopf – dem mit den großen Fenstern und den Holzläden. Alle Häuser in der Straße sahen aus, als wären sie nebeneinandergequetscht worden und als hätte niemand sich die Mühe gemacht, sie richtig fertig zu bauen. Und mit der abblätternden Fassadenfarbe und den moosgefleckten Dachschindeln schien ihm selbst peinlich, wie es aussah.

Brian drückte ihre Hand. »Das ist es. Das neue Kapitel unseres gemeinsamen Lebens. Was sagst du?«

Ihr kam der Gedanke, dass ihr Mann wissen musste, wie

wenig sie sich dieses Haus erträumt hatte. Aber dann blickte sie ihn an und fühlte sich mies, weshalb sie jedwede Sorge, er könnte immer noch sauer auf sie sein, verdrängte und ihm sagte, dass sie es wunderbar fand.

Fand sie nicht.

Brian führte sie nach drinnen und zeigte ihr alle Zimmer, während Harriet an sich halten musste, um nicht zu schreien. Alles war so eng und dunkel. Sie wollte die Wände der nichtssagenden, quadratischen Zimmer einreißen, um Licht hereinzulassen.

Doch es war immer noch größer als die Wohnungen, in denen sie aufgewachsen war. Damals hatte sie mit ihrer Mutter in einer Dreizimmerwohnung im ersten Stock einer Hochhaussiedlung gewohnt. Die Wohnung hätte glatt zweimal in die Doppelhaushälfte gepasst. Daher war ihr bewusst, dass sie sich nicht beklagen durfte, wurde aber dennoch das Gefühl nicht los, dass sie hier nie glücklich würde.

Der Garten hinten jedoch war ihre Zuflucht gewesen. Die Vorbesitzer hatten ihn sehr gepflegt. Bald lernte Harriet die Namen all der Blumen, die links am Zaun wuchsen. Die Winterstürme hatten den Zaun eingedrückt, und er war bis heute nicht repariert, weil Brian darauf bestand, dass der Nachbar zuständig wäre. Irgendwann würde er es trotzdem machen, bevor er sich mit dem Mann anlegte.

Nachdem Alice geboren war, gewöhnte Harriet sich an, den ersten Kaffee auf der Gartenbank zu trinken, während ihre Tochter in der Sandkiste hinten im Garten spielte. »Ich habe dir einen Kuchen gebacken, Mummy«, rief Alice ihr zu.

»Wunderbar, Schatz. Den esse ich zu meinem Kaffee.«
»Willst du eine Blaubeere obendrauf?«
»Oh ja, bitte.«

Dann kam Alice über den Rasen getapst, vollkommen konzentriert auf den Sandhaufen, damit er ja in einem Stück bei ihrer Mutter ankam. Und Harriet übernahm den Kuchen und gab vor, ihn zu essen, wobei sie sich lachend den Bauch rieb.

Die Erinnerung löste eine solch gewaltige Furcht in Harriet aus, dass sie halb auf die Spüle kippte. Sie konnte ihr Baby so deutlich vor sich sehen – und dennoch war Alice fort.

PC Shaws Stimme durchbrach ihre Gedanken, und das Bild von Alice zerbarst in tausend Teile, ehe es sich vollständig auflöste.

»Mrs. Hodder, sind Sie okay?«, fragte die Polizistin wieder.

Harriet drehte sich um und sah, dass die Frau ein Foto von Alice in der Hand hielt, das Brian aus einem Album gerupft hatte. Sie nahm das Foto und malte das Gesicht ihrer Tochter mit den Fingern nach.

»Das ist kein gutes Bild von ihr. Da war sie nicht fröhlich.« Harriet wusste noch, dass Alice ihr Eis fallen gelassen hatte und Brian nicht wollte, dass Harriet ihr ein neues kaufte. Alice musste überredet werden, in die Kamera zu lächeln, weshalb ihre Augen nicht so leuchteten wie sonst.

»Wir brauchen nur eines, das wir an alle Dienststellen verteilen können. Ist Ihre Tochter denn ansonsten gut getroffen?«

Harriet nickte. »Ja, aber ...« Sie wollte sagen, dass sie lieber ein besseres Bild suchte, da klingelte es an der Tür. Beunruhigt sah sie zu der Polizistin und dann in die Diele, wo Brian schon aus dem Wohnzimmer kam.

»Das wird Angela Baker sein«, sagte der weibliche Officer. »Sie wird Ihre VB. Vertrauensbeamte«, ergänzte sie, als Harriet sie verständnislos ansah.

Brian öffnete die Tür und trat beiseite, um den Besuch hereinzulassen. Die Frau stellte sich als Detective Constable Angela Baker vor und sagte Brian, er könne sie Angela nennen, was sie wiederholte, als sie in die Küche kam und Harriet sah.

Angela trug das braune Haar zu einem Bob geschnitten, der sich nicht bewegte, wenn es der Rest von ihr tat. Sie hatte einen grauen Wildlederrock, flache braune Schuhe und eine Strickjacke an, die sie auszog und sorgfältig über die Lehne eines Küchenstuhls hängte. »Ich bin für Sie beide da«, erklärte sie. »Sie dürfen mich alles fragen, und ich werde Ihr Hauptkontakt sein, damit es für Sie nicht zu verwirrend wird.« Sie lächelte wieder. »Soll ich vielleicht damit anfangen, dass ich uns einen Tee mache?« Angela zeigte zum Wasserkocher. »Und wir können alles durchgehen, was uns hilft, Ihre Tochter so bald wie möglich zu finden. Möchten Sie sich setzen?«

Folgsam nahm Harriet am Küchentisch Platz und beobachtete, wie PC Shaw sich murmelnd verabschiedete und ging. Sie fragte sich, was die Ankunft eines neuen Detectives für sie bedeutete. Unterdes bestand Brian darauf, dass er den Tee machte, und zog einen Stuhl für Angela vor.

»Vielen Dank, Brian«, sagte sie lächelnd, und sofort überlegte Harriet, ob sie ihrem neuen Gast nicht etwas hätte anbieten müssen. Zugleich ging ihr auf, dass sie es gar nicht wollte.

»Sie sind also Detective?«, fragte Brian.

»Bin ich«, antwortete Angela. »Ich bin hier, um Sie über die Fortschritte auf dem Laufenden zu halten und Ihre Fragen zu beantworten. Unserer Erfahrung nach ziehen Familien es vor, mit einer Person zu sprechen, die sie kennenlernen können.«

»Aber letztlich sind Sie ein Detective?«, wiederholte Brian.

»Ja. Ich stehe mit den Officers in Kontakt, die nach Alice suchen.«

Harriet wusste, dass Brian das nicht gemeint hatte, aber er reagierte nicht, sondern warf Teebeutel in Becher, holte die Milch aus dem Kühlschrank und schüttelte die Flasche aus purer Gewohnheit, bevor er einschenkte. Ihnen beiden war klar, dass Angela auch hier war, um mehr Informationen über sie zu bekommen, die sie dann an die Kollegen weitergeben konnte.

»Ich habe nicht das Gefühl, dass wir irgendwas wissen«, sagte er, als der Tee aufgegossen war, und stellte Angela und Harriet vorsichtig Becher hin. »PC Shaw hat uns nicht viel erzählt. Wir wissen nicht mal, wer nach Alice sucht.«

Brian war immer leicht gebräunt und über dem sorgfältig getrimmten kurzen Bart ein wenig gerötet, doch im Moment schien sämtliche Farbe aus seinem Gesicht gewichen zu sein. Harriet war dankbar, dass er Konversation machte. Sie befürchtete, wenn sie den Mund aufmachte, würde sie wieder zu weinen anfangen, und das brachte niemanden weiter.

»Nun, jetzt gerade sind viele Officers draußen und suchen sie«, sagte Angela, als Brian sich einen Stuhl vorzog und sich zu ihnen an den Tisch setzte.

»Wo suchen sie?«, fragte er. »Wie viele Leute haben Sie da draußen?«

»Alle, die uns zur Verfügung stehen. Das Verschwinden Ihrer Tochter hat für uns oberste Priorität.«

»Werden Sie sie finden?«, fragte er, und seine Stimme brach.

»Werden wir«, antwortete Angela so sicher, dass Harriet ihr für einen Augenblick glaubte.

»Aber das andere Kind haben Sie nicht gefunden«, fuhr Brian fort. »Er wird auch nach Monaten noch vermisst.«

»Es gibt gegenwärtig keinen Grund zu der Annahme, dass die beiden Fälle in irgendeiner Form zusammenhängen.«

»Aber sie könnten es«, erwiderte Brian. »Das andere Kind ist genauso verschwunden wie Alice, also könnte es selbstverständlich einen Zusammenhang geben.«

»Mason«, sagte Harriet leise. »Sein Name ist Mason.«

Beide verstummten und sahen sie an, als hätten sie ganz vergessen, dass sie da war. Angelas Züge wurden noch weicher, und Harriet hoffte sehr, dass es kein Mitleid war, was sie in ihren Augen wahrnahm. Aber Mason Harbridge war nicht nur ein Kind; er war ein Junge mit einem Namen und einer Mutter, die öffentlich zusammengebrochen war. Harriet wusste alles über den Fall, hatte die Nachrichten aufmerksam verfolgt und war gebannt gewesen von der Geschichte, die sich Stück für Stück zusammenfügte. Die Tatsache, dass er aus einem kleinen Dorf in Dorset verschwand, ließ es so nahe wirken.

Mehrfach waren die Eltern verdächtigt worden, doch Harriet glaubte nicht, dass sie etwas damit zu tun hatten. Sie fühlte mit ihnen, wenn sie sah, wie die Presse in ihr Leben eindrang und alles der Öffentlichkeit entblößte. Niemand hatte gedacht, dass sieben Monate vergehen würden, ohne dass es Neuigkeiten zu dem kleinen Mason gab.

»Wie gesagt, es gibt keinerlei Verbindung zwischen Alices Verschwinden und Masons«, sagte Angela. »Soweit wir gegenwärtig wissen, ist Ihre Tochter aus eigenem Willen von dem Schulfest weggegangen und hat sich verirrt.«

»Ich kann einfach nicht glauben, dass keiner etwas gesehen hat«, rief Brian aus, schüttelte den Kopf und schob seinen

Stuhl zurück. »Da müssen massenhaft Leute gewesen sein.« Er blickte von Angela zu Harriet. »Ich verstehe das nicht. Ich begreife es überhaupt nicht.« Er stand auf, trat an die Spüle und faltete die Hände wie zum Gebet vor seinem Gesicht. »Gott, ich meine, warum, Harriet?«

»Warum was?«, fragte sie, obwohl sie ihn sehr wohl verstand.

»Du weißt, was ich meine«, sagte er und drehte sich um. »Warum war Alice bei Charlotte? Warum war sie nicht bei dir? Wo warst du?«

Harriet biss sich auf die Unterlippe. Sie spürte, dass Angela sie ansah.

»Ich war bei einem Kurs.«

»Ein Kurs? Was soll das heißen, bei einem Kurs?« Er stützte beide Hände auf der Arbeitsfläche auf, als müsse er sich festhalten. »Harriet«, wiederholte er, »von welchem Kurs redest du?«

»Ein Buchhaltungskurs«, antwortete sie schließlich.

Er sah sie an, vollständig erstarrt, ehe sich seine Lippen bewegten, ohne dass ein Laut herauskam. Dann sagte er leise: »Ich habe nichts von einem Buchhaltungskurs gewusst. Du hast es mir gegenüber nie erwähnt.«

»Doch, habe ich«, erwiderte Harriet und hielt seinen Blick. »Ich habe es dir letzte Woche erzählt.«

Brian runzelte die Stirn, kehrte an den Tisch zurück und setzte sich wieder. Ihr entging nicht, dass er verwirrt war, aber sie wollte ihn auch daran erinnern, wie unwichtig das jetzt war.

»Nein, mein Liebling«, sagte er und hielt ihr die Hände hin, die Handflächen nach oben gekehrt. »Nein, das hast du absolut nicht.« Harriet legte ihre Hände in seine, und er umfing sie. »Aber das ist jetzt nicht von Bedeutung, oder? Alice zu finden hat Vorrang.« Er wandte sich zu Angela. »Ich möchte nach meiner Tochter suchen. Hier komme ich mir nutzlos vor.«

»Das verstehe ich, aber dies ist momentan ehrlich der beste Ort für Sie. Also, Harriet«, sagte sie, »erzählen Sie mir von Charlotte. Lassen Sie Alice oft bei ihr?«

»Nein. Ich habe das noch nie zuvor getan.« Ihre Hände waren heiß und klebrig, deshalb zog Harriet sie aus Brians und wischte sie an ihrem Rock ab.

»Und bei wem würden Sie Alice normalerweise lassen?«

»Ich habe Alice nie bei jemandem gelassen.«

»Niemals? Und Ihre Tochter ist vier?« Angela schien überrascht. An diese Reaktion war Harriet gewöhnt.

»Harriet muss Alice bei keinem lassen«, mischte Brian sich ein. »Sie ist Vollzeitmutter.«

Angela warf ihm einen fragenden Blick zu, sagte aber nichts. Falls sie selbst Kinder hatte, ließ sie die bei ihrem Job wahrscheinlich oft in der Obhut anderer, dachte Harriet.

»Aber heute brauchten Sie jemanden, der auf sie aufpasst?«, fragte Angela. »War Charlotte Ihre erste Wahl?«

»Ja«, antwortete Harriet. Sie fügte nicht hinzu, dass ihre Freundin ihre einzige Wahl war.

»Demnach fühlt Alice sich bei Charlotte wohl? Kennt sie sie gut?«

»Sie kennt sie seit ihrer Geburt«, sagte Harriet. »Ich habe Charlotte während meiner Schwangerschaft kennengelernt.«

»Und, Brian«, Angela wandte sich zu ihm, »Sie waren heute zum Angeln? Wo waren Sie da?«

»Chesil Beach«, sagte er. »Aber wozu müssen Sie das wissen? Ich stehe doch nicht unter Verdacht, oder?«

»Nein, tun Sie nicht. Es ist nur wichtig, dass wir uns ein vollständiges Bild von jedem machen, der Alice nahe ist. Chesil Beach ist schön«, sagte Angela. »Mein Vater war dauernd dort. Er sagte, es gibt nichts Besseres, als allein mit einer Bierflasche und einer Angelrute am Strand zu sitzen. Fahren Sie allein hin?«

»Ja, und ich trinke nicht.«

»Manchmal fuhr mein Vater auch mit einem Boot raus. Es gibt eine schöne Stelle, gleich hinter …«

»Ich fahre nie Boot. Und ich verlasse den Strand nicht. Aber falls Sie jemanden brauchen, der bestätigt, wo ich war, fragen Sie Ken Harris«, sagte Brian. »Er war heute mit seinem Boot draußen und muss mich gesehen haben.«

Ihr Mann hatte noch nie jemanden erwähnt, mit dem er angelte. Harriet hatte stets angenommen, er würde für sich bleiben.

»Danke, Brian.« Angela lächelte. »Und ich würde gern Näheres über den Kurs erfahren, wenn das okay ist, Harriet.«

Harriet nickte und stand auf, um die Anmeldepapiere aus ihrer Handtasche zu holen.

»Und würde es Ihnen etwas ausmachen, mir auch Alices Zahnbürste zu holen?«, fragte Angela, wobei sie sich Notizen auf ihrem iPad machte.

»Was?« Harriet blieb stehen und drehte sich zu ihr um.

»Ihre Zahnbürste. Es ist reine Routine, damit ich etwas von ihr habe.«

»O Gott«, rief Brian, stemmte die Hände gegen den Tisch und schob seinen Stuhl zurück, sodass die Stuhlbeine auf dem Boden kreischten. »Denken Sie schon daran?«

Harriet ging aus der Küche und nach oben ins Bad, wo sie nicht mehr hörte, wie Brian mit Angela sprach. Zitternd hielt sie sich am Waschbecken fest. Sie wusste, dass sie Alices Zahnbürste wegen der DNS haben wollten. Was bedeutete, dass sie bereits das Schlimmste in Betracht zogen – dass sie eine Leiche fanden anstelle ihrer Tochter.

Alices Prinzessinnenzahnbürste glitt durch Harriets Finger, als sie danach griff, und fiel ins Waschbecken.

Die beiden anderen Zahnbürsten wirkten falsch so allein. Brians mit den makellosen Borsten, ihre mit den in alle Richtungen abstehenden. Sie packte Alices Zahnbürste und stellte sie zurück in den Becher. Angela könnte eine neue haben, eine unbenutzte aus der Schublade. Dort waren noch zwei, wie Harriet sah, als sie die Schublade aufzog und mit den Fingern über das harte Plastik strich.

»Was machst du?«

Harriet blickte auf und in zwei Gesichter im Spiegel. Ihres war nass von Tränen, die ihr über die Wangen strömten. Sie hatte nicht mal gemerkt, dass sie weinte. Brians Spiegelbild ragte über ihre Schulter, als er die Hände an ihre Arme legte und sie zu sich drehte. Mit den Daumen wischte er ihr die Tränen ab, wobei er feuchte Spuren auf ihrem Gesicht hinterließ.

»Sie brauchen die Zahnbürste, Harriet«, sagte er, griff sie sich und brachte sie nach unten zu Angela.

Harriet starrte auf die leere Stelle, an der er gewesen war, und fragte sich, wie er es schaffte, noch so mühelos zu funktionieren. Ein achtlos herausgenommenes Foto, gewiss das erste, das er fand, und jetzt gab er die Zahnbürste ihrer Tochter weg. Aber Brian war gut darin, die Fassung zu wahren. Er tat nur, was notwendig war, um der Polizei bei der Suche nach ihrer Tochter zu helfen. Unterdes blieb Harriet mit der Erinnerung zurück, wie Alice sich morgens die Zähne geputzt hatte.

»Fertig, Mummy«, hatte sie gesagt und automatisch den Mund weit aufgerissen, damit ihre Mutter es prüfen konnte.

»Fantastisch«, hatte Harriet gesagt. »Die Zahnfeen werden sich freuen, wie die glänzen.«

Ein neuer Tränenschwall kam, und abermals klammerte Harriet sich ans Waschbecken, um sich aufrecht zu halten, bis schließlich Brian wiederkam, ihre Hände vom Porzellan löste und sie zurück nach unten in die Küche brachte, wo Angela geduldig wartete.

»Ich muss wissen, was sie gemacht hat, als unsere Tochter verschwand«, sagte Brian, als er Harriet zu ihrem Stuhl brachte und sich neben sie setzte. »Ich will wissen, was Charlotte getan hat, denn offensichtlich hat sie nicht auf Alice geachtet.«

»Sicher haben Sie reichlich Fragen. Und ich kann die leider nicht beantworten. Nicht vollständig, Brian.«

»Wo war sie? Sie kann nicht bei dieser Tunnelrutsche gewesen sein, sonst hätte sie gesehen, wohin Alice ging.«

»Ich glaube, sie hat mit ihrer jüngsten Tochter in einem Zelt daneben gewartet«, sagte Angela.

»Also hat sie nicht hingesehen«, fuhr Brian fort. »Hat nicht auf meine Tochter aufgepasst, genau wie ich gesagt habe. Wahrscheinlich war sie an ihrem Handy. Das sieht man dauernd – Mütter, die ihre Kinder ignorieren, weil sie mit ihren Telefonen beschäftigt sind. Die meiste Zeit haben sie keine Ahnung, wo ihre Kinder überhaupt sind. Deshalb verstehe ich das nicht, Harriet. Ich verstehe nicht, wie du sie bitten konntest, auf Alice aufzupassen. Du sagst doch immer, dass sie total auf sich selbst fixiert ist, dass sie ihre Kinder verwildern lässt.«

»Nein«, widersprach Harriet entsetzt. »Das habe ich nie gesagt.«

»Doch, hast du ganz sicher.«

»Das stimmt nicht!« Charlottes Kinder waren nicht verwildert; sie waren lebhaft, ungestüm und voller Energie. Verwildert war ein Ausdruck, den sie nie benutzen würde.

»Du hast mir mal gesagt, dass du ihr Alice nicht anvertrauen würdest.« Er sah sie streng an. »Dass sie nicht ganz richtig im Kopf ist.«

»Nein!«, rief Harriet entgeistert und wurde rot vor Scham. »Das habe ich nie behauptet.« Ihr war bewusst, dass Angela sie aufmerksam beobachtete, während Harriet sich an einen Moment zu erinnern versuchte, in dem sie etwas gesagt haben könnte, das Brian zu völlig falschen Schlüssen verleitet hatte. Doch selbst wenn sie es hatte, hätte sie es nicht so gemeint.

Brian nahm seinen Becher, trank einen Schluck, zog eine Grimasse und stellte den Becher wieder hin. Sein Tee musste inzwischen kalt sein. »Ich hätte nur nie erwartet, dass du Alice bei ihr lassen würdest«, sagte er.

»Es gibt noch einige Dinge, die ich Sie beide fragen muss«, wechselte Angela das Thema. Brian nickte. »Fangen wir mit den Familienangehörigen an, Alices Großeltern, Tanten, Onkel.«

»Da gibt es nicht viele«, antwortete Brian. »Mein Vater ist vor fünfzehn Jahren gestorben, und meine Mutter ...« Er brach ab und straffte seine Schultern. »Meine Mutter ist gegangen, als ich klein war. Ich habe keinen Kontakt zu ihr. Harriets Eltern sind beide tot.«

»Geschwister?«

»Wir haben beide keine«, antwortete er.

»Also Ihre Mutter, wann haben Sie sie zuletzt gesehen, Brian?«

»Vor Jahren«, sagte er achselzuckend. »Ich weiß es nicht mehr genau.«

Harriet sah, wie ihr Mann versuchte, es ungerührt abzutun, dass seine Mutter ihn verlassen hatte. Sie erinnerte sich, wann er sie zuletzt gesehen hatte, und sie wusste, dass er es auch tat. Es war fast acht Jahre her. Er war mit Harriet zu ihr gefahren, als sie einen Monat zusammen waren.

»Und weiß sie, wo Sie wohnen oder von Alice? Könnte es einen Grund geben, dass sie herkommt und ihre Enkelin sehen will?«

»Ich bezweifle, dass sie überhaupt von ihr weiß.«

»Sie bezweifeln es? Denken Sie, sie könnte es wissen?«, fragte Angela.

»Sie weiß es nicht«, sagte Brian. »Das denke ich nicht.« Er sah zur Seite, und Harriet fragte sich, ob er seiner Mutter doch mal von Alice erzählt hatte. Sie konnte sich vorstellen, wie wenig sie darauf reagiert hätte.

Angela stellte mehr Fragen über andere Angehörige und enge Freunde, doch es war klar, dass sie sich in betrüblich kleinen Kreisen bewegten. Harriet erzählte ihr, dass sie keinen Kontakt mehr zu früheren Kollegen hatte und sehr selten einige der anderen Mütter traf; wenn überhaupt, dann nur, weil sie mit Charlotte befreundet waren. Es war erschütternd offensichtlich, dass es bloß eine Person in ihrem Leben gab, die sie regelmäßig sah, nämlich die Person, die gerade ihre Tochter verloren hatte.

Brians Leben war um nichts interessanter. Er verließ das Haus jeden Morgen um acht, um zur Arbeit in einer Versicherung zu fahren, bei der er seit fünf Jahren war. Verlässlich um halb sechs war er wieder zu Hause. Er ging nicht mit Kollegen auf einen Drink, blieb den Weihnachts- und sonstigen Feiern fern und bestätigte, nicht im Mindesten peinlich berührt, dass es niemanden gab, den er als Freund bezeichnen würde.

Jeden Samstag ging Brian zum Angeln. Er brach früh auf und kam irgendwann am Nachmittag wieder. Und vor heute hatte er nie jemanden namentlich erwähnt, den er dort sah.

Später sprach Angela von einem Aufruf, der wahrscheinlich am nächsten Morgen herausginge und dann auf allen Nachrichtenkanälen gesendet würde. Sie besprachen außerdem die Möglichkeit, dass Harriet und Brian sich mit Charlotte trafen.

»Das kann ich nicht«, sagte Harriet. Bei der Vorstellung, Charlotte gegenüberzusitzen und die Schuldgefühle zu sehen, die sie plagten, fuhr ihr ein Messer in den Magen.

»Ist gut«, sagte Angela zu ihr. »Sie müssen es nicht, wenn Sie nicht dafür bereit sind.«

»Du wirst es bald anders sehen«, bemerkte Brian. Sie ignorierte ihn. Für sie stand fest, dass sie es sich nicht anders überlegen würde.

Doch während die Gedanken an Charlotte und den öffentlichen Aufruf durch ihren Kopf wirbelten, war es die Aussicht, die Nacht ohne Alice im Zimmer nebenan zu verbringen, die sie marterte. Wie wollte sie das durchstehen? Wie könnte Harriet in den Sekunden funktionieren, in denen Alice nicht bei ihr war? Ein Leben ohne ihr kleines Mädchen war keine Option.

Alles, was sie im Geiste sah, war das blasse, verängstigte Gesicht ihrer Tochter. »Mummy? Wo bist du?«

Harriet war gefangen. In ihrem Körper, in diesem Haus, ohne eine Ahnung, was sie für ihre Tochter tun konnte. Schiere Frustration zerriss sie innerlich, sodass sie aufschrak und einen gellenden, kehligen Schrei ausstieß.

Brian sprang von seinem Stuhl und zu seiner Frau, hielt sie in seinen Armen und sagte ihr, dass alles gut würde. »Das ist alles Charlottes Schuld«, fauchte er in Richtung Angela. »Immerhin ist es nicht das erste Kind, das sie verliert.«

Charlotte

Um sieben Uhr am Samstagabend rief mich Detective Chief Inspector Hayes an. Er teilte mir mit, dass Harriet mich sehen wolle, obwohl er mir vorher gesagt hatte, sie weigerte sich.

»Natürlich gehe ich hin«, sagte ich auf seine Frage, ob ich bereit wäre, sie zu Hause zu besuchen. Tatsächlich hatte ich im Geiste alle erdenklichen Szenarien eines Treffens mit Harriet durchgespielt, und keines war gut ausgegangen. »Ich muss nur jemanden organisieren, der bei den Kindern bleibt.«

»Sicher«, sagte er. »Ich kann einen Officer schicken.«

»Nein, das ist nicht nötig«, entgegnete ich. Ein Polizist als Babysitter würde den Kindern nur Angst einjagen. »Ich kann in einer Stunde da sein, wenn das okay ist«, sagte ich und legte auf. Ich hatte Tom sofort angerufen, als ich nach dem Schulfest wieder zu Hause war, daher wusste ich, dass er rüberkommen würde, wenn ich ihn brauchte.

DCI Hayes hatte ich bereits am Nachmittag kennengelernt. Audrey hatte darauf bestanden, dass ich das Fest verlassen sollte und sie mich und die Kinder in meinem Wagen nach Hause brachte. Ich hatte aus dem Seitenfenster gestarrt, als sie den Rückwärtsgang einlegte und leise murmelte, sie würde »nie von diesem verfluchten Parkplatz kommen«.

»Ich sollte nicht wegfahren«, sagte ich. »Ich müsste mit allen anderen suchen.« Eltern standen in Gruppen überall auf der Festwiese zusammen, obwohl die Polizei sie aufgefordert hatte, sich nicht einzumischen.

»Nein, du musst bei deinen Kindern sein«, sagte sie. »Sie

brauchen dich jetzt mehr denn je, und dies ist kein Ort für sie.«

Fraglos hatte sie recht, doch während Audrey sich zwischen den parkenden Wagen hindurchkämpfte, fühlte ich mich so leer wie der zusätzliche Kindersitz hinter mir. Der Platz zwischen Molly und Evie war eine klaffende Erinnerung daran, dass ich nicht nur Alice verloren hatte, sondern jetzt auch noch von ihr wegging.

Wir fuhren von dem Parkplatz und um die Ecke mit der Festwiese rechts von uns. Die aufgeblasenen Palmenspitzen oben auf dem Jungle Run, die man am anderen Ende sehen konnte, schwankten nicht hin und her. Niemand ließ mehr sein Kind hinein, auch wenn die Tunnelrutsche nicht zum Tatort erklärt worden war.

»Und es sind genug Leute da draußen«, fuhr Aud fort. »Die Polizei will nicht mal, dass die mitsuchen. Sieh dir das an«, flüsterte sie. »Keiner will mehr seine Kinder hier haben.« Zwei weitere Streifenwagen kamen an uns vorbei, deren Blaulichter stumm blinkten. Ich beobachtete im Seitenspiegel, wie sie anhielten.

Hayes war um halb fünf zu mir gekommen. Da hatte er mir erzählt, dass Harriet sich weigerte, mich zu sehen.

»Ich habe versucht, sie anzurufen«, sagte ich. »Das hatte ich, sobald ich zu Hause war, aber ihr Handy muss ausgeschaltet sein.« Ich nahm mein Handy und starrte das Display mit einem Foto meiner lächelnden Kinder an. Oft hatte ich es bei Harriet versucht, jedes Mal mit angehaltenem Atem, bis die Mailbox ansprang und ich auflegen und wieder atmen konnte.

»Sie muss Fragen haben«, sagte ich zu dem Detective. »Sie muss von mir hören wollen, was passiert ist. Ich würde es wollen.« An ihrer Stelle würde ich mich anbrüllen wollen, mit den Fäusten gegen meine Brust trommeln, bis ich zusammenbrach. Eine Erklärung verlangen, mich anflehen, ihre Tochter zu finden oder die Zeit zurückzudrehen und zu ändern, was geschah.

»Jeder ist anders«, sagte er, und ich nickte, denn es könnte kaum wahrer sein.

Als Hayes um sieben wieder anrief, war ich dabei, die Mädchen auszuziehen und ihnen ein Bad einzulassen. Ich beendete das kurze Telefonat, drehte das Wasser ab und rief Toms Handy an.

»Neuigkeiten?«, meldete er sich.

»Noch nicht.«

»Oh, Charlotte. Bist du sicher, dass ich immer noch nichts tun kann?«

»Doch, es gibt etwas. Ich muss zu Harriet. Kannst du kommen und bei den Kindern bleiben?«

»Ja, selbstverständlich. Wie geht es Harriet?«

»Ich habe noch nicht mit ihr gesprochen. Wann kannst du hier sein?«

»Weiß ich nicht, ähm, in einer halben Stunde?«

»Das ist gut.«

»Und du hast noch gar nichts von Alice gehört?«, fragte er wieder.

»Nein, nichts.«

»Es war im Fernsehen. Ich habe es eben in den Nachrichten gesehen.«

»O Gott«, seufzte ich. Ich hatte schon zwei Anrufe von Journalisten gehabt, aber auf DCI Hayes' Rat hin zu beiden »Kein Kommentar« gesagt.

»Es tut mir leid, Charlotte. Ich weiß nicht, was ich sagen soll.«

»Sag nichts. Komm einfach her, damit ich zu ihr fahren kann.«

Ich saß auf meiner Bettkante und wartete auf Tom, während nebenan langsam das Badewasser kalt wurde. Auf meinem Display leuchtete noch eine Textnachricht von einer Mutter aus der Schule auf. »Gibt es Neuigkeiten? Kann ich irgendwie helfen?« Ich nahm das Handy und warf es hinter mich. Früher oder später müsste ich auf alle Nachrichten antworten, die ich seit dem Verlassen der Festwiese bekommen hatte, aber ich konnte nichts tun, ehe ich nicht diesen Abend durchgestanden hatte. Wegen der geschlossenen Vorhänge herrschte Halbdunkel im Zimmer, und ich brütete über einer Frage: Was zur Hölle sage ich Harriet?

Ich müsste beiden, ihr und Brian, in die Augen sehen und ihnen erzählen, dass ich nichts anzubieten hatte, was es leichter machen konnte. Keine Erklärung, keine Entschuldigung. Nicht mal einen Vorschlag, der sie eventuell beruhigen könnte. Sie würden mich fragen, was mit Alice passiert war, und ich müsste zugeben, dass ich keine Ahnung hatte.

Sie lief mit Molly hinter den Jungle Run.

Was dann?, würden sie fragen.

Weiß ich nicht. Ich weiß einfach nicht, was mit eurer Tochter geschehen ist.

Molly und Jack hatten mir erzählt, dass sie hinter dem Jungle Run ihre Schuhe ausgezogen hatten, in ihrer Aufregung jedoch vergaßen, Alice zu helfen oder auf sie zu warten, und auch nicht mitbekamen, ob sie mit hineinkletterte. »Du bist zehn, Jack«, hatte ich vorhin gerufen. »Warum hast du nicht nachgesehen, ob die Mädchen sicher drinnen sind, wie ich dich gebeten hatte?«

Jack sah mich traurig an. Ich wusste, dass ich von meinem Sohn nicht erwarten durfte, an andere Kinder zu denken. Warum hatte ich nachmittags angenommen, dass er es tat? Jack ist ein herzensguter Junge, aber das letzte Kind, dem man Verantwortung überträgt.

»Molly«, wandte ich mich an meine Tochter. »Sie war hinter dir hergelaufen. Warum hast du ihr nicht in das Ding geholfen? Was hast du gemacht? Bist du nur hinter Jack hergerast und hast vergessen, dass sie da war?« Mir war klar, dass ich meine Schuld nicht auf sie abwälzen durfte, trotzdem kamen mir diese Worte über die Lippen.

Molly fing an zu weinen. »Es tut mir leid, Mummy«, heulte sie.

Ich zog sie in meine Arme und sagte ihr, nein, mir tue es leid. Es sei nicht ihre Schuld. »Ich sage nicht, dass du etwas falsch gemacht hast«, beruhigte ich sie, obwohl ich genau das gesagt hatte.

Es gab nur eine Person, deren Schuld es war. Die in ihre Textnachrichten und Facebook vertieft gewesen war und vielleicht hin und wieder aufgeblickt hatte, aber nie lange genug, um Alice zu entdecken. Ich wusste, dass ich sie nicht aus der Rutsche hatte kommen sehen. Es waren immer nur meine beiden gewesen, die ich aus dem Schatten des Zelts heraus gesehen hatte. Was bedeutete, wie PC Fielding gesagt hatte, dass sie wahrscheinlich nie in den Jungle Run gestiegen war.

Als Tom da war, gab ich den Kindern einen Gutenachtkuss und sagte ihnen, ich würde sie morgen früh wiedersehen. Danach wollte ich aus dem Haus, bevor wir eine Unterhaltung beginnen konnten, doch er hielt mich an der Haustür zurück.

»Alles okay?«, fragte er.

Ich schüttelte den Kopf und bohrte die Fingernägel in meine Handflächen, damit ich nicht losweinte. »Natürlich nicht, aber ich will nicht darüber reden.«

»Es war heute der Aufmacher in den Nachrichten.« Tom rieb sich verlegen die Hände. »War wohl zu erwarten.«

»Ja, war es wohl. So etwas ...« Ich verstummte. »Ich muss wirklich los, Tom.«

Er nickte, und ich wusste, dass er mehr sagen wollte, öffnete aber die Haustür, um ihm keine Chance zu geben. »Ich habe eben Chris Lawson gesehen. Er hat mir erzählt, dass sie die Party heute Abend abgeblasen haben.«

»Das interessiert mich jetzt echt nicht.«

»Nein, weiß ich, ich meine ja nur. Sie sind immer noch deine Freunde und Nachbarn, und sie wollen dich unterstützen.« Ich trat hinaus in den Vorgarten, und er kam mir nach.

»Worauf willst du hinaus, Tom?« Ich kannte ihn hinreichend gut, um zu erkennen, dass er mehr zu sagen hatte.

»Es ist nur ...« Tom fuhr sich mit einer Hand durchs Haar, sodass es sich in Büscheln aufstellte. »Chris erwähnte, dass einige Sachen im Internet geschrieben werden, sonst nichts. Ich möchte nicht, dass du sie zufällig findest.«

»Was für Sachen?«

»Von bescheuerten Leuten, die nichts Besseres zu tun haben. Nicht deinen Freunden. Keinem, der dich kennt, Charl.«

»Was für Sachen?«, fragte ich nochmals. Meine Kehle brannte vor Angst.

»Nur ...« Er seufzte. »Was du gemacht hast, als sie verschwunden ist? Wie es kommt, dass mit deinen Kindern alles in Ordnung ist.«

Ich wich zurück, als hätte er mich geschlagen.

»Oh, Charlotte«, sagte er und fasste mich an den Armen.

»Ich kann das jetzt nicht«, schrie ich und wich noch weiter zurück.

»Tut mir leid.« Tom sah mich mit einem Ausdruck an, als wäre er verletzt oder besorgt – vielleicht beides. »Ich hätte nichts sagen sollen.«

»Na, dafür ist es zu spät, oder?«, blaffte ich ihn an und rannte zum Wagen, ehe er noch ein Wort sagen konnte.

Ich war selten bei Harriet gewesen, weil sie immer lieber zu mir kam. Oft hatte sie an meiner Kücheninsel gesessen und ehrfürchtig mit den Händen über die Eichenoberfläche gestrichen, als handelte es sich um das edelste Holz.

»Harriet, mach dir keine Gedanken«, hatte ich einmal lachend gesagt, als sie vorsichtig ihren Kaffeebecher abstellte und prüfte, ob er auch keine Ringe hinterließ, weil ich ihr keinen Untersetzer gegeben hatte.

»Pure Gewohnheit«, murmelte sie mit einem verlegenen Grinsen.

»Also ich mache mir keine Gedanken über Flecken«, sagte ich. »Die Kinder machen reichlich.« Trotzdem hatte sie mit der Hand über die Platte gewischt und mir erzählt, was sie alles an meinem Zuhause liebte. Innerlich hatte ich sie angefleht, still zu sein.

Im Gegensatz zu meinem ist Harriets Haus klein und unerträglich dunkel. Bei meinem ersten Besuch hatte sie sich deshalb entschuldigt und mich hastig zur Küche durchgeführt.

»Sei nicht albern, es ist hübsch«, sagte ich ihr. »Ich kann nicht fassen, dass du alles selbst gestrichen hast.«

»Na, viel ist es ja wirklich nicht. Es ist nicht sehr groß«, erwiderte sie. »Nicht wie dein wunderschönes Haus.«

Als sie das nächste Mal bei mir war, ertappte ich mich dabei, wie ich auf die angeschlagene Fußleiste hinwies, den Tisch, der dringend repariert werden musste, und den Riss in der Wohnzimmerdecke.

Ich erfand sogar Sachen. Kleine, harmlose Geschichten, die illustrierten, dass mein Leben nicht so perfekt war, wie sie dachte. Ich beklagte mich, dass Tom zu viel arbeitete und ich ihn kaum noch sah, dass ich meinen Job an manchen Tagen hasste und wünschte, ich könnte kündigen. Ich erzählte ihr, was für ein Glück sie mit Brian hatte, der immer um halb sechs zu Hause war, sodass sie als Familie zu Abend essen konnten.

Nicht gelogen war, dass das Abendessen bei uns kein angenehmes Erlebnis war. Die Kinder konnten sich nie darauf einigen, alle ein bestimmtes Gericht zu mögen, weshalb es meistens auf Fischstäbchen oder Pizza hinauslief, weil das die einzigen Sachen waren, über die sich keiner beschwerte. Aber ich verschwieg, dass Tom die Mahlzeiten nur noch elender machte und es leichter für mich war, sie allein durchzustehen. Ich sagte nicht, dass es für mich die blanke Hölle wäre, sollte Tom jeden Abend um halb sechs zu Hause sein.

Immerhin schien Harriet beruhigt. »Ja, ich habe großes Glück, dass Brian nie länger arbeitet.«

Ich bog von der Hauptstraße, die aus dem Ort führte, und in die Gegend, wo die Häuser sehr viel dichter zusammenstanden. »Total eingequetscht«, würde Tom sagen. Selbst um diese Zeit herrschte noch reger Betrieb in Harriets Straße. Ich musste an dem Haus vorbeifahren und fand schließlich eine enge Parklücke zwischen zwei abgeflachten Kantsteinen auf der gegenüberliegenden Straßenseite.

Einige Journalisten lauerten in Harriets Vorgarten, daher hatte ich die Handynummer der Vertrauensbeamtin bekommen; ich sollte anrufen, wenn ich da war, und sie würde rauskommen, um mich ins Haus zu holen. Das Haus selbst wirkte dunkel und verlassen, weil sämtliche Vorhänge geschlossen waren. Die Vorstellung, dass sie drinnen saßen, erdrückt von dem Elend, das ich verursacht hatte, weckte den Drang in mir, den Motor wieder anzulassen und umzukehren. Aber das durfte ich nicht. Also schluckte ich den Kloß in meiner Kehle herunter, tippte die Nummer in mein Telefon und sagte Angela, der Frau, die sich meldete, dass ich da sei.

Ein furchtbarer Mief hing in der Wohnzimmerluft. Der kleine, muffige Raum verhinderte nicht, dass mir ein Schauer über den Rücken lief, als ich hineinging. »Da ist wohl jemand über dein Grab gelaufen«, würde Tom sagen.
Die Vertrauensbeamtin Angela führte mich zu dem einzigen freien Platz, einem Sessel in der Ecke, gegenüber dem Sofa. Darauf saßen Harriet und Brian wie aneinandergeklebt. Brian hielt Harriets Hand auf seinem Schoß. Seine Finger spreizten und krümmten sich abwechselnd wie die eines nervösen Kindes.
Als ich durch das Zimmer stolperte und mich linkisch auf die Sesselkante hockte, folgte Brian mir mit seinem Blick. Sein Körper war halb um Harriet gebeugt, eine Schutzmauer, um sie vor mir abzuschirmen. Harriet war vollkommen regungslos, wie tot. Mit glasigen Augen starrte sie zum verhangenen Fenster und blickte kein einziges Mal in meine Richtung.
Die Stille war so kalt wie die Atmosphäre, bis Angela fragte: »Darf ich Ihnen eine Tasse Tee holen, Mrs. Reynolds?«

Ich schüttelte den Kopf. »Nein, danke.« Meine Stimme war kaum mehr als ein Flüstern. Ich sah bewusst an Brian vorbei zu Harriet, doch deren Augen blieben auf die Vorhänge fixiert.

»Vielleicht würde es helfen, wenn Sie Harriet und Brian erzählen könnten, was geschehen ist«, sagte Angela ruhig. »Was passierte, nachdem Alice zu dem Jungle Run gegangen war.«

Ich nickte. Es war deutlich zu spüren, das Harriet und Brian sich anspannten, und auch meine Muskeln verkrampften sich schmerzhaft in der Hockstellung auf der Sofakante. Ich hatte keinen Schimmer, wo ich anfangen sollte.

»Ich, ähm ...« Ich brach ab, schluckte laut und holte so tief Luft, dass es durch meine Zähne pfiff. »Es tut mir leid. Ich weiß, dass nichts, was ich sage, für euch von Bedeutung ist.« Wieder verstummte ich. Brians Blick bohrte sich weiter in mich, als könne er durch meine Haut sehen, doch Harriets blieb abgewandt.

Mein Kleid unter mir fühlte sich klamm an. Ich bewegte mich auf dem Ledersessel, was ein Quietschen meiner verschwitzten Schenkel bewirkte. Aber peinlicher konnte es eigentlich nicht werden, zumal mein Gesicht bereits bestimmt rot gefleckt war.

»Es tut mir leid«, begann ich wieder.

»Das bringt unsere Tochter nicht zurück«, fiel Brian mir ins Wort. Er sprach unheimlich ruhig. »Wir wollen deine Entschuldigungen nicht hören. Wir wollen wissen, was heute passiert ist, wie du Alice verlieren konntest.« Seine Finger spreizten und krümmten sich weiter an Harriets Hand. Harriet atmete tief ein.

Brian lehnte sich vor, verlagerte das Gewicht auf die

Sofakante. Nun konnte ich seine Augen deutlicher sehen, in denen sich zarte rote Linien aus den Winkeln ins Weiß zogen. Womöglich hatte er geweint, doch im Moment wirkte er wütend.

»Was ist passiert?«, knurrte er. »Denn wir müssen wissen, wie du unsere Tochter verloren hast.«

Ich fühlte, wie sich mein Atem in meiner Brust verhakte. »Es tut mir so leid, Brian. Ich weiß nicht, was passiert ist.«

»Du weißt es nicht?« Er stieß ein kurzes Lachen aus und warf eine Hand in die Luft, worauf Harriet zusammenzuckte. Brian bewegte sich, drängte sich noch dichter an Harriet, und obwohl ich schreckliches Mitleid mit ihm hatte, wünschte ich, er würde Platz machen, damit ich meine Freundin sehen konnte.

»So meine ich es nicht«, sagte ich. »Es ging nur alles so schnell. Innerhalb eines Sekundenbruchteils. Alice lief mit Molly und Jack zum Eingang nach hinten, aber dann ist sie nicht ...« Die Worte wollten nicht heraus, sodass ich nochmals tief einatmete. »Sie ist nicht wieder rausgekommen. Und sobald ich das wusste, habe ich nach ihr gesucht. Die anderen waren bei mir, aber«, ich schüttelte den Kopf, »sie war nicht da.« Mir war bewusst, dass ich zu schrill klang, und meine Entschuldigungen hingen in der Luft, während ich wartete, dass Brian antwortete.

Doch es war Harriet, die etwas sagte. Ihre Stimme durchschnitt seltsam fremd den Raum. »Wie lange war sie weg, bevor du es bemerkt hast?« Immer noch starrte sie Richtung Fenster. Mit dieser Frage hatte ich gerechnet.

»Ich denke, es waren vielleicht fünf Minuten«, sagte ich leise und beschwor sie im Stillen, an der Schulter ihres Mannes vorbei zu mir zu sehen. Ich rückte weiter vor, was erneut ein fieses Geräusch auf dem Leder machte. Meine Hand zuckte, als wolle sie nach Harriet greifen, doch fast instinktiv rückte sie auf dem Sofa weiter nach hinten. Schließlich drehte sie den Kopf und schaute mir in die Augen.

»Fünf Minuten sind nicht sehr lange«, sagte sie. »In fünf Minuten kann sie nicht weit gegangen sein.«

»Ich – ähm, vielleicht war es etwas länger. Ich bin mir nicht ganz sicher, aber es war nicht lange, das schwöre ich.«

Harriet wandte sich wieder ab, starrte erneut zum Fenster.

»Ich weiß nicht, wohin sie gegangen ist. Es tut mir so leid«, sagte ich. »Wir haben überall gesucht, und ...«

»Und was genau hattest du gemacht?« Während Harriets Stimme sanft geklungen hatte, war Brians beängstigend harsch. »Als sie verschwunden ist, was genau hast du gemacht, dass du meine Tochter nicht im Auge behalten konntest?«

»Ich wartete vorne auf die Kinder.«

»Aber ich will wissen, was du getan hast«, sagte er. »Denn das hättest du nicht tun dürfen.«

»Ich war bei Evie«, sagte ich. »Ich habe nur gewartet.«

»Warst du mit deinem Handy beschäftigt?«, brüllte er. »Warst du abgelenkt?«

»Ich, ähm, na ja, ich hatte auf mein Handy gesehen, aber nur für einen Moment. Ich hatte immer noch die Kinder im Blick und ...« Ich verstummte. Natürlich hatte ich die Kinder nicht im Blick behalten, sonst wären wir jetzt nicht hier. Sonst würde Alice oben in ihrem Bett schlafen.

»Aber du hast nicht auf sie aufgepasst, oder?« Brians Worte fühlten sich wie geschrien an, obwohl sie es nicht waren. Sie waren angespannt, aber leise, gefaucht zwischen zusammengebissenen Zähnen. Er war weiter vorgerückt, auf die äußerste Sofakante. Nun trennten nur noch Zentimeter sein

Gesicht von meinem, und so gern ich auch zurückweichen wollte, konnte ich mich nicht rühren. »Und du hast nichts gesehen«, sagte er. Ich konnte bloß den Kopf schütteln, denn mir schossen die Tränen in die Augen und rannen über mein Gesicht. Er sah auf meine Wangen, und ich wischte sie grob mit dem Handrücken ab. Er schien etwas sagen zu wollen, doch Harriet sprach zaghaft hinter ihm.

»Wie ging es ihr?«

Brian atmete geräuschvoll durch die Nase ein.

»Wie bitte?« Ich lehnte mich zur einen Seite, damit ich an Brian vorbeisehen konnte.

»Wie ging es Alice? War sie fröhlich?«

»Ja, sie war vollkommen fröhlich.« Ich versuchte zu lächeln. Sicher war es Brians gutes Recht, hier zu sein, doch ich hätte gern Harriets Hand gehalten und mit ihr allein gesprochen. Nur sie und ich. »Sie hat mit Molly gespielt«, sagte ich. »Es schien ihr prima zu gehen. Sie war nicht traurig wegen irgendwas.«

»Was hatte sie zu essen?«, fragte Harriet.

Brian drehte sich abrupt zu ihr um. »Was hatte sie zu essen?«, wiederholte er.

»Ja«, antwortete sie leise und blickte ihn an. »Ich möchte wissen, was Alice auf dem Fest gegessen hat. Bevor sie ...« Harriet beendete den Satz nicht.

»Sie hatte Zuckerwatte«, sagte ich rasch. Immer noch liefen mir Tränen übers Gesicht, und ich wischte sie nicht mehr weg, während ich daran dachte, wie vorsichtig Alice an ihrer Zuckerwatte gezupft hatte.

»Oh!« Harriet schlug sich eine Hand vor den Mund. »Sie hatte noch nie vorher Zuckerwatte gegessen.«

Mir sackte das Herz in die Hose. Harriets Augen waren

geweitet und tränennass. Ich wollte ihr sagen, dass Alice die Zuckerwatte genossen hatte, weil sie das sicher hören wollte, aber Brian kam mir zuvor.

»Soll das heißen, dass du es nicht geschafft hast, ihr etwas zum Mittag zu geben?«, fuhr er mich an, wurde aber von einem unheimlichen Heulen unterbrochen, das quälend gedehnt das ganze Zimmer ausfüllte.

Harriet sackte nach vorn und drückte die Hände seitlich an ihren Kopf. »Ich halte das nicht mehr aus. Raus hier, Charlotte!«, schrie sie. »Du musst gehen. Bitte, verschwinde aus dem Haus.«

Sofort nahm Brian sie in die Arme, flüsterte auf sie ein. »Bitte, geh einfach, Charlotte«, schluchzte sie.

Beim Aufstehen zitterten meine Beine. Ich ertrug dies hier auch nicht mehr.

An der Tür streckte Angela mir eine Hand hin und trat beiseite. Benommen ging ich auf sie zu. »Es tut mir so leid«, flüsterte ich. Meine Tränen flossen jetzt in Strömen.

»Hör auf zu sagen, dass es dir leidtut«, konterte Brian über den Kopf seiner Frau hinweg. Tiefrote Flecken hatten sich auf seinen Wangen gebildet. »Du kannst jetzt zu deinen Kindern zurück. Die konntest du heil nach Hause bringen.«

»Ich denke, Sie gehen lieber.« Angela nahm meine Hand und brachte mich in die Diele.

»Ich werde alles tun, was ich kann«, schluchzte ich. »Alles, was nötig ist, damit Alice wieder zurückkommt. Können Sie ihnen das sagen? Ich werde alles tun.«

HEUTE

»Und nach jenem Abend haben Sie nichts mehr von Harriet gehört?«, fragt DI Rawlings. »Seit Sie bei ihr zu Hause waren?«

»Ja, richtig.«

»Nicht bis heute Morgen«, sagt sie. »Dreizehn Tage später.«

»Nein.« Meine Brust wird enger. »Nicht, bis sie mich heute anrief.«

Unter mir fühlt sich der Boden weicher und um mich herum die Luft schwerer an. Ich rechne damit, dass sie mir mehr Fragen zu dem Anruf stellt, aber das tut sie nicht, und ich sehe ein, dass ich sie schlicht nicht einschätzen kann.

»Sie haben gesagt, dass Sie gern eine Chance gehabt hätten, allein mit Harriet zu sprechen. Warum?«

Ich verändere meine Sitzhaltung auf dem harten Stuhl. »Vermutlich nur, weil ich mit Harriet befreundet bin, und Brian kannte ich nicht. Ich wollte mit Harriet reden und …« Mehr sage ich nicht, lasse mich auf dem Stuhl nach hinten sinken und blicke zur Wanduhr auf. Die roten Leuchtziffern verschwimmen.

»Ich wollte ihr sagen können, wie furchtbar ich mich fühlte«, gestehe ich schließlich. »Ich hatte gehofft, dass ich mit Harriet sprechen kann, nur wir zwei, wie sonst, damit ich ihr erklären konnte, dass ich nichts falsch gemacht hatte, wie Brian es unterstellte. Ja, ich hatte die Kinder nicht im Blick gehabt, und ich wünsche mir mehr als alles andere, ich hätte es, aber ich war dort, nur wenige Meter entfernt, und Alice ist wirklich einfach verschwunden. Ich wollte Harriet begreiflich machen, dass ich auf sie aufgepasst hatte, wie versprochen, nur …« Tränen brennen in meinen Augen. »Nur habe ich auch gewusst, dass ich es nicht hatte.«

DI Rawlings sieht mich verwirrt an.

»Hätte ich richtig auf sie aufgepasst, wäre sie nicht verschwunden«, sage ich. »Trotzdem wusste ich auch, dass ich nichts getan habe, was nicht auch alle anderen Eltern täten. Doch so sah es keiner sonst. Ich bekam die Schuld. Die Leute sagten, ich sei verantwortungslos.« Ich wische mir über die Augen.

»Wer hat Ihnen die Schuld gegeben?«, fragt DI Rawlings. Dabei reißt sie grob ein Papiertaschentuch aus einer Box und reicht es über den Tisch. Ich nehme es, tupfe mir die Augen ab und behalte das Taschentuch zerknüllt in der Hand.

»Freunde. Fremde«, antworte ich. »Ist so eine Welle erst losgetreten, machen alle mit, nicht? Sie halten es für ihr Recht, darüber zu urteilen, was für eine Mutter ich bin, selbst wenn sie noch nie vorher von mir gehört haben.«

»Die Macht des Internets«, bemerkt Rawlings.

»Aber schlimmer war es bei den Leuten, die ich für meine Freunde hielt; ihre Reaktionen schmerzen am meisten. In den Tagen nach dem Schulfest wurde ihr Schweigen ohrenbetäubend.«

»Und Harriets Reaktion muss auch schwer zu verkraften gewesen sein«, lenkt sie das Gespräch in eine andere Richtung, als stehe es mir nicht zu, Selbstmitleid zu empfinden. »Da sie schwieg, müssen Sie sich gefragt haben, was sie denkt.«

»Habe ich. Ich wollte, dass sie mich anschreit und mir sagt, dass sie mich hasst, aber dass sie es nicht getan hat, machte es schlimmer. Harriet weigerte sich, mich noch einmal zu sehen.« Ich sehe DI Rawlings in die Augen. »Und das war so schrecklich«, gestand ich. »Ich habe zugesehen, wie sie in dem Wohnzimmer zusammenbrach, und konnte nichts tun.« Nun laufen mir Tränen über die Wangen, und sosehr ich auch wische, es kommen immer wieder neue.

»Aber Brian war direkter?«, fragt sie. »War es die Reaktion, die Sie bei ihm erwartet hatten?«

»Ich wusste nicht, was ich erwarten sollte. Bis dahin war ich ihm nur wenige Male begegnet, erst recht in den letzten Jahren.« Ich hatte den Verdacht gehegt, dass Harriet glaubte, sie könne Brian nicht mit zu mir bringen, nachdem Tom und ich uns getrennt hatten, obwohl ich ihr versichert hatte, dass er willkommen wäre.

»Also obwohl Sie so gut mit Harriet befreundet waren, hatten Sie ihren Mann nie kennengelernt?«, fragt DI Rawlings und neigt sich nach vorn. Ihr Blick ist beängstigend ruhig, als sie mich ansieht.

»Nein. Unsere Freundschaft schloss weder ihn noch meinen Exmann ein, als wir noch zusammen waren.«

»Das ist ungewöhnlich.« Sie sieht mich weiter direkt an, die Hände flach vor sich auf dem Tisch. »Finden Sie nicht?«

Ich öffne den Mund und will sagen, dass ich es nicht ungewöhnlich finde. Stattdessen sage ich: »Können wir bitte eine Pause machen? Ich würde gern zur Toilette gehen.«

»Natürlich.« DI Rawlings schiebt ihren Stuhl zurück und zeigt zur Tür. »Und holen Sie sich einen Tee oder Kaffee«, ergänzt sie. Für einen Moment bin ich dankbar, dass sie freundlich ist. Erst als ich aus dem Raum gehe, wird mir bewusst, dass sie eigentlich sagen wollte, wir würden hier noch eine ganze Weile länger sitzen.

VORHER

Harriet

In der ersten Nacht schlief Harriet nicht. Bestenfalls nickte sie für Minuten ein, ehe sie schweißgebadet und mit verstörenden Bildern im Kopf aufwachte, die sie nicht loswurde.

Über endlose dunkle Stunden hinweg lag sie auf der Bettdecke, starrte an die Decke und dachte an Alices leeres Zimmer nebenan. Kein einziger Abend war vergangen, an dem sie ihre Tochter nicht ins Bett gebracht, ihr einen Gutenachtkuss gegeben und noch einmal leise nach ihr gesehen hatte, bevor sie selbst ins Bett ging. Kein Wunder, dass sie nicht schlafen konnte.

Früher am Abend, als Brian noch unten war, war Angela nach oben ins Schlafzimmer gekommen und hatte angeboten, einen Arzt zu rufen, damit er ihr ein Schlafmittel gab. Harriet hatte vehement den Kopf geschüttelt. Nein, sie wollte keine Pillen. Lieber würde sie sich die ganze Nacht quälen, als betäubt und meilenweit weg von der Wirklichkeit zu sein.

»Danke, dass Sie so lange geblieben sind«, sagte sie zu Angela. Sie war ehrlich froh, dass sie noch da war.

»Selbstverständlich«, winkte Angela ab. Schließlich war es ihr Job, dachte Harriet traurig; tatsächlich fand sie ihre

Anwesenheit im Haus tröstlich. Sie lenkte von Brian ab, der unten auf und ab lief.

»Ich habe Alice versprochen, dass ich immer auf sie aufpasse«, sagte Harriet leise. »Aber dazu war ich nicht fähig, stimmt's?«

Angela beugte sich vor und berührte ihren Arm. »Versuchen Sie, das nicht zu tun, Harriet. Es ist nicht Ihre Schuld.«

Harriet fragte sich, ob Angela dasselbe Brian sagen würde, denn sie fühlte, wie seine Schuldzuweisung über ihr schwebte, sein Unverständnis, dass sie Alice bei Charlotte gelassen hatte. Er wusste, dass sie Alice niemals aus den Augen gelassen hätte.

War ihre Angst um Alice angeboren? Wäre Harriet eine andere Mutter, hätte sie ihren Vater gehabt, der ihrer Mutter das Elternsein leichter machte? War es ein Wunder, dass sie überfürsorglich geworden war, nachdem sie nur ihre Mutter als Vorbild gehabt hatte?

»Ich sehe immer wieder Alices Gesicht.« Tränen rannen über ihre Wangen und sammelten sich unangenehm in ihrer Halsbeuge, dennoch wischte Harriet sie nicht fort.

»Schuld kann sehr destruktiv sein«, sagte Angela. »Lassen Sie sich nicht von ihr gefangen nehmen. Sie hätten nicht ändern können, was geschehen ist. Keiner kann so etwas voraussehen.«

Etwas wie die Tatsache, dass meine Tochter weg ist, dachte Harriet. Egal, was Angela sagte, die Schuld würde sich tief unter ihre Haut graben, sie peinigen, bis sie eines Tages, bald, wahnsinnig würde. Dessen war sie sich sicher.

Doch wenn Harriet nicht an Alice dachte, drängten sich unerwünschte Gedanken an Charlotte in ihren Kopf. Charlotte in ihrem warmen großen Bett in dem gemütlichen Schlafzimmer mit den petrolfarbenen Wänden und den fluffigen Zierkissen auf dem Bett. Sie fragte sich, wie Charlotte sich in dem Wissen fühlte, dass ihre eigenen Kinder sicher in den anderen Zimmern in ihren Betten lagen; ob es ihr ein Trost war, auch wenn sie es nicht zugeben würde.

Charlottes Freundinnen würden sich um sie scharen. Sie würden mit warmen Eintöpfen in Le-Creuset-Töpfen und mit Muffins in Tupperdosen vor ihrem Haus Schlange stehen. Es war nicht verwunderlich, dass Charlotte so viele Freundinnen hatte, aber jetzt vergrößerte es die Kluft zwischen ihnen. Dass Harriet keinen einzigen Anruf von einer besorgten Freundin bekam, war der Beweis. Angela musste aufgefallen sein, dass es niemanden sonst in ihrem Leben gab.

Was mochte Angela von Charlotte denken? Hatte sie Mitleid mit ihr? Harriet wusste, dass ihre Tränen echt gewesen waren, ertrug es jedoch nicht, sie zu sehen. Hätte sie in Charlottes Augen geblickt, hätte sie ihren Schmerz gesehen, und den hielt sie nicht auch noch aus. »Charlotte fühlt sich schuldig«, murmelte sie Angela zu. »Ich kann ihr nicht sagen, dass sie es nicht soll.«

»Natürlich können Sie das nicht. Das erwartet auch niemand von Ihnen.«

»Glauben Sie, dass sie nicht richtig auf die Kinder aufgepasst hat?«

»Hat sie gewiss«, sagte Angela. »Aber sie konnte unmöglich damit rechnen, dass etwas so Schreckliches passiert.«

Harriet rollte sich auf dem Bett herum. Sie hasste den Gedanken, dass Charlotte nicht auf ihre Tochter geachtet hatte, auch wenn all das eigentlich keine Rolle mehr spielte. Nichts war wichtig außer Alice.

»Brian erwähnte vorhin etwas«, sagte Angela. »Dass es nicht das erste Kind ist, das sie verloren hat.«

Harriet holte tief Luft und schüttelte den Kopf, als sie ihn im Kissen vergrub. »Das war völlig anders«, sagte sie, und trotz allem, was sie empfand, schämte sie sich, Charlottes Vertrauen verletzt und es Brian erzählt zu haben.

Wie sehr wünschte sie, sie hätte nicht auf Brian gehört und Charlotte herkommen lassen. Es war keine gute Idee, wie er behauptet hatte. Sollte er es noch mal tun, müsste sie sich weigern. Auf keinen Fall konnte sie sich dazu bringen, Charlotte noch einmal zu sehen oder mit ihr zu sprechen.

Irgendwann ging Angela, und als Brian herauf ins Schlafzimmer kam, fand er Harriet im Halbdunkel vor. Das einzige Licht im Zimmer kam vom Mondschein, der durch die schmalen Spalten in den Jalousien drang. Harriet mochte es lieber so. Plötzlich flutete das Deckenlicht mit der grellen weißen Glühbirne den Raum. Brian sank auf die Bettkante.

Keiner von ihnen sprach, bis er wieder aufstand, zum Fenster schritt und durch die Jalousienspalten hinunter auf die Straße sah. »Die Journalisten sind immer noch draußen«, sagte er. »Kann ich denn nichts tun, um sie loszuwerden?«

Harriet antwortete nicht.

»Da sind zwei direkt an der Hausmauer. Was glauben die denn, was ihnen das bringen soll? Sie hat ihnen gesagt, dass wir nichts zu sagen haben. Sie wollen uns nur angaffen, als wären wir Tiere.«

Harriet vergrub sich tiefer in die Bettdecken und hoffte, er würde entweder das Licht löschen und ins Bett kommen oder zurück nach unten gehen, was ihr lieber wäre. Sie wollte nicht reden.

Brian blieb noch ein bisschen, ließ die Jalousien wieder los und fuhr sich mit einer Hand durchs Haar, das ihm inzwischen wild vom Kopf abstand. Dann ging er aus dem Schlafzimmer ins Bad, ließ das Licht aber brennen. Jedes Geräusch, das er machte, hallte durch die Wände. Harriet hielt sich die Ohren zu, konnte aber trotzdem hören, wie sein Urin in die Toilettenschüssel rieselte, abgezogen wurde, Wasserhähne aufgedreht wurden und Wasser laut ins Becken rauschte.

»Warum hast du mir nichts von dem Kurs erzählt?« Brian stand wieder in der Schlafzimmertür.

Harriet hielt den Atem an, bis ihre Kehle brannte. Sie wollte dieses Gespräch nicht führen. »Ich dachte, das hätte ich.«

»Hast du definitiv nicht. Ich hätte mich daran erinnert. Warum ausgerechnet ein Buchhaltungskurs?«

»Damit ich etwas tun kann, wenn Alice in die Schule kommt«, sagte sie. Falls er nach dem Grund fragte, würde sie ihm sagen, dass sie das Geld gebrauchen könnten. Sie hatte die Mahnungen gesehen, die er in seiner Nachttischschublade vor ihr versteckte.

»Hat Charlotte dir das eingeredet? Dir gesagt, dass du dazuverdienen musst?«

»Nein, Charlotte hat nie ...«

»Ist es, weil sie eine Karrierefrau ist?«

»Sie arbeitet zwei Tage die Woche.«

»Womit sie eben keine Vollzeitmutter ist«, sagte er. »Und du weißt, dass du eine sein willst, Liebling. Sie versucht, beides zu schaffen und gut darin zu sein, und du weißt, dass du das nicht kannst«, fuhr er fort, wobei seine Stimme lauter wurde. »Verdammt, das wissen wir beide jetzt, oder?«, schrie er.

»Brian«, flehte Harriet. »Hör auf, bitte.« Sie konnte es nicht aushalten. Nicht jetzt. Nicht heute Nacht. Sah er das nicht? »Der Kurs hatte nichts mit Charlotte zu tun.«

»Ich mache mir Sorgen«, sagte er ruhiger. »Dass es wieder passiert, Harriet. Du – du vertraust Leuten zu schnell.«

»Tue ich nicht, Brian«, flüsterte sie.

»Versprich mir nur, dass du diese Buchhaltungsidee vergisst«, sagte er und sank neben ihr aufs Bett. »Du musst doch wissen, wie unwohl mir dabei ist, dass du überhaupt darüber nachdenkst.«

»Ich vergesse es«, sagte sie. Es war ja nicht so, als hätte sie es jemals für eine reale Möglichkeit gehalten.

»Mir liegt an dir«, sagte er und rückte näher an sie heran. »Das weißt du, nicht wahr? Du weißt, dass ich nur an dich denke. Nach dem, was passiert war – na ja, ich sorge mich eben, dass wir das noch mal erleben.«

Harriet seufzte innerlich. Wie oft wollte er diese eine Sache noch ansprechen?

»Ich frage es nur ungern«, sagte er und sah sie ängstlich an. »Aber du nimmst deine Medikamente doch noch, oder?«

Harriet stemmte sich auf und starrte ihren Mann an.

»Oh, Harriet.« Brian schloss die Augen, atmete tief ein und achtete darauf, beim Ausatmen nicht zu seufzen. »Deine Medikamente. Die, die dir der Arzt vor zwei Wochen gegeben hat. Ich hatte das entsetzliche Gefühl, dass du sie abgesetzt hast. Bitte sag mir, du hast es nicht.«

»Brian, ich weiß nicht, wovon du redest. Ich habe keine Medikamente.«

»Okay, okay«, sagte er ruhig und hielt seine Hände in die Höhe, als wolle er keinen Streit. »Mach dir jetzt keine Gedanken deshalb. Sicher ist es nicht wichtig.«

»Natürlich ist es nicht wichtig«, entgegnete sie. »Denn es gibt keine Medikamente, die ich nehme.«

Brian lächelte geduldig. »Wir müssen heute Nacht nicht

darüber nachdenken. Ich habe mich bloß gesorgt, dass du denkst, du hättest mir von deinen Plänen erzählt, obwohl du es nicht hattest, weiter nichts. Aber, wie du schon sagst, es ist jetzt nicht wichtig, nicht bei allem, was los ist. Wir sprechen morgen früh darüber.« Er stand auf und strich sich über sein Hemd. »Du musst schlafen.« Dann ging er aus dem Zimmer, ließ immer noch das Licht an und war die Treppe hinunter, ehe sie mehr sagen konnte.

Charlotte

Ich schlief kaum, und wenn, fiel ich in wirre Träume. Um sechs Uhr am Sonntagmorgen wurde ich von einem schrillen Schrei geweckt. Ich stürzte mich aus dem Bett und rannte in Mollys Zimmer, wo Tom gestern Abend Matratzen für Jack und Evie ausgelegt hatte.

Als ich von Harriet zurückkam und nach meinen schlafenden Kindern sah, war mir das Herz übergequollen vor Liebe und Kummer.

»Danke, Tom«, flüsterte ich.

»Wofür?«

»Ich weiß nicht, dass du hier bist. Dass du auf sie aufpasst.«

»Natürlich tue ich das. Ich bin für euch alle da«, sagte er. »Sie wollten alle zusammen sein. Evie sagte, dass sie Angst hat, und ich fand Jack auf dem Treppenabsatz. Er wusste offenbar nicht, wohin mit sich, deshalb habe ich ihm gesagt, er soll zu den Mädchen gehen. Übrigens könnte er einen neuen Pyjama gebrauchen. Seiner geht nicht mal mehr bis zu den Knöcheln.«

Ich reagierte nicht so, wie ich es normalerweise getan hätte. Wie Tom jetzt an Pyjamas denken konnte, war mir schleierhaft, aber ich sagte mir, dass ich es gut sein lassen sollte.

Evie schrie noch, als ich auf ihre Matratze krabbelte und sie in die Arme nahm. »Was ist denn, Evie?«, flüsterte ich. »Mummy ist ja hier. Was ist los? Hast du schlecht geträumt?«

»Ein böser Mann wollte mich holen«, schluchzte sie. »Ich hatte Angst.«

»Schhh, es gibt keinen bösen Mann«, sagte ich, obwohl ich mittlerweile sicher war, dass es einen gab und er nur Meter von meinen Kindern entfernt gewesen war.

»Was ist mit Alice?«, fragte sie.

Ich legte einen Finger an meine Lippen und zeigte zu ihren schlafenden Geschwistern. Molly regte sich, drehte sich um, wachte aber nicht auf. »Ich weiß es nicht, Schatz, aber die Polizisten tun alles, um sie nach Hause zu bringen.«

»Kommt sie heute wieder?«

»Weiß ich nicht, mein Schatz. Ich weiß es nicht. Ich hoffe es.«

»Hat jemand sie mitgenommen?«, fragte sie und sah mich mit großen Augen an. Wütend zwang ich meine Tränen zurück. Wie wollte ich ihr versichern, dass Chiddenford noch ein sicherer Ort war und sie nichts zu befürchten hatte, dass es nur ein böser Traum gewesen war, den sie spätestens nach dem Frühstück vergessen hätte?

»Ich weiß nicht, was passiert ist, aber ich verspreche dir« – ich holte so tief Luft, dass es in meiner Brust brannte –, »ich sorge dafür, dass dir nichts Schlimmes passiert.«

Es stand mir nicht zu, solch ein Versprechen zu geben, doch ich wusste, dass ich meine Kinder nie wieder aus den Augen lassen würde. Nie wieder würde ich sie zwischen Bäumen umherlaufen oder Verstecken in den Dünen spielen lassen, wo das Gras so hoch war, dass es sie vollends verdeckte. Nie wieder würde ich darauf vertrauen, dass niemand nur Schritte von mir entfernt lauerte, bereit, mir meine Babys zu entreißen.

Später an dem Morgen sprach ich mit DCI Hayes, der mir erzählte, was ich bereits befürchtet hatte: Es gab keine Neuigkeiten. Ich stellte mir ihn und sein Team vor, wie sie um ihr Whiteboard standen, sich am Kinn rieben und einander in der Hoffnung anblickten, dass es etwas gab, was sie übersehen hatten. Sicher konnte ein Kind nicht einfach so verschwinden, ohne dass jemand irgendwas gesehen hatte, mussten sie gesagt haben. Ich fragte mich, ob sie mehr wussten, als sie mir verrieten, oder zumindest mehr vermuteten. Es musste Statistiken über solche Dinge geben, Berechnungen zur Wahrscheinlichkeit, dass so etwas geschah. Glaubten sie, dass Alice schon tot war?

Aber er teilte mir mit, dass es nach wie vor keine Spuren gab, und konnte mir nicht versichern, dass sie kurz davor waren, sie zu finden.

Tags zuvor hatte Audrey geduldig zugehört, als ich mich durch die Leere kämpfte zwischen dem letzten Mal, dass ich Alice gesehen hatte, bis zu dem Augenblick, indem mir klar wurde, dass sie nicht da war. Ich hatte gehofft, wenn ich alles nur oft genug sezierte, stieße ich auf irgendwas. Gut möglich, dass Aud später zu Hause zu ihrem Mann gesagt hatte, sie hielte es nicht mehr aus; mir gegenüber ließ sie sich nichts anmerken.

Karen und Gail hatten beide angerufen und gefragt, ob sie etwas tun könnten. Viele Freundinnen hatten Nachrichten geschickt, um mich zu unterstützen, einige gefragt, ob es Neuigkeiten gab, und sogar Mütter aus Mollys und Jacks Klassen, die ich kaum kannte, hatten mich wissen lassen, dass ihnen leidtat, was geschehen war.

Sosehr ich ihre Unterstützung brauchte und anfangs erleichtert war, weil man mich nicht verurteilte, widerstrebte es mir bald, ihnen immer wieder die Geschichte zu erzählen, nur um ihre Neugier mit Einzelheiten aus erster Hand zu befriedigen. Jedes Mal, wenn ich die Tür schloss oder das Telefon auflegte, kam es mir vor, als hätte mir jemand noch ein Stück meiner selbst genommen.

Sogar eine Nachbarin fing mich vor meiner Tür ab und sagte: »Ich kann mir nicht vorstellen, was ich in dieser Situation machen würde.«

Ich gab mich bemüht ruhig und nickte.

»Aber ich denke, du musst dankbar sein, dass es nicht dein eigenes Kind war.«

Ungläubig starrte ich sie an. »Wie bitte?«

»Ich meine, es ist entsetzlich, keine Frage, aber das eigene Kind zu verlieren – na, ist das nicht schlimmer?«

»Nein, es ist nicht schlimmer«, schrie ich. »Wie kann irgendwas schlimmer als das sein, was passiert ist?«

»Oh nein, ich meine doch nicht, dass es nicht grauenvoll ist«, sagte sie hastig. »Ich denke bloß, wenn es eines von deinen ist, dann …« Sie verstummte und blickte verzweifelt über meine Schulter. »Wo sind deine Süßen eigentlich?«

»Danke fürs Vorbeikommen, aber ich muss wirklich wieder rein.« Ich schloss die Tür vor ihrer Nase, lehnte mich von innen dagegen und schloss die Augen, während ich im Geiste schrie. Ich hatte ihr gedankt, um Gottes willen! Was stimmte mit mir nicht? Hatte ich solche Angst, Leute vor den Kopf zu stoßen, dass ich mich freiwillig von ihren verkorksten Gedanken überschütten ließ? Fürchtete ich mich vor dem, was sie sagen würden, täte ich es nicht?

Audrey kam, als ich Frühstück machte und wir für einen flüchtigen Moment zu unserer chaotischen Normalität gefunden hatten. Beim Öffnen wurde mir bewusst, wie es aussehen musste.

»Oh, Aud«, sagte ich verlegen. »Entschuldige, wir versuchen gerade zu frühstücken, und die Kinder, na ja, du weißt ja, wie das ist.« Ich trat beiseite, um sie reinzulassen, und betrachtete die Szene in der Diele. Molly hockte weinend unten auf der Treppe, und Evie stand mit der durchtränkten Nachtwindel in einer Hand an der Küchentür. Im Spielzimmer lief der Fernseher, den Jack auf volle Lautstärke gedreht hatte, um seine plärrenden Schwestern zu übertönen.

»Alles genauso, wie es sein soll«, sagte Audrey, umarmte mich und zog ihre Strickjacke aus, um sie ordentlich zusammengefaltet auf den Dielentisch zu legen. »Ich hätte die Jungs mitbringen und zu Jack setzen sollen. Wie dem auch sei, du musst dafür sorgen, dass ihr Leben normal weitergeht.«

»Weiß ich, aber ...«

Audrey hielt eine Hand in die Höhe. »Ich mache uns einen Kaffee, und du kümmerst dich um das hier, was immer das ist.«

Ich lächelte dankbar. »Ich bin in einer Minute da. Na, Molly, was ist denn?«, fragte ich und hockte mich neben meine Tochter auf die unterste Stufe.

»Evie hat mich getreten«, schluchzte sie.

»Stimmt das, Evie?«

»Du hast die vergessen«, sagte Evie und schleuderte die nasse Windel quer durch die Diele.

»Ernsthaft, Evie, kannst du die bitte aufheben?«

»Kriege ich Frühstück?«

»Ich habe gesagt, heb die auf, Evie.« Ich zeigte zu der Windel und richtete mich auf.

»Ich will Shreddies, keinen Toast.«

»Evie«, rief ich. »Tu, was man dir sagt. Und jetzt verrate mir, warum du Molly getreten hast.«

»Sie hat mich zuerst getreten.«

»Habe ich nicht, Mummy, ehrlich«, schrie Molly.

»O Gott!« Ich schlug die Hände über meine Ohren. »Hört

auf, euch zu zanken! Was ist denn mit euch los? Denkt ihr wirklich, dass eure albernen Streitereien jetzt wichtig sind?«

Jack blickte vom Sofa im Spielzimmer zu mir und zurück zum Fernseher. »Und kannst du das bitte leiser machen, Jack?«, brüllte ich. »Ich kann mich nicht denken hören.«

»Wieso musst du das?«, fragte Molly.

»Was?«

»Dich denken hören.«

Ich klammerte mich an das Treppengeländer. Gewiss sollte ich lachen, aber das konnte ich nicht. »Sei nicht so frech, Molly.«

Ihre Unterlippe bebte, dann warf sie die Arme über ihren Kopf, krümmte sich dramatisch zusammen und weinte.

»Komm und trink einen Kaffee«, sagte Audrey, die in der Küchentür erschien. »Mädchen, wie wäre es, wenn ihr euch zu eurem Bruder setzt und ein bisschen Fernsehen guckt? Ich bringe euch das Frühstück hin.«

»Wirklich?« Evies Augen leuchteten, als sie ins Spielzimmer hüpfte, und sogar Molly entknäuelte sich wieder und folgte ihr.

»Hast du etwas gegessen?«, fragte Audrey auf dem Weg in die Küche. Kaffeeduft stieg aus der Kanne auf. »Ich mache dir Toast, falls nicht«, sagte sie und steckte bereits zwei Scheiben in den Toaster.

Ich schüttelte den Kopf. »Danke, aber ich habe keinen Hunger.«

»Du musst essen.«

»Ja, später.« Wieder lächelte ich sie dankbar an, und mir wurde bewusst, wie gut es tat, dass sie wieder hier war und die Kontrolle übernahm. Das hatten wir die letzten paar Jahre zu selten gehabt, seit Tom und ich nicht mehr zusammen waren.

Audrey hatte mir während der Trennung beigestanden, allerdings nie einen Hehl aus ihrer Ansicht gemacht, um der Kinder willen sollten wir zusammenhalten; da hatte ich aufgehört, mich ihr anzuvertrauen. Anders als bei Harriet.

Wir saßen stumm auf den Hockern an der Kücheninsel. Audrey hatte die Türen zum Garten aufgeschoben, sodass eine sanfte Brise hereinwehte. Sonnenstrahlen streiften den Fliesenboden.

»Jetzt erzähl mir mehr von gestern Abend«, sagte Audrey nach einer Weile. Ich hatte sie angerufen, nachdem Tom gegangen war, jedoch nur sehr allgemein berichtet.

»Es war furchtbar.«

Sie nickte. »Wie waren sie?«

Seufzend streckte ich die Arme nach vorn aus, die Hände um den Kaffeebecher gelegt, den Aud mir hingeschoben hatte. »Brian hat mehr oder minder übernommen. Er war der, der die Fragen stellte und wütend wurde.«

»Ach ja?«, fragte Audrey. Sie hielt einen Löffel Zucker über ihren Becher und sah mich an.

Ich nickte. »Es hat mir Angst gemacht. Was sicher bescheuert ist, wenn man bedenkt, was er durchmacht. Ich schätze, darauf hätte ich gefasst sein müssen.«

»Und Harriet?«

»Harriet.« Wieder seufzte ich und trank einen Schluck Kaffee. »Hast du Zucker da reingetan?«

»Ich dachte, den kannst du gebrauchen.«

Ich runzelte die Stirn, nahm aber dennoch einen zweiten Schluck. »Harriet wollte mich offenbar überhaupt nicht sehen.«

»Hatte sie dich nicht zu ihnen gebeten?«, fragte Audrey.

»Hatte sie. Der Detective sagte ausdrücklich, dass sie es

sich anders überlegt hätte und wollte, dass ich komme. Ich weiß nicht, vielleicht hatte sie sich doch wieder umentschieden oder es war zu viel für sie, mich zu sehen. Jedenfalls ertrug sie meinen Anblick nicht.« Die Erinnerung war frisch genug, um immer noch zu schmerzen, als würde ich es aufs Neue durchleben. Audrey rang nach Luft. »Was ist?«, fragte ich.

»Ich kann mir gar nicht vorstellen, wie es für sie sein muss«, sagte sie leise. »Das erste Mal trennt sie sich von diesem kleinen Mädchen, und dann passiert das Undenkbare.«

»Ich weiß. Und ich hatte sie dauernd ermuntert, Alice mal bei mir zu lassen.«

»Sie muss denken, dass sie vollkommen zu Recht die ganze Zeit so paranoid war.«

»Aud, sie war nicht paranoid.«

»Oh doch, war sie. Die arme Frau ist durchgehend von Sorgen geplagt. Mich macht es schon nervös, bloß mit ihr zu sprechen.«

»So schlimm war sie nie«, widersprach ich seufzend. »Du kennst sie nur nicht, wolltest sie nicht kennenlernen.«

Ich fühlte, dass Audrey mich ansah, konnte aber nicht zu ihr sehen. »Ich hatte nie etwas gegen Harriet«, sagte sie. »Das weißt du. Mich wunderte lediglich, dass ihr euch so eng angefreundet habt. Sie ist so anders als wir.«

Darauf konnte ich jetzt nicht eingehen. Nicht darauf, wie Harriet stets ehrlich wollte, was gut für mich war, und ich ihr alles erzählen konnte. Wie sie nie über mich urteilte. Aber jetzt gerade war es Audrey, die ich brauchte, und ich war so froh, sie hier zu haben.

»Harriet weiß es vielleicht nicht, aber sie wird dich wiedersehen wollen.«

»Nein.« Ich stieß ein kurzes Lachen aus und schüttelte den

Kopf. »Ich bin die Letzte, die sie braucht, und ich verüble es ihr nicht.«

»Charlotte.« Audrey lehnte sich über die Kücheninsel. »Du musst es unbedingt weiter versuchen. Sag mir ehrlich, wer ihr sonst hier durchhelfen soll.«

Ich neigte meinen Kopf in die Hände. »Brian? Man konnte sehen, wie sehr er sie beschützen will.«

»Eine Freundin wird sie ebenso dringend brauchen wie ihren Mann.«

»Weiß ich«, rief ich. »Denkst du, mir ist nicht klar, dass ich die einzige Freundin bin, die sie hat? Und dass gerade diese Tatsache alles so viel schlimmer macht? Die Schuldgefühle, weil Harriet Alice bei mir ließ?«, schluchzte ich und legte eine Hand auf mein Herz. »Mir«, wiederholte ich, ballte die Hand zur Faust und hieb sie fest gegen meine Brust. »Sie wollte sie nie irgendwo abgeben, du hast recht, aber ich habe auf sie eingeredet, dass sie es soll, und ich weiß, dass sie niemanden sonst hat, Aud, aber was kann ich tun, wenn ich diejenige bin, die ihr dies hier angetan hat?«

»Oh, Charlotte.« Audrey kam um die Insel herum und nahm mich in die Arme. »Es tut mir so unendlich leid. Vielleicht hast du recht und Brian ist das, was sie braucht.« Sie richtete sich wieder auf.

Ich fuhr mir mit den Händen durchs Haar. »Auch wenn du es nicht glaubst, weiß ich wirklich nicht, was ich tun soll. Sie will mich nicht in ihrem Haus. Und sie ist nicht so schwach, wie du denkst«, sagte ich. Audrey griff nach der Kaffeekanne und schenkte sich nach. Ich hielt verneinend eine Hand über meinen Becher.

»Ich habe nie behauptet, dass sie schwach ist. Fragil vielleicht.«

»Nachdem ich bei ihnen gewesen war, fühlte ich mich noch schlimmer.«

»Wundert mich nicht.«

»Nicht nur, weil es so schwierig war, sondern ich empfand solch eine Verzweiflung auf der Rückfahrt.« Meine Stimme kippte. »Einerseits klammerten sie sich an die Hoffnung und wollten verzweifelt, dass ich ihnen irgendwas erzählte, ihnen Antworten gab. Andererseits fühlte es sich an, als bestünde keine Hoffnung mehr. Beim Rausgehen war mir, als wäre das Schlimmste bereits geschehen.«

»Das ergibt keinen Sinn.«

»Nein, ich weiß.« Ich dachte an die beklemmende dunkle Stimmung in dem Wohnzimmer und wie es sich beständig enger und kleiner angefühlt hatte. »O Gott, Aud.« Wieder vergrub ich das Gesicht in den Händen. »Wie soll das enden?«

»Alice wird gefunden«, sagte Audrey und blickte mich über den Becherrand an.

»Und was ist, wenn nicht?«, flüsterte ich.

»Wird sie.« Aud war entschlossen, und ich zwang mich, ihr zu glauben.

»Wie war Tom?«, fragte sie, nachdem wir kurz geschwiegen hatten.

»Er ist … Tom«, tat ich es ab und schüttelte sofort den Kopf. »Nein, das ist nicht fair. Er war wirklich nett, nur dass er es manchmal nicht richtig hinbekommt.«

»Er wird sein Bestes tun«, sagte Audrey, und ich erkannte, dass wir das Thema wechseln mussten.

»Ich möchte, dass du ehrlich zu mir bist. Würdest du wieder deine Kinder bei mir lassen?«

»Ach, um Himmels willen!«

»Du musst mir die Wahrheit sagen«, beharrte ich.

Sie verdrehte die Augen. »Sicher würde ich.«

Ich antwortete nicht, sondern trank meinen Kaffee.

»Charlotte«, sagte sie bestimmt, »es gibt die Freunde, denen man seine Kinder anvertraut, und die, bei denen man es nicht tut. Du bist ohne Frage eine, bei der ich es tun würde. Das weißt du.«

Über das Thema hatten wir mal bei einem Grillabend bei Audrey geredet. Wir waren beide beschwipst gewesen, als Aud zu Kirsten zeigte, einer Nachbarin von ihr, die immer mindestens eine Viertelstunde zu spät zur Schule kam, um ihre Kinder abzuholen.

»Neulich hatte ich die Zwillinge bei ihr gelassen«, erzählte Audrey mir. »Als ich sie wieder abholen kam, war ihr Ältester, Bobby, auf dem Glasdach des Wintergartens. Er hatte eine Matratze auf den Rasen gelegt und sprang von oben drauf. Zum Glück waren meine beiden nicht so blöd. Oder ich war nur rechtzeitig da.« Sie lachte. »Ich werde garantiert nicht so bald wieder meine Kinder bei ihr lassen. Selbst wenn mir ein Bein abfiele, würde ich lieber auf dich warten, ehe ich in die Notaufnahme fahre.«

Nun lächelte Audrey und sagte: »Ich würde immer noch auf dich warten, sollte ich ins Krankenhaus müssen, falls du das denkst.«

»Danke«, murmelte ich, obwohl ich mich fragte, ob sie mit dieser Einstellung allein war.

Harriet

Am Sonntagmorgen saßen Brian und Harriet stumm hinten in Angelas Wagen. Sie fuhren zu dem Hotel, in dem der Aufruf an die Öffentlichkeit aufgenommen werden sollte. Harriet hatte einen Knoten im Bauch, als sie an all den vertrauten Stellen vorbeifuhren, die nun verschwammen. Sie hätte niemandem beschreiben können, wie man zu dem Hotel kam. Nichts wirkte real.

Auf dem Parkplatz schaute Harriet durch die Heckscheibe zum Hotel. Es handelte sich um einen dieser Einheitskästen weit weg von der Küste, in denen man stets Geschäftsleute in Anzügen vermutete, keine Urlauber.

Ihre Tür wurde geöffnet, und sie stieg fröstelnd aus, obwohl es kein bisschen kühl war. Brian nahm ihren Arm, und mit Angela auf der anderen Seite wurde sie die Betonstufen hinauf und in die Rezeption geführt.

Nichts hier war ansprechend, weder die orangen Backsteininnenwände noch die massengefertigten Gemälde, die hinter dem Empfangstresen hingen; und in der rauschenden Klimaanlagenluft des klinisch weiß getünchten Konferenzraumes wünschte Harriet, sie hätte sich etwas Wärmeres angezogen.

Im Raum waren die Sitzreihen schon gefüllt mit Leuten, die sich unterhielten und Brian und Harriet nicht wahrnahmen. Angela zeigte nach vorn und sagte ihr, sie würden an dem Tisch sitzen, auf dem Mikrofone aufgestellt waren und vor dem Kameras bereitstanden.

Harriet blieb stocksteif an der Tür stehen. »Ich glaube nicht, dass ich das kann«, flüsterte sie.

Sie spürte, wie Brian näher kam, konnte sein frisch aufgetragenes Aftershave riechen. »Zusammen schaffen wir das«, sagte er, ohne den Blick von dem Podium abzuwenden. Dann zog er sie an den Reihen von Menschen vorbei, die nun verstummten.

Ein Blitzlicht erschreckte Harriet. Es kam von einem Journalisten, der sie schon zu knipsen begann, ehe sie sich hingesetzt hatten. »Setzen Sie sich hier drüben hin«, sagte Angela und dirigierte Harriet zu einem Stuhl.

»Sitzen Sie neben mir?«, fragte sie.

Angela schüttelte den Kopf und bedeutete Brian, sich rechts von Harriet zu setzen. »Nein, das wird DCI Hayes sein«, sagte sie und hockte sich hin. »Sie bekommen das hin«, ergänzte sie leise. »Denken Sie an das, was wir besprochen haben.«

Harriet bejahte stumm und blickte hinüber zu der jungen Medienreferentin, die morgens bei ihnen gewesen war. Kerri hatte ihr gesagt, dass sie dort sei, um sie beide wegen des Aufrufs zu beraten, und hatte selbstbewusst eine Liste abgearbeitet, wovon Harriet bestenfalls die Hälfte mitbekam.

»Wir sollten Ihnen etwas zum Anziehen aussuchen«, hatte Kerri zu Harriet gesagt, und sie hatte zum Kleiderschrank gezeigt. Sollte Kerri ruhig etwas wählen, denn ihr war gleich, was sie trug. Jetzt jedoch fühlte sie sich in der engen weißen Bluse zu entblößt und wünschte, sie wäre vorher nicht so vage gewesen, in dem Versuch, alles Geschehen möglichst weit von sich zu weisen.

Die Bedeutung der nächsten Stunde war überwältigend, verschlang ihr gesamtes Denken. Harriet wusste genau, wie wichtig dieser Aufruf war. Letzten Oktober hatte sie zu Hause vor dem Fernseher gesessen und Masons Eltern zugeschaut, die schiere Trauer gesehen, die der Mutter aus jeder Pore troff. Dann aber hatte sie den Journalisten zugehört, die jede Geste der Eltern zerpflückten, sie verdrehten und Verdächtigungen in sie hineindichteten. Der Vater hatte nicht besorgt genug ausgesehen, behauptete eine Website. Seine Augen hatten geglänzt vor Angst, soweit Harriet es sah, doch es dauerte nicht lange, bis die Trolle ihn als aggressiv beschrieben. Die Mutter wurde erwischt, wie sie ihr Baby anlächelte, als sie die Pressekonferenz verließen. Was garantiert hieß, dass sie das Verschwinden ihres Sohnes nicht besonders traf.

Leute, die nichts über Mason oder seine Eltern wussten, fragten ohnehin: »Glauben Sie, es war einer von ihnen?« Wie beängstigend, dass sich die Medien von einer Sekunde auf die andere gegen einen wenden konnten. Folglich wusste Harriet genau, wie wichtig dieser Aufruf für Alice war und dass es um viel mehr ging als die Suche nach ihrer Tochter.

Brian rutschte unruhig neben ihr hin und her, während sie den Raum beobachtete. Die Journalisten hatten wieder angefangen, sich miteinander zu unterhalten, solange sie warteten, dass es losging. Hinten prustete jemand vor Lachen und verstummte sofort wieder schuldbewusst.

Brian zappelte immer noch auf seinem Stuhl, fand anscheinend keine bequeme Sitzhaltung. Er hatte die Hände auf den Tisch vor sich gelegt, die Finger weit gespreizt, als versuche er, sich zu erden. Nach einer schlaflosen Nacht waren seine sonst so akkuraten Bartstoppeln zu einem unschönen Bartansatz geworden. Das graue Haar um seinen Mund schimmerte weiß im Kunstlicht des Hotels. Harriets Blick schweifte nach oben zu seinem zerrauften Schopf und tiefer zu seinen Augen, deren Lider schwer waren, weil er die ganze Nacht im Haus auf und ab gelaufen war. Trotz allem sah er immer noch unangestrengt gut aus, dachte sie. Das würde dem Publikum gefallen.

Harriet sah hinab zu ihrer Bluse, deren Knopflöcher sich merklich dehnten, weil sie zu eng war. Sie fühlte den Schweiß an den Stellen, wo die BH-Bügel in ihre Haut schnitten, und fürchtete, dass man dort feuchte Bögen sehen könnte. Jeder Zuschauer würde den Unterschied zwischen ihnen auf Anhieb bemerken. Brian hatte ihr gesagt, dass sie wunderschön aussähe, als sie das Haus morgens verließen, aber sie wusste, dass sie es nicht tat. Alle würden feststellen, dass er gut gekleidet war, doch was sie aus ihrem Aussehen machte, war sehr fraglich.

Wie konnte Brian immer noch so aussehen wie damals, als sie sich kennenlernten? Einmal hatte sie gehört, wie Charlotte mit Audrey über ihn sprach. Ihre Freundin hatte gesagt, dass Brian auf eine Art gut aussehend wäre, die sie schnell langweilig fand; hingegen war er für Harriet einfach attraktiv.

Harriet hatte nicht erwartet, in der Buchhandlung von Edenbridge dem Mann zu begegnen, den sie elf Monate später heiraten sollte. Erst recht nicht einen, der in der Angelabteilung stöberte. Doch als Brian sie fragte, ob sie häufiger in den Laden kam, hatte Harriet über seinen unbeholfenen Spruch gelacht und sich sofort von seinen großen braunen Augen und dem frechen Grinsen angezogen gefühlt.

Nach ihrer ersten Verabredung brachte er sie nach Hause, nahm ihre Hand und manövrierte sie behutsam so hin, dass er am Gehwegrand ging. Er gab ihr ein Gefühl von Sicherheit, und ihr wurde klar, dass sie sich nach einem Mann gesehnt hatte, der sich um sie kümmerte. Schnell füllte Brian die Leere in ihrem Leben aus, die ihr Vater hinterlassen hatte.

»Du bist so schön, Harriet«, hatte er ihr unter der Straßenlaterne vor ihrer Wohnung gesagt. »Ich möchte von den Dächern rufen, wie glücklich ich bin.« Er tat, als wollte er auf einen Betonpoller springen, und sie zog ihn lachend zurück, bevor er sich zum Narren machte. Noch nie hatte sie jemanden kennengelernt, der so überschwänglich auf sie reagierte.

DCI Hayes stellte sich vor, und die Menge konzentrierte sich. Brians Bein wippte neben Harriets auf und ab, stieß gegen ihren Schenkel und bewirkte, dass die Kante seines Plastikstuhles gegen ihren klopfte. So nervös hatte sie ihn noch nie erlebt.

Mit einer verschwitzten Hand griff er unter dem Tisch nach ihrer, und sie fühlte die Feuchtigkeit an ihrer Haut. Er zog ihre Hand nach oben auf den Tisch, hielt sie fest umklammert. Sie wollte ihre Hand zurückziehen und wieder in ihren Schoß legen, außer Sicht, doch das konnte sie nicht, wenn alle Augen auf sie gerichtet waren. Habt ihr gesehen, wie die Mutter vor ihm zurückgewichen ist?, würden sie sagen.

Stattdessen ließ sie ihn ihre Hand festhalten, sich in ihre Haut brennen, bis Brian sie von sich aus freigab und seine Hände abermals flach auf dem Tisch spreizte. Beinahe erwartete sie, dass eine Schweißpfütze unter ihnen vorquoll. DCI Hayes hatte nun auch ihn vorgestellt, was bedeutete, dass Brian sprechen sollte, wie es zuvor abgestimmt worden war.

»Ich mache das, Harriet«, hatte er entschieden gesagt, wobei er ein Stück von dem Bacon aufspießte, den Angela für sie gebraten hatte. Harriet schob ihren Teller weg. Allein von dem Geruch wurde ihr übel. »Ich spreche für uns beide, also musst du dir keine Gedanken machen.«

»Eigentlich wäre es gut, auch Harriet zu hören«, wandte Kerri ein.

»Nein, ich übernehme das Reden«, sagte er stur. »Darauf haben wir uns geeinigt.«

»Harriet?«, fragte Angela mit einem Seitenblick zu Kerri. Harriet sah, dass sie den Kopf schüttelte.

»Ich weiß nicht«, sagte Harriet ehrlich. »Ich weiß nicht, ob ich das kann ...«

»Ich glaube auch nicht, dass du es kannst«, fiel Brian ihr ins Wort.

Harriet hatte zu Angela aufgeblickt, die wiederum fragend zu Kerri sah. Traute keiner von ihnen ihr das zu? Dachten sie alle, dass Brian sich an die Öffentlichkeit wenden sollte? »Ich finde trotzdem, dass sie etwas sagen muss«, hatte Kerri gemurmelt.

Nun dröhnte Brians Stimme durch den Raum, und Harriet zuckte zusammen. »Gestern Nachmittag ist unsere wundervolle Tochter Alice verschwunden.« Er räusperte sich und richtete einhändig seine Krawatte. »Verzeihung«, sagte er sehr viel ruhiger. »Dies hier fällt mir sehr schwer.« Er blickte kurz hinüber zu Hayes, der ihm nickend bedeutete fortzufahren.

»Sie hatte ihren Spaß auf einem Schulfest, und im nächsten Augenblick war sie weg.« Seine Stimme blieb viel ruhiger, als er weitersprach, und Harriet entspannte sich ein klein wenig, bis er ins Stottern kam. »Harriet, meine Frau, sie, äh, nun ...« Brian zögerte, sah hinab auf den Tisch und zurück zu dem Meer von Gesichtern. »Wir bitten jeden, der etwas darüber weiß, was mit Alice geschehen ist, sich bei der Polizei zu melden. Egal was. Bitte. Denn sie fehlt uns so sehr.« Jetzt brach seine Stimme. Er neigte den Kopf und schwenkte ihn von einer Seite zur anderen. »Wir möchten sie zurück. Wir wollen unser kleines Mädchen wiederhaben.«

Harriet starrte ihn an, wollte ihn beschwören weiterzureden. Das konnte es nicht gewesen sein. Sie hatte einen Kloß so groß wie ein Fußball im Hals, wusste aber dennoch, dass sie etwas sagen musste, denn kaum dass Brian vorhin die Küche verlassen hatte, hatte Kerri sie beschworen. »Sie müssen sprechen. Es ist so wichtig, Sie auch zu hören. Sowie Brian fertig ist, müssen Sie über Alice reden, egal was Brian für das Beste hält«, sagte sie sehr dezidiert.

Nun nickte Kerri ihr vom Ende des langen Tisches aus zu. Harriet sah zu Brian, zu den vielen Fremden vor sich, denen die Stille offensichtlich nicht behagte und die zweifellos überlegten, ob sie schon Fragen stellen durften.

»Ich will Alice zurück«, platzte Harriet heraus, und ein Hitzeschwall durchfuhr ihren Körper. Sie fühlte, dass ihr Tränen übers Gesicht rannen, heiß und nass. Woher die kamen, wusste sie nicht, aber nun liefen sie unablässig, und ihr Körper wurde durchgerüttelt von ihrem Schluchzen.

Brian sah sie entsetzt an, und für einen Moment erstarrten sie beide, ehe er einen Arm um ihre Schultern legte, sich zu ihr lehnte und DCI Hayes sagte, dass sie nicht mehr sagen könnten.

»Sie dürfen jetzt Ihre Fragen stellen«, verkündete Hayes, und lauter Hände schossen in die Höhe. Die um sich greifende Bewegung im Raum nahm Druck von ihnen, und Brians Griff an Harriets Schultern lockerte sich.

Ein großer Mann in der vordersten Reihe erhob sich, stellte sich vor und richtete die eine Frage an den Detective, auf die man ihnen gesagt hatte, gefasst zu sein. »Sehen Sie eine Verbindung zwischen Alice Hodders Verschwinden und dem von Mason Harbridge?«

»Wir haben keinen Grund zu der Annahme, dass es eine

Verbindung zwischen den beiden Fällen gibt«, antwortete Hayes. »Aber natürlich ermitteln wir in alle Richtungen.«

»Haben Sie andere Spuren?«, fragte eine Journalistin aus der hintersten Reihe. Sie hatte einen schulterlangen Bob und kalte Augen unter Schichten von Make-up. Und sie sah Harriet nicht an, sondern schien einzig an dem Detective interessiert. »Wie es sich anhört, haben Sie nichts Konkretes.«

»Es gibt einige Ansätze, die wir verfolgen, zu denen wir uns momentan aber noch nicht äußern können«, sagte Hayes.

Harriet sah zu ihm. Sie wusste nichts von Ermittlungsansätzen. Warum erzählte er ihnen nichts davon? Aber die Fragen gingen weiter. Diesmal stand ein Mann ganz hinten im Raum auf und stellte sich als Josh Gates von der Lokalzeitung, dem *Dorset Eye*, vor. »Mrs. Hodder, können Sie mir sagen, wie Sie zu der Tatsache stehen, dass Ihre Freundin bei dem Schulfest Sachen auf Facebook gepostet hat, statt auf Ihre Tochter aufzupassen?«

»Was?«, fragte Harriet kaum hörbar. Ihr blieb die Luft weg, als wäre jemand vorbeigekommen und hätte ihr einen Fausthieb in den Bauch versetzt.

Der Mann hielt wie zum Beweis sein iPad in die Höhe. »Exakt um die Zeit, als Ihre Tochter verschwand, postete Ihre Freundin Kommentare zu Posts von Freundinnen und schrieb sogar einen eigenen. Offensichtlich war sie auf anderes konzentriert. Deshalb frage ich mich nur, wie es Ihnen damit geht, bedenkt man, dass sie auf Ihre Tochter aufpassen sollte.«

Sie spürte, dass Brian weiter nach vorn rückte, sich an die Tischkante drängte, gewiss mehr wissen wollte. Denn sollte Charlotte auf Facebook gewesen sein, wäre es ein Beweis, dass sie nicht auf Alice aufgepasst hatte und demzufolge eine unachtsame Mutter war, deren Kinder sich selbst überlassen waren. Genau wie er gesagt hatte.

»Mich interessiert, wie Sie über das Verhalten Ihrer Freundin denken, Mrs. Hodder«, sagte Josh Gates.

»Ich, ähm, ich weiß nichts davon«, antwortete sie heiser und zupfte nervös an ihrer Bluse. Charlotte hatte zugegeben, dass sie auf ihr Handy gesehen hatte, aber bei diesem Mann hörte es sich so viel schlimmer an.

»Sollte Mrs. Reynolds …«, begann Brian, aber DCI Hayes beendete die Pressekonferenz bereits, indem er beide Hände hob, um weitere Fragen abzuschmettern. Harriet wünschte, er würde Brian ausreden lassen. Sie hätte gern gehört, was ihr Mann sagen wollte.

Sie wurden aus dem Hotel und zurück in Angelas Wagen geschoben, wo Angela ihnen sagte, es wäre so gut verlaufen, wie zu erhoffen gewesen war, aber Harriet hörte nicht zu. Ihr schwirrte der Kopf von dem, was der letzte Journalist gesagt hatte, und jetzt hatte sie keine Gelegenheit mehr, die Öffentlichkeit zu erreichen. Harriet war unsicher, ob sie irgendwas empfinden sollte, ob sie überhaupt genug getan hatte. Sie kam sich einfach nur benommen und bloßgestellt vor und hatte keine Ahnung, was als Nächstes folgen würde.

HEUTE

Die Klimaanlage surrt lahm in der Ecke und schafft nicht genügend Luftzug, um den Raum zu kühlen. Trotzdem ziehe ich meine Strickjacke nicht aus, sondern fester um mich. DI Rawlings soll die roten Flecken auf meiner Brust nicht sehen, die ein klares Indiz meiner Nervosität sind. Ich straffe den Wollgürtel in meiner Taille, behalte die Enden in der Hand und reibe sie so, wie ich es als Kind mit meiner Kuscheldecke zu tun pflegte.

»Bleiben wir noch ein bisschen bei Ihrer Freundschaft mit Harriet«, sagt sie. »Ihrer Aussage nach waren Sie eng befreundet, trafen sich aber nicht zu viert mit Ihren Partnern?«

Ich schüttle den Kopf. »Nein, so gut wie nie. Ich erinnere mich, dass Brian einmal mit bei uns war, als wir eine Grillparty gemacht hatten.« Mehr biete ich nicht an. Ich hatte kaum mit Brian gesprochen, weil ich die Gastgeberin war und laufend mit Getränken und Platten voller Essen umherlief. Ich setzte mich erst hin, als alle gegessen hatten, und bis dahin waren Harriet und Brian schon gegangen.

Ich frage mich, ob DI Rawlings nicht glaubt, dass wir so wenig miteinander zu tun hatten, weil es schwer ist, ihre Reaktionen zu deuten. Ihre neutrale Miene könnte Unglaube oder Antipathie sein, ich habe keine Ahnung. Aber es war so.

Harriet und ich trafen uns tagsüber mit den Kleinen, was für uns beide gut passte. Ich musste meine neue Freundin nicht in meine scheiternde Ehe mit hineinziehen, und mir gefiel es, jemanden zum Reden zu haben, der Tom nicht kannte. Es bedeutete, dass sie ganz auf meiner Seite war. Harriet konnte ich erzählen, wie es war, und es wurde nicht über mich geurteilt. Mir wurde zugehört, und teilweise stellte ich alles viel übler dar, als es war, weil es nett war, dass jemand so mit mir fühlte.

Und ja, ich gestehe, dass ich absolut keine Lust hatte, Zeit mit Brian zu verbringen. Mich schreckte schon Harriets Erzählung, dass sie beide sich jeden Abend, wenn Alice im Bett war, zusammen in die Küche setzten und über ihren Tag sprachen. Wie er ihr von seinem Job bei der Versicherung erzählte und Interesse an ihren Berichten von ihrem Tag mit Alice zeigte. Ich konnte nicht mal sagen, was genau Tom in seinem Job machte, und ich bezweifle, dass er wusste, ob ich mit den Kindern letzte Woche oder vor Monaten beim Schwimmen war. Harriets und Brians Ehe schien mir immer ein bisschen zu putzig.

»Aber Sie müssen doch miteinander über Ihr jeweiliges Familienleben gesprochen haben«, sagt Rawlings. »Tun Freundinnen das nicht normalerweise?«

Ich beiße mir auf die Lippe und überlege, was ich sagen soll. Die Erschöpfung holt mich nicht nur ein, sie bricht wie ein Tsunami über mich herein, und ich bekomme Angst, dass ich bald alles sagen könnte, um nur diese Befragung hinter mich zu bringen.

Rawlings' Augen sind gerötet; sie muss auch müde sein. Womöglich würde sie zustimmen, mich gehen zu lassen. Oder sie weiß mehr, als sie preisgibt, und wird, sobald ich mich irgend sträube, Befehl erteilen, dass ich in Haft genommen werde, sodass mir keine Wahl mehr bleibt. Am Ende entscheide ich, dass es das Risiko nicht wert ist.

»Natürlich. Wir haben über viele Sachen geredet«, sage ich.

»Zum Beispiel?« Es klingt aggressiv, auch wenn es vielleicht nicht beabsichtigt ist.

»Na ja, ich habe viel über meine Ehe geredet. Obwohl Tom und ich uns erst vor zwei Jahren getrennt haben, lief es schon länger nicht gut.«

Sicher interessiert sie nicht, wie es um meine Ehe stand, aber mein flatterhafter Verstand schweift immer wieder zu anderen Erinnerungen ab. Als ich Harriet und mich auf unserer üblichen Parkbank sitzen sehe, fallen mir vor allem jene Gespräche ein, in denen ich ihr erzählte, dass Tom und ich uns trennten.

»Bist du sicher, dass du das willst?«, hatte Harriet gefragt. »Könnt ihr es nicht erst mal mit einer Beratung oder so versuchen?«

»Haben wir«, erzählte ich ihr. »Na ja, zumindest einmal. Aber ich habe erfahren, dass es eine andere gibt. Es ist keine Affäre«, ergänzte ich. »Zumindest noch nicht, aber er ist einer anderen nahegekommen, schickt ihr Nachrichten. Du weißt schon, solche, die man nicht schreiben sollte, wenn man verheiratet ist.«

Ich erzählte ihr, dass ich Tom auf den Kopf zu nach den Textnachrichten gefragt hatte, wobei mir das Herz im Hals klopfte, mir heiß war und ich dringend von ihm hören wollte, dass das nichts war. Doch Tom ist von jeher zu ehrlich, wurde rot und stammelte eine verlegene Erklärung, dass zwar nichts passiert war, er aber mit einer anderen Frau geflirtet hatte.

»Warum siehst du deshalb so traurig aus?«, hatte ich Harriet im Scherz gefragt, weil die Stimmung zu düster wurde.

»Ich habe immer gedacht, dass Tom ein guter Ehemann ist«, antwortete sie.

»Ist er auch in vielerlei Hinsicht. Ich kann nur nicht mehr mit ihm verheiratet sein«, sagte ich lächelnd.

Harriet griff nach meiner Hand. »Den Kindern wird es gut gehen. Sie haben wunderbare Eltern, die sie lieben, und das ist schon ein unglaubliches Glück. Außerdem ist es besser, aus einem zerrütteten Zuhause zu kommen, als in einem zu leben, hat mir mal jemand gesagt.«

Mir war bewusst, dass mir Tränen über die Wangen liefen, und ich ließ sie laufen. Allein ihre volle Unterstützung gab mir alle Kraft, die ich brauchte.

»Nur wenige Leute haben, was du und Brian habt«, sagte ich Harriet. Zum ersten Mal wurden mir die Vorzüge dieser Form von Ehe klar.

DI Rawlings fragt mich, ob Harriet mit mir über ihre Ehe gesprochen hat, und ich verneine.

Sie wartet eine Weile, dass ich mehr sage, und als ich es nicht tue, fragt sie plötzlich: »Und wie war es die Male, die Sie sich allein mit Brian getroffen haben?«

Ich blicke auf, setze mich etwas gerader hin. Mit dieser Frage habe ich nicht gerechnet. Ich habe nicht gedacht, dass sie es weiß. »Das war nur einmal«, sage ich schließlich. »Oder zweimal«, füge ich hinzu, da sie mich weiter aufmerksam beobachtet. »Es war nur zweimal.«

»Worüber wollte er mit Ihnen sprechen?«

Ich hole tief Luft und atme langsam aus. Über welches Mal soll ich reden? Es ist wohl besser, wenn ich mich auf das zweite Mal konzentriere. »Brian ist vor zwei Tagen zu mir gekommen«, antworte ich. »Das habe ich Angela Baker auch erzählt«, verteidige ich mich. »Sie ist die Vertrauensbeamtin in dem Fall ...« Hier breche ich ab, weil sie es natürlich weiß. Wahrscheinlich weiß sie von jedem Gespräch, das ich in den letzten zwei Wochen mit Angela und DCI Hayes geführt habe.

»Erzählen Sie uns von dem anderen Mal«, sagt Rawlings. »Wann war das?«

Ich greife nach meinem leeren Glas, und meine Finger zucken, als ich es umfasse. Mein Mund ist ausgetrocknet. Ich muss sie um mehr Wasser bitten, nur denkt sie dann sicher, dass ich Zeit schinden will und etwas zu verbergen habe. »Vor sechs Monaten«, antworte ich.

»Und warum haben Sie sich mit ihm getroffen?«

»Brian war bei mir, weil er sich Sorgen machte, wie er gesagt hat.«

»Weshalb?« Sie lehnt sich vor und nickt mir zu, damit ich weiterrede.

»Er hat gesagt, dass er sich wegen Harriet sorgt.« Ich zucke mit den Schultern. »Es war eher nichtig.« Mit dem Handballen reibe ich mein rechtes Auge und blicke wieder zur Uhr. »Wie lange brauchen Sie mich hier noch?«, frage ich heiser.

»Es wäre hilfreich, wenn wir noch ein wenig weitermachen können«, sagt sie und neigt den Kopf zur Seite. Angespannte Stille tritt ein.

Dann nicke ich. »Brian sagte, dass er sich sorgt, weil Harriet Dinge durcheinanderbrachte oder vergaß.«

»Dinge vergaß?«

»Ja, zum Beispiel, wo sie gewesen war. Mir kam es nicht gravierend vor.« Ich lächle matt, was Rawlings nicht erwidert.

»Erzählen Sie mir, was genau Brian gesagt hat.«

Ich nage innen an meiner Wange, bis ich zu fest zubeiße und die metallische Note von Blut schmecke.

»Genau?« Abermals atme ich lange aus, was wie ein Seufzen klingt. »Er hat mir erzählt, dass Harriet unter einer postnatalen Depression litt. Ich fand es albern, denn wenn er sich bloß sorgte, weil Harriet Sachen vergaß, die er ihr gesagt hatte, brauchte er nur mal mit Tom zu reden. Der würde ihm erzählen, dass ich die meisten Dinge vergesse, die er sagt, weil ich die Hälfte der Zeit nicht hinhöre.«

In Gedanken sehe ich Brian in meinem Garten, wo er mit der Hand über den Eichentisch auf der Terrasse streicht und sich umblickt. Es ist nicht zu erkennen, ob er meinen Garten bewundert oder verabscheut.

»Ich bin sehr besorgt um meine Frau«, hatte er gesagt. »Besonders, dass sie Alice in Gefahr bringt. Gestern ist sie weggegangen und hat Alice alleine im Wagen zurückgelassen. Sie hatte vergessen, dass sie hinten drinsaß.«

Brian hörte auf, über das Holz zu streichen, drehte sich zu mir um, und unwillkürlich trat ich einen Schritt zurück.

»Harriet war so damit beschäftigt, zur Post zu gehen und ihren Pass verlängern zu lassen, dass sie ihre Tochter völlig vergessen hat. Charlotte, ihr könnte etwas zustoßen«, sagte er. »Mein kleines Mädchen könnte entführt werden.«

VORHER

Harriet

»Kann ich Ihnen dabei helfen?« Angela zeigte auf das Geschirr im Abtropfgestell und nahm ein Geschirrtuch vom Ofengriff. »Wenn ich als Kind in der Küche helfen musste, habe ich immer lieber abgetrocknet als abgewaschen«, sagte sie lächelnd.

Alice war seit vierundzwanzig Stunden verschwunden. Harriet hatte versucht, sich zu beschäftigen, um nicht darüber nachzudenken, wie der Aufruf für ihre Tochter gelaufen war. »Mir macht Abwaschen nichts aus; ich mag es, dabei in den Garten zu sehen. Ich glaube, wenn ich könnte, würde ich draußen leben.«

»Ja? Und wo würden Sie am liebsten leben?«

Harriet stockte. Ihr gefiel, dass Angela sich für sie interessierte, obwohl ihr klar war, dass die Polizistin es aus einem bestimmten Grund tat. »Am Meer«, antwortete sie. »Als ich klein war, habe ich von einem Haus am Strand geträumt. Einem mit einer offenen Veranda vorn, auf der ich sitzen kann, lesen und aufs Wasser schauen, und von dem ein Holzpfad durch die Dünen bis ans Ufer führt.«

»Wow.« Angela unterbrach und legte das Geschirrtuch über das Abtropfgestell. »Das klingt wunderbar.«

Harriet zuckte mit den Schultern. »Ich hatte es mir richtig ausgemalt. In meinem Kopf habe ich ein klares Bild davon, und wenn ich die Augen schließe, sehe ich es genau vor mir: das glitzernde Wasser, die Wellenriffel im Sand, die Spalten zwischen den Holzdielen, durch die ich hindurchsehen kann. Ich stelle mir vor, wie ich auf einem Stuhl auf der Veranda sitze, hinaus aufs Meer blicke und fantasiere.« Harriet lächelte. »Ich kann mir alles Mögliche zusammenfantasieren, wenn ich aufs Meer sehe.«

»Ich verstehe, was Sie meinen«, sagte Angela. »Obwohl ich auch den Wald mag. Sind Sie deshalb nach Dorset gezogen? Um am Meer zu sein?«

»Angeblich.« Sofort griff Harriet nach dem Scheuerschwamm und begann, einen Topf auszuschrubben. Würde sie noch fester reiben, bekäme das Emaille Kratzer, aber sie ließ nicht nach. Brian hatte Milch kochen wollen, und die hatte eine weiße Hautschicht unten am Topfboden hinterlassen. Es war einfacher, die Mikrowelle zu benutzen, doch zu diesem Kompromiss war Brian nicht bereit. Er zog es vor, Milch auf dem Herd zu erhitzen.

»Und schwimmen Sie viel?«, fragte Angela.

Harriet hörte auf zu schrubben. Für einen Moment hatte sie das Bild von dem Strandhaus verloren und es durch das banale von Brians Milch ersetzt. Fast hatte sie vergessen, worüber sie geredet hatten. »Nein«, antwortete Harriet nach einer kurzen Pause. »Ich kann nicht schwimmen.«

»Können Sie nicht?«

Verständlich, dass Angela überrascht war. Wer wollte denn am Meer leben, wenn er Angst hatte, ins Wasser zu gehen?

»Dann erzählen Sie mir mehr von Ihrem Umzug nach Dorset«, hakte Angela nach, doch Harriet wusste nicht, wie sie sich diesem überaus heiklen Thema nähern sollte. Sie war nicht mal sicher, ob dies der richtige Zeitpunkt war; immerhin kannte sie Angela erst seit gestern.

»Sie müssen das nicht machen«, sagte sie stattdessen und deutete mit einem Nicken auf die Becher und Teller, die sich allmählich auf dem Abtropfgestell stapelten.

Angela schüttelte den Kopf und schwenkte das Geschirrtuch. »Nein, ich möchte helfen.« Sie nahm einen der Becher und begann, ihn abzutrocknen. »Haben Sie vorher immer in Kent gelebt?«

»Ja, ich bin dort geboren. Es ist ziemlich – waren Sie schon mal dort?«

»Ja, ich habe eine Tante in Westerham.«

»Das kenne ich. Ist hübsch dort.«

»Und Sie haben allein mit Ihrer Mutter gelebt? Nachdem Ihr Vater gestorben war?«

Harriet nickte. »Ja, seit ich fünf war, gab es nur Mum und mich. Etwas anderes kannte ich nicht.«

»Das muss hart gewesen sein«, sagte Angela. »Ihren Vater so früh zu verlieren.«

»Ja.« Harriet verstummte kurz. »Ich wünschte, ich hätte ihn in meinem Leben. Irgendwie denke ich, dass ich ihn sehr gemocht hätte.«

Angela lächelte traurig. »Und was ist mit Brians Mutter?«, fragte sie. Harriet sah flüchtig zu ihr, als Angela das Geschirrtuch hinlegte und begann, mit einem Lappen das Brett unter dem Gestell abzuwischen.

»Ich bin ihr nur ein Mal begegnet«, sagte Harriet. »Brian nahm mich mit zu ihr, als wir uns einen Monat kannten. Er war so aufgeregt, sagte, dass er mit mir angeben wollte, aber seine Mutter interessierte sich nicht für mich. Als ich aus dem Zimmer ging, hörte ich, wie er zu seiner Mutter sagte, dass er mich heiraten wolle, und sie hat gelacht und gesagt, Ehe wäre Zeitverschwendung. Dann meinte sie, dass er gehen müsse, weil sie sich fürs Bingo bereitmachen müsse. Ich habe sie nie wiedergesehen und Brian auch nicht, soweit ich weiß.«

»Das ist sehr traurig.«

Harriet zuckte mit den Schultern. »Meine Mutter war vollkommen anders.« Sie blickte durchs Fenster in den Garten. »Wir wohnten früher in einer Wohnung mit Blick auf einen Park. Einen Garten hatten wir nicht. Meine Mutter hasste den Park. Sie sagte, es wäre nur eine Frage der Zeit, bis dort etwas passierte. Einmal sahen wir, wie ein Kind vom Klettergerüst fiel und dann in einem merkwürdigen Winkel am Boden lag.« Harriet lehnte ihren Kopf zu einer Seite und streckte einen Arm aus, um zu illustrieren, wie verrenkt der Junge ausgesehen hatte. »Meine Mutter rannte hin, schrie, dass jemand einen Krankenwagen rufen solle, und rief: ›Wo zum Teufel ist die Mutter des Jungen?‹ Zum Glück war mit ihm alles okay, aber von da ab nahm sie jedes Mal, wenn wir an dem Park vorbeikamen, meine Hand und eilte schnell weiter. Ich glaube, ich war nie wieder auf dem Spielplatz.« Harriet sah zu Angela auf. »Sie war komisch, meine Mutter. Ich war alles, was sie hatte, und ich habe sie angebetet, aber sie hat mir nie viel erlaubt. Dauernd brüllte sie mich an, ich solle von Mauern runterkommen, die nur drei Steine hoch waren, damit ich nicht fiel.« Harriet zog die Augenbrauen hoch.

»Sie war in Sorge um Sie. So sind Mütter.«

»Es war mehr. Jeden Abend hat sie sicherheitshalber meine

Temperatur gemessen. Sie war immer die Erste am Schultor, und sogar nachdem ich von der Grundschule an die Oberschule gewechselt war, brachte sie mich jeden Morgen zum Bus, angeblich auf dem Weg zum Einkaufen. Niemand muss jeden Morgen um halb neun einkaufen gehen.«

»Warum haben Sie sich nicht gesträubt, Harriet?«

»Weil ich wusste, was es für sie bedeuten würde, wenn ich es tue. Wie gesagt, ich war alles, was sie hatte.«

»Das ist eine gewaltige Bürde für ein Kind.«

»Kann sein. Jedenfalls hieß es, dass ich sehr viel mehr Zeit in meinem Zimmer verbrachte als die meisten anderen Kinder, und dort dachte ich mir meine Geschichten aus. Diese kleinen anderen Leben waren in meinem Kopf, so wie das Haus am Meer. Manchmal habe ich geträumt, dass ich dort mit einer anderen Fantasiefamilie lebe. Mit Eltern und vielen Geschwistern. Verrückt, oder?«

»Ganz und gar nicht. Ich hatte eine Fantasieschwester. Ich bin eines von vier Kindern, und die anderen sind Jungen. Da wünschte ich mir so verzweifelt eine Schwester, dass ich mir eine ausgedacht habe.«

»In meiner Fantasie hatte ich vier Geschwister. An Weihnachten saßen wir alle um diesen großen Holztisch, lachten und veralberten uns gegenseitig. Es war chaotisch, aber ich hatte immer jemanden zum Reden, wenn irgendwas war. Es war völlig anders als die Wirklichkeit. Einige Kinder in der Schule sagten, ich sei verrückt. Manchmal vergaß ich, dass ich nicht allein war, und sprach in der Öffentlichkeit mit meiner Fantasiefamilie.« Harriet grinste verlegen.

»Man darf die Vorstellungskraft nicht unterschätzen.«

»Ich wollte nicht, dass Alice ein Einzelkind ist«, sagte Harriet und bereute es sofort. Was sollte Angela darauf schon sagen? Harriet wandte sich wieder ihrem Abwasch zu und schrubbte aufs Neue in dem Topf. Wahrscheinlich hatte sie schon zu viel gesagt. Warum musste sie überhaupt ihre Fantasiefamilie erwähnen? »Was glauben Sie, ist mit Alice passiert?«, fragte sie.

»Ich denke, der Aufruf wird uns helfen nachzuvollziehen, was geschehen ist«, antwortete Angela zurückhaltend. »Die Leute werden nachdenken, wen sie auf dem Fest gesehen haben, und sich hoffentlich mit ihren Informationen an uns wenden.«

»Also wissen Sie noch gar nichts?«, fragte Harriet. »DCI Hayes hat gesagt, Sie hätten einige Dinge, die Sie prüfen. Dinge, über die er sich nicht äußern konnte.«

»Wir haben nichts Konkretes«, sagte Angela. »Tut mir leid.«

Harriet nickte und ließ den Scheuerschwamm und den Topf ins Spülbecken sinken. Immer noch klebte ein Milchfleck unten am Boden, aber es kümmerte sie nicht mehr.

»Ich muss demnächst zur Wache fahren, Harriet, aber ich komme später wieder. Ich werde so viel wie möglich hier sein, doch sollten Sie sonst irgendwas brauchen, egal was, müssen Sie mit mir reden. Das wissen Sie, oder? Ich bin für Sie da«, sagte Angela und betrachtete Harriet erwartungsvoll.

Harriet nickte. Angela hatte ja keine Ahnung, über wie vieles sie reden könnte.

»Wir tun alles, was wir können, um Alice bald zurückzubringen«, sagte sie. »Das verspreche ich Ihnen.«

»Angela?« Harriet blickte zu ihr auf. »Was dieser Journalist über Charlotte gesagt hat, Sie wissen schon, dass sie auf Facebook war, als Alice verschwunden ist. Stimmt das?«

»Ich glaube, ja, aber da dürfen Sie nicht zu viel hineindeuten. Sie kann nur für Sekunden auf der Website gewesen sein. Versuchen Sie, nicht daran zu denken.«

Harriet drehte sich wieder zum Fenster. »Ich weiß nicht, woran ich sonst denken soll«, sagte sie leise.

Als Angela später am Tag zum Haus der Hodders zurückkehrte, hatte sie DCI Hayes im Schlepptau. Sie hatten Neuigkeiten, die sie Harriet und Brian mitteilen wollten. Bei dem Schulfest war jemand gesehen worden. Eine der Mütter hatte einen älteren Mann bemerkt, der verdächtig schien, aber sie hatte das Fest verlassen, bevor sie erfuhr, dass ein kleines Mädchen verschwunden war. Und es hatte sich auch nicht bis zu ihr herumgesprochen, bis sie morgens den Aufruf im Fernsehen sah.

»Was meinen Sie mit ›er schien verdächtig‹?«, fragte Brian, der zwischen Harriet und den Detective trat, als wolle er seine Frau vor schlechten Nachrichten abschirmen.

»Die Frau sagt, dass sie den Mann nicht kannte und er allein war. Er war vor dem Festbeginn auf der Wiese herumgewandert.« Hayes zog seine Brauen auf eine Weise hoch, dass Harriet dachte, er würde nicht allzu viel auf diese Information geben. »Jedenfalls schien sie zu denken, dass mit dem Mann etwas nicht stimmte, so wie er auf der Wiese umherging. Wir haben eine Phantomzeichnung, die wir Ihnen gern zeigen würden.« Hayes hielt ein Blatt Papier hin, das Brian ihm aus der Hand nahm, ehe Harriet es sehen konnte.

Brian warf einen kurzen Blick darauf und gab es dem Detective kopfschüttelnd zurück. »Den kenne ich nicht«, sagte er.

»Was ist mit Ihnen, Harriet?«

Ihre Hände zitterten, als sie das Blatt entgegennahm. Sie

wollte das Bild nicht ansehen, weil sie sich vor dem fürchtete, was sie sehen könnte. Was, wenn sie das Gesicht erkannte, das Brian so entschieden als unbekannt zurückgewiesen hatte?

»Sieh es dir genau an, Harriet«, drängte Brian sie, und obwohl er sich bemühte, ruhig zu klingen, spürte sie, dass er ihr unterstellte, sie würde es nicht tun.

Schließlich blickte sie auf das Blatt und verneinte stumm.

»Gar nichts?«, fragte der Detective, und es schien, als hätte er diese Antwort erwartet und hielte diese »Beobachtung« für komplette Zeitvergeudung.

Brian nahm Harriet das Bild ab und schaute es wieder an. »Oder doch? Also, irgendwas an ihm kommt mir seltsam bekannt vor. Was hat sie gesagt, wie alt er war?«

»Sie schätzte ihn auf Ende sechzig«, antwortete Hayes. »Was meinen Sie mit seltsam bekannt? Können Sie das ein bisschen näher ausführen?«

»Nur dass ich irgendwie denke, ich könnte ihn schon mal gesehen haben. Aber ...«, Brian schüttelte den Kopf, »ich kann ihn nicht einordnen.«

»Und Harriet?«, fragte Hayes mit dem kleinsten Anflug eines Seufzers, den er vermutlich unterdrücken wollte. »Eindeutig nicht?«

»Gar nicht. Tut mir leid«, sagte sie.

»Sie müssen sich nicht entschuldigen. Es war ein Schuss ins Blaue. Und es tut mir leid, dass ich Ihnen fälschlich Hoffnungen gemacht habe. Natürlich heißt es nicht, dass wir dem nicht nachgehen«, sagte er und wedelte mit dem Blatt.

Harriet stand an der Haustür, als Hayes ging, und fühlte einen wohltuenden Schwall frische Luft auf ihrem Gesicht. Abgesehen von der kurzen Fahrt zum Hotel heute Morgen, war sie nicht draußen gewesen, und das Haus kam ihr erdrückender denn je vor. Sie fühlte sich gefangen, als läge sie in einem Sarg und jemand schlüge den letzten Nagel ein. Nun hatte sie das überwältigende Gefühl, dass sie, wenn sie nicht sofort durch die Tür liefe, sich nie wieder einen Weg hinaus kratzen könnte.

»Ich mache einen Spaziergang, um einen klaren Kopf zu bekommen«, rief sie zur Küche, wo Angela zu sehen war, die Kaffeebecher vom Tisch räumte. Brian erschien wie aus dem Nichts an der Tür. Harriet beachtete ihn nicht, schnappte sich ihre Strickjacke vom Mantelhaken und schlüpfte in ein Paar Schuhe, die ordentlich in der Ecke neben den noch nicht weggeräumten Angelruten standen.

»Ich komme mit dir, Liebling.« Er griff bereits über sie hinweg nach seiner Jacke.

»Nein, bitte, ich muss ein wenig allein sein.« Sie wollte ihn nicht bei sich, Schritt für Schritt an ihrer Seite, während er sie an der Hand um den Block führte. Das entsprach nicht ihrer Vorstellung von Rauskommen und Atmenkönnen.

»Harriet.« Er hielt an ihrem Arm fest wie ein Kind, das seine Mutter nicht loslassen wollte. »Wenn du alleine gehst, sorge ich mich um dich. Ich werde mich furchtbar fühlen, wenn ich hier sitze und nicht weiß, wo du bist.«

Wie sollte sie jemals entkommen? Wenn er sie so verloren ansah? Sobald sie aus dem Haus trat, würde er ihr folgen, und sie könnte ihn nicht davon abhalten.

»Lassen Sie sie gehen«, sagte Angela leise hinter ihm. Sie wischte sich die Hände an einem Handtuch ab. Harriet atmete so tief aus, dass Brian sie anstarrte. »Es wird ihr guttun«, fuhr Angela fort und nickte Brian zu. Während sie sanft seinen Arm nahm, ergriff Harriet die Chance zu gehen.

Brian blieb stocksteif in der Diele stehen. Sie spürte ihn

hinter sich, wagte aber nicht, sich umzuschauen. Sie eilte mit klopfendem Herzen den Weg hinunter und rechnete damit, dass er sich jeden Moment von Angela losmachen würde.

»Wie gesagt, ich bin nicht lange weg. Ich gehe nur einmal um den Block«, rief sie und bog von der Pforte aus nach rechts. Sie wollte weinen vor Erleichterung, als sie, so schnell sie konnte, vom Haus wegging.

Charlotte

In der Woche ertrug ich den Gedanken nicht, ins Büro zu gehen, und mein Chef sagte sofort, ich solle mir so viel Zeit lassen, wie ich brauchte. Wie lange werde ich brauchen?, fragte ich mich, als ich am Montagmorgen das Telefon hinlegte. Alice war seit zwei Tagen verschwunden, und sie fühlten sich bereits wie Wochen an. Es war gut möglich, dass nichts je wieder normal würde.

Die nächsten paar Tage machte ich mich halb wahnsinnig mit Überlegungen, wie ich helfen könnte. Ich lief die Wege um die Wiese herum auf und ab in der Hoffnung, Alice zu sehen, obwohl ich wusste, dass meine Suche sinnlos war – der Bereich war in den Stunden nach ihrem Verschwinden gründlich abgesucht worden.

Ich rief DCI Hayes an und bot ihm an, Geld zur Unterstützung der Suche aufzutreiben.

»Wofür?«, fragte er mich.

»Weiß ich nicht, PR, irgendeine Publicity. Ich kann die dafür nötigen Mittel beschaffen«, sagte ich. Ich war mir sicher, dass mein Stiefvater mir das Geld sofort gäbe, ohne Fragen zu stellen oder einen einzigen Penny zurückzufordern. Es hatte schon Sammlungen und Spendenaufrufe für Vermisste gegeben. Gewiss wäre die Polizei dankbar für die Hilfe. Hayes sagte, es bestünde keine Notwendigkeit, aber ich war verzweifelt.

»Was kann ich tun, Aud?«, schrie ich ins Telefon. »Ich muss irgendwas tun. Ich kann hier nicht rumsitzen und auf Neuigkeiten warten.«

»Weiß ich nicht«, gestand sie. »Ich denke, für dich hat Vorrang, für Harriet da zu sein.«

»Aber sie will mich nicht sehen.«

»Dann erkundige dich vielleicht bei Angela, was du tun kannst«, schlug Audrey vor, und ich fragte mich, ob Erschöpfung in der Stimme meiner Freundin mitschwang oder ich es mir bloß einbildete. Ich wusste nicht mehr, wie oft ich sie in den letzten Tagen angerufen hatte.

»Ja, das ist eine gute Idee«, sagte ich. »Tut mir leid, Aud.«

Stattdessen beschäftigte ich mich von morgens, wenn ich Molly und Jack zur Schule gebracht hatte, bis nachmittags, wenn ich sie wieder abholte, mit Hausarbeiten, die kein Denken erforderten. Ich kaufte einen neuen Mopp, ein Paket Staubtücher und Spray für alle Oberflächen und putzte mein Haus von oben bis unten. Ich schrubbte die Rückseiten der Schränke, leerte den Kühlschrank aus, wischte ihn innen sauber und räumte ihn wieder ein. Ich kratzte Reste von Stickern von den Innenseiten der neuen Fenster, die vor zwei Jahren eingebaut wurden. Ich sortierte die Kleidung der Kinder und kaufte Jack einen neuen Pyjama.

Am Mittwoch besorgte ich frische Lebensmittel beim Schlachter und Gemüsehändler. Doch bis es Zeit zum Kochen war, war ich so erledigt vom Putzen, dass ich mich nicht mehr konzentrieren konnte. Ich stand am Herd und bereitete alles für eine Lasagne vor, als ich mich dabei ertappte, wie ich an Alice, die Ermittlungen und die Pressemeldungen dachte. Am Ende warf ich alle Zutaten in einen Topf und servierte den Kindern einen Berg Matsch, den sie sich zu essen weigerten.

»Das ist wirklich nicht schön, Mummy«, sagte Molly und schob ihren Teller weg.

»Das ist eklig«, ergänzte Evie.

»Ja, ich weiß«, seufzte ich. »Esst es nicht. Ich schiebe eine

Pizza in den Ofen.« Ich nahm die Teller, warf das Essen in den Mülleimer und bemühte mich, nicht zu beachten, dass alles in mir »Versagerin« schrie.

Mit dem Rücken zu den Kindern rupfte ich einen Pizzakarton auf und hörte nur halb hin, als Molly sagte: »Mummy, Sophie hat heute was ganz Schreckliches gesagt.«

»Hat sie, Schatz? Was denn?« Ich fuhr mit dem Finger über die Rückseite des Pizzakartons, bis ich die Backtemperatur gefunden hatte.

»Sie hat gesagt, ihre Mummy hat gesagt, sie wundert sich nicht, dass du nicht auf Alice aufgepasst hast.«

Ich drehte mich ruckartig um, wollte die Pizza auf die Arbeitsfläche legen und ignorierte die Tatsache, dass ich sie verfehlte und die Pizza auf dem Boden landete. »Was hast du gesagt?«

»Und sie hat gesagt, sie würde dich nicht mal auf die Katze aufpassen lassen. Das hat Sophie mir heute gesagt. Ich habe ihr gesagt, dass wir gar keine Katze haben und sie auch nicht, aber sie hat gesagt, dass ich blöd bin und sie das gar nicht gemeint hat. Was hat sie gemeint, Mummy?«

»Nichts.« Ich rang mir ein Lächeln ab. »Es hört sich an, als wäre Sophie blöd.«

»Sophie sagt, das heißt, dass sie nicht mehr zu mir zum Spielen kommen darf.«

Meine Finger kribbelten. Es breitete sich über meine Arme und Beine aus. Bitte sag mir, dass Karen das nicht gesagt hat, flüsterte eine kleine Stimme in mir. Karen würde mich nach dem Wochenende anrufen und mir berichten, dass sie ein paar höllische Tage gehabt hatte, weil ihre Schwiegermutter wieder einmal uneingeladen aufgekreuzt war. Wir würden lachen, bis uns die Tränen kamen, denn sie erzählt es immer so urkomisch.

Aber dies war nichts, was sich eine Sechsjährige ausdenken würde.

Ich hob die Pizza auf, prüfte, ob kein Schmutz dran war, und schob sie in den Ofen. »Sicher hat sie etwas durcheinandergebracht«, sagte ich lächelnd zu Molly. »Ich rede mit Karen und kläre das.«

»Ich will, dass Sophie mal wieder herkommt.« Molly hatte den Kopf gesenkt, sodass ich ihre Augen nicht sehen konnte.

»Selbstverständlich kommt sie wieder her«, sagte ich, immer noch eisern lächelnd. »So, jetzt könnt ihr noch zehn Minuten spielen gehen, und ich rufe euch, wenn das Essen fertig ist.« Meine Stimme klang viel zu schrill. »Na lauft«, drängte ich, schubste sie mehr oder weniger aus der Küche.

Meine Hände zitterten, als ich nach der Insel griff, um mich abzustützen, während ich mich auf einen der Hocker setzte. Es ging, solange ich mich versteckte, putzte und schrubbte und meinen Tag mit anspruchslosen Aufgaben füllte. Eine dumme Bemerkung, und ich brach wieder zusammen.

Am Montag hatte Karen mir Blumen mit einer Karte geschickt, dass sie an mich denkt. Sie standen auf der Fensterbank – bunte Tulpen, weil Karen wusste, dass ich sie mochte.

Ich griff nach meinem Handy und ließ den Finger überm Display schweben. Gern würde ich von Audrey hören, dass ich bescheuert sei und niemand über mich redete. Ich wollte sie sagen hören, dass Sophie es verdreht hatte und alles ein Missverständnis war. Ich wollte lachen und erleichtert auflegen, weil meine Freundinnen nicht hinter meinem Rücken über mich herzogen.

Doch mittwochs war Aud mit ihren Jungen beim Rugby; sie würde nicht rangehen, also tippte ich eine andere Taste auf dem Handy an und wartete auf das Freizeichen.

»Hi«, meldete Tom sich. »Alles okay?«

»Nein.«

»Was ist passiert, Charlotte? Ist es wegen Alice?«

»Nein, nicht das.«

»Du weinst. Beruhige dich und erzähl mir, was los ist.«

Also erzählte ich ihm, was Molly gesagt hatte.

»Oh, Charlotte.«

Am Tag unserer Trennung hatte ich mir geschworen, dass ich nicht zu Tom laufen würde, wenn es schwierig wurde. »Wie man sich bettet, so liegt man«, hatte meine Mutter gesagt, als ich ihr erzählte, dass wir uns trennten. »Dein Vater ging und versuchte einmal zurückzukommen, und ich war dumm genug, ihn zu lassen. Du weißt, was dann geschah. Außerdem werden die Kinder es dir nicht danken, wenn du dich jetzt trennst und es dir dann anders überlegst.«

Andererseits hatte meine Mutter nie das Kind von jemand anderem verloren.

»Ruf Karen an«, sagte Tom.

»Kann ich nicht.«

»Natürlich kannst du. Sie ist deine Freundin.«

»Und was soll ich sagen? Etwa: Vertraust du mir nicht mehr?«

»Frag sie, was sie gesagt hat.«

»Tom, warum musst du immer alles so simpel machen? Was ist, wenn sie sagt, ja, hat sie? Was ist, wenn sie sagt, genauso hat sie es gemeint?« Ich weinte.

Nein, ich hätte ihn nicht anrufen sollen. Auf keinen Fall konnte ich Karen fragen, was sie gesagt hatte. Lieber würde ich mich von meinen Gedanken zerfressen lassen, als sie zur Rede zu stellen.

Ich starrte mein Handy an und fragte mich, was ich tun

sollte. Mein Handy war keine Dauerverbindung mehr zwischen mir und meinen Freundinnen. Die Zahl der Nachrichten seit dem Schulfest hatte drastisch abgenommen. Tatsächlich piepte es sehr viel seltener als vor dem Wochenende, und die Stille war unheimlich.

Ich klickte wieder WhatsApp an, wie ich es in den letzten Tagen regelmäßig tat, aber es gab keine neuen Mitteilungen seit dem Fest. Ich scrollte durch die diversen Gruppen: Mollys Klasse, Jacks Klasse, Buchclub ... dort warteten immer Nachrichten auf mich. Kein Tag verging, ohne dass jemand eine Frage zu Hausaufgaben oder Uniformen hatte oder eine neue Gruppe für einen gemeinsamen Abend einrichtete.

Ich schob mein Handy weg. Und ich versuchte, jenen Gedanken zu ignorieren, der mich zu plagen begann – dass neue Gruppenchats ohne mich eingerichtet worden waren, dass meine Freundinnen Dinge besprechen wollten, ohne mich einzubeziehen. Doch nach dem, was Molly erzählt hatte, fing ich an, genau das zu glauben.

Seit der Journalist bei dem öffentlichen Aufruf darauf hingewiesen hatte, dass ich auf Facebook gewesen war, als Alice verschwand, brachte ich es nicht mehr fertig, auf die Website zu sehen, hatte sogar die App von meinem Handy gelöscht. Aus welchem Grund auch immer war ich überzeugt, dass allein mein Einloggen meine gesamte Aktivität dort freigeben würde. Als würde mir jemand auflauern, um sagen zu können: »Ha, seht ihr! Hier ist sie wieder. Sie kann es nicht lassen.« Ich äußerte Audrey gegenüber diese Theorie, die sie sofort für lächerlich erklärte, trotzdem riskierte ich es nicht.

Sobald die Kinder an dem Abend im Bett waren, wusste ich, dass ich es nicht länger aushielt. Ich musste mich dem stellen, was gesagt wurde, musste es wissen. Ich schenkte mir ein großes Glas Wein ein, das ich mit nach oben ans Bett nahm, atmete tief ein und öffnete meine Facebook-Seite.

Mein Puls raste, als ich mich durch Posts über bevorstehende Urlaube und die Überfliegerkinder von Freundinnen scrollte. Ich suchte panisch – was, wusste ich nicht. Einen Post, der sagte, was für eine furchtbare Mutter ich war? Mit reichlich Likes und geschockten Emojis darunter?

Je länger ich hinsah, desto mehr näherte sich mein Herzschlag einem normalen Rhythmus. Ich fand nichts dergleichen, bis ich über eine »Findet Alice«-Seite stolperte, auf der darum gebeten wurde, etwaige Neuigkeiten zu posten und zu teilen. Sie war von einer Mutter eingestellt worden, die ich kaum kannte, obwohl wir irgendwann Facebook-Freundinnen geworden waren. Ich starrte das Profilbild von ihr mit ihren beiden Töchtern an. Wenn ich die Frau nicht kannte, tat Harriet es auch nicht, daher fragte ich mich, warum sie diese Aktion gestartet hatte. Wenn überhaupt, hätte ich es sein müssen.

Ich überflog die Kommentare, die andere dort geschrieben hatten, aber es waren so viele, dass ich sie nicht alle lesen konnte. Viele äußerten Sorge und boten Unterstützung an. Es waren Warnungen da, die Kinder nicht aus den Augen zu lassen, solange ein Monster frei herumlief. Gebete waren kopiert und mit einer persönlichen Nachricht gepostet, dass man hoffe, Alice würde bald gefunden. Einige schrieben ihre Meinungen zu dem, was geschehen war. Viele hielten es für sehr wahrscheinlich, dass es derselbe Täter war, der Mason entführt hatte.

Mein Name wurde ein paarmal genannt. Leute, die ich nicht kannte, schrieben, wie leid ich ihnen täte.

»Es zeigt mal wieder, dass man seine Kinder keine Minute aus den Augen lassen darf«, stand dort.

»Man darf niemandem trauen, nicht mal auf einem Schulfest.«

Und: »Ich weiß nicht, ob es schlimmer ist, das eigene Kind zu verlieren oder das von jemand anderem.«

Ich trank einen großen Schluck Wein und stellte das Glas ungeschickt wieder auf den Nachttisch, sodass es beinahe umkippte. Ich wollte auch etwas schreiben. Zwar hatte ich keine Ahnung, was ich sagen sollte, aber ich wollte sie wissen lassen, dass ich da war, ihre Gedanken las und diese Hölle, über die sie redeten, lebte und atmete.

Mit geschlossenen Augen lehnte ich mich zurück an das Kopfteil des Bettes, und Tränen rannen unter meinen Lidern hervor. Ich konnte zwischen den Zeilen lesen, wusste, dass sie alle dasselbe dachten – dass Alices Verschwinden meine Schuld war. Sie wählten ihre Worte mit Bedacht, dennoch war offensichtlich, was sie glaubten: Ich war unachtsam gewesen und hatte die Tochter von jemandem verloren.

Was sie meinten, wusste ich, weil ich exakt dasselbe denken würde, wäre es jemand anders. Und weil ich es von mir selbst dachte.

Ich hätte aufhören sollen, die Posts zu lesen, hätte das Handy weglegen müssen, zufrieden damit, dass ich keine bösartigen Beschimpfungen gefunden hatte. Ich tat es nicht, sondern setzte mich auf und tippte Alices Namen in die Google-Suchmaske ein. Eine eigenartige Entschlossenheit trieb mich, mich zu bestrafen, und ich würde nicht aufgeben, ehe der Schaden angerichtet war. Es dauerte nicht lange, bis ich gefunden hatte, wonach ich suchte.

Als Erstes fand ich meinen Namen in der Kommentarsparte der Website vom *Dorset Eye* unter Josh Gates' Artikel. Er war der Journalist bei dem öffentlichen Aufruf gewesen.

Sein rachsüchtiger Beitrag hatte jede Menge Aufmerksamkeit bei den Leuten aus unserer Gegend geweckt. Namen, die ich nicht kannte, einige anonyme Kommentare, allesamt verzückt von der Chance, loszulegen und zu bestätigen, dass ich eine schreckliche Mutter sein musste.

Man hätte mir offenbar niemals erlauben dürfen, auf anderer Leute Kinder aufzupassen. Meine sollten mir weggenommen werden, weil sie bei mir eindeutig nicht sicher waren. Hätte ich ihr Kind verloren, schrieb jemand, könnte er für nichts garantieren. Was er tun würde, schrieb er nicht explizit, aber es war auch so klar.

Ich steckte meine geballte Faust in den Mund, rang nach Atem, den ich nicht schlucken konnte. Dies waren Menschen, die in meiner Nähe lebten. Sie waren aus Dorset, vielleicht sogar aus meinem Dorf, und sie hassten mich. Jeder von ihnen hasste mich.

Ich kroch unter meine Bettdecke und zog sie mir über den Kopf. Die Augen fest zugekniffen, schluchzte und schrie ich unter der Decke, bis ich einschlief.

Am nächsten Morgen lud ich die Kinder ins Auto, um sie zur Schule zu fahren. Meine roten geschwollenen Augen versteckte ich hinter einer Sonnenbrille. Nachdem ich Jack am Schultor abgesetzt und Molly zu ihrer Klasse gebracht hatte, ging ich mit Evie über den Schulhof, als Gail nach mir rief.

»Hi, ich bin froh, dass ich dich erwische«, sagte sie atemlos, als sie mich eingeholt hatte.

»Hi, Gail, wie geht's?«

Sie warf ihren langen schwarzen Zopf über die Schulter und schob ihre dunkle Sonnenbrille nach oben in ihr Haar. Nach letzter Nacht war ich froh, dass Gail mich auf dem

Schulhof abpasste. Ich hatte sogar ein schlechtes Gewissen, weil ich mich oft über sie beklagt hatte. Gail war gar nicht so übel, konnte nur anstrengend sein.

»Oh, mir geht es gut, meine Süße, gut.«

»Das ist schön.«

»Ich wollte dich nur abpassen, um dir zu sagen, dass du Rosie heute Abend nicht mit zum Ballett bringen musst.«

»W-was meinst du?«, stammelte ich. »Ich nehme sie doch immer mit zum Ballett.«

»Oh ja, ich weiß, aber heute Abend fährt Tillys Mutter sie. Sie hat es angeboten, und, na ja, ehrlich gesagt, wusste ich nicht, ob du fährst oder nicht, deshalb habe ich zugesagt.« Gail präsentierte mir lächelnd eine strahlend weiße Zahnreihe und trat bereits zurück.

»Ich fahre Molly hin«, sagte ich. »Also ist es kein Problem, Rosie mitzunehmen. Und Tilly wohnt auf der anderen Seite des Dorfes.«

»Oh, tja, danke, Charlotte. Aber jetzt ist es schon mit Tillys Mutter abgemacht, also lassen wir es dabei.«

»Klar«, sagte ich. »Verstehe.«

»Na, dann bis bald«, sagte Gail, winkte und drehte sich weg.

»Gail!«, rief ich ihr nach, bevor ich überlegen konnte, was ich sagen wollte. »Warte kurz.« Ich zerrte Evie über den Schulhof. »Denkst du wirklich, dass du mir nicht zutrauen kannst, deine Tochter zum Ballett zu fahren? Hast du Angst, dass ich ohne sie zurückkomme?« Meine Stimme brach, und mir war bewusst, dass ich zu weit ging.

»Nein! O Gott, Süße, überhaupt nicht«, sagte sie und zeigte wieder dieses Lächeln, das ihre Augen nicht erreichte. »Wie gesagt, ich wusste bloß nicht, ob du fährst.«

»Du hättest mich fragen können«, rief ich. »Mehr wäre nicht nötig gewesen, als mich einfach zu fragen.«

»Ja, ich weiß. Das ist mir jetzt natürlich auch klar. Ich Dummerchen.« Sie stieß ein kurzes, dämliches Lachen aus, und ich dachte, wenn ich einen Arm ausstreckte, könnte ich ihr das künstliche Lächeln aus dem Gesicht klatschen. Ich zog Evie so schnell zu meinem Wagen, wie es ihre kurzen Beine erlaubten.

»Sie ist eine blöde Kuh!«, schrie ich ins Telefon. Zu Hause hatte ich direkt Audrey angerufen. »Was reden die alle über mich? Und sag nicht, nichts, denn ich weiß, dass sie reden.«

»Pfeif auf Gail. Sie ist spießig und neurotisch. Es war abzusehen, dass sie überreagiert.«

»Das stimmt nicht, wie du sehr wohl weißt, und sie spricht bloß aus, was alle denken.« Ich erzählte ihr, was Karen laut ihrer Tochter gesagt hatte. »Denken alle, dass man mir nicht trauen kann?«

»Nein, natürlich nicht.«

»Wieso fühlt es sich dann so an?«, heulte ich. »Ich habe die Online-Kommentare gesehen, Aud. Hast du sie gelesen? Ich ja. Sieh sie dir an. Lies den Artikel auf der Website vom *Dorset Eye*. Nein, noch besser«, sagte ich und ging ins Internet, »ich schicke dir den Link.«

»Charlotte, du musst dich beruhigen. Egal, was in diesen Kommentaren steht, das sind nur Trolle. Das sind gehässige Leute mit Kleinstadtansichten, die nichts Besseres zu tun haben. So denkt keiner von den Menschen, auf die es ankommt, und im Grunde weißt du das auch.«

»Aber es geht um mich. Es ist persönlich. Sie reden über *mich*.« Ich sank auf einen Stuhl. »Also spielt es keine Rolle, was ich im Grunde weiß, denn es ist mein Leben, über das sie reden.«

»Weiß ich, Süße, ich weiß«, sagte sie ruhig. »Doch sie sind nicht deine Freunde. Sie sind niemand, der dich kennt und mag.«

»Das stimmt so nicht. Es sind Karen und Gail.«

»Die nichts Furchtbares über dich gesagt haben«, wandte Audrey ein. »Sie verhalten sich lediglich manchmal blöd. Für sie kommen ihre Familien an erster Stelle, und vermutlich ist ihnen nicht mal klar, was sie tun, aber sie werden es bereuen, sobald sie mitbekommen, dass sie dich verletzt haben.«

»Haben sie vorher irgendwas über mich gesagt?«, fragte ich. »Wurde ich schon verrissen, bevor Alice verschwunden ist?«

»Charlotte.« Audrey seufzte. »Nein, natürlich nicht. Was mit Alice geschehen ist, hätte jeder von uns passieren können. Es ist entsetzlich, aber es ist nicht deinetwegen passiert oder wegen irgendwas, das du gemacht hast.«

»Und warum fühlt es sich dann so an?«, fragte ich flüsternd.

Ehe sie auflegte, erinnerte Audrey mich an das Elterntreffen am nächsten Mittwoch. »Du solltest hinkommen.«

»Das sind noch sechs Tage«, sagte ich. »Bis dahin kann alles Mögliche passieren.« Ich wollte nicht darüber nachdenken, was ich meinte, außer dass ich hoffte, Alice wäre bis dahin gefunden. Die Vorstellung, dass eine weitere Woche ohne Neuigkeiten verstrich, war unerträglich.

»Sicher, und hoffen wir bei Gott, dass die kleine Alice dann gesund und munter gefunden wurde. Aber sieh es als Gelegenheit für dich, mit den Leuten zu sprechen, von denen du glaubst, dass sie über dich reden. Dann kannst du beruhigt sein.«

»Vielleicht.«

»Im Ernst, Charlotte, das solltest du.«

Ich versprach Audrey, es mir zu überlegen, obwohl ich wusste, dass ich nicht hingehen würde. Lieber versteckte ich mich weiter, als mich den Müttern zu stellen, die mich fasziniert beobachten würden. Kaum hatte ich aufgelegt, klingelte das Telefon wieder. Es war DCI Hayes, der mich fragte, ob ich in der nächsten Stunde zu Hause sei. Ich sagte ihm, dass ich nirgends hinmüsse, und sah mit Evie zusammen CBeebies, während ich auf ihn wartete.

Als er kam, führte ich ihn in die Küche und machte Smalltalk, während ich Evie etwas zu trinken eingoss. Sie war mir gefolgt, weil sie Hunger hatte, und fragte, ob der Polizist mit ihr spielen könne.

»Nein, Evie«, antwortete ich und gab ihr eine Tüte Rosinen und einen Apfel. »Geh wieder ins andere Zimmer. Ich komme bald.«

»Verzeihung«, sagte ich zu dem Detective, als sie gegangen war. »Haben Sie Kinder?«

»Ja, zwei«, sagte er ernst. »Mrs. Reynolds, ich habe einige Neuigkeiten.«

»Aha?« Seine Miene verriet mir, dass es keine guten waren.

»Leider haben wir eine Leiche gefunden.«

Harriet

»Was bedeutet das?« Brian lief in der kleinen Küche auf und ab wie ein eingesperrtes Tier.

»Wissen wir nicht«, antwortete Angela.

»Aber die Leiche war nicht weit weg?«

»Nein«, sagte sie. »Keine fünf Meilen von der Stelle entfernt, an der er entführt wurde.«

»Und es ist eindeutig Mason?«, fragte Brian.

»Ja, leider wurde er identifiziert.«

»Die armen Eltern«, sagte Harriet. »Ich mag mir gar nicht vorstellen, wie es ihnen geht. Ich kann nicht mal daran denken …«

»Dann tun Sie es nicht«, riet Angela ihr. »Bisher deutet nichts darauf hin, dass das, was mit Mason geschah, in irgendeinem Zusammenhang mit Alice steht.«

»Und was ist mit ihm geschehen?«, fragte Brian. »Wie ist er gestorben? Wurde er sofort ermordet?« Er war stehen geblieben, packte die Rückenlehne eines Stuhles und lehnte sich in Richtung Angela vor.

»Ich verstehe, dass Sie all das wissen möchten, aber ich kann Ihnen noch keine Einzelheiten erzählen.«

»Und ich will auch keine hören.« Harriet hielt sich die Ohren zu.

Brian trat an die Seite seiner Frau und zog behutsam ihre Hände herunter. »Und das musst du auch nicht, mein Liebling«, sagte er, küsste ihre Handrücken und ließ die Lippen auf ihrer Haut, sodass feuchte Spuren blieben, als er wieder von ihr abließ.

Er setzte sich auf den Stuhl neben ihr, wobei er weiterhin

ihre Hände hielt. »Du solltest über nichts davon nachdenken«, sagte er.

Nur blieb ihr keine andere Wahl, denn er fuhr fort, Angela Fragen über Mason zu stellen, obwohl sie ihm wiederholt sagte, sie könne die nicht beantworten. Brian umklammerte Harriets Hände fest. Sein Gesicht war sehr nahe, und sie fühlte seinen warmen Atem auf ihrer Wange, als er sprach. Der Geruch seines einen Tag alten Aftershaves drang mit jedem ihrer Atemzüge in ihre Nase und ihre Kehle.

Schließlich befreite Harriet sich von ihm und sagte, sie müsse ins Bad.

Sie wusste nicht, was es bedeutete, dass Masons Leiche gefunden wurde, doch sie fühlte mit seinen Eltern. Für sie gab es nun keine Hoffnung mehr – alles, was sie hatten, war ein endgültiges Wissen, das nichts besser machte. Harriet wollte ihnen schreiben, ihnen sagen, wie sehr sie ihr leidtaten und dass sie verstand, wie ihr Leben zerstört worden war. Doch letztlich verstand sie es nicht. Denn Harriet hatte noch Hoffnung. Also schrieb sie ihre Gedanken stattdessen in das kleine Moleskine-Notizbuch, das sie unter einem Dielenbrett in ihrem Schlafzimmer aufbewahrte, und wünschte, dass die Eltern anderweitig Trost fanden.

Mehr Trost als Harriet. Sie und Brian geisterten nebeneinander her durch ein Haus, das inzwischen ächzte vor Einsamkeit. Hin und wieder berührte Brian sie, flüsterte ihr Worte zu, die nicht trösteten. Jeder Schritt, den sie auf der Holztreppe machte, hallte unheimlich zu ihr zurück. Die Ikea-Lampe in der Diele verströmte kein warmes Licht mehr, sondern warf nur noch bedrohliche lange Schatten auf den Boden. Das Wohnzimmer wirkte, als wäre jede Spur von Alice hinausgekehrt worden. Es juckte Harriet in den Fingern, die Plastikspielzeugkisten zu greifen, die so ordentlich in der Ecke aufgestapelt waren, und sie auszukippen, damit es aussah, als sei ihre Tochter noch da. War sie es gewesen, die eilig aufgeräumt hatte, nachdem Alice am letzten Freitagabend ins Bett gegangen war, oder Brian, der säuberlich alles ordnete und das Zimmer wieder zur kinderfreien Zone gemacht hatte?

Doch Harriet wusste, dass sie nicht anfangen konnte, Alices Spielsachen durchs Haus zu werfen. Sie konnte sich vorstellen, was Brian dazu sagen würde. Es würde ihm einen weiteren Grund liefern, auf sie einzureden, die Medikamente zu nehmen, von denen sie wusste, dass es sie gar nicht gab.

Manchmal saß sie einfach nur auf Alices Bett und strich über die rosa, mit Vögeln bestickte Überdecke, die noch kraus war vom letzten Mal, als ihre Tochter darin geschlafen hatte. Harriet sah die Kuhle im Kissen an, wo Alices Kopf gelegen hatte, stellte sich ihr blondes Haar vor, das um sie herumgefächert war, aber das Bild verblasste so schnell.

Jetzt war nur Hippo, das Nilpferd, da, wo Harriet es behutsam hingesetzt hatte, nachdem sie es neben Alices Autositz eingequetscht fand. Es brach Harriet das Herz zu denken, dass Alice ohne das graue Stoffnilpferd war, das sie überallhin begleitet hatte.

Im Laufe der Woche war Alices Spur in dem Zimmer undeutlicher geworden, bis Harriet sich fragte, ob es ihre Einbildung oder real war. Es war so beängstigend, dass Harriet begann, wieder alles in ihrem Buch aufzuschreiben.

Irgendwann ging sie immer seltener in das Zimmer, doch dass Alice woanders schlief, war undenkbar. Dass sie ihre Augen öffnete und nicht die Schmetterlingsgirlande an ihrem Fenster sehen könnte, brachte Harriet langsam um.

Alice war seit einer Woche verschwunden. Es war Samstagmorgen, und ihr Verschwinden war immer noch in den Nachrichten. Weiterhin standen Journalisten vor ihrer Gartenpforte, zumal jetzt Masons Leiche gefunden worden war. Das Interesse flackerte neu auf.

Harriet las immer noch alles, was sie konnte, egal, wie schmerzlich es war. Oft schloss sie sich mit Brians iPad im Bad ein und durchforstete Websites, um zu sehen, was die Leute schrieben. Danach löschte sie den Suchverlauf. Brian würde nicht verstehen, dass sie das tun musste, dass es für sie zu einer Obsession geworden war. Er würde ihr bloß erklären, wie ungesund es war.

Vielleicht hatte er recht. Sie brauchte keine Fremden, die gänzlich ungefragt ihre Ansichten über sie und Brian äußerten. Angelas Meinung zählte; sie war die, die mit Harriet ihre Hölle durchlebte, aber sie gab auch wenig preis.

Harriet fand es gut, Angela in ihrem Leben zu haben. Unter völlig anderen Umständen, dachte sie, könnten sie befreundet sein. Sie fragte sich, was Angela ihren Vorgesetzten auf der Wache berichtete. Ihr Job war, zu beobachten und ihre winzige Familie zu beurteilen, mithin musste sie sich eine Meinung gebildet haben. Was hielt sie von ihnen, die einander umtanzten wie zwei Fremde, ausweglos in ihrem eigenen Unglück gefangen? Angela hatte mit ihnen gegessen, gewartet, während sie schliefen, sie in den schlimmsten Verfassungen gesehen. Und was erzählte Brian ihr, wenn Harriet nicht im Zimmer war?

Als Angela an dem Abend gegangen war, ging Brian auf Harriet los. »Ich bin nicht der Einzige, der sich Sorgen um dich macht«, sagte er und kam viel zu nahe auf dem Sofa, sodass sie den abgestandenen Kaffee in seinem Atem roch.

»Was meinst du?«

»Anderen fällt es auch auf«, sagte er. »Ich erzähle es dir nur, weil du es wissen musst.«

»Was meinst du?«

Er seufzte, rieb sich mit den Händen über die Jeans. »Als du neulich spazieren warst, hat Angela mir ausdrücklich gesagt, sie hätte dir gesagt, dass du lieber nicht allein rausgehst, aber du hast nicht auf sie gehört und bist trotzdem gegangen. Warum tust du mir das an, Harriet?«

»Das hat Angela niemals gesagt«, erwiderte Harriet und schüttelte langsam den Kopf, als sie sich an den Tag erinnerte.

»Doch, hat sie, Liebling.« Brian drehte sich zu ihr um, runzelte die Stirn und neigte seinen Kopf zur Seite, während er sie betrachtete. Sein Blick schweifte zu ihrem Haaransatz ab, und er streckte eine Hand aus, um einige Strähnen nach hinten zu streichen. »Du hast gesagt, dass du kurz rausgehen willst, aber Angela hatte dir gesagt, dass es keine gute Idee ist, und dich gebeten, im Haus zu bleiben. Doch du hast darauf bestanden. Sogar als sie dir sagte, dass es draußen nicht sicher ist«, sagte er und ließ seine Hand auf ihrem Kopf.

Harriet starrte ihren Mann an.

»Ich will nur verstehen, warum du mir das antust«, sagte er.

»Ich tue dir nichts an. Angela hatte mir nicht gesagt, dass ich nicht rausgehen soll«, wiederholte sie.

»Ach, Harriet, du erinnerst dich nicht, oder?«, fragte er und rückte noch näher. Er nahm ihre Arme, rieb mit den Daumen über die weiche Haut oberhalb ihrer Ellbogen. »Ich ahnte schon, dass es so ist«, fuhr er fort.

»Brian, ich weiß, dass Angela das nicht zu mir gesagt hat. Daran würde ich mich erinnern. Hätte sie mir geraten, nicht rauszugehen, wäre ich nicht gegangen.«

»Oh, Harriet.« Er schüttelte den Kopf. »Hast du eine Ahnung, wie schwierig das für mich ist? Ich versuche, mit dem klarzukommen, was mit Alice ist, da kann ich mich nicht auch noch um dich sorgen.« Er packte ein wenig fester zu. »Es gibt Dinge, die du willentlich vergisst.«

Als Harriet nicht antwortete, fuhr er fort: »Wir gehen noch mal zu dem Arzt. Ich mache einen Termin für Montagmorgen.«

»Ich will zu keinem Arzt.« Diesmal würde sie stur bleiben. Sie würde nicht wieder zu einem Arzt gehen.

Nachdem er ihre Arme ein letztes Mal gedrückt hatte, stand Brian auf und trat ans Fenster. Sein Kopf war gesenkt, und Harriet sah, wie sich seine Schultern langsam auf und ab bewegten. Auf, ab, auf, ab.

Als sie die Anspannung nicht mehr aushielt, sagte sie: »Gut, es tut mir leid. Ich glaube dir. Jetzt erinnere ich mich; du hast recht mit dem, was du über Angela sagst. Also muss ich nicht wieder zum Arzt, Brian.«

»Das ist gut, Liebling.« Er drehte sich um, lächelte ihr zu, und in seinen dunklen, halb geschlossenen Augen spiegelte sich die Abendsonne. »Ich wusste, dass du dich am Ende erinnern würdest.«

HEUTE

Es ist offensichtlich, dass DI Rawlings beschlossen hat, mich nicht zu mögen. Das erkenne ich daran, wie sie mich ansieht und sich ihre schmal gezupften Brauen in der Mitte leicht zusammenziehen. Ich bin nicht die Sorte Mutter, mit der sie befreundet sein wollte, auch wenn ich bezweifle, dass sie eigene Kinder hat.

Sie interessieren die Unterschiede zwischen Harriet und mir. Nicht die allzu offensichtlichen wie Geld und Häuser, sondern die kleinen Nuancen, die uns trennen.

»Sie haben gern alles über Ihr Leben erzählt«, bemerkt sie. »Aber hielt Harriet es umgekehrt genauso?«

Auf die meisten ihrer Fragen weiß sie die Antworten bereits.

Folglich hat sie vor, meine Defizite bloßzustellen.

»Ich erzähle nicht alles«, korrigiere ich. »Vieles in meinem Leben ist privat.«

»Aber Sie haben über Ihre Kindheit und die Schwierigkeiten in Ihrer Ehe gesprochen.«

»Mit Harriet, ja«, sage ich. »Aber Harriet ist eine Freundin; das tun Freundinnen.«

»Trotzdem war Harriet Ihnen gegenüber nicht so offen?«

»Hören Sie, ich weiß wirklich nicht, worauf Sie hinauswollen.« Ich will nicht schnippisch sein und frage mich, ob ich eine Grenze übertreten habe.

»Wissen Sie nicht, Charlotte?«

»Harriet hat mir erzählt, was sie erzählen wollte. Ich kann niemanden zwingen, über sein Privatleben zu sprechen, wenn der- oder diejenige es nicht will«, antworte ich.

»Oder Sie haben es nicht versucht«, sagt sie und lehnt sich zufrieden auf ihrem Stuhl zurück, als hielte sie eine Trumpfkarte in der Hand.

Ich höre auf, mit meinem Gürtel zu spielen, und balle die Hände, bis ich den Druck nicht mehr aushalte. Mir ist klar, dass sie mich für keine gute Freundin hält, dass ich mehr genommen habe als gegeben, und es macht mich wütend. Sie hat sich längst auf Harriets Seite gestellt, sofern es überhaupt Seiten zu wählen gab. Wahrscheinlich hatte sie sich schon entschieden, ehe ich überhaupt diesen Raum betrat.

»Ich brauche noch eine Pause, wenn Sie mir mehr Fragen stellen wollen«, sage ich bestimmt.

»Ja, natürlich. Nehmen Sie sich so viel Zeit, wie Sie brauchen.« Sie zeigt zur Tür, ohne zu lächeln, und wieder überlege ich, ihr zu sagen, dass ich nicht gewillt bin, länger zu bleiben.

Als ich draußen auf dem Hof bin, rufe ich Tom an. »Was machen die Kinder?«, frage ich, bevor er etwas sagen kann. »Schlafen sie?«

»Selbstverständlich«, sagt er. Er klingt selbst schläfrig, als hätte ich ihn geweckt, doch falls ja, kümmert es mich nicht besonders.

»Was ist mit Molly?«, frage ich. »Ist sie okay? Ist ihr Fieber runtergegangen?«

»Ich glaube, ja. Sie schläft tief und fest.«

»Geh und sieh nach ihr. Falls sie sich heiß anfühlt, das Fieberthermometer ist im Bad.«

»Charlotte, ich weiß, wo das Fieberthermometer ist«, sagt er. »Ist mit dir alles in Ordnung?«

»Ja, alles gut. Es wird ein langer Abend. Dies hier dauert länger, als ich gedacht hatte.«

»Bist du immer noch auf der Wache?« Er klingt verwundert. »Ich dachte, du bist inzwischen auf dem Rückweg.«

»Ich bin sicher, dass es nicht mehr allzu lange dauert. Anscheinend haben sie eine Menge zu klären.«

»Aber sie, na ja, sie verdächtigen dich nicht oder so?«, fragt er vorsichtig. »Ich meine, sie glauben doch nicht, dass du irgendwas falsch gemacht hast, oder?«

»Nein.« Ich lache gekünstelt. »Natürlich nicht. Wie gesagt, ich bin hier, um ihnen zu helfen, sonst nichts. Und ich bringe es lieber jetzt hinter mich und hoffe, dass sie danach nicht wieder mit mir reden müssen.«

»Ja, sicher. Es fühlt sich bloß an, als wärst du schon sehr lange dort.«

»Bin ich, Tom. Seit fast vier Stunden«, sage ich mit Blick auf meine Uhr.

»Stimmt.« Ich sehe ihn richtig vor mir, wie er versucht zu begreifen, was wirklich los ist, und sich fragt, ob ich ihm etwas verschweige. Andererseits denkt Tom, dass ich ihm alles erzähle. Genau wie die schlaue Rawlings bemerkte: Menschen wie ich erzählen jedem, was in ihrem Leben vorgeht.

»Und gibt es sonst noch Neuigkeiten?«, fragt er. »Du weißt schon, von ...«

»Nein«, antworte ich und lehne den Kopf an die Mauer. »Nein, keine, die mir mitgeteilt wurden.« Ich weiß nicht, ob sie es mir überhaupt sagen würden.

»Okay, tja, pass auf dich auf.« Ich schätze, er will weiterschlafen. »Ruf mich an, wenn du draußen bist.«

»Mache ich. Danke.« Ich hoffe, er fragt mich nicht, wofür, aber ich bin dankbar, dass er für mich da ist und sich auf eine Weise für mich interessiert, wie ich es inzwischen von niemand anderem mehr erwarte.

Ich erinnere mich, dass er kurz nach Mollys Geburt etwas zu mir sagte, was zu dem Zeitpunkt nicht sehr gewichtig schien. »Du wirst immer die Mutter meiner Kinder sein. Die Dinge haben sich verändert, fast als wäre eine andere Dimension zwischen uns. Was auch geschieht, du wirst mir immer wichtig sein.«

Damals tat ich es ab, doch jetzt weiß ich, dass er es ernst meinte. Und es macht den Abstand zwischen mir und meiner Familie unerträglich viel größer.

Nach dem Telefonat gehe ich zurück ins Gebäude. Mein Herz fühlt sich so schwer an wie meine Beine, als ich mich zum Automaten schleppe, um mir noch einen Kaffee zu holen. Während ich warte, dass sich der Becher füllt, sehe ich DI Rawlings am Ende des Korridors, wo sie jemanden durch die Vordertür hereinbegleitet. Als sie zur Seite tritt und das grelle Licht auf den Eingang fällt, erkenne ich, dass sie mit Hayes spricht. Er muss eben angekommen sein. Und obwohl ich erleichtert sein sollte, ein vertrautes Gesicht zu sehen, kann ich nichts dagegen tun, dass mir noch flauer wird.

VORHER

Harriet

Am Sonntagmorgen, acht Tage nach Alices Verschwinden, wachte Harriet um sechs Uhr morgens auf und ging aus dem Haus. Sie hatte sich zuvor vergewissert, dass Brian noch schlief. Tat er, was nicht verwunderlich war, weil er beinahe die ganze Nacht unten herumrumort hatte und erst in den frühen Morgenstunden ins Bett gegangen war.

Ihr war aufgefallen, dass sich seine Gewohnheiten und sein Schlafrhythmus in der letzten Woche verändert hatten. Gestern war er zum Angeln gefahren, aber schon eine Stunde später zurückgekehrt, um bei Harriet zu sein. Und obgleich sie immer als Erste im Bett gewesen war, kam Brian gewöhnlich kurze Zeit später nach. Doch in der letzten Woche hatte Harriet allein im Bett gelegen und kaum geschlafen, während Brian bis zwei oder drei Uhr nachts aufblieb und unter ihr umhertigerte. Was er dort tat, konnte sie nicht sagen.

Harriet schlich die Treppe hinunter, schlüpfte in ihre Schuhe, die unter den Garderobenhaken standen, öffnete vorsichtig die Haustür und schloss sie leise hinter sich, damit sie ihren Mann nicht weckte. Sie war froh, dass keine Journalisten so früh auf sie warteten, atmete die Morgenluft tief ein und stieg in ihren Wagen.

Auf der Fahrt entlang des nächstgelegenen Küstenstreifens blickte sie zu den Klippen. Sie waren hoch und zerklüftet mit steilen Wänden zum Meer unten, wo bei stärkerem Wind die Wellen gegen die Felsen krachten. Die unbeleuchtete Straße konnte bei Nacht gefährlich sein, und es war schon vorgekommen, dass zu schnelle Fahrer über die Klippen gerast waren. Parallel zur Straße war eine verbeulte Schutzplanke: bei Tageslicht eine ernüchternde Warnung.

Harriet fuhr weitere fünf Minuten bis zu einem scharfen Abzweig, wo sie abbog und einen steinigen Sandweg hinunter zu einem Parkplatz fuhr.

Sie liebte es hier. Der Strand selbst war winzig und sehr steinig. Alice hatte sich immer beschwert, dass sie nicht über die Steine ins Wasser gehen mochte, weil sie an ihren Füßen wehtaten, aber Harriet fand es wunderschön. Das Wasser war glasklar, und sie konnte am Rand sitzen und mit den Zehen im Wasser wackeln, während Alice ihren Spieleimer mit Steinen füllte.

Harriet öffnete den Kofferraum, nahm eine kleine Tasche unter der Picknickdecke hervor und ging ans Wasser. Es sah so friedlich aus, dachte sie, als sie ihr Kleid auszog und es auf die Steine legte. Sie zupfte die Träger ihres roten Badeanzugs zurecht und ging ins Wasser, einen zögerlichen Schritt nach dem anderen, den Blick fest auf den Horizont gerichtet. Die Kälte machte ihr nichts. Sie betäubte sie, und genau das brauchte sie: sei es auch nur für einen Moment nichts zu fühlen.

Mit jeder Welle kletterte das Wasser weiter an ihr nach oben, verschlang Zentimeter um Zentimeter ihres Körpers. Es kroch an ihren Schenkeln hinauf, schwappte um ihre

Hüften, stieg unter ihre Achseln, bis der Rest von ihr unter Wasser war. Harriet tauchte den Kopf ein und ließ ihn dort, so lange sie konnte, ehe sie wieder atmen musste. Die Erlösung stellte sich prompt ein. Sie fühlte sich wie anästhesiert, und es war herrlich, hielt nur nie lange genug an.

Bald schwamm Harriet weiter hinaus, bis sie im Wasser treten musste, um oben zu bleiben und ihren Kreislauf in Schwung zu halten. Jedes Mal, wenn sie mit dem Kopf unter Wasser sank, war es einzig der Urüberlebensinstinkt, der sie zurück nach oben zwang.

Zwar hatte sie Angela erzählt, sie könne nicht schwimmen, doch hatte es eine Zeit gegeben, in der Harriet das ganze Jahr hindurch wöchentlich im Meer geschwommen war. Christie, ihre Freundin von der Universität, hatte sie auf den Geschmack gebracht. Harriet liebte die Euphorie, wenn sie sich vom Wasser verschlingen ließ. Nichts übertraf diesen Augenblick purer Wonne, wenn sie Teil der Natur und die Natur Teil von ihr wurde.

Eines Tages dann hörte sie auf. Es war die siebte Woche ihrer wunderbaren neuen Beziehung mit Brian. Er hatte sie überrascht, indem er mit einem großen Picknickkorb vor ihrer Tür erschien, und noch mehr, als er dreißig Meilen fuhr, um sie an den Strand zu bringen.

»Ich weiß, dass es dein Lieblingsort ist«, sagte er, und sie verliebte sich noch mehr in ihn. Sie erinnerte sich, dass sie betete, nichts möge ihre Beziehung gefährden. Niemand hatte ihr je das Gefühl gegeben, so besonders zu sein.

Brian hatte eine karierte Decke auf dem Sand ausgelegt, und sie hatten geredet, gelacht und sich gegenseitig mit Erdbeeren gefüttert.

»Sieht es nicht einladend aus?«, hatte sie mit einem Nicken zum Wasser gefragt, als sie Hand in Hand am Strand entlanggingen, wo ihnen die Wellenausläufer über die Füße rollten. Bei Ebbe hatte sich das Wasser weiter zurückgezogen als sonst, sodass es nun schnell und deutlich kräftiger wieder hereinrauschte. Harriet hatte kindlich verzückt gekreischt, aber Brian war zurückgesprungen und hatte fast witzig panisch ausgesehen.

»Ich setze mich auf die Decke«, sagte er, drehte um und ließ Harriet keine andere Wahl, als ihm zu folgen.

Auf der sicheren Picknickdecke war Brian rot vor Verlegenheit geworden und gestand, dass er nicht nur nicht schwimmen konnte, sondern auch Angst vor Wasser hätte. Harriet hatte ihn gebeten, sich ihr zu öffnen, aber je mehr sie fragte, desto mehr zog er sich zurück, bis er sie schließlich anfuhr: »Ich rede nicht gern darüber. Aber etwas ist mir als Kind passiert, und ich möchte lieber nicht daran denken.«

Er wandte den Blick ab, und Harriet sagte nichts, legte nur stumm eine Hand auf sein Bein. Brian zuckte zusammen und sagte leise: »Meine Mutter war nicht sehr aufmerksam. Sie fand nichts dabei, dass ich mit sechs Jahren allein ins Meer ging. Sie hat nicht mal gemerkt, dass ich unter Wasser gezogen wurde, bis ein Fremder nach ihr rief.«

»Oh, Brian, das tut mir so leid.«

»Eigentlich ist es kein Problem«, sagte er. Plötzlich hatte sich sein Ton verändert, und er begann, das erst halb beendete Picknick einzupacken. Harriet war klar, dass sie etwas unternehmen musste. Die Stimmung hatte sich verfinstert, und sie spürte bereits, wie Brian ihr entglitt. Aus überwältigendem Mitleid und der Furcht heraus, sie könnte ihn für immer verlieren, hatte Harriet das Erste gesagt, was ihr in den Sinn kam. Und das war, dass sie auch nicht schwimmen könne.

Brian wandte sich zu ihr und hielt mitten im Packen inne. Er legte die Hände an ihre Wangen und sagte ihr mit sehr ernster Miene: »Jetzt bin ich vollkommen sicher, dass wir richtig füreinander sind.« Er schien so dankbar für ihre kleine Notlüge, und gleich fühlte sie sich ihm wieder näher. Zu der Zeit hatte sie nicht über die Konsequenzen nachgedacht: Dass sie, solange sie zusammen waren, nie wieder ins Meer gehen konnte. Doch sie war so verliebt gewesen, dass es ein Leichtes schien, diese Sache für ihn aufzugeben.

Seither hatte Harriet mit ihrer Lüge gelebt. Sie hatte schon früh in der Beziehung den Kontakt zu ihren Freundinnen verloren, einschließlich Christie, weshalb keine Gefahr bestand, dass er zufällig die Wahrheit erfuhr. Das Thema kam kaum noch auf, und wenn, gewöhnte Harriet sich einfach daran, den Leuten zu sagen, dass sie nicht schwimmen konnte.

An dem Sonntagmorgen fuhr Harriet nach Hause und war um halb acht zurück. Brian schlief immer noch. Sie schlich sich ins Bad und versteckte ihren Badeanzug ganz unten im Wäschekorb; dort würde Brian ihn nie finden. Der Salzwassergeruch war schwieriger zu verbergen. Unter der Dusche ließ Harriet das warme Wasser über ihren Körper rauschen und fragte sich, was Brian tun würde, sollte er die Wahrheit herausfinden.

»Ich bitte dich nur, ehrlich zu mir zu sein, Harriet. Das ist doch nicht zu viel verlangt, oder?« Dauernd bat er sie um Ehrlichkeit. Als gäbe es von der viel in ihrer Ehe.

Am nächsten Morgen meldete Harriets Handy den Eingang einer unerwarteten Textnachricht.

»Alles okay?«, fragte Angela, als Harriet auf ihr Display starrte.

»Ja. Ich habe eben von einer alten Freundin gehört.«

»Aha?«

Auch sie überraschte es. »Das ist komisch«, sagte Harriet. »Erst gestern hatte ich an meine alten Freundinnen von der Universität gedacht, und jetzt hat mir eine von ihnen geschrieben.«

»Und was schreibt sie?«, fragte Angela, die einen Eimer mit Wasser füllte. Sie hatte angeboten, den Küchenfußboden zu wischen, obwohl Harriet fand, dass er makellos aussah.

Sie las die Nachricht laut vor. »Ich weiß nicht, ob dies noch deine Nummer ist, aber ich habe dich in den Nachrichten gesehen. Du sollst wissen, dass ich an dich denke. Falls ich irgendwas tun kann, sag Bescheid.« Harriet blickte auf. »Sie ist von meiner Freundin Jane. Sie war eine meiner besten Freundinnen an der Uni. Sie, Christie und ich haben alles zusammen gemacht.«

»Es ist nett, dass sie sich bei Ihnen meldet.«

»Ja, ist es. Ich habe sie ewig nicht gesehen. Na ja, eigentlich keine von ihnen.«

»Warum nicht? Ist der Kontakt einfach eingeschlafen?« Angela drehte das Wasser ab und hievte den Eimer auf den Boden. Harriet fragte sich, ob von ihr erwartet wurde, beim Putzen zu helfen, doch es war das Letzte, was sie tun wollte.

»Nein«, sagte sie. Angela hielt abwartend inne, den Wischmopp halb in der Luft. »Na ja, vielleicht doch. Ich erinnere mich nicht mehr genau, was passiert war.« Gedankenverloren strich sie mit dem Finger über das Handy. Natürlich erinnerte sie sich sehr an jede Einzelheit.

»Ich mochte Jane und Christie sehr. In der Schule hatte ich nie viele Freunde; ich war keines von den beliebten Mädchen, und es half wohl auch nicht, dass meine Mutter mich so ...« Sie schwenkte eine Hand durch die Luft. »Nach welchem Ausdruck suche ich noch mal?«

»Sie meinen, dass sie Sie so sehr behütete?«, fragte Angela.

»Ja. Im Grunde ließ sie mich nie aus den Augen. Es ist schwer, sich mit anderen anzufreunden, wenn die Mutter dauernd dabei ist.«

Angela wandte sich ab, ehe Harriet ihren Gesichtsausdruck sehen konnte. Dachte sie, dass Harriet wie ihre Mutter geworden war? Es war schmerzlich offensichtlich, dass es mehr Ähnlichkeiten gab, als Harriet sich wünschte.

»Jane war wie ich«, fuhr sie fort. »Ehrgeizig und vernünftig. Andere hielten uns wahrscheinlich für langweilig.« Die Erinnerungen brachten sie zum Lächeln. »Aber Christie war wilder. Sie zog nicht durch die Clubs oder so, aber sie war abenteuerlustiger. Sie hatte dieses irre krause rote Haar. Sie war es, die mich dazu brachte ...« Abrupt verstummte Harriet und nestelte an ihrem Top. Um ein Haar hätte sie die Wahrheit verraten. Was mal wieder bewies, wie selten sie über ihre alten Freundinnen sprach. »Christie liebte es zu reisen. Nach der Uni ist sie auf Rucksacktour gegangen; sie wollte, dass ich mit ihr komme.«

»Aber das sind Sie nicht?«

Harriet schüttelte den Kopf. »Ich bin noch nie im Ausland gewesen«, antwortete sie mit einem traurigen Lächeln. »Können Sie sich das vorstellen? Ich besitze nicht mal einen Pass.«

Angela tunkte den Mopp schwungvoll in den Eimer,

sodass Wasser über den Rand schwappte, und starrte Harriet an. »Nicht?«

Harriet sah ihr an, dass sie geschockt war, aber so ungewöhnlich war es doch nun auch wieder nicht.

»Sie müssen das wirklich nicht machen.« Harriet zeigte zum Fußboden. »Es ist nicht besonders schmutzig.«

»Ich möchte nur helfen«, erwiderte Angela lächelnd. »Und fehlen Ihnen Ihre Freundinnen?«

»Ich dachte, nein, aber jetzt, wo ich von Jane höre …« Harriet verstummte.

»Dann schreiben Sie ihr zurück, und sagen Sie ihr, wie schön es ist, von ihr zu hören, und dass Sie gern mit ihr reden würden. Es ist nicht zu spät, den Kontakt wiederaufzunehmen, Harriet. Gute Freundinnen sind immer da, ganz gleich, wie viel Zeit vergangen ist.«

»Ja, nur fürchte ich, dass ich nicht sehr nett zu ihr war«, sagte Harriet leise.

»Was ist denn vorgefallen?«, fragte Angela ehrlich überrascht.

»Damals war ich erst seit ein paar Monaten mit Brian zusammen. Jane lud mich hin und wieder zu sich ein, und ich konnte bei ihr übernachten, aber die Einladung schloss nie ausdrücklich ihn mit ein. Mir machte das nichts, weil ich es genoss, sie allein zu sehen, doch Brian gefiel es nicht. Er meinte, wenn sie so eine gute Freundin wäre, würde sie nicht versuchen, mich von ihm fernzuhalten.« Harriet erinnerte sich, wie unglücklich sie gewesen war. Sie hatte ihm wieder und wieder gesagt, dass er ganz sicher auch willkommen wäre, aber Brian weigerte sich blankweg, auf sie zu hören.

»Die Sache ist die, dass ich nicht glaube, dass Jane allzu erpicht darauf war, dass er mitkam, nur war sie zu nett, um es zu sagen. Aber Brian gab keine Ruhe. Er sagte zu mir: ›Ihr passt es nicht, dass du einen festen Freund hast, Harriet. Frauen wie sie können es nicht leiden, wenn ihre Freundinnen glücklicher sind als sie.‹«

»*Schadenfreude*, Liebling«, sagte er zu ihr. »Davon musst du schon gehört haben. Es ist vollkommen offensichtlich, dass Jane neidisch auf dich ist und nur froh, wenn es dir schlecht geht.«

Natürlich hatte Harriet davon gehört, aber so war Jane nicht. Jane war aus ihrem Examen gerannt, als sie erfuhr, dass Harriets Mutter gestorben war, hatte sie vom Fußboden im Krankenhauskorridor aufgehoben, wo sie noch eine halbe Stunde später zusammengerollt gelegen hatte. Sie war bei der Beerdigung an ihrer Seite gewesen, und als Harriet auf die Bühne ging, um einen Nachwuchspreis für Studenten entgegenzunehmen, hatte Jane auf einem der Plätze für Angehörige gesessen und ihrer besten Freundin laut zugejubelt.

»Ich schlug mich auf Brians Seite und fragte Jane, ob sie neidisch auf mich wäre. Sie sagte, dass ich verrückt sei, und ich versuchte, Brian zu erklären, dass er es missverstanden hatte. Aber er meinte nur: ›Natürlich sagt sie das, sie manipuliert dich.‹« Harriet holte tief Luft. »Ich glaubte ihm«, sagte sie mit einem matten Lächeln. »Nein, eigentlich habe ich ihm nie geglaubt. Ich habe mich bloß für ihn entschieden.«

»Oh, Harriet«, seufzte Angela. »Ich bin überzeugt, dass Jane Ihnen verzeiht, was früher war. Ihr liegt offenbar genug an Ihnen, um sich zu melden, und außerdem«, sagte sie, lehnte den Wischmopp an die Spüle und ergriff Harriets Hand, »glaube ich, dass Sie jetzt eine Freundin gebrauchen können.«

»Ich verdiene sie nicht.« Sie zog sich von Angela zurück und begann, die Becher in der Spüle hin und her zu schieben.

»Haben Sie noch Kontakt zu jemand anderem von früher, von der Schule in Kent, an der Sie gearbeitet haben?«, fragte Angela.

Harriet schüttelte den Kopf. Sie dachte an Tina, den Grund, weswegen sie nach Dorset gezogen waren. »Nein. Auch alle anderen sind aus meinem Leben verschwunden«, sagte sie leise.

Angela öffnete den Mund, um etwas zu sagen, da klingelte ihr Handy. »Es ist Hayes«, sagte sie und wies zur Diele. »Ich nehme es dort an.« Sie tippte auf das Display und verließ die Küche. »Was zum Teufel meinen Sie?«, fragte sie leise, verschwand ins Wohnzimmer und schloss die Tür hinter sich.

Harriet trat vor. Angelas Stimme war gedämpft, dennoch konnte sie verstehen, was sie sagte.

»Wer? Brian? Aber warum sollte er das tun? Nein, Sie haben recht.« Angela seufzte. »Damit ändert sich einiges.«

Charlotte

Als es am Montagmorgen an der Tür läutete, war ich tief in Gedanken. Keiner von uns hatte erwartet, dass eine volle Woche kam und ging, ohne dass es Neuigkeiten von Alice gab. Ich hatte die Kinder zur Schule und Evie in den Kindergarten gebracht, ehe ich im Büro anrief und erklärte, dass ich immer noch nicht kommen könne. Und wie so oft, schweiften meine Gedanken zu Harriet und Brian ab.

Als es zum zweiten Mal bimmelte, ging ich und öffnete einem Mann, der mir vage bekannt vorkam. Er hatte einen Goatee, und unter dem etwas zu langen Pony wölbten sich seine Augen vor.

»Charlotte Reynolds? Ich bin Josh Gates«, sagte er und streckte mir eine Hand mit einem geschmacklosen goldenen Siegelring am kleinen Finger hin. Zögernd schüttelte ich sie. »Wie geht es Ihnen heute?«, fragte er mit der abstoßenden Vertraulichkeit eines Vertreters. Ich antwortete, dass es mir gut gehe.

»Ich bin vom *Dorset Eye*.«

»Oh.« Jetzt wusste ich, woher ich ihn kannte. Er war der Journalist, der bei dem öffentlichen Aufruf gesagt hatte, dass ich auf Facebook war, als Alice verschwand. Und er hatte hinterher einen Artikel in der Zeitung geschrieben. »Ich habe nichts zu sagen«, sagte ich und wollte die Tür schließen, doch blitzschnell hatte Josh seinen Fuß in den Spalt geschoben. »Bitte, können Sie Ihren Fuß wegnehmen?«

»Ich dachte, dass Sie vielleicht gern Ihre Seite der Geschichte erzählen würden, damit die Leute die Wahrheit erfahren.«

»Ich sagte, dass ich nichts zu sagen haben. Jetzt nehmen Sie bitte den Fuß aus meiner Tür.« Ich drückte dagegen, aber die Tür rührte sich nicht.

»Eigentlich meine ich nicht diesen Fall. Ich meine die andere Geschichte, Charlotte.«

»Welche andere? Wovon reden Sie?«

»Ein schönes Haus haben Sie hier«, sagte er und spähte über meine Schulter. »Muss einiges wert sein. Vielleicht kann ich reinkommen, damit wir uns unterhalten können?«

»Ich habe Sie gefragt, wovon Sie reden«, wiederholte ich mit zusammengepressten Zähnen.

»Nun, ich hörte, dass Sie nicht zum ersten Mal ein Kind verloren haben.«

»Wie bitte?«

»Und dass Ihr kleiner Sohn, Jack, schon mal vermisst wurde.«

»Ich ... ich ...« Ich schüttelte den Kopf. Vor meinem geistigen Auge blitzte ein Bild von Jack und jener Zeit auf, über die Josh sprach. Ich sah die einzige Person, die wusste, was ich getan hatte, und die winzigen Teile meiner nur noch lose zusammengehaltenen Welt fielen auseinander.

»Anscheinend war er eines Nachmittags weggelaufen, und Sie bemerkten nicht, dass er fort war.« Dramatisch zog er die Augenbrauen weit nach oben.

»Mit wem haben Sie geredet?«, schrie ich, obwohl ich bereits wusste, wer es gewesen war. Ich konnte nur nicht glauben, dass Harriet das tun würde.

»Also ist es wahr?«

»Runter von meinem Grundstück«, fauchte ich, trat Joshs Fuß aus der Tür und knallte sie zu. »Verschwinden Sie von hier«, brüllte ich. »Ich rufe jetzt die Polizei.«

»Ich kann jederzeit mit dem Zeitungshändler sprechen, der ihn gefunden hatte, wenn Ihnen das lieber ist«, rief Josh zurück.

»Verpissen Sie sich!«, schrie ich. »Lassen Sie mich in Ruhe.« Ich sank mit dem Rücken an die Haustür, glitt nach unten und hielt mir beide Hände vors Gesicht. Die Diele drehte sich um mich, sodass mir übel wurde. Warum interessierte sich jeder für mich? Sie sollten sich auf das Monster konzentrieren, das Alice entführt hat. Stattdessen schossen sie sich auf mich ein. Warum waren alle so scharf darauf zu bestätigen, dass ich schuld war?

Drei Jahre war es her, dass Jack verschwand. Ich war mit den Kindern auf dem Rückweg vom Einkaufen. Molly schlief in dem Zwillingsbuggy, neben ihr schrie ihre kleine Schwester ununterbrochen, und Jack lief einige Meter voraus. Als wir zu Hause waren, musste ich Evie stillen, ehe Molly aufwachte.

»Ich hoffe, du bleibst nicht für immer so anstrengend«, murmelte ich, als ich Evie aus dem Buggy hob.

Ich schob den Buggy in die Diele und hob Evie im Wohnzimmer auf meinen Schoß. Jack war ruhig, und ich nahm an, dass er mit seiner neuen Eisenbahn spielte.

Sobald ich Evie angelegt hatte, wurde es still im Haus. Ich lehnte meinen Kopf nach hinten, schloss die Augen und ließ Tränen der Erschöpfung über meine Wangen rinnen. Mein Körper schmerzte vor Müdigkeit, und es dauerte nicht lange, bis ich einnickte, während Evie trank.

Als ich aufschrak, flackerten Evies Augen in der Anfangsphase des Einschlafens. Ich wollte sie nicht stören, rief aber trotzdem leise nach Jack. Er antwortete nicht, was jedoch nicht ungewöhnlich war, deshalb lehnte ich mich erneut zurück und schloss wieder die Augen.

Das Telefon klingelte, aber ich ignorierte es. Ich wollte mich nicht bewegen, und mir widerstrebte, Evie in den Buggy zu legen, wo Molly noch schlief. Als das Klingeln aufhörte und gleich wieder begann, manövrierte ich Evie behutsam auf das Sofa und stand auf, um doch ranzugehen. Sobald ich in die Diele kam, bemerkte ich, dass die Haustür weit offen stand.

»Jack, wo bist du?«, rief ich. Ich war sicher, dass ich die Tür hinter mir geschlossen hatte. Evie fing wieder an zu schreien. Ich konnte sie auf dem Sofa strampeln sehen, wo ich sie wirklich nicht hätte lassen dürfen, aber Jack antwortete immer noch nicht.

»Jack?« Ich blickte auf meine Uhr. Wir waren schon über eine halbe Stunde zu Hause. »Jack?« Sein Name verfing sich in meiner Kehle, als ich die Treppe hinaufrannte und in sämtliche Zimmer sah. »Falls du dich versteckst, komm sofort raus.«

Wieder läutete das Telefon, verstummte und klingelte abermals los. Es muss das fünfte Mal gewesen sein, als ich abnahm und »Ja?« in den Hörer schrie, um die ruhige Stimme von Mr. Hadlow aus dem Eckladen zu vernehmen, der mir erzählte, dass Jack an seinem Tresen stand. Ein Passant hatte ihn draußen gefunden.

»Warum hast du mir das nie erzählt?«, fragte Audrey. Eine Viertelstunde nachdem Josh Gates gegangen war, war sie gekommen. Ich saß auf dem Dielenfußboden, als sie ankam.

»Ich hatte es Tom auch nicht erzählt.«

Meinem Mann konnte ich es nicht sagen, weil es nur

bewiesen hätte, dass ich versagte. Meiner Mutter konnte ich es nicht erzählen, weil sie mich daran erinnert hätte, dass ich mit drei Kindern gnadenlos überfordert war, und Audrey erzählte ich es nicht, weil sie mir versichert hätte, dass »solche Sachen passieren«, ich ihr das Entsetzen aber trotzdem angesehen hätte. Audrey schloss die Haustür hinter sich ab; sie ließ auch nicht versehentlich die ganze Nacht die Autotüren weit offen. Sie verlor das Etui ihrer Sonnenbrille nicht, ihre Armbanduhr nicht oder ihre Kinder, und Audrey würde nie und nimmer das Kind von jemand anderem verlieren.

»Aber Harriet hast du es erzählt?«

»Ist das jetzt denn noch wichtig?«, erwiderte ich, obwohl ich ein schlechtes Gewissen hatte. Ich konnte ihr nicht gestehen, dass ich es einer anderen Freundin erzählt hatte, weil es jemand sein sollte, der nicht über mich urteilte. Mir war durchaus bewusst, dass Aud die einzige Freundin war, die hier und jetzt nicht über mich urteilte.

»Ja und nein«, sagte Aud. »Offensichtlich hat sie mit diesem furchtbaren Gates gesprochen.«

»Ich hatte es ihr nur erzählt, damit sie sich besser fühlt«, gab ich zu.

»Wie das?«

»Sie geriet wegen Lappalien in Panik, zum Beispiel, wenn sie vergessen hatte, eine Ersatzwindel für Alice einzupacken. Ich weiß gar nicht mehr, was es genau gewesen war. Und da war es sowieso schon ein Jahr her, seit ich Jack verloren hatte. Ich wollte ihr begreiflich machen, dass Mütter nicht perfekt sind, nicht mal die, von denen sie es zu glauben schien.« Wir beide wussten, dass Harriet mich auf ein Podest stellte. »Ich erzählte es ihr, damit sie sich besser fühlt, und nahm ihr das Versprechen ab, es keiner Menschenseele zu sagen.«

»Na, das hat ja prima geklappt.«

»Ich sagte: ›Erzähl es nicht mal Brian‹, und sie sagte: ›O Gott, nein, das würde ich Brian nie erzählen.‹ Deshalb hatte ich keine Angst, dass es sich herumspricht.«

»Wie komisch, dass sie das gesagt hat.«

»Was?«

»›O Gott, nein, das würde ich Brian nie erzählen‹.«

»Kann sein.«

»Ich würde das nie über David sagen.«

»Ach, Aud«, seufzte ich. »Spielt das denn eine Rolle?«

»Nein, wahrscheinlich nicht«, sagte Audrey. »Aber komisch finde ich es dennoch.«

»Was soll ich machen?«, fragte ich und vergrub wieder das Gesicht in den Händen. »Harriet muss mich wirklich hassen, wenn sie mit diesem Journalisten redet.« Ihm diese Geschichte zu erzählen untermauerte bloß, was er mir bei dem öffentlichen Aufruf bereits unterstellt hatte. »Ich kann nicht glauben, dass sie das getan hat«, sagte ich. »Mir ist klar, dass sie leidet, aber das – es fühlt sich schlicht falsch an.«

HEUTE

»Warum glauben Sie, dass Harriet bei der Presse war?«, fragt DI Rawlings.

»Ich bin nicht mehr sicher, ob sie es war«, sage ich. Meine Augen sind wund vom Reiben. Ich sehne mich nach dem Luxus, ein Kühlkissen auf sie zu legen, aber vorerst kann ich nichts weiter tun, als zu versuchen, sie nicht weiter zu reiben.

»Also muss sie es jemandem erzählt haben?« Sie ist unerbittlich. »Obwohl Sie sie gebeten hatten, es nicht zu tun. Das muss Sie wütend gemacht haben.«

»Wütend?« Ich könnte die so offensichtlich ahnungslose Frau auslachen. »Nein, es hat mich nicht wütend gemacht. In gewisser Weise dachte ich, dass sie jedes Recht hätte, es diesem Journalisten oder ihrem Mann oder wem auch immer zu erzählen.« Ich seufze. »Ich denke, es war Brian. Ich glaube, irgendwann hatte Harriet es ihm erzählt, und er war derjenige, der mit Josh Gates geredet hat.«

»Wie kommen Sie darauf?«

»Weil er etwas sagte, als er am Mittwochabend, also vor zwei Tagen, bei mir war«, antworte ich bissig. Ich atme ein und füge ein wenig ruhiger hinzu: »Mir ist nicht klar, inwiefern das relevant ist. Was geschah, als Jack klein war, hat nichts mit irgendwas hiervon zu tun.«

»Wir versuchen nur, uns ein Bild zu machen«, sagt sie und presst ihre Lippen zu einer perfekten Herzform.

Ich sehe weg, lehne mich zurück und widerstehe dem Impuls, meine Arme zu verschränken. Sie weiß, dass sie mich auf die Palme bringt, und ich muss vorsichtig sein, aber zu behaupten, dass ich müde bin, wäre untertrieben.

»Sprechen wir über den Anruf, den Sie heute Morgen bekamen«, sagt sie. »Am Freitagmorgen, dreizehn Tage nachdem Sie zuletzt mit ihr geredet hatten. War es ein Schock?«

»War es.«

»Was haben Sie gemacht, als sie anrief?«

»Ich sollte mich mit DCI Hayes treffen. Er hatte mich gebeten, auf die Wache zu kommen, aber dann rief die Schule an und sagte, dass Molly krank sei. Also bin ich erst hin, um sie abzuholen.«

»Und der Anruf von Harriet kam völlig unerwartet?«

»Ja.«

»Wie hat sie sich angehört?«

»Ängstlich. Verzweifelt«, sage ich. Ich erinnere mich beunruhigend deutlich an ihre Stimme.

»Und was glauben Sie, warum sie Sie angerufen hat?«

»Wahrscheinlich weil ich die erste Person war, die ihr einfiel.«

»Nach dem, was geschehen ist, hat sie sich immer noch an Sie gewendet? Warum sollte sie das tun?«, fragt Rawlings.

»Weiß ich nicht«, sage ich eine Nuance lauter. »Sie hatte Angst. Wahrscheinlich hat Harriet sonst niemanden, den sie anrufen kann.«

»Und sobald sie bei Ihnen angerufen hat, sind Sie hin, um ihr zu helfen?«, fragt sie und blickt auf, als sie auf meine Antwort wartet.

»Na ja, nein. Wie gesagt, ich musste meine Tochter aus der Schule abholen.«

»Eine enge Freundin ruft Sie an, ängstlich und verzweifelt, und zunächst mal tun Sie – nichts?«

»Nicht nichts. Ich musste mich um meine Tochter kümmern ...«

»Aber Sie haben nicht die Polizei gerufen?«

»Nein.«

»Oder es jemand anderem erzählt?«

»Nein.«

»Obwohl Harriet sich verzweifelt anhörte?«

Ich nicke stumm.

»Das verstehe ich nicht, Charlotte. Warum haben Sie ... wie lange – eine Stunde, länger – herumgesessen, bevor Sie entschieden, etwas zu unternehmen?«

Mein Mund ist trocken, egal wie oft ich schlucke. Ich beuge mich auf meinem Stuhl vor, die Hände unter mir. Mein Herz schlägt so fest, dass es wehtut, und die ganze Zeit weichen Rawlings' Augen nicht von mir.

Aber ich kann ihr nicht die Wahrheit sagen.

»Charlotte?«, hakt sie nach. Ich wische mir über den verschwitzten Haaransatz. Irgendwas muss ich sagen, doch je mehr ich mich anstrenge, desto schneller entgleiten mir die Worte. Meine Stimme ist leise und heiser, als ich schließlich flüstere: »Ich hätte gern noch eine Pause, bitte.«

VORHER

Harriet

DCI Hayes kam zehn Minuten nach seinem Telefonat mit Angela, und Brian zog ihn schnell nach hinten in den Garten. »Belasten wir meine Frau nicht noch mehr«, sagte er streng zu dem Detective. »Sie hat im Moment genug zu verkraften.«

Harriet beobachtete sie vom Fenster aus. Beide Männer standen mit dem Rücken zu ihr, Angela stumm seitlich von ihnen. Sie wusste, wenn es etwas Ernstes wäre, würden sie Brian mit aufs Revier nehmen, trotzdem wollte sie dringend hören, worüber sie mit ihm sprachen. Was hatte er getan, dass der Detective so schnell herkam?

Nach einer Weile kehrte Brian ins Haus zurück. Angela und Hayes blieben im Garten und redeten. Brian knallte die Tür zu und die Fäuste auf den Tisch. Er riss den Kopf nach oben, als er Harriet bemerkte.

»Warum haben sie dich befragt?« Sie blickte weiter hinaus zu dem Detective.

»Sie haben mich nicht befragt«, erwiderte er barsch. »Sie hatten Fragen, ja, aber sie haben mich nicht befragt.« Er zögerte, als müsse er überlegen, was er als Nächstes sagen sollte. »Hast du Hunger?«

»Nein, habe ich nicht.«

Sein Körper lockerte sich, als er die geballten Fäuste vom Tisch hob. »Du hast den ganzen Morgen noch nichts gegessen. Ich mache dir Toast.«

»Brian, ich will keinen Toast.«

»Ich mache dir einen mit Honig.« Er fing an, durch die Gläser im Schrank zu wühlen, bis er weit hinten eines mit Honig fand. Er wusste, dass sie keinen Honig mochte. Den aß nur er.

Harriet holte tief Luft. »Warum willst du mir nicht erzählen, worüber sie mit dir gesprochen haben?« Sie hasste es, betteln zu müssen, doch es jagte ihr Angst ein, dass Brian etwas über Alice wissen könnte, das sie nicht wusste.

»Harriet.« Brian donnerte das Honigglas fest auf die Arbeitsplatte hinter ihm. »Ich werde etwas essen. Wie ich dir gesagt habe, werde ich dir alles erzählen, wenn ich gegessen habe. Aber kannst du mir bitte einmal zuhören und akzeptieren, was ich sage, statt alles manipulieren zu wollen? Du musst doch erkennen, was du mir antust.«

Der Schrei begann in ihrem Bauch, schoss wie eine Kugel durch ihren Körper nach oben, wie so oft. Wenn sie den Mund öffnete, würde sie nicht verhindern können, dass er herauskam und den Raum mit all der Furcht in ihr füllte. Sie wusste nur zu gut, dass Brian gewinnen würde, wenn sie schrie, dass er Angela und den Detective nach drinnen rufen und ihnen sagen würde, seine Frau schiene einen Zusammenbruch zu haben.

Brian würde ihr erst erzählen, was im Garten war, wenn er bereit war. Erst wenn er die Situation noch ein wenig länger ausgespielt hätte. Vielleicht erst, wenn sie rausging und sich fragte, ob überhaupt ein Gespräch mit dem Detective an der Sandkiste stattgefunden hatte.

Resigniert kniff Harriet die Augen zu, um ihre Tränen

zurückzuzwingen, bis ihr der Geruch von Toast in die Nase stieg. »Iss auf«, sagte er lächelnd und schwenkte eine dick mit Honig beschmierte Scheibe Toast vor ihr.

»Ich habe keinen Hunger.«

»Warum hast du mich dann eben gebeten, dir den zu machen?«, fuhr er sie an und warf den Toast in die Spüle.

DCI Hayes ging, und Angela kam in die Küche, wo sie Harriet am Tisch sitzend vorfand, den Kopf in die Hände gestützt.

»Ich versuche, meine Frau zu überreden, etwas zu essen«, sagte Brian. Als Harriet aufschaute, lächelte er sie an.

»Worüber haben Sie im Garten geredet?« Harriet war egal, wer antwortete, solange es einer von ihnen tat.

»Haben Sie nichts gesagt, Brian?«, fragte Angela.

»Ach, Harriet.« Brian schüttelte den Kopf und lief auf sie zu. Er kniete sich neben sie, nahm ihr Gesicht in seine Hände und strich ihr sanft übers Haar, als er sprach. »Natürlich habe ich es ihr erzählt, Angela«, sagte er, ohne den Blick von seiner Frau abzuwenden. »Ich bin gerade alles mit ihr durchgegangen, als Sie beide draußen waren. Hast du es schon vergessen, Liebling?«

»Ich habe Harriet erzählt, dass sich alles aufklären würde und sie sich nicht zu sorgen braucht. Weil ich nicht will, dass sie sich noch mehr Sorgen macht.« Er sah selbst besorgt aus, als er sich wieder aufrichtete.

»Geht es Ihnen gut, Harriet?«, fragte Angela. »Sie sehen ein bisschen blass aus.«

»Du hast mir gar nichts erzählt, Brian«, sagte Harriet. »Also kann mir jetzt bitte einer von euch verraten, was los ist?«

Brian atmete durch und nickte. »Selbstverständlich gehe ich alles noch mal durch, wenn es hilft«, sagte er mit gespielter Geduld. »Der Detective wollte wissen, warum mein Alibi geplatzt ist.«

»Dein Alibi ist geplatzt?«, wiederholte Harriet.

»Ja. Ken Harris«, sagte er und rieb ihre Schultern. »Du weißt, wie er ist. Du hast selbst gesagt, dass der Mann meistens nicht mal weiß, welcher Wochentag ist.« Brian machte eine Pause. »Tja, nun scheint er zu denken, dass er sich nicht erinnert, mich an dem Tag gesehen zu haben, an dem Alice verschwunden ist.«

»Ich kenne Ken Harris gar nicht«, sagte Harriet langsam und beobachtete Brians Reaktion aufmerksam. Als er keine zeigte, fragte sie: »Und was heißt das, dass er sich nicht erinnert, dich gesehen zu haben?«

»Nichts. Bitte sieh mich nicht so an, Harriet. Du weißt, dass ich die Wahrheit sage. Ich würde doch nicht darüber lügen, wo ich war.«

Harriet nagte an ihrer Lippe. Sie war nicht sicher, was sie sagen sollte, aber Brian beugte sich näher zu ihr. »Harriet, ich lüge nicht, das weißt du, nicht wahr?« Sie konnte ihm seine Verzweiflung anhören, fühlte das Zittern seiner Hände und sah das Flehen in seinen Augen, als er sie musterte. Harriet blickte zu Angela, die ihr nichts gab.

»Ich weiß nicht mehr, was ich glauben soll, oder, Brian?«, sagte sie leise.

Zehn Minuten später waren Brian und Angela noch in der Küche, als Harriet sich neben ihr Bett kniete und die Teppichecke zurückklappte. Sie griff unter dem losen Dielenbrett nach ihrem Notizbuch, schob es unter ihr Top und schlich ins

Bad, wobei sie vorsichtig über Brians iPad stieg, das seltsamerweise zum Laden auf dem Treppenabsatz lag.

Sie verriegelte die Badezimmertür, setzte sich auf den Toilettendeckel und schlug das dicke, dunkelgraue Moleskine-Notizbuch auf, das sie sich bei einem Ausflug nach Wareham gegönnt hatte. Sie schlug eine neue Seite auf, drückte sie mit dem Handballen glatt und zog einen silbernen Stift hervor. Dann begann sie zu schreiben.

Akribisch genau beschrieb sie, was eben geschehen war. Was Brian wirklich zu ihr gesagt hatte, solange Angela und der Detective im Garten waren, sein Versprechen, es ihr irgendwann zu erzählen, sein Versuch, sie zu zwingen, Toast mit Honig zu essen. Und dann, wie ruhig er Angela erzählte, dass er Harriet bereits alles über sein fehlendes Alibi berichtet hatte. Als sie fertig war, las Harriet ihre Notizen durch und die Diskrepanzen zwischen dem, was Brian sagte, und was er sie glauben machen wollte, bis sie überzeugt war, die Wahrheit zu kennen.

Bevor sie das Buch zuschlug, blätterte sie die Seiten davor durch, die für sie zu einem Rettungsanker geworden waren, seit sie zu schreiben angefangen hatte. Ihr erster Eintrag war vom Mai 2016, beinahe zwölf Monate alt.

Der Rest der Welt mochte denken, dass sie den Verstand verlor. Brian mochte versuchen zu beweisen, dass sie es tat. Aber wenigstens hatte sie einen Weg für sich gefunden, die Realität im Griff zu behalten.

Als Harriet sich an diesem Abend ein Bad einließ, dachte sie daran, wie unheimlich ruhig Brian vorhin gewesen war. Ihn schien die Tatsache, dass sein Alibi geplatzt war, nicht im Mindesten zu verstören. Er lief im Haus umher, räumte

Regale auf, bot Tee an und blätterte gelassen durch eine alte Ausgabe vom *Angler*.

Sie hatte das Badewasser so heiß einlaufen lassen, dass es ihr fast den Fuß verbrühte, aber Harriet konnte es nicht leiden, wenn das Wasser schon nach kurzer Zeit kalt wurde. Während die Bläschen um ihren Hals herum platzten, schloss sie die Augen und ließ sich in einen Zustand abdriften, in dem sie beinahe einschlief, als sie ein Kreischen hörte.

Sie schrak hoch und sah Brian in der Tür, während ihr Handy, das am Ladekabel hing, vom Wannenrand ins Wasser rutschte. Harriet schrie, sprang entsetzt aus der Wanne und stand nackt auf der Badematte.

»Was machst du denn?«, brüllte Brian.

Sie starrte ihn mit großen Augen an. Wasser troff von ihrem bibbernden Körper und bildete eine Lache zu ihren Füßen. »Ich habe überhaupt nichts gemacht«, sagte sie. Nie hatte sie sich so entblößt gefühlt wie jetzt bei dem Gedanken, dass sie nackt im Bad lag und Brian sich hereinschlich.

Er nahm ein Handtuch von der Heizung und wickelte es ihr so fest um, dass sie die Arme nicht bewegen konnte. »Mit solch einer Dummheit kannst du dich umbringen.«

»Aber ich war das nicht. Mein Handy war nicht mal oben. Ich habe es nicht aufgeladen, und ich hatte es nicht mit ins Bad genommen.« Sie versuchte, sich aus dem Handtuch zu befreien, doch mit jeder Bewegung wickelte er sie strammer ein.

»Dann verrate mir, was es hier zu suchen hat«, sagte er. »Oh Gütiger.« Brian zog sie an sich, als sie Angela die Treppe herauflaufen hörten.

»Was ist passiert?«, fragte sie und sah beide abwechselnd an.

»Zum Glück ist niemand zu Schaden gekommen«, sagte Brian, dessen Blick zur Wanne wanderte, wo das Handy nun traurig am Grund lag. Es war nach wie vor mit dem Ladekabel verbunden, das sich hinaus auf den Treppenabsatz schlängelte. »Geben Sie mir bitte eine Minute, um meine Frau anzuziehen«, sagte er. Angela nickte und zog sich stumm zurück.

»Du hast Glück gehabt, dass ich rechtzeitig hier war«, sagte er laut genug, damit Angela es hörte. »Ich hatte das eingestöpselte Telefon gesehen und den Stecker gezogen, bevor ich dich in der Wanne fand.«

»Ich war das nicht, Brian«, sagte sie, als er sie auf den Flur führte, wo Angela oben an der Treppe stand.

»Es war ein Unfall«, sagte er, und sie wollte schwören, dass er stirnrunzelnd zu Angela blickte. »Seien wir froh, dass es allen gut geht.«

»Ich hatte gesehen, wie dein iPad hier auflud. Das war nicht mein Handy.« Harriet schaute über ihre Schulter, doch Brians iPad war nirgends zu sehen. »Ich war das nicht«, sagte sie lautlos zu Angela, die wiederum zur Steckdose sah, wo der Stecker des Ladekabels herausgezogen war, wie Brian gesagt hatte.

»Wäre ich nicht hier gewesen«, sagte er, als sie im Schlafzimmer verschwanden, »wärst du jetzt tot, Liebling.«

Harriet

Es war Mittwoch, elf Tage nach Alices Verschwinden, und Harriet war klar, dass sie wieder aus dem Haus musste. Sie rief Brian und Angela zu, dass sie Milch bräuchten und sie zum Laden ginge. Ehe sie an der Haustür war, tauchte Brian neben ihr auf. Woher er diesmal so schnell gekommen war, konnte sie nicht mit Sicherheit sagen, allerdings machte er es sich zur Angewohnheit, hinter Ecken zu lauern und sich unvermittelt auf sie zu stürzen.

»Wir brauchen keine Milch, Liebling«, sagte er. »Wir haben erst gestern Abend welche gekauft.«

»Nein, die ist leer«, versicherte sie ihm und rührte sich nicht. »Du kannst nachsehen, wenn du willst.«

Brians Zunge schnellte vor und glitt über seine Unterlippe, als er widersprechen wollte, da rief Angela aus der Küche. Beide drehten sich um und sahen, dass sie eine leere Plastikflasche schwenkte. »Wir brauchen wirklich welche«, sagte sie, und Harriet nutzte aus, dass Brian in die andere Richtung schaute. Schnell floh sie aus dem Haus.

Sie blickte sich nicht um, als sie den Gartenweg hinuntereilte, sodass sie nicht sah, wie er in der offenen Tür stand und sie beobachtete. Als sie eine halbe Stunde später zurückkam, stand er immer noch in der offenen Tür. War er die ganze Zeit dort gewesen? Und wenn schon, dachte sie und versuchte, sich an ihm vorbei ins Haus zu drängen. Sie musste nur rein und sich hinlegen, denn auf einmal fühlte sie sich furchtbar.

»Und wie war dein Spaziergang?« Er bewegte sich nicht, versperrte ihr den Eingang und musterte ihr Gesicht, während er auf eine Antwort wartete.

»Ich war bloß Milch holen«, murmelte sie. Ihre Hände zitterten, und zwischen den Hitzewellen, die sie durchfuhren, war ihr erstaunlich kalt. Sie hoffte, dass sie es als einen Infekt abtun konnte, denn Brian sah sie schon merkwürdig an.

»Alles okay?«, fragte er, als er endlich zur Seite trat, damit sie ins Haus konnte. »Du bist sehr blass.« Er streckte eine Hand vor und nahm ihr die Milch ab.

»Mir geht es nicht gut.«

»Bist du krank? Du siehst so aus, als wäre dir schlecht. Ich hoffe, es ist nichts passiert, als du draußen warst.« Sein Lächeln erstarb.

»Nein«, flüsterte sie, »nichts ist passiert. Mir geht es nur wirklich nicht gut, und ich muss mich hinlegen.« Sie streifte ihre Schuhe ab und schob sie mit einem Fuß in die Dielenecke.

»Okay, dann bringen wir dich mal rauf ins Bett. Ich komme mit und lege mich zu dir.«

Harriet hielt sich mit einer Hand am Treppengeländer fest. »Nein, ich gehe allein.« Sie stieg die erste Stufe hinauf, doch er packte ihren Arm und hielt sie zurück.

»Alles in Ordnung?«, fragte Angela, die in die Diele kam. Sie hatte ihre Handtasche über die Schulter gehängt und eine Strickjacke über dem Arm. »Sie sehen nicht gut aus, Harriet.«

»Es geht ihr auch nicht gut«, sagte Brian. »Aber ich kümmere mich um sie, nicht wahr, Liebling?«

»Kann ich Ihnen noch irgendwas bringen, bevor ich gehe?«

»Nein«, antwortete Brian. »Wir kommen zurecht. Ich kann meiner Frau holen, was sie braucht. Danke, Angela«, ergänzte er ein wenig verzögert. Vielleicht auch, weil Brian niemals seine guten Manieren vergaß.

Alles, was Harriet wollte, war ihre Ruhe. Aber als sie die

Treppe hinaufging, war Brian direkt hinter ihr. Im Schlafzimmer bat sie ihn um ein Glas Wasser, damit er notgedrungen wieder nach unten gehen musste. Harriet rollte sich auf der Überdecke zusammen und stellte fest, dass ihre Augen, wann immer sie versuchte, sie zu schließen, wieder aufsprangen. Das verwirbelte Tapetenmuster tanzte vor ihr, bis alles zu einem großen, unscharfen Umriss verschwamm.

Harriet kannte jeden Millimeter dieser Wände auswendig. Jede Farbnuance der Tapete, jeden nicht ganz gelungenen Bahnansatz. Beim Aussuchen hatte sie die Tapete geliebt; ihr Bauch war gerundet von ihrem Baby gewesen, und sie hatte gerätselt, ob sie ein Mädchen oder einen Jungen bekommen würden. Brian hatte unbedingt einen Jungen gewollt. Einen Erben, jemanden genau wie er, sagte er ständig; hingegen ertappte Harriet sich dabei, wie sie betete, dass sie mit einem Mädchen gesegnet würden.

Nun hasste Harriet die Tapete. Von dem Muster wurde ihr noch übler, bis sie dachte, dass sie sich übergeben müsse. Sie stemmte sich auf, hielt eine Hand vor den Mund und wartete, dass das Gefühl vorüberging.

Wie glücklich sie in der Schwangerschaft mit Alice gewesen war. Und wie lange her es jetzt schien, dass sie durch die Gänge von »Mothercare« streifte und sich schwor, ihr Baby immer zu beschützen. Dies hätte sie unmöglich voraussehen können. Der Horror, nicht zu wissen, wo ihre Tochter war oder ob es ihr gut ging, rauschte durch ihre Adern, bis er sie betäubte. Und für einen Moment nahm sie nicht wahr, dass etwas in ihrem Schlafzimmer nicht ganz stimmte, obwohl sie direkt hinsah.

Mit einiger Anstrengung schaffte sie es, den silbernen Bilderrahmen auf ihrem Nachttisch richtig zu fixieren, und er wurde klar. »O mein Gott.« Harriet rückte zum Kopfende des Bettes und nahm den Rahmen auf. An dem Tag, als Brian ihr den Rahmen vor drei Jahren kaufte, war ein Foto von Alice und ihr darin gewesen. Er hatte es an einem Strand in Devon aufgenommen und Harriet das gerahmte Bild geschenkt. Es war ein wunderschönes Foto von ihr mit ihrem kleinen Mädchen, die Wangen aneinandergepresst. Alices große blaue Augen hatten im Sonnenschein gestrahlt. Ihr gelb getupfter Sonnenhut saß ein bisschen schief auf ihrem Kopf, und darunter lugte babyblondes Haar hervor.

Jetzt jedoch sah sie ein ganz anderes Bild. Es war ein Foto von ihrem Hochzeitstag, das sie noch nie gemocht hatte, weil darauf ihre Augen halb geschlossen waren und sie von Brian wegsah, während er sie intensiv anschaute. »Sieh sich einer Sie an«, hatte der unerfahrene, dafür billige Fotograf lachend gesagt. »Sie beten sie an.«

»Selbstverständlich tue ich das. Sie ist meine Frau«, hatte Brian entgegnet.

»Ja, und sie sieht Sie nicht mal an.« Der junge Mann lachte, denn er fand die Situation anscheinend extrem witzig.

Brian war erschrocken. »Nun, sie ist sehr viel schöner als ich«, sagte er lächelnd.

Als der Fotograf fertig war, hatte Harriet sich gezwungen, von dem lauwarmen Sekt zu trinken. Brian beugte sich nahe zu ihrem Ohr. »Warum tust du mir das an?«

»Was?«, fragte sie ehrlich verblüfft.

»Mich an unserem Hochzeitstag zum Idioten zu machen. Der Junge hat mich ausgelacht und wird sicher allen erzählen, dass meine Braut mich nicht mal ansehen will, während ich den Blick nicht von ihr abwenden kann.«

»Sei nicht albern, Brian, natürlich habe ich dich angesehen«, sagte sie. »Ich hatte nur gerade gesehen, wie der Kellner diesem Mann Rotwein übers Hemd kippte.« Harriet kicherte. »Es war ihm so peinlich, und er versuchte, es aufzutupfen, als ...«

»Tja«, fiel er ihr ins Wort und ergriff ihre Hand, um sie zu den Tischen zu ziehen. »Ist das nicht wunderbar?«

Als er in der Nacht neben ihr ins Bett stieg, ließ er eine kalte Lücke zwischen ihnen. »Du hast ihn den ganzen Abend ununterbrochen angestarrt.«

»Wen?« Harriet wandte sich ihrem neuen Ehemann zu.

»Den Kellner natürlich. Du hast mich absichtlich in Verlegenheit gebracht, Harriet.«

»Was meinst du? Ich habe ihn nicht angesehen«, flehte sie. Der Kellner hatte einige Male ihre Aufmerksamkeit erregt, weil er so ungeschickt war, sonst nichts. Hatte es ausgesehen, als würde sie ihn zu oft anstarren? Sie bekam Schuldgefühle.

»Du hast mir den Tag verdorben. Was glaubst du, wie ich mich fühle, wenn du an unserem Hochzeitstag immerzu einen anderen anglotzt?«

»Ich habe nicht zu ihm gesehen. Nicht so. Brian, es tut mir leid. Ich wollte dich nicht kränken. Was du denkst, ist einfach nicht wahr.«

»Du denkst, ich lüge? Dass ich mir Sachen ausdenke? Ich weiß, was ich gesehen habe.«

»Nein, ich denke nicht, dass du lügst, aber ...«

»Du hast mich wie einen Blödmann dastehen lassen«, schnauzte er sie an, sein Gesicht rot vor Zorn. »Also versuch nicht, so zu tun, als wäre das meine Schuld.«

»Brian, es tut mir leid.« Harriet konnte nicht fassen, dass sie ihn so übel verletzt hatte. Wie dumm sie gewesen war. Sie streckte einen Arm aus, um ihren Mann zu berühren, rückte näher an ihn heran und hoffte, dass er ihr vergeben könnte, weil es doch ihre Hochzeitsnacht war. Brian war kein großer Trinker, also hatte er vielleicht ein bisschen zu viel gehabt. Allerdings erinnerte sie sich nicht, dass er nach dem Sekt auf der Terrasse noch irgendwas getrunken hatte. »Komm her«, murmelte sie sanft. Sie würde ihn vergessen lassen, was auch immer ihn so aufbrachte.

Aber Brian drehte sich weg, und ihr blieb nur noch, seine breiten Schultern anzustarren, die sich unter seinen tiefen Atemzügen hoben und senkten.

Harriet lag da, blickte an die Hotelzimmerdecke, und Tränen rannen ihr über die Wangen, weil ihre Hochzeitsnacht zu dem hier geworden war. Sie war nichts von dem, was sie sich erhofft hatte, und nie hatte Harriet sich so allein gefühlt.

»Es tut mir leid«, flüsterte sie ihrem Mann zu. »Es tut mir so leid. Ich wollte dich nie kränken.« Sie wusste, dass er noch wach war, aber er antwortete nicht.

»Ich habe mich gefragt, warum du das Foto ausgewechselt hast.« Brians Stimme ließ sie zusammenzucken. »Hat dir das nicht gefallen, das ich von dir und Alice gemacht hatte?« Er stand mit einem Wasserglas in der Tür, kam näher und stellte es vorsichtig auf den Nachttisch. Sein Blick blieb auf Harriet geheftet.

»Du weißt, dass ich es nicht ausgewechselt habe«, sagte sie und legte den Rahmen neben sich aufs Bett.

Brian beugte sich vor und hob ihn auf. »Und du weißt, dass ich dieses Bild nie mochte.«

»Ich habe das Foto nicht ausgewechselt, Brian«, sagte sie wieder und bemerkte, wie seine Wangenmuskeln zuckten.

»Nun ist sie weg.« Er hielt ihr den Rahmen vors Gesicht und bewegte ihn hin und her.

»Was redest du denn?« Harriet verlagerte nervös ihr Gewicht auf dem Bett. »Brian, du machst mir Angst.«

»Tue ich das?«, fragte er und beugte sich so nahe zu ihr, dass sie seinen Atem auf ihrer Wange fühlte. »Liebling, das würde ich nie tun.« Er fing eine Haarsträhne von ihr ein und rieb sie zwischen seinen Fingern. »Du musst wieder durcheinander sein.« Und mit diesen Worten ließ er ihr Haar los und ging aus dem Schlafzimmer.

Charlotte

Bis Mittwochabend hatte Audrey mich überredet, an der Schulveranstaltung teilzunehmen, auch wenn ich, als Tom kam, um bei den Kindern zu bleiben, schon bedauerte, ihn für etwas hergebeten zu haben, zu dem ich wirklich nicht gehen wollte.

Ich hatte mir angewöhnt, am Schultor Nettigkeiten auszutauschen, meine Augen hinter der Sonnenbrille zu verstecken, den Kopf gesenkt zu halten und davonzuhuschen, bevor mich irgendwer aufhalten konnte. Ich hörte auf, Nachrichten zu beantworten, und verließ mich komplett auf Audrey als Mittelsfrau, um Freunden zu danken, die ausrichten ließen, dass sie an mich dachten.

Aud hatte Facebook wieder von meinem Handy gelöscht. Sie sagte mir, dass es mir verboten wäre, irgendwas online zu lesen. Ich wusste, wenn ich es täte, würde ich doch nur wieder mit ihr über das reden, was ich gesehen hatte, und dann würde sie ihr Versprechen wahrmachen, mir das Handy ganz wegzunehmen.

So seltsam es anmutete, fiel es mir relativ leicht, mich vor der Welt zu verstecken. Was ich nicht wusste, verletzte mich nicht.

Nur machte dieser Rückzug den Gedanken an das gesellige Beisammensein in der Schule umso Furcht einflößender. Ich ging nur hin, weil Audrey darauf bestand, dass es gut für mich wäre, und ich sie nach allem, was sie für mich getan hatte, nicht hängen lassen wollte.

»Ich dachte, es hat vor fünf Minuten angefangen«, sagte Tom und tippte auf seine Uhr. »Es ist schon zehn vor neun.«

Er erwischte mich, wie ich in den Ranzen der Kinder wühlte. Ich hatte ihre Uniformen schon bereitgelegt, ihre Wasserflaschen ausgewaschen – Dinge, die ich sonst auf den nächsten Morgen verschob. »Fahr schon«, sagte er und bugsierte mich praktisch aus der Haustür.

»Seit wann geht das Licht nicht mehr?«, murmelte ich, als die Außenlampe nicht automatisch ansprang.

»Ich sehe es mir an«, sagte Tom und blickte nach oben, bevor er seufzte. »Oh, ich kann Evie hören. Hast du nicht gesagt, sie schläft? Bis später.« Er schloss die Tür von innen, sodass ich allein in der halbdunklen Einfahrt stand. Als ich auf meinen Wagen zuging, bewirkte eine flüchtige Bewegung, dass ich stehen blieb. Plötzlich erschien Brians Gesicht über der Ligusterhecke.

»Brian, du hast mich erschreckt«, sagte ich und fragte mich, wie lange er mich schon beobachtete. Er antwortete nicht. »Möchtest du, ähm, nach drinnen kommen?«

»Nein«, antwortete er gelassen. »Ich möchte, dass du zu meinem Wagen kommst.« Da ich mich nicht vom Fleck rührte, ergänzte er: »Ich denke nicht, dass du dir den Luxus leisten kannst, es mir zu verweigern. Meinst du?«

Nervös klimperte ich mit den Schlüsseln in meiner Hand und blickte am Haus hinauf in der Hoffnung, dass Tom an einem der Fenster war. Dort war keine Spur von ihm zu entdecken. Widerwillig folgte ich Brian zu seinem silbernen Honda, der einige Häuser weiter parkte. Er hielt mir die Beifahrertür auf, und als ich einstieg, wehte mir der Gestank von totem Fisch entgegen.

In unserer Sackgasse war es unheimlich still. Das Klicken der Verriegelung wirkte umso lauter, bevor Brian sich zu mir drehte.

Seine Mundwinkel zuckten, und er neigte den Kopf zur Seite, bevor er sehr langsam sagte: »Erzähl mir, was du weißt.«

»Was ich worüber weiß?«, fragte ich.

»Erzähl mir, was du über meine Frau weißt.«

Ich rutschte beunruhigt hin und her. »Warum reden wir über Harriet?«

»Ich tue alles für sie. Sie ist mein Leben«, sagte er. »Schon immer. Aber sie behandelt mich nicht genauso, auch wenn ich annehme, dass du das weißt. Sie erzählt dir alles.«

»Nein, eigentlich erzählt Harriet mir überhaupt nichts«, sagte ich.

»Es zerbricht mich. Sie zerbricht mich, weißt du das? Ja, natürlich weißt du es. Du bist ihre beste Freundin.« Er lachte. »Egal, was du sagst, du musst alles wissen.«

Brians Verhalten war so verstörend wie seine Erscheinung. Sein Haar stand wild in alle Richtungen ab, als hätte er es sich wie verrückt mit beiden Händen gerauft. Seine Augen waren dunkel, und sein Blick schien mich zu durchbohren. Ich hatte Brian bisher immer nur makellos erlebt, und trotz der Situation ahnte ich, dass noch etwas nicht stimmte.

»Hat sie dir erzählt, dass sie mich nicht liebt?«, fragte er.

Ich rückte auf meinem Sitz nach vorn. »Harriet liebt dich«, sagte ich. So wenig ich mich seiner Wut wegen Alice stellen wollte, hätte ich die allemal dem vorgezogen, worum auch immer es hier ging. »Bei dem, was jetzt gerade geschieht, darfst du nicht anfangen, daran zu zweifeln.«

»Ich weiß, dass ihr euch nahe wart, Charlotte. Warum sonst hättest du ihr erzählen sollen, dass du deinen Sohn verloren hattest?«

»Was?«

»Wird zur Gewohnheit bei dir, was? Kinder zu verlieren. Fast so, als würde es dir leichtfallen.«

»Brian ...« Die Luft im Wagen wurde unerträglich drückend. »Darf ich die Tür aufmachen? Oder nur ein Fenster?«

Brian ignorierte mich, knallte den Handballen aufs Lenkrad und starrte zur Windschutzscheibe hinaus. »Mütter wie du sollten für das bezahlen, was sie machen«, sagte er. »Aber das tut ihr nicht. Das tut ihr nie.«

»Ich muss gehen«, sagte ich. Meine Stimme bebte. »Ich möchte, dass du jetzt die Tür entriegelst, Brian.«

»Ich sorge dafür, dass sie ihre Geschichte über dich schreiben«, sagte er. »Ich sorge dafür, dass sie jeder da draußen erfährt.«

Ich fragte mich, ob ich schreien sollte, ob mich jemand hören würde, wenn ich es täte. Die Luft wurde immer dünner, und ich fühlte, wie ich schneller atmete. Das Einzige, was mich davon abhielt, gegen die Windschutzscheibe zu hämmern, war der Gedanke, dass ich mindestens dies hier verdiente.

»Sag mir, was sie dir erzählt hat«, brüllte er. »Was du weißt.«

»Ich weiß nicht, was du von mir hören willst«, beschwor ich ihn. Harriet hatte nie auch nur ein Wort gegen ihren Mann geäußert. »Harriet hat nur gut über dich gesprochen ...«

»Du weißt, dass ich dich immer mochte, Charlotte«, fiel er mir ins Wort und wechselte auf einmal den Tonfall. Seine Worte klangen leichter und weicher, als er sich vorbeugte. »Natürlich bin ich froh, dass sie dich zur Freundin hat, aber ich muss trotzdem wissen, dass du ehrlich zu mir bist.«

»Brian, wovon redest du?«

»Sicher wirst du sie zur Vernunft bringen«, sagte er. »Wie dem auch sei, ich muss jetzt los.«

»Brian, ich verstehe nicht, was du ...« Ich verstummte, als er sich über mich beugte, um meine Wagentür aufzustoßen, die prompt weit aufschwang.

»Sicher tust du das, Charlotte«, sagte er. »Ich denke, du verstehst sehr gut, worüber ich rede. Jetzt steig bitte aus.«

Ungläubig starrte ich ihn an, während ich aus dem Wagen stieg. Er zog die Beifahrertür hinter mir zu, ließ den Motor an und fuhr schnell weg. Jeder Gedanke an den geselligen Abend in der Schule war verpufft. Enorm erleichtert ging ich zum Haus zurück.

Ich hatte keine Ahnung, was das eben gewesen war. Ob er und Harriet sich gestritten hatten; ob dies Brians Art war, es an mir auszulassen. War es das, was jeder Vater in seiner Situation tun würde? Ich kam nicht auf die Idee, dass Harriet in Gefahr sein könnte, weil ich Brian trotz seines Verhaltens heute Abend nicht für schuldig hielt. Immerhin waren seine Worte nichts im Vergleich zu dem, was die Trolle geschrieben hatten, dass sie mit mir machen würden. Es hätte weit schlimmer kommen können.

HEUTE

»Muss ich die Fakten noch mal durchgehen?«, fragt DI Rawlings. »Wir haben eine vermisste Person, und heute Nacht ist jemand gestorben.«

»Weiß ich.« Ich drücke die Finger auf meine geschlossenen Augen, um sie zuzukneifen. »Ich weiß.«

»Dennoch kommen wir der Wahrheit nach wie vor nicht näher«, sagt sie.

»Ich sage Ihnen alles, was ich weiß«, antworte ich genervt.

»Tun Sie das?« Sie lehnt sich wieder zurück und sieht mich an.

Harriet hat mir nie erzählt, was in ihrer Ehe los war. Doch sosehr ich mir einzureden versuche, dass sie es mich nicht wissen lassen wollte, kann ich nicht umhin zu denken, dass ich nicht richtig hingesehen habe.

Vielleicht war es das, was Detective Rawlings in dem Moment sah, in dem sie den Raum betrat. Dass ich in dieser Freundschaft von Anfang an nur auf mein eigenes Leben fixiert war. Sind Mütter wie ich nicht immer so? Dieser Frauenkader, der den Schulhof mit lautem Gelächter übernimmt, sich gebärdet, als sei die Schule uns etwas schuldig, weil wir dort sind?

Nach dem Schulfest nahm ich das bei einigen von ihnen wahr, erkannte es an der Art, wie sie ihre Kinder von mir wegzogen, Angst hatten, eines von ihnen könnte auch noch verschwinden, wenn ich ihm zu nahe kam. Nicht bei allen. Natürlich nicht bei Audrey. Aber mir machte es klar, wie fragil die Bande sind, die uns andere zusammenhalten. Wie manche Freundschaften auf so dünnem Fundament gründen, dass sie bei der kleinsten Erschütterung in sich zusammenfallen.

Aber ich bin nicht wie sie, will ich Rawlings beschwören. Immer noch bin ich von dem Drang beseelt, sie überzeugen zu wollen, dass ich nicht so bin und gerade das der Grund war, weshalb ich mich mit Harriet anfreundete.

Harriet erinnerte mich an die Frau, die ich sein wollte, die ich in meinem Herzen bis heute bin. Harriet wirft nicht mit Luftküssen um sich oder schwärmt von Handtaschen, als könnten die alle Dritte-Welt-Probleme auf einen Schlag lösen. Harriet konnte ich alles erzählen, und ich wusste, dass es sie interessierte.

Sie hätte mir auch alles erzählen können. Nur tat sie es nicht.

»Und Sie haben keinerlei Anzeichen bemerkt?«, hakt Detective Rawlings nach.

Rückblickend betrachtet, hat es womöglich viele Hinweise gegeben, aber ich verneine. Doch in diesem weiß getünchten Raum mit dem sirrenden Bandgerät und meinem sich allmählich auflösenden Verstand fällt mir eine bestimmte Szene ein, als Harriet und ich auf unserer üblichen Parkbank saßen.

Evie war noch ein Baby und endlich im Kinderwagen eingeschlafen, ich saß allein da, und obwohl ich nicht entspannen konnte, weil sie jeden Moment wieder wach werden könnte, schloss ich die Augen und genoss den Frieden, als Harriets Stimme hinter mir ertönte. Ich hatte nicht gedacht, dass wir uns für heute verabredet hatten.

Als ich die Augen aufmachte, sah ich Alice zum Sandkasten watscheln, wo Molly ihren Eimer befüllte. Harriet hatte ihre Strickjacke ausgezogen und holte eine Brotdose hervor. Ich erinnere mich, dass ich dachte, sie würde wohl bleiben. »Was hast du heute vor?«, fragte ich sie. »Willst du mit Alice etwas Nettes unternehmen?«

»Nein, nichts Besonderes. Ich gehe nachher noch ins Einkaufszentrum.«

»Was, an solch einem herrlichen Tag?«, fragte ich.

»Ja, ich hatte Brian einen Pullover gekauft, und den muss ich zurückbringen.« Sie griff in ihre Tasche und hielt das obere Stück des Pullis hoch.

»Tom hat einen ganz ähnlichen«, murmelte ich und strich über die weiche Wolle. »Was ist damit verkehrt? Mag er ihn nicht?«

»Oh, ich denke, das tut er wahrscheinlich. Ich habe bloß den falschen besorgt. Er sagt, dass er mich um einen roten gebeten hatte.« Harriet sah achselzuckend auf. »Ich hätte schwören können, dass er Grün gesagt hat.«

Seufzend faltete ich den Pulli zusammen. Die zwei Farben konnte man schwerlich verwechseln, und ich merkte, wie ich mich über Harriets Fehler zu ärgern begann. Meine Geduld war so gut wie aufgebraucht, und mich hatte ihre Fahrigkeit genervt.

»Ich sollte auch mal wieder shoppen gehen«, sagte ich. »Machen wir das mal zusammen, ein bisschen Geld rauswerfen und uns was Gutes tun.« Als Harriet nicht reagierte, wurde mir meine Taktlosigkeit bewusst, und ich sagte rasch:

»Ich meine, ich würde dir gern mal etwas Gutes tun. Du würdest mir einen Gefallen tun, indem du mitkommst. Ich bringe Evie für die Zeit zu meiner Mutter.«

»Ja, vielleicht.«

Ich sah Harriet an, die Alice zuwinkte und eine Tüte Rosinen in die Höhe hielt, während ihre Tochter selbstvergessen im Sandkasten spielte. In der Nähe schrie eine Mutter ihren kleinen Sohn an, wedelte mit ihrem Finger vor seinem Gesicht, und der Kleine fing an zu schluchzen.

»Er hat überhaupt nichts getan«, sagte Harriet. »Ich habe ihn beobachtet. Er wollte nur noch mal auf die Schaukel.«

Die Mutter schimpfte lauter; der kleine Junge lief rückwärts. Im nächsten Moment holte die Mutter mit der Hand aus und klatschte sie ihm hinten auf die Beine, bevor sie ihn durch den Park zerrte.

»Wir müssten etwas sagen«, hauchte Harriet entsetzt.

»Mischen wir uns nicht ein«, sagte ich hastig und legte eine Hand auf ihren Arm.

»Aber er ist in einer furchtbaren Verfassung.«

»Weiß ich, und es ist schrecklich, aber keiner wird dir danken, wenn du etwas sagst. Zurück zum Shoppen«, sagte ich, weil ich unbedingt eine Konfrontation mit der anderen Mutter vermeiden wollte. Sie hatte harte Züge, sah aus, als sei sie permanent wütend, und ich wusste, für wen es am schlimmsten ausginge, sollte Harriet sich mit ihr anlegen. »Wann wollen wir das machen?«

Ich öffnete Harriets Tasche und wollte den Pullover wieder reinlegen, als mir eine Kette auffiel, die ganz unten am Boden lag. »Harriet, die habe ich ja noch nie gesehen.« Ich zog sie heraus und hielt den zarten Goldblattanhänger in meiner Hand. »Die ist wunderschön.«

»Meine Kette!«, rief Harriet aus und entriss sie mir. »Wo hast du – wo war sie?«

»Die lag in deiner Tasche. Sie ist traumhaft schön.« War sie wirklich, und ich konnte mich nicht erinnern, sie jemals an Harriet gesehen zu haben.

»Ich dachte, ich hätte sie verloren.« Harriet starrte die Kette misstrauisch an, drehte den Blattanhänger in ihrer Hand. »Ich dachte …« Sie schüttelte den Kopf und beendete den Satz nicht. »Sie hat meiner Mutter gehört. Ich weiß, dass sie in meinem Schmuckkasten war. Ich trage sie nicht, weil sie mir so kostbar ist. Aber dann war sie weg, und ich habe überall danach gesucht.«

»Na, jetzt hast du sie wieder.«

»Aber ich habe das ganze Haus auf den Kopf gestellt.« Harriet wurde leiser, als sie den Anhänger bewunderte, und ich fragte mich, ob sie mit ihm oder mir redete. »Das verstehe ich nicht. Wie kommt sie denn in meine Handtasche?«, flüsterte sie kaum hörbar.

»Ist es denn wirklich noch wichtig, wie du sie wiedergefunden hast?«, fragte ich stöhnend, fürchtete aber sofort, dass ich Harriet vor den Kopf gestoßen hatte, während ich die Augen wieder schloss. Ich konnte Audreys Stimme so laut und deutlich in meinem Kopf hören, als säße sie zwischen uns auf der Bank. »Charlotte, sicher ist deine Freundin lieb und nett, aber die meiste Zeit sieht sie aus, als schwebe sie irgendwo im Wolkenkuckucksheim.«

Ich erinnere mich, dass ich Harriet ansah, die in die Ferne blickte, an Alice und den Bäumen am Spielplatzrand vorbei. Ihre Lippen zuckten, während sie tief in Gedanken versunken war.

Ich hatte Harriet vollends verloren, und Evie rührte sich,

würde also jeden Moment zu schreien anfangen, und ich merkte, wie ich richtig verärgert wurde.

»Wenn Sie mich fragen, ob es irgendwelche Anzeichen gab«, sage ich zu DI Rawlings, »dann denke ich an diesen Vorfall, der rückblickend vielleicht bedeutungsvoller erscheint. Zu der Zeit kam es mir aber verdammt noch mal nicht ungewöhnlich vor. Und wenn das alles war, was ich hatte – habe ich dann wirklich etwas übersehen?«

Sie antwortet nicht, und mein Körper fängt an zu glühen vor schierem Frust, weil wir uns die ganze Zeit im Kreis bewegen und doch immer wieder an derselben Stelle landen.

Meine Arme fühlen sich wie Pudding an und hängen schlaff herunter. Meine Schultern sacken ein, als ich nach vorn greife, und meine Hände fallen auf den Tisch. »Bitte«, sage ich, »ich muss nach Hause. Ich möchte jetzt gehen.«

Was ich allerdings weiß, ist, dass ich hätte helfen können, hätte ich eine Ahnung gehabt, was bei Harriet hinter verschlossenen Türen vorging. Ich hätte sie niemals überredet, ihre Tochter bei mir zu lassen, ihr niemals eingeredet, Alice wäre sicher. Ich wusste vielleicht besser als viele andere, wie kontrollierend manche Väter und Ehemänner sein können, weil mein eigener Vater so war. Harriet verstand es, dennoch vertraute sie sich mir nicht an. Sie traute mir nicht zu, ihr zu helfen.

Und Brian wusste so viel mehr, als sie ihm zutraute.

VORHER

Harriet

Am Donnerstagmorgen, zwölf Tage nach Alices Verschwinden, wachte Harriet mit der Gewissheit auf, dass sich wohl oder übel alles ändern würde. Sie war froh, dass Angela an dem Tag erst um vier Uhr nachmittags kam.

Verstohlen beobachtete sie Brian, der sich wie eine tickende Zeitbombe umherbewegte. Er hatte kein Wort mehr gesagt, seit er den Abend zuvor das Schlafzimmer verlassen hatte, wo sie saß und ihr Hochzeitsfoto anstarrte. Aber sie sah an seiner unruhigen Art, dass er immer noch angespannt war.

Über ihr knarzten die Badezimmerdielen. Es war bereits später Vormittag und Brian bisher nicht angezogen. Schon häufig hatte sie so an ihrem Küchentisch gesessen, die Hände um einen Becher kalten Tee geschlungen, und gewartet, dass ihr Mann erschien; doch noch nie so spät am Tag. Sie wusste nicht, was sie erwartete, während sie in Gedanken immer wieder den gestrigen Abend durchging und herauszufinden versuchte, ob sie etwas falsch gemacht hatte. Harriet war inzwischen darauf angewiesen, dass Brian sie erinnerte.

Im Laufe der Jahre hatten sich ihre Erinnerungen in dunkle Nischen ihres Denkens verkrochen, und sie konnte sie nicht wieder zu fassen bekommen. Sie wusste, wie schwer es für Brian war, denn er sagte es ihr oft genug. Und er hatte sie immer unterstützt. Brian würde immer für sie da sein.

Auch das hatte er ihr oft genug gesagt.

Es ihr versprochen.

Damit gedroht.

Anfangs wollte Harriet nicht glauben, dass sie Probleme mit ihrem Gedächtnis hatte, aber Brian war beharrlich geblieben. Er brachte sie vor zwei Jahren zu einer privaten Praxis auf der anderen Seite von Chiddenford. Harriet hatte stumm dagesessen, als ihr Mann ihre Probleme schilderte, die vielen Fehler, die sie machte, und wie besorgt er um die Sicherheit seiner Frau und seiner Tochter war.

»Als Kind hatte ich keine Probleme«, erzählte sie dem Arzt, als er sie fragte, ob sie wisse, wann es angefangen hatte.

»Na, das kommt oft erst im Erwachsenenalter«, hatte Brian streng gesagt.

Wie an dem Tag, als ich dich kennenlernte?, fragte Harriet sich nun.

Das Nichtwissen war beängstigend. So fest an eine Sache zu glauben und dann von dem einen Menschen, den man liebt und dem man vertraut, zu hören, dass das Gegenteil wahr war. Einmal stand Harriet mitten im Supermarkt und versuchte sich panisch zu erinnern, ob Brian Kekse lieber mit Vollmilch- oder Zartbitterglasur mochte.

»Ich habe es dir so oft gesagt, Harriet«, sagte er, als sie ihm später am Abend die Packung Kekse mit Vollmilchglasur reichte. »Ich mag die dunkle Schokoglasur lieber.«

Das nächste Mal, als sie zum Supermarkt ging, hatte Harriet seine Worte immer wieder vor sich hingemurmelt. »Dunkle Schokolade, dunkle. Denk dran, die dunkle, Alice.«

Sie standen in dem Gang mit Gebäck, und Harriets Finger zitterten über der Packung mit dunkler Glasur. »Alice, was hatte ich gesagt?«

»Dunkle.« Ihre Tochter nickte, als Harriet ängstlich die Packung in ihren Korb legte.

Zu Hause legte sie einen Keks neben Brians Becher. Brian nahm den Keks und drehte ihn hin und her, als hätte er so etwas noch nie gesehen. Dann blickte er zu Harriet und sagte: »Ach, Liebling, komm her. Du hast es wieder getan, nicht? Ich mag Vollmilch lieber.«

Harriet verlor den Verstand. Dessen war sie sich inzwischen sicher. Sie fürchtete, dass sie irgendwann alles verlieren würde.

»Du wirst eines Tages noch Alice verlieren«, warnte er sie oft.

Da hatte er recht. Nun hatte sie ihre Tochter verloren.

Das Knarzen über ihr hörte auf, und Harriet horchte starr nach den Schritten auf der Treppe. Natürlich war ihr nun klar, dass sie nicht den Verstand verlor. Ihr war bewusst, dass Brian es ihr nur einzureden versuchte. Dessen war sie sich in den letzten zwölf Monaten gewiss geworden, seit sie angefangen hatte, in ihr Notizbuch zu schreiben.

Man konnte indes zu recht behaupten, dass sie etwas Verrücktes getan hatte.

Brian kam in die Küche, stellte sich an den Tisch und sah sie an, sagte aber nichts. »Ist alles okay?«, fragte sie so ruhig, wie sie konnte.

»Ich muss weg. Ich muss mit jemandem reden«, sagte er, bewegte sich jedoch nicht.

»Mit wem?«

Brian schüttelte den Kopf. Er schien unsicher, ob er sie im Haus lassen könnte, weshalb sie sich fragte, was so wichtig war, dass er trotzdem fortwollte. »Denk dran, dass Angela bald kommt.«

»Ja, ich weiß«, sagte sie ruhig.

»Sie ist in einer halben Stunde hier, also bleibt keine Zeit, dass du noch irgendwo hinkannst.«

Harriet nickte. Die Uhr hinter Brian zeigte, dass es beinahe Mittag war. Angela käme erst in vier Stunden.

»Um halb eins, Harriet. Da kommt sie her«, sagte er, als wolle er sie provozieren, ihm zu widersprechen, aber Harriet nickte wieder. Schließlich schnalzte Brian mit der Zunge und ging aus der Küche. »Ich bin nicht lange weg«, rief er und verließ das Haus.

Ihr kam der Gedanke, dass er zu Ken Harris wollte, der sein Alibi zunichtegemacht hatte, doch darüber konnte sie jetzt nicht nachdenken. Wohin er gefahren war, war ihr geringstes Problem. Harriet brauchte einen klaren Kopf, um zu überlegen, was sie als Nächstes tat, denn ihr blieben nur vier Stunden, bis Angela kam, und noch weniger, bis ihr Mann wieder hier wäre.

Sie schloss die Augen und drückte die Fingerspitzen auf ihre Lider. »Denk nach, Harriet.«

Die letzten zwölf Monate flackerten wie ein Film in der Dunkelheit ihrer Lider. Die Erkenntnis, dass Brian ein Leben geschaffen hatte, dem Alice und sie nicht entkommen konnten, die wiederauftauchenden Geister aus ihrer Vergangenheit, die pure Verzweiflung, die ihren Plan wie eine gute Idee erscheinen ließen.

Harriet wusste, dass es gefährlich war zu gehen, aber Alice

hatte Priorität. Alles drehte sich nur um Alice. Es war Harriets Schuld, dass ihre Tochter vor zwölf Tagen verschwunden war, weil sie diejenige war, die es geplant hatte. Jedes noch so winzige Detail, wie Alice von dem Fest verschwand, damit sie ihm entkamen.

Doch in den letzten vierundzwanzig Stunden hatte sich alles verändert, und nun wusste Harriet tatsächlich nicht mehr, wo Alice war. Wenn sie jetzt nicht sofort da rausging und ihre Tochter fand, bestand eine reelle Chance, dass sie wirklich den Verstand und möglicherweise auch ihre Tochter für immer verlor.

HARRIETS GESCHICHTE

Mittwoch, 18. Mai 2016

Ich fürchte, dass ich etwas Schlimmes tun könnte.

Brian kam gestern Abend von der Arbeit und rannte die Treppe hinauf. Er war aufgelöst. »Warum hast du Alice allein in der Badewanne gelassen?«

»Habe ich nicht«, sagte ich entsetzt. »Das würde ich nie tun.«

Er sah mich auf diese Art an, bei der er den Kopf zur Seite neigte und mich von oben bis unten musterte. Es bringt mich verlässlich in eine schlechte Position, weil ich weiß, dass es bedeutet, ich habe irgendwas getan, an das ich mich nicht erinnere.

»Und warum hat sie mir das dann eben erzählt? Alice würde nicht lügen.«

Er hatte recht. Wir beide wissen, dass sie es nicht würde.

»Ich mache mir Sorgen, Harriet.« Er holte tief Luft und kniff den Mund zusammen, sodass sich walnussähnliche Falten auf seinem Kinn bildeten. »Wenn das so weitergeht, kommt Alice zu Schaden.«

»Ich hatte sie nicht einen Moment allein gelassen«, sagte ich. Ich stellte mir mich im Badezimmer vor, auf dem Hocker sitzend, über den Wannenrand gelehnt und eine Hand unter dem Wasserhahn, während ich mehr warmes Wasser einlaufen ließ. Ich hatte einen Krug gefüllt und Wasser über Alices

Rücken geschüttet, worauf sie quiekte vor Begeisterung. Dann nahm ich ein sauberes Handtuch von der Heizung, um meine Tochter einzuwickeln, als sie aus der Wanne stieg. Ich erinnere mich an alles. Ich hatte das Bad nicht verlassen. Doch wenn Alice sagt, dass ich es hatte ...

Schon jetzt gibt es ein Problem mit der Erinnerung. Es fängt immer in der Mitte an. Ein kleines schwarzes Loch tut sich auf, das sich langsam ausbreitet wie verschüttete Tinte, bis mitten im Bild eine Leere klafft, die ich nicht füllen kann.

»Alice hat ein bisschen Angst, Liebling, aber sie wird schon wieder.«

Während Brian weiterredete, breitete sich das Loch schneller aus. Ich fragte mich, ob er es wusste. »Hey, Harriet, nicht weinen.« Er wischte meine Tränen mit seinen Daumen weg.

»Ich würde nie etwas tun, bei dem sie verletzt wird«, schluchzte ich.

»Das weiß ich doch«, sagte er leise. »Ich weiß. Aber sie muss nur unter Wasser rutschen und ...« Er schüttelte den Kopf. »Alice wäre tot.«

Ich schrie Brian an, dass er das nicht sagen soll, hielt mir die Ohren zu. Nie würde ich das geschehen lassen.

Aber was ist, wenn ich es hatte?

Ich sagte Brian, dass wir wieder zu dem Arzt gehen würden. Heute sollte ich ihn anrufen und einen Termin machen. Er würde noch mehr Dinge über mich notieren, schwarz auf weiß festhalten, dass meine Tochter allein mit mir nicht sicher ist.

Vielleicht ist sie es nicht. Die ganze Nacht hatte ich nicht geschlafen, weil ich jedes Mal, wenn ich die Augen schloss, Alice unter Wasser sah. Neben mir schlief Brian friedlich, sein Atem tief und zufrieden, weil er ein blütenreines Gewissen hatte.

Es gab viele Dinge, die ich vergaß, aber noch nie hatte es meine Tochter gefährdet. Heute Morgen fragte ich Alice: »Erinnerst du dich an dein Bad gestern Abend?«

»Ja.« Sie sah mich merkwürdig an, aber es war ja auch eine merkwürdige Frage.

»Erzähl mir davon«, sagte ich und kitzelte ihre Rippen, bis sie kicherte. »Hat es dir Spaß gemacht?«

Alice zuckte mit den Schultern. »Es war okay.«

»Hatte ich dich allein gelassen?«, fragte ich. »Denn wenn ich das habe, tut es mir sehr leid. Das sollte ich nie tun.«

»Nein«, sagte sie. »Du lässt mich nie alleine.«

»Das ist gut.« Mein Herz klopfte fester. »Du musst sofort mit mir schimpfen, wenn ich es tue. Hast du Daddy von deinem Bad erzählt?«

»Nein.« Sie kicherte wieder, diesmal ein bisschen nervös. »Daddy hat mich gestern Abend nicht gesehen, weil ich mich hinter dem Sofa versteckt habe.«

»Ach ja? Und er hat nicht mit dir geredet, als er nach Hause gekommen ist?«

Alice schüttelte den Kopf. »Ich bin hinter dem Sofa geblieben, bis er nach oben gekommen ist, weil er mit dir reden wollte.« Sie sah zur Seite. »Habe ich was Böses gemacht, Mummy?«

»Nein, Alice, du hast gar nichts gemacht.« Ein Strahl Tageslicht fällt durchs Fenster, und ich blicke auf. »Tatsächlich glaube ich nicht, dass eine von uns das gemacht hat.«

Ich muss Alice fragen, warum sie sich hinter dem Sofa versteckt hatte. Es passt eigentlich nicht zu ihr.

Harriet

An dem Tag, als ich Alice zu Charlotte brachte, wusste ich, dass, wenn alles nach Plan verlief, meine Freundin sie nicht nach Hause bringen würde. Auf der Fahrt zu ihr konnte ich nicht aufhören, Alice im Rückspiegel anzusehen. Ich wusste nicht, wie lange es dauern würde, bis ich sie wiedersah.

Unter ihrem linken Arm war Hippo fest eingeklemmt. Ihr Kopf war zu ihm gebeugt, und hin und wieder glitt ihr Daumen in ihrem Mund, bis sie es bemerkte und ihn wieder rauszog. Wir hatten darüber geredet, dass Daumenlutschen nicht gut für ihre Zähne ist. Irgendwann zwischen unserem Haus und Charlottes rutschte Hippo aus Alices Umklammerung und fiel zwischen Sitz und Tür. Mir fiel nicht auf, dass sie ihn nicht festhielt, als ich mit ihr zu Charlottes Haustür ging.

Nach dem Klingeln blickte ich hinauf zum Schlafzimmerfenster, wo die Vorhänge noch zugezogen waren. Ich suchte nach Zeichen, dass ich es nicht durchziehen soll. Irgendwas, das mir sagte, obwohl ich so weit gekommen war, wäre mein Plan lachhaft und würde nicht funktionieren. Falls Charlotte vergessen hatte, dass sie Alice nehmen sollte, dachte ich, während ich wieder läutete, wäre das ein Zeichen. Ich könnte dies hier nicht ohne Charlotte machen.

Alice sank an meine Seite, und ich zog sie näher an mich. Bei jedem Einatmen fühlte ich einen scharfen Stich seitlich in meiner Brust. »Alles wird gut, Alice«, murmelte ich, um sie wie mich zu beruhigen. Ich tat dies hier für unser beider Sicherheit.

Als Charlotte erschien, noch im Pyjama, wurde mir flau vor Angst, dass alles schieflaufen würde. Ich überlegte, ihr zu sagen, dass ich es mir anders überlegt hätte und mit ihnen zum Schulfest käme. Sie würde nicht mal mit der Wimper zucken. Wahrscheinlich rechnete sie ohnehin damit, dass ich Alice nicht bei ihr lassen würde.

Charlotte plapperte, nahm gar nicht wahr, dass Evie hinter ihr brüllte, und Alice drängte sich dichter an mich. Doch wenn ich jetzt einen Rückzieher machte, was würden wir tun? Ich war es unzählige Male durchgegangen. Es gab keine anderen Optionen.

Ich bückte mich und sagte Alice nochmals, dass alles gut sein würde. Charlotte musste mich als hypernervös wahrgenommen haben, versuchte es jedoch zu überspielen, indem sie mir sagte, dass sie eine Menge Spaß haben würden und wie aufregend es war, dass ich einen Buchhaltungskurs machte.

Mir war klar, dass sie das nicht glaubte. Keine von uns tat das. Einen Tag lag bei einem Kurs in einem Hotel zu hocken, war nichts weiter als ein Alibi. Und es war eine Erklärung, auf die Brian hereinfallen würde, wenn er fragte, warum ich ihm nicht gesagt hatte, dass ich Alice bei jemand anderem lassen würde. Die Polizei würde die Mahnungen finden, die er vor mir in seiner Nachttischschublade versteckte. Sie würden hoffentlich auch das Bündel Quittungen entdecken, die ich Brian dauernd vorlegen musste und die ordentlich zusammengefaltet unter seinen Unterhosen lagen. Niemand könnte infrage stellen, dass ich nur zu helfen versuchte. Was sie hoffentlich nicht fänden, war mein Notgroschen, das Geld, das ich heimlich angespart und in einem Kästchen unter einer Konifere neben dem Sandkasten vergraben hatte.

Schließlich ließ ich Alice los und ging weg. Ich drehte mich nicht um. Sie durfte die Tränen nicht sehen, die mir übers Gesicht und in den Mund liefen. Es war das Mutigste, was ich jemals getan habe, und noch nie hatte ich solche Angst gehabt.

Um ein Uhr am Donnerstagmittag, zwölf Tage nach dem Schulfest und drei Stunden, bevor Angela kommen sollte, verließ ich das Haus mit dem Allernötigsten, was kaum mehr als einen kleinen Geldbetrag, Alices Hippo, eine Zahnbürste und mein Notizbuch umfasste. Immer noch hoffte ich, dass ich die vierstündige Fahrt nicht machen müsste, um meine Tochter zu finden, denn mir war bewusst, wie viel ich riskierte, indem ich das Haus verließ. Ich hoffte, dass ich sie aufspüren könnte, ehe ich aus Dorset heraus war. Mein Handy funktionierte nicht mehr, seit es in die Wanne gefallen war, also war ich auf Telefonzellen angewiesen.

Ich betete, dass mein nächster Anruf angenommen würde. Unmöglich konnte ich darüber nachdenken, dass ich schon seit vierundzwanzig Stunden versuchte, ihn zu erreichen, und was das bedeutete.

Beim Fahren zitterten meine Hände am Lenkrad. Im Rückspiegel grinste mich Hippo aus Alices Autositz an. Sie wäre hin und weg, ihn wiederzuhaben, aber ich wusste nicht, ob ich ihn bei ihr lassen könnte. Würde Angela bemerken, dass er fehlte?

»Mist.« Ich knallte meine Hände aufs Steuer, dass es brannte. Dies lief alles entsetzlich schief. Was immer ich von jetzt an tat, es hätte zu viele Folgen, und sollte ich ihn nicht bald erreichen, wäre ich außerstande, noch klar zu denken.

Nach einer halben Stunde war ich beinahe am Rand von Dorset, als ich endlich eine Telefonzelle in einer Seitenstraße sah und an den Straßenrand fuhr. Während ich die Nummer des Prepaidhandys wählte, die ich auswendig gelernt hatte, wusste ich, sollte sich niemand melden, müsste ich bis Cornwall fahren und das Cottage suchen, das ich bisher nur von Bildern kannte.

Der Klingelton füllte meinen Kopf. Es klingelte und klingelte, brach schließlich abrupt ab. »O Gott, wo seid ihr?«, heulte ich. Nichts hiervon war richtig. Er hatte mir mit solcher Inbrunst versprochen, dass er meine Anrufe immer annehmen würde, und ich glaubte ihm.

Es war zu spät, mich zu fragen, warum ich ihm vertraut hatte. Ich kannte ihn erst seit sechs Monaten. Brian hatte ich doppelt so lange gekannt, bevor ich ihn heiratete, und man sehe sich an, wie falsch ich bei ihm gelegen hatte.

»Du blöde Kuh.« Ich sank an die Seitenwand der Telefonzelle, ballte die Fäuste und hieb mir mit den Handballen an die Stirn.

Der Plan, Brian zu entkommen, hatte in meinem Kopf so überzeugend gewirkt, obwohl ich wusste, dass vieles schiefgehen könnte. Aber dies hatte ich nicht einkalkuliert. Nun gab es lauter lose Enden, und als ich meine Augen zukniff, begriff ich, dass nicht nur meine Tochter wirklich irgendwo sein könnte, sondern dass es allein meine Schuld war.

Montag, 4. Juli 2016

Brian hat bei der Arbeit einen Bonus bekommen. »Wurde aber auch wirklich Zeit«, strahlte er. Ich fand es eher beschämend, dass man ihm bisher nie einen Funken Anerkennung für seine hingebungsvolle Arbeit gezollt hatte, aber Brian war mit der Nachricht zufrieden, die er mir dieses Wochenende mitgeteilt hatte.

Heute Morgen verkündete er, dass er mir ein bisschen Geld geben wolle, damit ich Alice und mir eine Kleinigkeit gönnen konnte. »Brian, das ist mehr als ein bisschen Geld«, hauchte ich, als er Zwanzig-Pfund-Scheine abzählte und sie in einen langen weißen Briefumschlag steckte.

»Hier sind dreihundert Pfund drin, Harriet.« Er hatte mir zugezwinkert, als er den Umschlag anleckte und zuklebte. »Du darfst kaufen, worauf du Lust hast. Ich lasse das hier oben.« Er zeigte auf den Kühlschrank. »Gehst du heute einkaufen?«

»Natürlich.« Beinahe wäre ich auf und ab gehüpft wie ein Kind. Ich würde mir etwas kaufen und dann Alice etwas Neues zum Anziehen aussuchen lassen. Wir würden sogar in den Spielzeugladen gehen. Vielleicht war alles, was wir brauchten, ein kleiner Schub für Brians Selbstvertrauen, und alles könnte besser werden.

Ich küsste ihn zum Abschied und ließ ihn seinen Kaffee austrinken, während ich Alice weckte und anzog. Bis wir nach unten kamen, war Brian schon zur Arbeit gefahren.

»Heute gehen wir einkaufen«, sagte ich. »Möchtest du ein neues Kleid haben?«

»So eins wie Mollys?«

»Ja, wie Mollys. Oder irgendwas anderes, das dir gefällt.« Ich griff auf dem Kühlschrank nach dem Umschlag und steckte ihn sorgfältig in das Innenfach meiner Handtasche. Darin war mehr Geld, als ich jemals bei mir gehabt hatte, weshalb ich eine Hand fest auf meiner Tasche ließ, als wir durch das Einkaufszentrum gingen.

Im ersten Geschäft legte ich zwei Pullover, die ich für mich ausgesucht hatte, und ein rotes Kleid, von dem Alice nicht die Finger lassen konnte, auf den Kassentresen. »Darf ich das nachher Molly zeigen?«, fragte sie und strich mit der Hand über die aufgestickten Vögel auf dem Oberteil. Es war noch ein wenig zu groß, doch so schnell, wie sie wuchs, würde es ihr bald richtig passen, und es war wirklich hübsch.

Ich zog den Umschlag aus meiner Tasche. »Sie ist noch in der Schule«, antwortete ich. »Möchtest du es vielleicht Evie zeigen?« Ich riss die Lasche mit einem Finger auf und griff in den Umschlag. »Oh nein, das kann nicht sein.«

»Gibt es ein Problem?«, fragte das Mädchen an der Kasse.

Ja, es gab ein Problem. Anstelle der dreihundert Pfund, die ich Brian abzählen gesehen hatte, waren nur zehn Pfund in dem Kuvert.

»Tut mir leid.« Verlegen nahm ich Alices Hand. »Ich muss noch mal wiederkommen.« Ich drehte mich um und zog Alice zum Ausgang.

»Mummy?« Sie musste laufen, weil ich so eilig aus dem Geschäft wollte. »Dann kann ich das Kleid nicht haben?«

Draußen hockte ich mich neben sie und nahm ihre Hände. »Deine dumme Mummy hat das Geld vergessen«, sagte ich lächelnd und presste ihre Hände auf mein Herz. »Aber ich verspreche dir, dass ich wieder hergehe und dir das Kleid kaufe.«

Montag, 8. August 2016

Ich sagte Brian, dass es schwierig würde, jeden Abend anständig zu kochen, wenn mein Haushaltsgeld so drastisch gekürzt wurde.

»Du musst eben ein bisschen einfallsreicher sein, Liebling.« Er hatte mir lächelnd durchs Haar gewuschelt.

»Warum müssen wir sparen?« Ich wich zurück und strich mein Haar glatt. »Ich dachte, bei der Arbeit ginge es besser.«

»Oh, benutze nicht das Wort ›sparen‹.« Er rümpfte die Nase und seufzte. »Wir haben keine Geldsorgen, Harriet. Du weißt, warum ich das tue. Ich muss lernen, dir wieder zu vertrauen.«

Ich biss mir auf die Innenseite der Unterlippe. Nein, ich würde ihm nicht widersprechen. »Ich brauche nur mehr zum Leben für uns«, sagte ich geduldig. »Alice braucht neue Schuhe und …«

»Harriet«, fuhr er mich an. »Erwartest du allen Ernstes von mir, dass ich dir Bargeld gebe? Du erinnerst dich doch noch, oder? Ich muss es dir wohl kaum vorbuchstabieren. Du hast dreihundert Pfund verloren.«

»Ich habe sie nicht verloren. Das Geld war nicht in dem Umschlag.«

»Oh bitte, lass uns das nicht wieder alles durchkauen«, seufzte er. »Geld verschwindet nicht. Behalte einfach die Quittungen für alles, und wenn Alice neue Schuhe braucht, gehen wir zusammen am Samstag mit ihr welche kaufen, okay?«

Als ich nicht antwortete, wiederholte er: »Okay, Harriet? Es wird ein netter kleiner Familienausflug für uns. Sowie ich vom Angeln zurück bin, seid ihr bereit, und ich werde Alice ihre neuen Schuhe kaufen.« Er streckte einen Arm vor und wuschelte mir wieder durchs Haar. »Na, siehst du? Alles geregelt.«

Harriet

Ich saß in meinem Wagen, starrte blind auf die fremde Straße vor mir, meine Handtasche fest auf meinem Schoß umklammert, und überlegte, ob mir irgendwelche anderen Optionen blieben. Es gab keine andere Wahl. Ich musste das abgelegene Versteck finden, wo wir geplant hatten, Alice hinzubringen.

Von jetzt an müsste ich das Wenige, was ich brauchte, bar bezahlen, doch ich betete immer noch, dass es nicht lange dauern würde, bis ich wusste, dass Alice wohlbehalten war und ich entscheiden könnte, wie es weiterging.

Angst trieb mich nach Cornwall, aber ich fürchtete mich auch vor dem, was ich zurückgelassen hatte. Und je länger ich fortblieb, desto schlimmer würde es.

War Brian schon wieder zu Hause?

Ich stellte mir sein Gesicht vor, wenn er heimkam und merkte, dass ich fort war. Eine Weile lang würde er vermuten, dass ich nur kurz rausgegangen war, aber wie lange wäre es, bis er begriff, dass ich wieder zurück sein müsste? Wie lange, bis er Angela alarmierte, dass ich verschwunden war? Bis er sie überzeugt hatte, dass ich so irre war, wie er es immer behauptet hatte, und sie mich sofort suchen müssten?

Ich legte meine Handtasche auf den Beifahrersitz und ließ den Motor an. Es blieb keine Zeit mehr – ich musste so schnell wie möglich so weit weg, wie ich konnte.

Als ich am Tag des Schulfestes die blinkenden Blaulichter der Streifenwagen vor meinem Haus sah, wusste ich, dass mein Plan ausgeführt worden und Alice weg war. Brian hatte schon erfahren, dass seine Tochter verschwunden war, und bald würden sie es mir erzählen. Ich konnte nicht mehr zurück, dachte ich, als ich sie von meinem Wagen aus beobachtete.

Brian hatte mich aus dem Wagen gezogen und den Gartenweg hinauf, wobei seine Angelruten klimperten wie Bootsmasten im Wind. Für einen kurzen Moment tat er mir leid. Trotz allem, was er getan hatte, fragte ich mich, ob er verdiente zu glauben, dass seine Tochter entführt wurde.

»Alice wird vermisst.« Seine Worte gellten durch die Stille. Meine Beine knickten ein, und ich fiel zu Boden, als wäre mein Körper mit ihr entführt worden. Da traf es mich mit voller Wucht, dass ich in diesem Augenblick keine Ahnung hatte, wo meine Tochter war. Ich könnte auf einer Karte zeigen, wo sie sein sollte, aber noch während ich es mir vorstellte, dehnten sich alle Straßen und Autobahnen zwischen uns unendlich aus, bis ich fürchtete, dass ich sie für immer verloren hatte.

Hatte ich einen Fehler gemacht? Was, wenn jemand anders sie von dem Fest entführt hatte? Wie konnte ich wissen, ob sie keinen Autounfall gehabt hatte? Ich schrie Alices Namen, krallte die Finger in den Zement, bis man mich nach drinnen brachte und mich zwang, ihre letzten bekannten Bewegungen durchzugehen.

Als Angela vorschlug, dass es gut sein könne, mit Charlotte zu sprechen, war mir klar, dass sie mein Untergang wäre – ich würde ihr alles erzählen wollen. So hartnäckig ich mich weigerte, bestand Brian darauf, und letztlich gab ich nach. Doch kaum betrat meine Freundin das Wohnzimmer, ertrug ich es nicht, sie anzusehen. Ich wollte die Zeit um uns herum einfrieren, damit ich über den Boden kriechen und ihr zuflüstern könnte: »Ich weiß, wo Alice ist. Dies ist nicht deine Schuld. Tut mir leid, was ich dir zumute, aber ich tue es für sie.« Während aus Charlottes Worten Angst und Schuldgefühle sprachen, begriff ich, wie blöd ich gewesen war mir einzureden, dass sie eines Tages verstehen würde, warum ich das getan hatte.

Vorher hatte ich mich damit beruhigt, dass es nur eine Frage der Zeit wäre, bis meine Tochter wieder auftauchte und Charlotte ihr Leben weiterleben könnte. Ihre zahlreichen Freundinnen würden ihr solange helfen, die Situation durchzustehen, und keiner würde ihr die Schuld geben. Tatsächlich glaubte ich nicht bloß, dass sie Charlotte keine Schuld gäben, ich glaubte auch, dass sie Mitleid mit ihr hätten. Wie furchtbar sie sich fühlen muss, würden sie voller Mitgefühl sagen. Es hätte jedem passieren können.

Was ich nicht vorausgesehen hatte, war, dass Charlotte in dem Moment, in dem meine Tochter entführt würde, etwas bei Facebook posten würde. Dass ein Journalist es aufschnappen und verdrehen würde, bis sie als extrem unachtsam, unaufmerksam und am Ende genauso schuldig dastand wie derjenige, der meine Tochter hatte. Als wäre das noch nicht übel genug, löste jede Nachrichtenmeldung über Alice einen Wust von Kommentaren Fremder aus, die verbal auf Charlotte eindroschen und ihr unterstellten, eine schlechte Mutter zu sein. Jeder war auf ihr Versagen fixiert, und ich ertrug den Gedanken nicht, wie sie damit fertigwurde. Dennoch redete ich mir weiter ein, dass alles vergeben und vergessen wäre, wenn Alice erst mal wieder da war.

Tief im Inneren wusste ich, was ich ihr angetan hatte. Denn Charlotte in meinem Wohnzimmer zu sehen, die zu begreifen versuchte, wie sie meine Tochter verlieren konnte, brach mir das Herz in noch kleinere Stücke. Sie würde das nie verwinden.

Später lief Brian im Zimmer auf und ab, lud sämtliche Schuld auf Charlotte und zog sich selbst wie immer gekonnt aus der Affäre. Natürlich durfte er diesmal seine Hände in Unschuld waschen, auch wenn es ihn nie hinderte, wenn er es mal nicht konnte. Dies hier ist dein Werk, Brian, dachte ich, als ich ihn beobachtete, wie er seine Faust in die Hand schlug, sobald Angela nicht hinsah. Hättest du es mir nicht so unmöglich gemacht zu gehen, wäre ich nie auf diesen Plan verfallen.

Es mutete ironisch an, dass der Grund, weshalb ich mich Charlotte nie anvertraute, was meinen Mann betraf, der war, dass ich sie nicht verlieren wollte; und dabei würde ich es nun sowieso. Als sie an dem Abend zu uns kam, war offensichtlich, dass uns bereits zu viel trennte, um wieder zusammenzufinden.

Ich hatte schon einmal eine gute Freundin gehabt. Nach Jane und Christie und vor Charlotte arbeitete ich in Kent mit Tina zusammen, der Sekretärin an meiner Schule.

Manchmal schlichen Tina und ich uns in der Mittagspause zum Bäcker im Ort. Sie war Anfang dreißig und lebte allein in einer Zweizimmer-Single-Wohnung mit zwei Katzen, die sie offiziell nicht halten durfte. Das Eheleben faszinierte sie insofern, als es die Leute nicht so glücklich zu machen schien, wie es sollte.

»Ich bin glücklich«, sagte ich in einer Mittagspause zu ihr.

Tina schnaubte und wischte sich grob mit einer Serviette über die Nase. Ich staunte, wie sie es anstellte, ohne dass sich das Papiertuch in dem kleinen Nasenstecker verfing, der jedes Mal funkelte, wenn sie sich bewegte. Sie nahm einen großen Bissen von ihrem Krabbensandwich. »Nein, bist du nicht«, widersprach sie. Sauce tropfte auf ihren Teller.

»Natürlich bin ich das.« Ich war seit einem Jahr verheiratet und hatte einen Mann, der mir immerzu sagte, dass er mich liebte, wie wunderschön ich sei und dass ich das Einzige sei, was sein Leben lebenswert mache. Wir hatten gerade genug Geld, um über die Runden zu kommen, und ich genoss meinen Teilzeitjob an der Schule, obgleich ich damit nicht das Beste aus meiner Ausbildung machte. Wie könnte ich nicht glücklich sein?

»Ehrlich?« Sie riss die Augen weit auf. »Kannst du eine Hand auf dein Herz legen und sagen, alles ist super?«

Ich rutschte nervös auf meinem Stuhl hin und her und blickte auf mein unangerührtes Sandwich hinab. Brian mochte nicht der Mensch sein, mit dem ich mir einmal zu enden erträumt hatte, und vielleicht fühlte ich mich nicht dauernd so, als bekäme ich alles richtig hin. Es stimmte, dass ich ihn ziemlich oft wütend machte. Erst den Abend zuvor hatte er gefragt, warum ich ihm nie viel Zuneigung zeigte.

»Warum sehen wir Brian nie?«, fragte Tina. »Er kommt, um dich abzuholen, aber er ist nie dabei, wenn wir uns treffen. Und du bist es auch nicht oft.«

»Bin ich wohl«, entgegnete ich. Ich konnte ihr nicht sagen, dass Brian ihren Humor nicht ausstehen konnte oder dass ihre laute Art an seinen Nerven zehrte. »Zum Beispiel komme ich am Freitag mit, wenn wir zur Feier des Ferienbeginns etwas trinken gehen«, verkündete ich plötzlich. Ich wusste, dass ich damit durchkommen würde, weil Brian ausnahmsweise über Nacht bei einer Konferenz war.

An dem Freitagabend kippte Tina ihr sechstes Glas Pinot Grigio und lallte: »Brian hat dich auf schräge Art völlig unter Kontrolle.«

Ich tat es ab, obwohl mir ihre Worte nicht aus dem Kopf

gingen, und wenige Monate später, als Brian und ich einen Streit hatten, verließ ich die Wohnung und übernachtete bei Tina.

»Ich fasse nicht, was ich getan habe«, sagte ich zu ihr. Ich zitterte. Noch nie zuvor hatte ich mich gegen ihn behauptet. Brian wollte, dass ich weniger Stunden an der Schule arbeitete, doch dieses eine Mal stimmte ich nicht zu. Ich liebte meine Arbeit, und mir war sogar gerade eine Beförderung in Aussicht gestellt worden. »Mrs. Mayers Job«, erklärte ich Tina.

»Wo ist da das Problem?«, fragte sie. »Und du solltest das unbedingt versuchen. Du machst den Job im Schlaf.«

Dasselbe hatte ich auch gedacht, nur wollte Brian, dass ich mehr zu Hause war.

Tina verschluckte sich an ihrem Wein und spuckte ihn zurück in ihr Glas. »Das ist ein Scherz, oder?«

War es nicht. Er hatte mir gesagt, ich solle in erster Linie Hausfrau, keine Karrierefrau sein, wenn ich wolle, dass unsere Ehe funktionierte. Denn falls ja, ginge ich es falsch an.

Doch während Tina über Brian schimpfte, zog ich mich von ihr zurück. Ich konnte meinen Mann nicht verteidigen, wollte es aber immer dringender. Er war nach wie vor Brian, der Mann, den ich liebte, und ich fand nicht, dass er so kontrollsüchtig war, wie Tina ihn darstellte. Ich musste glauben, dass er lediglich um meinetwillen besorgt war, denn tat ich es nicht, was war sonst noch falsch in unserer Ehe?

Als Brian schließlich vor Tinas Tür aufkreuzte, war ich bereit, mich in seine Arme zu stürzen und ihm zu sagen, dass ich ihn liebte. Ich würde mich nicht um die Beförderung bemühen, versicherte ich ihm, blieb indes dabei, dass ich meine Stunden nicht reduzieren würde.

Ich bemühte mich zu ignorieren, wie sehr er sich weiter über Tina aufregte, die mich angeblich so leicht beeinflussen konnte; wie unglücklich ich ihn machte, wenn ich meinen Freundinnen und meiner sogenannten Karriere den Vorrang gab. Zu der Zeit war ich einfach nur zufrieden mit mir, weil ich mich durchgesetzt hatte, obwohl ich wusste, dass er sich verraten fühlte.

Niemals hätte ich erwartet, was drei Wochen später geschah, als ich nach den Osterferien wieder an die Schule zurückkehrte. Brian holte mich ab und sagte mir, wir würden nicht mehr nach Hause in unsere Wohnung fahren. »Überraschung! Ich habe dir deinen Traum gekauft, Harriet«, sagte er und klatschte in die Hände.

»Du hast was?« Ich lachte. »Wovon redest du?«

»Wir ziehen um, Liebling«, sagte er ernst und beobachtete aufmerksam meine Reaktion. »Alles ist schon gepackt, also brauchst du dir um nichts Gedanken zu machen.«

»Nein.« Ich kicherte nervös. »Aber ich mag unsere Wohnung«, sagte ich und sah, wie enttäuscht er war. »Du ziehst mich auf, Brian«, fügte ich vorsichtig hinzu.

»Nein, tue ich nicht. Ich habe uns ein Haus am Meer in Dorset gekauft. Wir fangen von vorne an. Ein neues Leben«, sagte er ein wenig bedrückter als zuvor.

»Aber …«, begann ich. »Heißt das, du hast unsere Wohnung verkauft und ein neues Haus gekauft? Das kannst du nicht.« Doch ich wusste, dass er genau das getan hatte, und weil alles auf seinen Namen lief, brauchte er meine Zustimmung nicht. »Aber warum?«

Brian betrachtete mich prüfend. »Wir werden ganz für uns sein, Harriet, nur ich und du. Sag mir nicht, dass du das nicht willst.«

Es dauerte lange, bis mir aufging, wie bedroht Brian sich gefühlt hatte. Wie kurz jemand davor gewesen war zu erkennen, was für ein Mann er war. Jemand, der, in seinen Augen, mich gegen ihn aufhetzte. Ich hatte mich gegen ihn behauptet, indem ich mich weigerte, meinen Job aufzugeben. Was für ihn Tinas Schuld war und unmöglich meine Entscheidung gewesen sein konnte.

Andere Freundinnen vor ihr war er leichter losgeworden, doch was ihm an Tina besonders missfiel, war deren Hartnäckigkeit. Als Brian uns nach Dorset übersiedelte, wusste er, dass so etwas nicht wieder vorkommen durfte. Er brauchte eine andere Methode, um sicherzustellen, dass ich ihm nicht entglitt. Die Geburt seiner Tochter genügte nicht. Er musste mich glauben machen, dass ich ohne ihn nicht überleben würde. Und das tat er, indem er dafür sorgte, dass ich an meinem Verstand zweifelte. Wie könnte ich gehen, wenn ich so abhängig von Brian war? Wenn ich kein eigenes Geld zum Leben hätte? Wie könnte ich ihn verlassen, wenn er jederzeit beweisen konnte, dass ich außerstande war, mich richtig um meine Tochter zu kümmern, und sie mir weggenommen werden könnte?

Auf der Fahrt nach Cornwall ignorierte ich das beunruhigende Gefühl, Brian könnte recht haben. Wenn mir zu trauen wäre, wüsste ich, wo Alice sich jetzt gerade befand. Stattdessen war ich unterwegs zu einem Ort, den ich bisher bloß im Internet gesehen hatte.

»Es ist spottbillig«, hatte er gesagt, als er mir das Feriencottage auf der Website des Vermieters zeigte. »Und es führt nur ein Feldweg hin, also ist es eine abgelegene Gegend. Dort stehen nur drei Cottages, und keiner belästigt dich. Da geht nie einer runter.«

Mich schüttelte es beim Anblick der nicht zusammenpassenden Möbel und der altmodischen Küche mit den einzelnen Schränken. Der Garten hinten war lang und viel größer, als Alice es gewohnt war, aber auch überwuchert und unordentlich. Ich konnte mir nicht vorstellen, was sie davon hielt, als sie vom Schulfest aus dorthin gebracht wurde.

Aber war es nicht auch ideal?, hatte ich zu der Zeit gedacht. Wir brauchten ein Versteck, in dem niemand das kleine Mädchen und den Mann bemerkte, die an einem Samstagnachmittag erschienen, noch bevor das Land nach ihnen suchte. Einen Ort, an dem niemand auf die Idee käme, nach Alice zu suchen.

Doch jetzt wurde mir von allem, was ich mir als gut eingeredet hatte, speiübel. Der abgelegene Schuppen von einem Cottage war eher eine Gefahr als ein sicherer Unterschlupf, und ich bräuchte noch über drei Stunden, bis ich dort wäre.

HEUTE

»Gibt es irgendwelche Neuigkeiten?«, bettele ich.

Ich weiß so wenig über das, was passiert. Alles, was ich mit Sicherheit weiß, ist, dass Charlotte in einem anderen Raum irgendwo auf diesem Korridor vernommen wird, und zwar von dem weiblichen Detective, der am Strand gewesen war. Aber das sind nicht die Neuigkeiten, die ich brauche.

DI Lowry schüttelt den Kopf und verneint. Sein Gesicht mit der kleinen runden Metallrahmenbrille und den hellroten Bartstoppeln ist der Inbegriff der Ausdruckslosigkeit. Und das schon seit meiner Ankunft auf der Wache, als er sich mir vorstellte, mit seinen kurzen Beinen vor mir den Korridor entlangeilte und ich ihm hastig folgte.

Ich will unbedingt hier weg und mir selbst ein Bild machen, denn ich bin sicher, dass mir der Detective etwas verschweigt. Vielleicht denkt er, indem er mich im Ungewissen lässt, kann er mich zu seinem Vorteil manipulieren, meine Angst nutzen, um mich zu brechen.

Ich blicke zur Uhr, dann zur Tür und widerstehe dem absurden Impuls, aufzuspringen und hinzurennen. Ist sie verriegelt? Nein, sicher nicht. Kann ich rauslaufen? Immerhin bin ich nicht verhaftet. Lowry hat mir erzählt, ich sei hier, um bei seinen Ermittlungen zu helfen, und er veranstaltet einen Eiertanz um mich, als könne ich jeden Augenblick durchdrehen. Natürlich könnte ich physisch rausgehen, aber was würde ich dann tun? Wo sollte ich hin? Wenn ich es täte, würde man mich garantiert in Handschellen zurückschaffen. Sosehr ich auch weglaufen möchte, weiß ich, dass es nicht möglich ist.

Ich schaue zur Wand auf meiner Rechten und frage mich, ob Charlotte auf der anderen Seite sitzt. Sie könnte alles Erdenkliche sagen, und ich habe nicht das Recht, sie zu bitten, es nicht zu tun. Das habe ich am Tag des Schulfestes verwirkt.

»Geht es Ihnen gut, Harriet?«, fragt DI Lowry.

»Wie bitte?« Ich sehe zu ihm, und er deutet mit einem Nicken auf mein Handgelenk. Ich hatte nicht bemerkt, dass ich es reibe. Rasch ziehe ich meine Hand zurück. Die Haut ist gerötet, aber der brennende Schmerz verklingt und weicht einem dumpfen Pochen.

»Ich denke, es ist nichts weiter«, sage ich, obwohl niemand es überprüft hat, aber im Moment ist mein Handgelenk mein geringstes Problem.

Er beobachtet mich immer noch und sieht zu meinem Handgelenk. Anscheinend ist er besorgt, denn er streicht mit dem Daumen über seine Bartstoppeln, bevor er sich wieder sammelt und auf seinen Block sieht. Dann macht er weiter, fragt mich zu meiner Freundschaft mit Charlotte aus. Ich erzähle ihm, dass sie mir stets eine gute Freundin war.

»Charlotte wusste, dass ich niemanden in Dorset kannte«, sage ich. »Sie gab mir das Gefühl, willkommen zu sein.« Dafür war ich dankbarer, als ich je gezeigt hatte. Es hatte mich drei Monate gekostet, einen Teilzeitjob zu finden und mich an der St. Mary's Primary School einzuleben, und immer noch gab es niemanden, mit dem ich mich angefreundet hatte. Ich hatte Charlotte auf dem Schulhof gesehen, wo sie in den Gruppen der anderen Mütter stand. Mit ihrem langen blonden Pferdeschwanz, der hinter ihr aufflog, den hauteren Jeans, den teuren Klamotten und der Auswahl an glitzernden Flip-Flops fiel sie auf. Ich konnte nicht aufhören, sie anzusehen, und sei es nur aus dem Grund, dass sie mich anzog wie das Licht die Motten.

Morgens kam ich in die Schule und hielt Ausschau, was sie heute trug. Ich gewöhnte mir an, meine eigene krause Mähne zu einem Pferdeschwanz zu binden, um auszuprobieren, ob ich wie sie aussehen könnte.

Charlotte war das Bild, das man sich an den Kühlschrank klebte: Das Ideal, dem man nacheifern will. Für mich verkörperte sie alles, was ich mir vom Leben erträumte: Freiheit und die Möglichkeit, Entscheidungen zu treffen, die kein übles Nachspiel hatten.

»Charlotte hat mich mit ihren Freundinnen bekannt gemacht, aber um ehrlich zu sein, hatte ich mit den anderen nicht viel gemeinsam«, sage ich.

»Aber mit Charlotte schon?«

»Erstaunlicherweise, ja. Wir sind beide von unseren Müttern aufgezogen worden, hatten früh die Vaterfigur verloren. Deshalb haben wir uns gegenseitig auf eine Weise verstanden, wie es nicht jeder tut.«

DI Lowry sieht mich fragend an, aber ich werde darauf nicht näher eingehen. Stattdessen sage ich: »Es bedeutet nur, dass wir etwas gemeinsam hatten. Etwas, worüber wir reden konnten.« Ich spreche es aus, obwohl ich nie geredet hatte.

Ich erzähle ihm mehr über unsere Freundschaft, über die Stunden, die wir zusammen auf der Parkbank geplaudert hatten.

»Ihre Freundschaft klingt ein wenig …« – DI Lowry schwenkt auf der Suche nach dem richtigen Wort eine Hand durch die Luft – »… einseitig.«

Ich sehe ihn an.

»Finden Sie nicht?«, fragt er und tippt leicht mit seinem Stift auf den Tisch.

»Einseitig? Nein, ich denke, sie wollte es so.«

»Eben, Harriet. Ich meine, anscheinend hat sie Sie sehr viel mehr gebraucht als umgekehrt.«

Ich lächle matt, denn er könnte kaum weiter danebenliegen.

»Oder ist mein Eindruck verkehrt? Aber es hört sich an, als wären Sie sehr viel mehr für Charlotte da gewesen als Charlotte für Sie.«

Es mag stimmen, aber nur, weil ich es so wollte.

»Glauben Sie, dass sie es inzwischen weiß?«, fragt er, und seine Worte scheinen schrill über den Tisch zu hallen. Ich weiß, worauf er hinauswill, auch wenn er es nicht ausspricht.

»Es ging nicht darum, dass wir uns gegenseitig gebraucht haben«, lüge ich, denn letztlich war das der Kern unserer Freundschaft.

»Aber warum haben Sie ihr nie etwas anvertraut, Harriet?«, fragt er. »Hatten Sie Angst, dass sie Ihnen nicht glaubt?«

Nein, das war es nicht.

Zuerst hatte ich Angst, dass ich mir selbst nicht glaube, und dann hatte ich Angst, dass ich sie verlieren würde. Aber ich fürchtete mich auch vor dem, was geschehen könnte, wie weit Brian gehen würde. Wegen Tina hatte er unser ganzes Leben verlegt, und das Risiko durfte ich bei Charlotte nicht eingehen, weil ich an Alice denken musste.

Mittwoch, 5. Oktober 2016

»Mit Harriet wird es schlimmer«, erzählte Brian heute dem Arzt. »Als ich gestern nach Hause kam, erfuhr ich, dass sie sich in einen Wandschrank eingesperrt hatte und fast den ganzen Nachmittag da drinnen hockte.« Er blickte auf.

»Aha?« Der Arzt hatte den Kopf geneigt, sodass mich sein Blick unter den buschigen Augenbrauen hervor traf. Eventuell hatte ich schon mal meine Furcht vor engen Räumen erwähnt. »Wie sind Sie damit umgegangen, Harriet?«

»Das arme Ding hat Klaustrophobie«, sagte Brian. »Sie kann nicht mal die Toilettentür verriegeln. Wir mussten einmal dreizehn Stockwerke zu Fuß rauflaufen, weil sie nicht in den Fahrstuhl steigen wollte.«

»Und wo war Alice? War sie bei Ihnen?«, fragte der Arzt mich.

»Sie war da«, antwortete Brian kopfschüttelnd für mich. »Der kleine Wurm muss halb von Sinnen gewesen sein, als du in dem Wandschrank festsaßt. Das Besorgniserregende ist, Dr. Sawyer, dass ich meiner Frau gestern Morgen explizit gesagt hatte, nicht mal in die Nähe des Wandschranks zu gehen, weil das Schloss defekt ist.«

Ich kniff die Augen zu.

»Harriet?«, fragte der Arzt.

Was für einen Sinn hätte es zu antworten? Brian würde mir umgehend widersprechen. Also zuckte ich mit den Schultern und sagte, ich würde mich nicht erinnern. Was ich sehr wohl tat. Ich erinnerte mich an alles.

»Ich glaube, meine Frau braucht mehr Tabletten«, sagte Brian. Nach wie vor sparte ich mir die Mühe, irgendwas zu sagen. Es ist leichter, einfach mitzumachen. Dann hat er nichts, worüber er mit mir streiten kann. Ich würde die blöden Tabletten nehmen und sie im Klo runterspülen.

Tags zuvor

Ich wachte unglaublich erleichtert auf, weil ich merkte, dass Brian schon aus dem Haus war, ohne mich zu wecken. So konnte ich den Tag beginnen, ohne meinen Mann anzusehen. Dass es draußen in Strömen goss, war egal. Alice und ich würden zu Hause bleiben, fernsehen und Spiele spielen.

»Was suchst du?«, fragte ich Alice, als ich sie im Wohnzimmer fand, wo sie ihre Spielzeugkisten ausgekippt und den ganzen Inhalt auf dem Boden verstreut hatte. Ich müsste das aufräumen, ehe Brian nach Hause kam.

»Das Spiel mit den Steinen«, sagte sie.

»Ah, ich weiß. Mit den Aliens und den Raumschiffen?« Ich hockte mich neben sie, und gemeinsam suchten wir all ihre Spielsachen durch, aber sie hatte recht. Weder das Steinspiel noch irgendein anderes ihrer Brettspiele waren da. »Das ist komisch«, sagte ich. »Haben wir die woanders hin gepackt?«

»Nein.« Alice schüttelte den Kopf.

»Nein, glaube ich auch nicht. Hatten wir das nicht erst gestern gespielt?«, fragte ich, weil ich mir inzwischen angewöhnt hatte, mir ihre Bestätigung zu holen.

»Ja«, sagte sie und lachte. »Ich habe fünfmal gewonnen!«

»Ach du meine Güte, du hast recht! Ja, das stimmt. Und wir haben es wieder hier in die Kiste gepackt, oder?« Ich tippte auf eine der Plastikkisten.

»Ja.« Wieder nickte sie.

»Dann ist das ja komisch.« Ich stand auf. »Mir fällt sonst nur der Schrank unter der Treppe ein. Warte kurz. Ich gehe mal nachsehen.«

Ich nutze den Schrank unter der Treppe selten, aber er ist der einzige Stauraum in diesem kleinen Haus. Mit einem Fuß hielt ich die Tür offen und zog an der Lampenschnur, aber das Licht ging nicht an. »Verdammt«, murmelte ich leise, weil ich wusste, dass die Ersatzglühbirnen ganz hinten waren. Blinzelnd sah ich in die Dunkelheit und konnte eben noch den Stapel an Brettspielen ausmachen, die auf dem hintersten Regal standen. Ich behielt meine Ferse in der Tür, während ich mich vorstreckte, um das Spiel vom Regal zu angeln, reichte aber noch nicht ganz heran. Ich lehnte mich weiter vor, und in dem Moment, als ich die Schachtel zu fassen bekam, glitt mein Fuß aus dem Spalt. Die Tür fiel hinter mir zu.

Im Stockdunkeln schrie ich auf. Aber die Hand noch an der Schachtel richtete ich mich auf und ertastete mir den Weg zurück zur Tür. Ich drückte dagegen, stemmte so fest, wie ich konnte, aber sie blieb zu. Mein Herz hämmerte in meiner Brust, als ich immer wieder gegen die Tür drückte, auf sie eintrommelte. Doch was nützte das, wenn nur Alice und ich im Haus waren?

»Mummy?«, hörte ich ein Wimmern von der anderen Seite. »Wo bist du?«

»Alice, Schatz! Die dumme Mummy ist im Wandschrank.« Ich gab mir größte Mühe, mir meine Angst nicht anhören zu lassen, doch ich war panisch. »Kannst du versuchen, von draußen an der Tür zu ziehen?«

Ich fühlte, wie die Tür ein klein wenig nachgab, als Alice zog, doch sie ging nicht auf. »Dreh den Knauf«, sagte ich.

»Kann ich nicht«, schluchzte sie.

»Oh, nicht weinen, Alice. Es wird alles gut. Ich muss hier nur irgendwie raus. Okay, geh bitte zurück«, sagte ich ihr. »Bist du weg von der Tür?«

»Ja«, heulte sie.

Ich warf mich mit aller Kraft gegen die Tür, doch sie rührte sich nicht.

»Okay. Alice, ich bitte dich jetzt, etwas richtig Großes zu tun. Meinst du, du kannst in den Garten gehen und auf den großen Blumentopf steigen? Beug dich über den Zaun zu Mr. Potter und ruf nach Hilfe.«

»Nein«, weinte sie. »Ich hab solche Angst.«

»Ich weiß, aber das musst du machen, okay? Tu es für mich. Sei ein großes, tapferes Mädchen und geh ihn rufen, ja?«

Mr. Potter stieg über den Zaun in unseren Garten und kam mit Alice ins Haus. Er drehte und rüttelte am Knauf, zerrte an der Tür und bekam mich schließlich aus dem Wandschrank. Schluchzend sank ich an seine Brust und zog Alice zu mir.

»Wie lange waren Sie da drin?«, fragte er.

»Es hat sich wie Stunden angefühlt.«

»Tja, irgendwie ist das Schloss verklemmt.« Er zog noch einmal dran und hatte das Schloss in der Hand. »Wie gut, dass das nicht vor einer Minute passiert ist; dann hätten Sie noch viel länger festsitzen können.«

»Ich danke Ihnen vielmals«, sagte ich.

»Kein Problem.«

»Wo Sie schon hier sind, würden Sie einen kleinen Moment warten, solange ich eine Ersatzbirne hole? Diese muss schon durchgebrannt sein.«

»Das bezweifle ich.« Er nickte zur Decke im Wandschrank. »Da ist gar keine drin.«

»Das kann nicht sein! Ich habe sie erst vor wenigen Tagen ausgewechselt.« Ich schüttelte den Kopf, auch wenn ich allmählich begriff.

VORHER

Harriet

Ungefähr sechs Monate vor dem Schulfest wurde mir klar, wie sehr Brian mich unter Kontrolle hatte, doch bis dahin wusste ich auch, dass ich wenig dagegen tun konnte. Nicht, wenn ich irgendeine Chance haben wollte, Alice zu behalten.

An einem Vormittag im letzten Herbst ging ich wie benommen vor Verzweiflung mit Alice zum Park in Chiddenford. Er hatte jeden genarrt. Am meisten mich, aber es war ihm gelungen, auch jeden sonst in seine Version der Realität zu ziehen. Was konnte ich gegen ihn ausrichten? Die verrückte Frau, die das gemeinsame Kind in Gefahr brachte. Wer würde mir glauben, wenn ich die Wahrheit erzählte?

Charlotte war bereits im Park. Ich setzte mich zu ihr auf die Bank und beobachtete, wie Evie mit einem Seifenblasenstab in ihrer winzigen Hand umherlief. Alice stand neben mir, zögerte noch, sich Evie anzuschließen. Charlotte redete von der Hochzeit ihrer Schwester, und wie so oft ließ ich mich in die wunderbare Banalität ihrer Probleme fallen, bis sie sagte: »Es gibt immer noch nichts Neues von diesem kleinen Jungen, Mason.«

»Ich weiß. Den Eltern muss es furchtbar gehen. Ich kann

mir gar nicht vorstellen, was sie durchmachen. Du?« Ich erschauderte bei dem Gedanken, und wir beide sahen etwas genauer zu Evie, die durch den Park lief. »Ich habe nicht viel darüber gelesen«, gestand ich. Sein Verschwinden war überall in den Schlagzeilen, und mir wurde jedes Mal speiübel, wenn ich nur daran dachte.

»Hmm. Ich weiß, dass es gruselig ist, so etwas zu sagen, aber denkst du, die Eltern haben etwas damit zu tun?«

»Nein! Absolut nicht«, antwortete ich entsetzt. »Wie kommst du denn auf die Idee?«

»Ich glaube es ja selbst nicht, aber das sagen manche. Da war so ein Artikel, der all diese schrägen Gründe aufgezählt hat, warum etwas an dem Fall nicht zusammenpasst, und das bringt einen ins Grübeln, oder?«

»Nein, ich glaube nicht, dass sie es waren«, sagte ich. »Das glaube ich einfach nicht.«

Charlotte seufzte. »Nein, ich auch nicht. Aber ist es nicht schrecklich, dass es von den Medien so verdreht wird? Das Leben seiner Eltern wird öffentlich zerpflückt. Sie können nichts tun, ohne dass die ganze Welt zusieht; das muss schlimm sein.« Sie spielte mit dem Schal auf ihrem Schoß. »Aber ich vermute, wenn sie etwas zu verbergen haben, werden sie das nicht mehr lange verstecken können.«

An dem Abend las ich alles, was ich über den Fall Mason Harbridge fand – den Jungen, der aus einem Park verschwand. Es war ein interessanter Gedanke: Wie jemand einfach weg war. Und Charlotte hatte recht, denn alle Blicke richteten sich auf die, die zurückblieben. Masons Eltern konnten keinen Schritt tun, ohne dass es jemand registrierte.

Wenn sie die Mauern einreißen würden, die Brian so gekonnt um uns errichtet hatte, was würden sie sehen? Wie lange könnte er jeden täuschen? Wenn die Presse in unserem Leben herumstocherte, wenn die Polizei durch unser Haus marschierte, bei uns lebte, jeden Moment beobachtete, jede Lüge hörte, die aus seinem Mund kam.

Ich brauchte nichts weiter, als dass jeder sah, was ich sah. Dann könnten Alice und ich ihm entkommen. Und Alice müsste nicht lange verschwunden sein. Nur, bis die Welt das Monster erkannte, mit dem ich zusammenlebte.

Denn wie schlau war Brian wirklich?

Charlottes beiläufige Bemerkung über die Harbridges ging mir nicht mehr aus dem Kopf, und einige Wochen später, Ende November, sah ich erstmals eine Möglichkeit, die Idee umzusetzen.

An einem regnerischen Montagmorgen putzte ich das Haus, als es an der Tür läutete. Ich lächelte Alice zu, die am Küchentisch malte, und ging mit dem Staubtuch in der Hand zur Haustür. Draußen stand ein Mann. Er starrte mich an und sah genauso geschockt aus, wie ich es war. Mit einer Hand hielt er sich am Türrahmen fest und lehnte sich leicht vor, als wollte er etwas sagen.

Ich musterte sein Gesicht, schüttelte nervös den Kopf und trat einen Schritt zurück. Ich erkannte nicht alles an ihm wieder, aber seine großen grünen Augen waren mir sehr vertraut.

»Harriet«, sagte er schließlich. Es war keine Frage.

»Nein«, murmelte ich immer noch kopfschüttelnd. »Das kannst du nicht sein.« Ich blickte mich auf der Straße um, aber es war niemand zu sehen, und wieder zurück zu ihm. Verlegen scharrte er mit den Füßen.

Er senkte den Kopf, sodass ich auf eine Stelle schaute, an der sein weißes Haar dünner wurde.

»Was ...«, hauchte ich. Mir schwirrten zu viele Fragen durch den Kopf. Was machst du hier? Gibt es schlechte Neuigkeiten? Wie hast du mich gefunden? Bist du wirklich der, der ich denke?

»Meinst du, ich, ähm, könnte reinkommen?«

Wieder schüttelte ich den Kopf. Ich konnte ihn nicht reinlassen. Was sollte ich Alice erzählen?

»Ich muss nicht lange bleiben. Ich würde nur gern mit dir reden.«

Am Ende öffnete ich die Tür weiter und führte ihn nach hinten in die Küche. Alice versprach ich, wenn sie ein wenig im Wohnzimmer fernsähe, würden wir nachmittags einen Kuchen backen.

Das musste ich ihr nicht zweimal sagen, und sobald Alice aus der Küche war, bedeutete ich dem Mann, sich hinzusetzen, während ich an der Küchenspüle stehen blieb und sagte: »Jeder denkt, dass du tot bist.«

»Dann hast du nicht geglaubt, dass ich gestorben war?« Mein Vater, Les, bewegte nervös die Hände, drehte seinen Ehering immer wieder um den Finger. Ich beobachtete diese Hände aufmerksam und versuchte, mich zu erinnern, dass sie mich als Kind hochgehoben oder ein Spiel mit mir gespielt hatten, aber mir fiel nichts ein.

»Nein, ich kannte die Wahrheit«, sagte ich ruhig. Woran ich mich sehr gut erinnerte, war das erste Mal, als ich meine Mutter in einem Laden jemandem erzählen hörte, mein Vater wäre tot.

Ich hatte sie erschrocken angesehen und mich gefragt, wann das passiert sein könnte, aber meine Mutter schüttelte nur kaum merklich den Kopf. Und obwohl ich noch sehr jung war, begriff ich schnell, dass sie nicht die Wahrheit sagte. Es war noch eine ihrer Lügen.

»Also ist Daddy nicht tot?«, fragte ich sie später, als wir allein waren.

»Nein, ist er nicht«, sagte meine Mutter und schüttelte das große Laken aus, das sie nicht zusammengelegt bekam. Letztlich rollte sie es zu einer Kugel und stopfte es in den Wäscheschrank. »Aber er ist weg, und es ist sehr viel einfacher für Mummy, wenn wir den Leuten sagen, dass er tot ist.«

Mir hatte nicht behagt, wie das klang, doch ich machte mit, weil sie meine Mutter war. Es gab niemand anderen, an den ich mich wenden konnte, um zu fragen, ob richtig war, was wir taten. Es fühlte sich eindeutig nicht so an, doch ich übernahm ihre Lüge, und über die Jahre wurde es leichter, Leuten zu erzählen, er wäre gestorben, anstatt mich der Tatsache zu stellen, dass meine Mutter absichtlich solch eine entsetzliche Geschichte erfunden hatte. Bis ich Brian kennenlernte, erwog ich nicht einmal mehr eine andere Version.

Als ich älter wurde, verstand ich meine Mutter gut genug, um zu wissen, dass sie die mitleidigen Blicke der Nachbarn nicht ertragen hätte, deren Fragen und ihre eigenen, was meinen Vater am Ende vertrieben hatte. Oder vielleicht, warum es so lange gedauert hatte. Ich weiß nicht, ob meine Mutter sich die Schuld gab, dass er ging – nach außen hin gab sie die ihm –, aber sie vermutete wohl, dass alle anderen es ihr anlasten würden.

Mir blieb nichts als die Erinnerung an ihn von einem alten, zerknickten Foto. Unsere Gesichter waren aneinandergepresst, und wir lächelten beide strahlend, als er mich auf dem Arm hielt und wir uns eine Eiswaffel mit einem Borkenschokoladestab teilten.

Nun suchte ich in seinem Gesicht nach den Zügen, an die ich mich erinnerte. Sie waren dort, allerdings verborgen unter massigeren Wangen. Seine leuchtend grünen Augen waren nun wässrig und eingefallen unter den weißen Brauen. Die Jahre hatten mir das eine Bild in meinem Kopf geraubt und es durch diesen alten Mann ersetzt, der so verloren und deplatziert in meiner Küche aussah. Jahre, die ich nie zurückbekommen würde, dachte ich, während ich mich von ihm abwandte und mich am Wasserkocher zu schaffen machte, damit mich mein Gesichtsausdruck nicht verriet.

Sein plötzliches Auftauchen hatte unerwartete Gefühle aufgerüttelt, von denen mir nicht mal bewusst gewesen war, dass ich sie unterdrückt hatte. Hatte ich ihn wirklich vermisst? »Wie hast du mich gefunden?«, fragte ich schließlich. Nicht, warum? Ich wusste nicht, ob ich für die Antwort auf diese Frage schon bereit war.

»Zuerst hatte ich dich auf Facebook gefunden, vor etwa einem Jahr.« Seine Stimme hatte einen beruhigend sanften Klang. »Du warst dort unter deinem Mädchennamen, und es stand da, dass du an der St. Mary's School in Chiddenford arbeitest.« Ich hatte die Seite eingerichtet, um mit den Schulinformationen auf dem Laufenden zu bleiben, als ich noch dort arbeitete, hatte aber nie wieder etwas gepostet oder auch bloß mein Profil aktualisiert, als ich aufhörte.

»Danach wird die Geschichte ein bisschen komisch«, fuhr er fort. »Ich habe einen Cousin, der hier unten wohnt. Er kennt die Gegend gut und hat mir gesagt, wo das Dorf ist.« Er verstummte.

»Und?«, fragte ich.

»Eines Tages dachte ich, ich komme mal her und schaue mich um. Ich hatte nicht ernsthaft geglaubt, dass ich eine

Chance hätte, dich zu sehen, aber zufällig ging ich an einem Park gleich um die Ecke von der Schule vorbei, und ...« Er brach kurz ab. »Ich habe dich sofort erkannt. Dein Gesicht habe ich nie vergessen. Du hattest deine kleine Tochter bei dir. Sie sieht genauso aus wie du«, sagte er und blickte lächelnd zu mir auf. »Genau wie du damals.«

»Also hast du mich gesehen, und was dann?«, fragte ich verärgert.

»Dann bin ich dir gefolgt«, sagte er und senkte den Blick zum Tisch.

»Du bist mir gefolgt?«

»Ja, ich weiß, das ist furchtbar. Ich – na ja, ich hätte dich ansprechen sollen, doch mir fehlte der Mut«, sagte er. »Ich habe ewig gezögert, bis du aufgestanden und weggegangen bist, und ich wollte es nicht vermasseln. Ich war nicht sicher, was ich sagen sollte, und ...« Er lachte. »Nun fürchte ich, dass ich immer noch nicht besonders gut hierin bin.«

Ich tunkte einen Teebeutel in den Becher, gab einen Schuss Milch hinein und wandte mich wieder zu ihm um. Mein Dad zappelte unruhig am Tisch. War er hergekommen, um mir mitzuteilen, dass er starb? Würde es mir etwas ausmachen?

»Es ist ein Schock für dich, das weiß ich«, sagte er. »Mich vor deiner Tür zu sehen.«

»Ich denke, ein Teil von mir hat sich immer vorgestellt, dass es eines Tages geschieht.«

»Ich hoffe, ich habe dich nicht traurig gemacht.« Er sah mich vage erwartungsvoll an, versuchte, mir in die Augen zu blicken, und hielt es doch nie länger aus.

»Ich bin eher neugierig«, sagte ich matt, bemüht, distanziert zu klingen. Oft hatte ich Brian angesehen und gedacht,

Kinder wären ohne ihre Väter besser dran, aber meiner hatte mir nie Gelegenheit gegeben, das herauszufinden.

Ich gab ihm den Tee, und er schlang die langen Finger um den Becher, zog ihn zu sich und beobachtete die sich kräuselnde Oberfläche darin. »Es tut mir leid«, sagte er schlicht.

»Was genau tut dir leid?«, fragte ich ihn, den Rücken fest an die Spüle gepresst, während ich meinen eigenen Becher umklammerte. Dass ich auf einmal dringend seine Entschuldigung hören wollte, erstaunte mich.

»Was damals passiert war«, sagte er. »Dass ich dich nicht wiedergesehen hatte.«

»Ich weiß eigentlich nicht, was passiert war«, gestand ich und beobachtete ihn. Ich fragte mich, wie es gewesen wäre, einen Vater um mich zu haben. Ob mein Leben anders verlaufen wäre und ob ich das überhaupt gewollt hätte. Das leise Summen der CBeebies drang durch die Wand, und ich wusste, dass ich trotz allem nichts anders haben wollte. »Logischerweise hat Mum mir ihre Version erzählt.«

»Es geschah schleichend«, sagte er. »Und die Entscheidung ist mir nicht leichtgefallen. Als ich deiner Mutter zum ersten Mal begegnete, war sie eine wunderschöne junge Frau.« Seine Augen leuchteten bei der Erinnerung. »Voller Energie und Pläne, und ich verliebte mich bis über beide Ohren in sie. Wir hatten nicht viel Geld, aber lange Zeit waren wir glücklich. Mit den Jahren bemerkte ich, dass sie mit einer Menge innerer Dämonen kämpfte, und ich war nicht besonders gut darin, mit solchen Problemen umzugehen. Sie sorgte sich wegen allem und jedem. Sie hasste es, wenn ich das Haus verließ, weil sie überzeugt war, dass ich nicht wiederkommen würde. Jeden Abend jagte sie mich mindestens dreimal aus dem Bett, um alle Schlösser zu überprüfen. Dauernd war sie wegen irgendwelcher Sorgen hinter mir her. Ich fing an, viel zu trinken.« Mein Vater verstummte kurz und nickte. »Es war meine Art, die Wirklichkeit zu verdrängen. Eines Tages wurde mir klar, dass ich nicht mehr lebte, nur noch überlebte, und das wollte ich nicht mehr.«

Ich zog einen Stuhl vor und setzte mich ihm gegenüber hin.

»Es erdrückte mich, Harriet«, sagte er. »Schon mit ihr in dem Haus zu sein, war zu viel. Aber ich erwarte nicht, dass du verstehst, was ich meine.«

Ich antwortete nicht, musste aber ein Geräusch von mir gegeben haben, denn er blickte zu mir auf und sagte: »Entschuldige. Natürlich verstehst du es. Du dürftest gesehen haben, wie sie war. Ehrlich gesagt habe ich keine Ahnung, wie es für dich gewesen ist, nachdem ich gegangen war.«

»Mum ging es gut«, sagte ich, und zum ersten Mal überlegte ich, dass ich mein ganzes Leben von jemand anderem erdrückt wurde. »Sie war, wer sie war, und ich habe sie geliebt.«

»Sie hat dich auch sehr geliebt. Mehr als alles andere auf der Welt, weshalb ich nie bezweifelt hatte, dass es dir gut gehen würde, nachdem ich weg war. Dass du mit ihr besser dran warst. Ich hatte nie auch nur erwogen, dich ihr wegzunehmen.«

»Aber musstest du diese Wahl denn treffen?«, fragte ich verbissen. »Du musstest doch nicht vollständig aus meinem Leben verschwinden.«

»Ich hätte kämpfen können«, sagte er ernst. »Es wäre allerdings ein höllischer Kampf gewesen. Du musst wissen, dass ich jemanden kennengelernt hatte, Marilyn. Sie war das Licht in meinem Leben, rettete mich vor ...« Er stockte. »Tja, vor vielen Dingen.«

»Also hast du dich für Marilyn und gegen mich entschieden?«

»So war es nicht. Deine Mutter wusste von Marilyn und machte mir unmissverständlich klar, dass ich in deinem Leben nicht willkommen war, sollte ich Marilyn nicht verlassen. Ich flehte sie an, beschwor sie, dass sie mir nicht verbieten solle, dich zu sehen, doch sie war nicht umzustimmen. Zu bleiben wäre mein Ende gewesen, Harriet. Wie gesagt, ich trank bereits zu viel, und einzig mit Marilyns Hilfe hörte ich endlich auf.«

Er unterbrach für einen Moment und fuhr fort: »Ich hatte versucht, dich zu besuchen, aber deine Mutter ließ mich nicht mal über die Schwelle. Es waren die Siebziger, da gab es keine Selbsthilfegruppen für Väter. Dann, etwa eine Woche später, erfuhr ich, dass sie jedem erzählt hatte, ich wäre gestorben. Danach bin ich nicht wiedergekommen. In gewisser Weise dachte ich, es wäre das Beste so.« Les schüttelte den Kopf. »Ich wollte es dir nicht schwerer machen, denn die Leute hätten sich gefragt, warum deine Mutter sie belogen hatte. Es tut mir leid, Harriet. Könnte ich die Zeit zurückdrehen ...«

»Würdest du wahrscheinlich nichts anders machen«, sagte ich. »Sind du und Marilyn noch zusammen?«

»Sie ist vor sechs Monaten gestorben, aber ja, wir waren es.« Seine Augen begannen zu glänzen, und ich ertappte mich dabei, wie ich über den Tisch nach seiner Hand griff. Seine rauen Finger umfingen meine. Ich würde es vermutlich machen, aber konnte ich ihm ehrlich vorhalten, dass er damals wegmusste?

»Das tut mir leid«, sagte ich.

»Also, wie war es, nachdem ich fort war?«, fragte er.

»Na ja, ich wünschte mir, Mum würde mich nicht ganz

so sehr umsorgen, wie sie es tat, aber es hat mir nie an Liebe gemangelt. Warum hast du mich jetzt gesucht?«

»Darüber hatte ich schon lange gesprochen. Marilyn drängte mich immerfort, es zu tun – sie hatte mir gesagt, dass ich es bei Facebook probieren soll –, aber ich hatte nie den Mut. Dann ist sie gestorben, und jetzt sieht alles anders aus. Ich bin ein alter Mann, der niemanden mehr hat. Ich verdiene nicht, dich wieder in meinem Leben zu haben, aber ich habe mir die Chance gewünscht, dich wiederzusehen. Und natürlich auch, deine kleine Tochter zu sehen.«

»Alice.«

»Das ist ein hübscher Name. Wie alt ist sie?«

»Sie ist gerade vier geworden.«

Mein Vater nickte. »Ich habe mir geschworen, egal, was du dir von mir wünschst, ich würde es tun. Wenn du mir sagst, ich soll verschwinden, gehe ich.« Er lächelte mich traurig an. »Ich musste es nur sicher wissen. Ich möchte nicht noch mehr bereuen.« Sein Blick war erwartungsvoll, dennoch antwortete ich nicht.

Schließlich rückte er seinen Stuhl zurück und sagte, er sollte wohl gehen. Ich hielt ihn nicht auf, weil ich nicht riskieren wollte, dass Brian zurückkam – so unwahrscheinlich es war – und meinen Vater in unserer Küche antraf. Doch als er fragte, ob er mich wiedersehen und ein wenig Zeit mit Alice verbringen dürfe, stimmte ich zu. Ich hatte nichts zu verlieren. Ich wollte mehr über ihn erfahren, und er wollte uns kennenlernen. Und ob es mir gefiel oder nicht, es gab Ähnlichkeiten zwischen uns.

Wir verabredeten, uns in der nächsten Woche in einem Café in Bridport zu treffen, und als ich ihn zur Haustür begleitete, sagte ich: »Mein Mann denkt, dass du tot bist.«

»Aha?« Er sah erschrocken aus. »Hast du ihm das erzählt?«

Ich nickte. »Das habe ich jedem erzählt. Und ich denke, dass ich ihm vorerst nichts anderes sagen sollte.« Er sah mich fragend an, aber ich erklärte es nicht näher. »Deshalb bleibt es lieber unter uns. Es soll niemand erfahren, dass du hier bist.«

»Abgesehen von meinem Cousin«, sagte er mit einem matten Lächeln.

»Ach so, ja.« Ich hatte vergessen, dass er einen Cousin erwähnte.

»Um ihn musst du dir keine Sorgen machen. Er ist praktisch ein Eremit«, sagte mein Vater.

»Gut, aber bitte erzähl ihm nicht mehr.«

»Natürlich nicht, wenn du es so möchtest.« Er lächelte. »Trotzdem wärst du eventuell überrascht. Wenn du deinem Mann von mir erzählst, reagiert er womöglich viel verständnisvoller, als du ihm zutraust.«

Ich verneinte stumm. Nein, Brian hätte nicht das geringste Verständnis.

Donnerstag, 8. November 2016

»Ihr seid ja beide völlig durchnässt.« Brian holte zwei Handtücher aus dem Wäscheschrank und befahl mir, mich auszuziehen. »Was hast du dir dabei gedacht, Harriet?«

»Ich hatte nicht geahnt, dass das Wetter so schlecht wird«, sagte ich und schlang die Arme fester um die nasse Bluse, die mir am Leib klebte. Ich hatte nicht mit einem Wolkenbruch gerechnet. Und ich hatte keine Regenschirme und erst recht nicht unsere Regenmäntel mitgenommen, die ganz unten in einem Koffer lagen.

»Du warst nur Zentimeter von der Bahnsteigkante entfernt«, fauchte er mir ins Ohr. »Hast du einen Schimmer, was in mir vorging, als ich dich gesehen habe?« Ich drehte mich von ihm weg, als er meine Arme auseinanderzog und mir ein Handtuch vor die Brust drückte. »Du musst dich ausziehen.«

»Mache ich.« Ein Schluchzen baute sich tief in meiner Kehle auf. Ich wünschte, er würde aus dem Bad gehen. Mir behagte nicht, wie er mich ansah und darauf wartete, dass ich mich entkleidete.

Brian begann, meine Bluse aufzuknöpfen, entblößte den alten, vergilbten BH, der meine Brüste hielt. Ich wich vor seiner Berührung zurück, und plötzlich hörte er auf. »Machst du das mit Absicht, Harriet? Ich tue alles für dich, und so behandelst du mich? Du wolltest mich verlassen, meine Tochter mitnehmen. Hast du gesehen, wie Alice gebibbert hat, als ich dort ankam? Ihr kleiner Körper war bis auf die Knochen durchnässt. Harriet, wie soll ich denn ohne euch leben?« Er packte meine Arme und drückte seine Daumen in meine Haut.

»Ich kann das nicht mehr«, schrie ich.

»Was?«

»So leben.«

»Und was glaubst du, wie du ohne mich leben kannst, Harriet?«

Darauf hatte ich keine Antwort. Als ich den Koffer packte und mit Alice zum Bahnhof ging, ihr erzählte, wir würden in die Ferien reisen, hatte ich nicht durchdacht, was wir tun würden. Nicht langfristig. Alles, was ich wusste, war, dass wir von Brian wegmussten.

»Ich habe euch gefunden. Ich werde euch immer finden. Das weißt du doch, Liebling, nicht?« Er trat einen Schritt zurück. »Ich bekomme das Bild von euch beiden nicht aus dem Kopf, so nah an der Kante. Ich habe mich gefragt, was du vorhast. Und ich glaube nicht, dass du überhaupt weißt, was du im nächsten Moment tun könntest, oder? Natürlich werde ich darüber mit dem Arzt reden müssen, obwohl ich es hasse, ihm zu sagen, dass du in einer Einrichtung bleiben musst, aber ...« Brian tippte mit dem Finger an seine Lippen. »Ich sehe, dass du zu deiner Mutter wirst, Harriet. Das macht mir Sorge.«

»Du kannst mich nicht einweisen lassen«, schrie ich. Brian sah mich mitleidig an und ging in der Gewissheit aus dem Bad, dass er alle Macht besaß.

Harriet

Nach Weihnachten, als Charlotte immer intensiver mit der Hochzeitsplanung für ihre Schwester beschäftigt war, stellte ich fest, dass ich mich mehr und mehr auf meinen Vater stützte.

Wir trafen uns an unterschiedlichen Orten in Dorset, jedes Mal woanders. Da er in Southampton lebte, bestand keine Gefahr, dass er jemals zufällig auf Brian traf, aber er war immer noch nahe genug, dass wir uns für einen Tag sehen konnten. Ich verheimlichte unsere Treffen vor Brian, arrangierte sie immer so, dass er bei der Arbeit war. Les zu sehen, war eine Flucht vor der Abwärtsspirale, in der sich mein häusliches Leben befand, und ich begann zu genießen, wie seine Beziehung zu Alice aufblühte.

Es gab Momente, in denen ich einen Groll auf ihn hatte, besonders, wenn er am Strand mit der kreischenden Alice vor den Wellen davonlief oder ihr Autos aus Sand baute.

»Warum hast du dich nicht mehr bemüht?«, fragte ich, wenn er uns mitten im Januar ein Eis kaufte. Ich hatte so viele Momente wie diese verpasst. Mir war es gut damit gegangen, nicht zu wissen, was ich nicht gehabt hatte, aber jetzt, da er wieder in meinem Leben war, klaffte ein Loch auf, dessen Existenz mir neu war.

Dann wieder sah ich Alice zusammengerollt auf seinem Schoß wie eine zufriedene Katze, völlig gebannt von seinen Kartentricks, und fragte mich, ob es wirklich noch eine Bedeutung hatte, was früher geschehen war. Entscheidend war doch, dass ich mir davon nicht die Zukunft ruinieren ließ. Alice hatte jetzt einen Großvater in ihrem Leben, den sie anbetete. Und insgeheim war ich begeistert, meinen Vater zurückzuhaben.

Les schien mir Welten entfernt von meinem echten Leben, und ich fing an, ihm hier und da von dem Mann zu erzählen, den ich geheiratet hatte, weil ich sicher war, dass er Brian niemals begegnen würde. Es tat gut, endlich jemandem die Wahrheit zu sagen. Und noch besser war, dass ich sie meinem Vater erzählte. Letztlich berichtete ich ihm auch, dass Brian mir einzureden versuchte, ich sei verrückt.

»Ich kann dir versichern, dass du nicht verrückt bist«, sagte er.

»Er lässt immer mal wieder fallen, dass ich wie Mum bin.«

»Er kannte deine Mutter nicht mal«, sagte mein Vater aufgebracht. Wir tranken heiße Schokolade in dem Café eines National-Trust-Hauses und schauten Alice zu, die draußen spielte. »Und sie war nicht verrückt. Sie hatte nur sehr viele Ängste.«

Ich erzählte ihm nicht, dass meine Mutter und ich mehr Ähnlichkeiten hatten, als mir lieb war, aber genau das dachte ich.

»Außerdem«, sagte er, »ist, wie sie zu sein, nichts Schlimmes. Sie war eine sehr gute Mutter, und auf ihre Weise hat sie dir stets Vorrang vor allem gegeben.«

Ich neigte meinen Kopf, damit er nicht sah, dass mir die Tränen kamen. »Ich sehe keinen Ausweg«, sagte ich.

»Es gibt immer einen Ausweg.«

»Ich habe kein Geld. Nicht einen Penny, der mir gehört. Ich habe kein eigenes Bankkonto. Würde ich gehen, könnte ich Alice und mir nicht mal die nächste Mahlzeit kaufen.«

»Na, da kann ich helfen«, bot er an.

»Danke, aber womit? Du hast mir schon erzählt, dass dich deine staatliche Rente kaum durch die Woche bringt.« Er hatte kein eigenes Haus und wohnte in der Mietwohnung, in der er mit Marilyn jahrelang gelebt hatte.

»Dann musst du zur Polizei gehen«, beharrte er.

»Und denen was sagen? Ich habe keine Narben, die ich ihnen zeigen kann«, sagte ich und rollte meine Ärmel nach oben. »Keine Blutergüsse. Ich kann unmöglich beweisen, dass er mich misshandelt.«

»Aber irgendwie musst du weg, Alice nehmen und …«

»Das habe ich versucht! Brian findet mich. Das hat er früher schon. Irgendwie schafft er es, mich aufzuspüren und nach Hause zu zerren, und ich weiß, dass er mir Alice wegnehmen wird. Er wird beweisen, dass ich verrückt bin, und das ist das Schöne an dem, was er tut«, sagte ich sarkastisch. »Brian hat das alles geplant.«

»Denkst du wirklich, er will sie dir wegnehmen?«, fragte mein Vater. »Ich habe nicht den Eindruck, dass er ein sehr gutes Verhältnis zu Alice hat.«

Ich beobachtete, wie Alice ein Blatt aufhob und es sorgfältig in ihre Tasche steckte. »Er liebt sie«, sagte ich. Aber ich sah auch, wie seltsam ihre Gespräche verliefen, dass er oft nicht wusste, wie er mit ihr reden sollte. Und wenn wir zu dritt waren, hielt sich Brian oft wie ein Außenseiter am Rand. Das musste ihm doch auch aufgefallen sein. »Ich bin sicher, dass er sie mir wegnehmen würde«, sagte ich. »Falls er glauben sollte, dass er das muss.«

»Lass mich helfen«, bat mein Vater mich. »Komm wenigstens zu mir, solange du alles klärst. Ihr könnt mein Bett haben, und ich schlafe auf dem Sofa. Lass mich das für dich und Alice tun, bitte.« Er nahm meine Hand und drückte sie fest. »Ich möchte es.«

»Aber jeder denkt, dass du tot bist«, rief ich. »Verstehst du denn nicht? Wenn ich auf einmal sage, dass ich zu meinem toten Vater gehe, den ich seit wenigen Monaten wieder treffe, wird das ein Fest für Brian. Ich gebe auf allen Formularen an ›Eltern verstorben‹. Meine beste Freundin glaubt, dass du gestorben bist, als ich fünf war. Wenn sie erfahren, dass ich sie die ganze Zeit belogen habe, wird Brian von den Dächern schreien, dass er genau das meint.«

»Aber es muss etwas geben, das ich für euch tun kann«, sagte mein Vater.

»Vielleicht gibt es eine Möglichkeit.« Ich holte tief Luft und erzählte ihm von der Harbridge-Familie und der Idee, auf die ich durch Charlotte gekommen war.

»Du willst, dass ich Alice entführe?« Er war eindeutig entsetzt.

»Schhh.« Ich blickte mich um, doch im Café war es leer geworden. »Gehen wir nach draußen.« Wir nahmen unsere Jacken und gingen hinaus. Dort winkten wir Alice zu, die immer noch damit beschäftigt war, ihre Taschen mit Blättern und Zweigen zu füllen, aus denen sie später etwas basteln würde. »Es wäre nur vorübergehend, und du entführst sie nicht. Du würdest sie für mich an einen sicheren Ort bringen, bis ich weiß, wie ich Brian entlarve.«

»Nein, Harriet, das gefällt mir gar nicht.«

»Niemand wird dich verdächtigen, weil du nicht existierst«, fuhr ich fort.

»Nein.« Er schüttelte den Kopf. »Da kann zu viel schiefgehen. Und die Polizei wird es ganz anders sehen.«

»Wenn etwas schiefgeht, werde ich ihnen sagen, dass alles meine Idee war«, versprach ich ihm.

»Das ist lächerlich. Du würdest ins Gefängnis gehen. Hast du das überhaupt bedacht?«

»Ja«, log ich. Ich hatte nicht viel weiter gedacht, als dass ich von meinem Mann wegmusste.

»Und wie soll es enden, Harriet? Was hast du vor? Willst du mit Alice weglaufen und im Ausland leben?«

»Nein.« Das hatte ich erwogen, konnte mir aber nicht vorstellen, dass wir uns für den Rest unseres Lebens versteckten. Am Ende wäre es nicht besser als das, was wir jetzt hatten. »Nein«, sagte ich wieder vorsichtig. »Ich habe gedacht, zum richtigen Zeitpunkt lässt du sie irgendwo, wo es sicher ist, wo Leute sind, und sagst ihr, sie soll die Polizei rufen.« Ich versuchte, so überzeugend zu klingen, wie ich konnte. Wir beide mussten glauben, dass es plausibel war. »Bis dahin wirst du ihr Vertrauen gewonnen haben und sie wird wissen, dass sie dich nicht verraten darf. Alle werden nichts weiter als ihre Beschreibung eines Mannes haben, der sie mitgenommen hat. Sie ist vier, da rechnen sie mit Unstimmigkeiten. Sie würden nicht erwarten, dass sie genau sagen kann, wo sie war.«

»Eben, sie ist vier«, sagte mein Vater. »Du traust einer Vierjährigen zu, diese Lüge durchzuhalten. Das ist so falsch, dass ich es nicht fassen kann.«

»Alice vertraut mir. Und dir«, erwiderte ich. »Sie ist klug und wird es verstehen, wenn wir ihr sagen, dass sie nur so sicher ist.«

»Oh, Harriet«, seufzte mein Vater kopfschüttelnd. »Das ist keine Lösung.«

»Tu es für mich«, bat ich ihn. »Wenn schon aus keinem anderen Grund, dann weil du es mir schuldig bist.«

»Bürde mir das nicht auf.«

»Aber du hast selbst gesagt, als du das erste Mal bei mir warst, dass du alles tun würdest, worum ich dich bitte. Ich bitte dich um dies«, sagte ich. »Du kannst entweder gehen oder in unserem Leben sein«, versuchte ich es ein letztes Mal.

Er ging.

Ich hatte meine einzige Hoffnung auf eine Zukunft und meinen Vater aufgegeben. Er kam zwar in der Woche darauf wie geplant ins Museum, doch es herrschte eine neue Distanz zwischen uns. Wir waren wieder mehr wie die Fremden, die wir vor zwei Monaten gewesen waren, anstatt Vater und Tochter.

Im Laufe der folgenden Wochen vergrößerte sich die Kluft. Den Vater, der mir so wichtig geworden war, sah ich nur dann aufblitzen, wenn er mit Alice spielte. Er warf sie in die Luft, wirbelte sie herum und kitzelte sie, bis sie ihn anflehte aufzuhören, weil sie zu sehr lachen musste. Nur in solchen Momenten sah er aus, als hätte er beinahe vergessen, worum ich ihn gebeten hatte.

An einem Mittwoch Mitte März nahmen wir eine Fähre nach Brownsea, einer Insel vor dem nahen Poole Harbour. Ich saß auf einem umgekippten Baumstamm, während mein Vater mit Alice die Pfauen ansehen ging. Doch als sie wiederkamen, wirkte er sehr ernst. »Wir müssen reden.« Er setzte sich zu mir auf den Baumstamm, und ich schaute Alice zu, die durchs Gras lief. »Wenn du sicher bist, dass es nur so geht, tue ich es.«

»Ehrlich?«, fragte ich verblüfft.

»Es gibt eine Menge, was wir organisieren müssen.«

»Ja. Ja, natürlich.« Ich schlang meine Arme um ihn, allerdings spürte ich, wie er sich versteifte. »Bist du dir sicher?«, fragte ich und wich zurück.

»Auch wenn es nichts bringt, möchte ich wiederholen,

dass ich es für hochriskant halte, Harriet. Es kann vieles schiefgehen.« Er ergriff meine Hände und löste sie von ihm. »Und wenn etwas Schlimmes passiert, musst du mir ein Versprechen geben.«

»Okay?«

»Ich übernehme die Verantwortung, nicht du.«

»Ausgeschlossen. Das kann ich nicht zulassen.«

»Es ist eine meiner Bedingungen«, sagte er streng. »Du musst dafür sorgen, dass keiner von deiner Beteiligung erfährt. Ich lasse nicht zu, dass man dir Alice wegnimmt.«

»Aber ...«

»Ich meine es ernst«, sagte er. »Wenn du mir das nicht versprechen kannst, lassen wir es.«

»Wie soll ich das überhaupt anstellen?«, fragte ich ihn. »Alice wird sagen, dass sie dich kennt, und dann wird klar, dass ich dich seit Monaten treffe.«

»Ich denke mir etwas aus«, sagte er. »Aber vorerst ist es das Beste, wenn wir uns nicht mehr sehen.«

Ich starrte ihn an. »Warum?«

»Wir dürfen nicht riskieren, dass sich jemand erinnert, uns zusammen gesehen zu haben, solange wir planen, was zu tun ist. Aber ich meine es todernst, Harriet. Du musst mir versprechen, dass du keinem von deiner Rolle erzählst, sollte alles schiefgehen.«

Ich sah meinen Vater an, dessen Blick kein einziges Mal von Alice gewichen war. »Okay«, flüsterte ich. »Ich verspreche es.«

Er nickte.

»Woher der Sinneswandel?«, fragte ich.

»Einfach so«, antwortete er knapp.

»Dad, was ist los?« Ich folgte seinem Blick zu Alice, die

hinter einem ahnungslosen Pfau herlief. »Hat Alice irgendwas zu dir gesagt?«

Er wand sich neben mir, sah weiterhin nur meine Tochter an.

»Falls sie etwas gesagt hat, erzähl es mir, bitte.«

»Ich habe gesagt, dass ich es mache, Harriet, also konzentrieren wir uns darauf, was jetzt zu tun ist.«

Von dem Moment an, da wir uns auf den Plan geeinigt hatten, wusste ich, dass es viele »Was wäre wenn«-Fragen gab. Mir war vollkommen klar, dass alles an dem kleinsten Patzer scheitern könnte, doch inzwischen war ich verzweifelt. Ich suchte lose Teile zusammen und zwang sie, sich in eins zu fügen, ging die einzelnen Punkte durch, an denen etwas furchtbar schiefgehen könnte, und wusste, dass ich ein enormes Wagnis einging, doch ich musste einfach auf das Schicksal vertrauen.

»Ich habe dir vertraut, Dad«, sagte ich laut, als ich nach Cornwall fuhr. Meine Hände zitterten am Lenkrad. »Ich habe dir vertraut.«

Aber tat ich es tief im Grunde nicht immer noch?

Trotzdem empfand ich nichts als Sorge, dass ihnen etwas zugestoßen sein musste, da er meine Anrufe nicht mehr annahm.

Harriet

Vier Tage nach Alices Entführung rief ich zum ersten Mal das Prepaidhandy an, das mein Vater wie besprochen gekauft hatte. Ich sagte Angela und Brian, dass ich frische Luft bräuchte, und ging zu einer Telefonzelle drei Straßen weiter. Ängstlich tippte ich die Ziffern ein und betete, dass ich sie mir richtig gemerkt hatte.

Sobald mein Vater »Hallo« sagte, fielen vier Tage Anspannung von mir ab.

»Geht es ihr gut?«

»Ja, ihr geht es gut. Sie fragt nach dir, aber es geht ihr gut.«

»Oh, Gott sei Dank«, hauchte ich. »Kann ich sie sprechen?«

»Sie ist im Garten, und ich halte es sowieso nicht für ratsam. Heute ist sie zum ersten Mal ruhiger und scheint sich einzuleben.«

Ich versuchte, mir Alice in den Bildern vom Haus vorzustellen, die ich im Internet gesehen hatte. Es war die Idee meines Vaters gewesen, sie zum Elderberry Cottage zu bringen, einem Ferienhaus in dem winzigen Dorf West Aldell in Cornwall. Er und Marilyn waren zweimal dort gewesen, und uns beide beruhigte, dass er sich in der Gegend auskannte. Er versicherte mir, dass sie bei ihren vorherigen Aufenthalten vollkommen ungestört gewesen waren und kaum jemanden gesehen hatten – zumindest niemanden, der irgendwelches Interesse an ihnen zeigte.

»Aber ihr geht es gut?«, fragte ich wieder. »Ist sie gesund?«

»Alice geht es prima. Ich habe ihr gesagt, dass es eine

kleine Ferienreise ist. Sie glaubt, dass es dir nicht so gut geht, genau, wie wir besprochen hatten.«

»Und wie war sie auf dem Schulfest? Hatte sie keine Angst?«

»Nein. Sie war überrascht und verwirrt, aber ich habe ihr erzählt, was wir abgemacht hatten. Dass du mich gebeten hast, auf sie aufzupassen, und Charlotte Bescheid wüsste. Danach war sie nur noch um dich besorgt, aber nachdem ich ihr versichert hatte, dass es nichts Ernstes sei ...« Mein Vater verstummte. Ich spürte, wie mir unsere Täuschung tief ins Fleisch schnitt, und mir war bewusst, dass es ihm nicht anders ging.

»Es tut so gut, mit dir zu reden, Dad«, sagte ich.

»Sicher.« Er klang matt.

»Dad? Du hörst dich komisch an. Was ist?«

»Nichts, Harriet.«

»Sag es mir. Gibt es ein Problem?«

Ich hörte ihn tief einatmen. »Wo fange ich an? Du bist in sämtlichen Nachrichten. Alice auch. Ihr Bild ist überall. Ich habe Angst, das Cottage zu verlassen, falls sie jemand sieht.«

»Weiß ich, aber es ist nicht für lange«, sagte ich entschlossener, als ich mich fühlte. »Du musst das jetzt machen. Wir können nicht zurück.«

»Ja, das weiß ich. Dennoch kommt es mir nicht mehr richtig vor. Ach, was rede ich denn? Das tat es nie.«

»Du machst mir Angst«, sagte ich und stemmte eine Hand gegen die Glasscheibe der Telefonzelle.

»Ich habe Angst«, entgegnete er leise. »Und ich habe das ganz miese Gefühl, dass es nicht so ausgeht, wie wir es uns wünschen. Hör zu, wir müssen diese Anrufe kurz halten. Lass mich hier einfach weitermachen, und wir bleiben ganz still.«

»Okay, aber ich rufe nächsten Mittwoch wieder an, wie verabredet.«

»Gut.«

»Pass auf sie auf, Dad. Geh nicht mit ihr nach draußen.«

»Manchmal müssen wir vor die Tür.«

»Schon, aber nirgends hin, wo jemand euch sieht.«

Mein Vater seufzte. »Wir gehen an den Strand, und das ist alles. Wie gesagt, hier ist meistens alles verlassen, und zum Cottage gehört ein Fischerboot, mit dem fahre ich mal mit ihr raus.«

»Okay, aber sei vorsichtig. Alice war noch nie auf einem Boot«, sagte ich und dachte, dass sie zumindest mitten auf dem Wasser am allerwenigsten gesehen werden dürften.

»Danke, Dad. Du weißt, dass ich das ohne dich nicht könnte.«

Ich legte auf und merkte, wie meine Anspannung aufs Neue wuchs. Es tat gut zu wissen, dass Alice in Sicherheit war, doch was, wenn mein Vater nicht durchhielt?

Ich selbst würde funktionieren, bis ich ihn das nächste Mal anrufen konnte. Allein von ihm zu hören, dass es beiden gut ging, war alles, was ich brauchte, um weiterzumachen. Hätte ich geahnt, dass er am nächsten Mittwoch nicht ans Telefon gehen würde, ich wäre auf der Stelle zum Cottage gefahren, um meine Tochter zurückzuholen.

Ich hatte gerade die halbe Strecke nach Cornwall geschafft, als ein Warnlicht am Armaturenbrett aufleuchtete. Der Wagen wurde langsamer, und egal wie fest ich auf das Gaspedal trat, merkte ich, dass er an Kraft verlor, bis er dreihundert Meter von einer Tankstelle entfernt ruckelnd stehen blieb. Immerhin war die Tankstelle so nahe, und ich bat den Tankwart um die Nummer eines Pannendienstes. Dann wartete ich eine Stunde im grellen Licht des Tankstellenshops, bis Hilfe eintraf.

Der Pannenhelfer sagte mir, er würde mich zur hiesigen Werkstatt schleppen, und fügte hinzu, dass man sich dort den Wagen erst morgen früh ansehen würde.

»So lange kann ich nicht warten«, heulte ich.

Der Mann zuckte mit den Schultern, während er sich die Hände an einem öligen Lappen abwischte und die Motorhaube schloss. »Ich fürchte, Ihnen bleibt nichts anderes übrig. Heute Abend ist da keiner mehr.«

»Was mache ich denn jetzt?« Ich konnte meinen Wagen nicht hier stehen lassen, und erst recht konnte ich nicht umkehren.

»Tja, wenn Sie mit mir kommen, schleppe ich Ihren Wagen zur Werkstatt und fahre Sie zum B&B meines Bruders«, schlug er vor. »Ich kann ihn direkt anrufen und fragen, ob sie ein Zimmer bereithaben, aber das haben sie sicher«, ergänzte er ruhiger, weil mir Tränen übers Gesicht strömten. »Es ist Donnerstagabend, da wird nicht viel los sein, und er ist billig. Morgen früh fährt er Sie zu Ihrem Auto.«

Es war die einzig realistische Option. Wir ließen meinen Wagen vor einer Werkstatt, wo der Pannenhelfer einen Zettel mit der Telefonnummer seines Bruders durch den Türschlitz warf. Dann fuhr er mich weitere zwei Meilen über enge Landstraßen zu einem schäbigen B&B, bei dem es sich um ein simples Haus mit einem handgeschriebenen »Zimmer frei«-Schild in einem Erkerfenster handelte.

Mit einsetzender Dunkelheit brachte mich die Vorstellung, so isoliert und ohne Telefon zu sein, zum Zittern. »Drinnen ist es warm«, sagte der Mann, der mein Angstschlottern als Frösteln deutete, und drückte auf die Klingel.

Ich könnte ihm niemals erklären, dass dies hier so viel mehr war als eine ärgerliche Autopanne. Ich hatte keinen Schimmer, was ich hinter mir gelassen hatte, und noch viel weniger, was mich erwartete. Zwischen beidem gefangen zu sein, war Furcht einflößend.

Charlotte

Am Donnerstagabend stand Charlotte an ihrem Schlafzimmerfenster und beobachtete, wie Angela aus ihrem Wagen stieg und zum Haus gegenüber mit dem »Zu verkaufen«-Schild am Zaunpfosten schaute. Sie wusste, was Angela dachte.

Es gab wenige begehrte Straßen in Chiddenford, und dies war eine von ihnen. In der malerischen Sackgasse standen die hübschen Häuser auf viel größeren Grundstücken als in anderen Teilen des Dorfes. Schließlich drehte Angela sich um und ging auf Charlottes Einfahrt zu.

Charlotte lächelte freundlich, als sie die Tür öffnete, und versuchte, die Miene des Detectives zu deuten. »Die Kinder spielen noch draußen im Garten. Ich hätte sie eigentlich schon bettfertig machen müssen, aber es ist so ein schöner Abend.« Sie blickte auf ihre Uhr. Es war bereits sieben. »Kann ich Ihnen etwas zu trinken anbieten?«

»Wasser wäre nett, danke«, sagte Angela und betrat die Diele. »Wow, das ist fantastisch.«

»Danke.« Charlotte lächelte verhalten. Jeder bewunderte ihre prächtige Diele, und gewöhnlich war sie stolz darauf. Jetzt jedoch schien es so unwichtig.

»Also, wie kann ich Ihnen helfen?«, fragte Charlotte und führte Angela durch in die Küche, wo sie ein Glas Wasser einschenkte und es ihr gab. »Bitte, setzen Sie sich.« Sie zeigte auf einen Barhocker, auf dem Angela Platz nahm und das Glas vor sich auf der Kücheninsel abstellte. Von dort aus bestaunte sie Charlottes große Küche.

»Haben Sie etwas von Harriet gehört?«, fragte Angela,

trank einen Schluck Wasser und stellte das Glas vorsichtig wieder hin.

»Nein, nichts mehr, seit ich nach dem Schulfest bei ihr zu Hause war. Warum fragen Sie?«

»Ich dachte nur, dass sie vielleicht bei Ihnen war oder mit Ihnen gesprochen hat«, sagte Angela.

Charlotte schüttelte den Kopf. »Ich habe gar nichts von ihr gehört.«

»Na ja, sie ist nicht zu Hause«, fuhr Angela fort. »Ich hatte abgemacht, um vier Uhr bei ihr zu sein. Bisher ist Harriet noch nie nicht da gewesen, besonders nicht, wenn sie wusste, dass ich komme.«

Charlotte zog sich einen Hocker vor und setzte sich auf die andere Seite der Insel. Offensichtlich machte Angela mehr Sorge als nur die Tatsache, dass Harriet nicht zu Hause war. Und bei dem Gedanken an ihren Besucher gestern Abend schrillten nun sämtliche Alarmglocken.

»Brian war gestern Abend hier«, sagte sie.

»Brian?« Angela wirkte überrascht.

Charlotte erschauderte, als sie daran dachte, dass er hinter der Hecke auf sie gewartet hatte. »Er war vorm Haus, als ich wegfahren wollte, wollte mich in seinem Wagen sprechen. Er wollte nicht ins Haus kommen, ich weiß auch nicht, warum.«

»Und warum wollte er Sie sprechen?«, fragte Angela, die sich ein wenig vorbeugte.

»Das ist das Komische. Er hat ausschließlich über Harriet geredet und wie sehr er sie liebt. Er wollte wissen, ob sie je mit mir über ihre Ehe gesprochen hat, was sie nie hatte. Es war eine befremdliche Unterhaltung.«

Angela sah so verwirrt aus, wie Charlotte sich fühlte. »Hatten Sie den Eindruck, dass die beiden sich gestritten hatten?«

»Das hatte ich mich auch gefragt, aber er hat nichts davon gesagt. Er war nur ein bisschen« – Charlotte wischte mit einer Hand durch die Luft – »merkwürdig. Ich dachte, es ist der Stress wegen Alice und allem, aber, wie gesagt, er hat über Harriet geredet, nicht über Alice.«

Angela lehnte sich wieder zurück, griff in ihre Handtasche und holte einen Notizblock hervor.

»Ist noch etwas anderes passiert?«, fragte Charlotte, während sie zu erkennen versuchte, was die Polizistin schrieb, aber sie konnte es nicht entziffern.

Angela blickte zu ihr auf. »Nichts Konkretes. Aber das Haus war ziemlich durcheinander, als ich heute Nachmittag hinkam.«

»Was meinen Sie mit durcheinander?« Das klang nicht gut. Harriets Zuhause war stets so sauber und ordentlich.

»Es war ein Chaos; Sachen waren durchwühlt«, sagte Angela. Sie hielt ihren Stift ein Stück über dem Papier. »Als ich durchs Wohnzimmerfenster sah, konnte ich erkennen, dass Alices Spielsachen auf dem Boden verstreut lagen.«

Charlotte fröstelte bei der Vorstellung. »Was hat Brian gesagt?«, fragte sie. »Wie hat er es erklärt?« Sie hatte immer gedacht, dass er derjenige war, der es so aufgeräumt wollte. Harriet schien ein bisschen Chaos nichts auszumachen; man brauchte bloß in ihre Handtasche zu sehen, um das zu erkennen. Trotzdem hätte Harriet auf keinen Fall Alices Spielsachen herumgeworfen.

»Das ist das Seltsame«, sagte Angela. »Er ist auch nicht da. Keine Spur von Harriet oder Brian, und ich habe nicht die geringste Ahnung, wo die beiden sein können.«

HEUTE

Der Detective will wissen, warum ich keinem gesagt hatte, wohin ich wollte, als ich gestern mein Haus verließ. Meine Tochter war seit zwölf Tagen verschwunden, warum also bin ich dann einfach weggefahren, ohne meinem Mann, Angela oder meiner besten Freundin, die gegenwärtig in einem anderen Raum von seiner Kollegin befragt wird, zu sagen, wohin ich wollte?

Ich erzähle ihm dieselbe Geschichte immer wieder, doch jedes Mal fängt er mit seiner Frage von vorn an, formuliert sie ein klein wenig anders in der Hoffnung, mich bei einem Fehler zu ertappen. Ich fürchte, das wird er bald.

Schließlich schlägt DI Lowry eine »Verschnaufpause« vor. Ich glaube, ihn seufzen zu hören.

»Gibt es inzwischen Neuigkeiten?«, frage ich, als ich den Raum verlasse. »Könnten Sie bitte für mich nachfragen?« Ich bringe mich nicht dazu, die Worte auszusprechen.

»Mache ich, Harriet«, sagt er, und für einen Moment glaube ich, so etwas Ähnliches wie Mitgefühl in seinen Augen zu sehen. Ich halte den Atem an, aber er sagt nichts mehr.

Es gibt Neuigkeiten. Da ist etwas, das er mir nicht erzählt.

DI Lowry geht den Korridor hinauf, und ich wende mich zur anderen Seite in Richtung Toiletten. Dreizehn Tage bin ich von Alice getrennt. Vor dem Schulfest vergingen nicht einmal dreizehn Stunden, ohne dass ich sie ansehen oder sie in meinen Armen halten konnte. Das zerreißt mich am meisten: sie nicht berühren zu können.

Die Luft im Korridor ist so dünn, dass mir das Atmen schwerfällt. Ich muss mich an der Wand abstützen, und ein stechender Schmerz fährt mir in die Stirn. Die grellen Lichter flackern, und mein Sichtfeld verengt sich. Seit dem Frühstück habe ich nichts mehr gegessen, obwohl sie mir vor einer Stunde einen Keks angeboten hatten. Den hätte ich herunterzwingen sollen, konnte es aber nicht, was ich jetzt bereue, als ich merke, wie unangenehm leer mein Magen ist.

Der Gedanke, noch einen Moment länger hier zu sein, ist fast unerträglich. Mit einer Hand an der Wand taste ich mich einige Schritte weiter, bis ich die Toilettentür erreiche. Ich öffne sie und greife nach dem Waschbecken, umklammere das kühle weiße Emaille mit beiden Händen.

Nach einer Weile hebe ich den Kopf und konzentriere mich auf mein Spiegelbild, bis es klar wird. In mancherlei Hinsicht kommt es mir wie gestern vor, dass ich mich aus meinem Kurs geschlichen und in dem Hotelspiegel angesehen hatte, während ich auf Nachricht wartete, dass mein Plan umgesetzt wurde. Zugleich ist es eine Ewigkeit her.

Ich drehe den Kaltwasserhahn auf und halte meine Hände darunter, spritze mir Wasser ins Gesicht, bis der stechende Schmerz nachlässt. Mir bleibt keine andere Wahl, als mich zusammenzureißen und bei meiner Geschichte zu bleiben, ganz gleich, was Lowry mir nicht erzählt.

VORHER

Harriet

Um halb neun am folgenden Morgen wurde mir gesagt, dass der Kfz-Mechaniker angerufen habe und mein Wagen in zwei Stunden fertig sei. Endlich entwickelten sich die Dinge zu meinen Gunsten. Mittags würde ich in Cornwall sein.

Ich schlang einen Teller fettige Eier und zu kurz gebratenen Bacon herunter, die mir der Bruder des freundlichen Pannenhelfers gemacht hatte, zahlte ihm zwanzig Pfund für das harte Bett und das gut gemeinte Frühstück und nahm sein Angebot an, mich zur Werkstatt zu fahren, wo ich wartete, dass mein Wagen wie versprochen fertig würde. Um halb elf war ich wieder auf der Straße.

Auf der A30 fuhr ich weiter nach Westen. Die Sonne versuchte, die Wolken zu durchbrechen. Ich drehte das Radio ein wenig lauter und ließ meine Gedanken hin und her wandern zwischen dem, was vor mir lag, und dem, was hinter mir war.

Im besten Fall fand ich Alice wohlbehalten vor, würde umkehren und geradewegs nach Dorset zurückfahren. Nachts hatte ich entschieden, dass ich Brian und Angela erzählen würde, ich hätte einfach mal aus dem Haus rausgemusst.

Dass ich eine Nacht allein gebraucht hätte, weit weg von neugierigen Blicken und den aufdringlichen Fragen, wo keiner mich oder meine Geschichte kannte. Ich würde ihnen sagen, dass ich blind drauflosgefahren war, und ihnen den Namen des B&B-Wirts sagen, damit er für mich bürgen könnte. Ich wusste nicht, ob sie mir glauben würden, aber das war alles, was ich hatte.

Da der Rest der Fahrt ohne Zwischenfälle verlief, erreichte ich bald das winzige Dorf West Aldell, und abermals regte sich diese vertraute, beklemmende Furcht in mir. Ich hatte keine Ahnung, was mich erwartete: ob meine Tochter dort sein würde; ob ihnen irgendwas zugestoßen war.

Ich bog von der Hauptstraße ab und fuhr eine sich schlängelnde Landstraße hinunter, an deren Ende eine kurze Reihe von Läden und Cafés mit schindelverkleideten Fassaden kam. In Höhe des Pubs »White Horse« drosselte ich das Tempo, um den Abzweig nach rechts nicht zu verpassen und am Strand zu landen.

Die nächste Straße wurde noch schmaler und war zu beiden Seiten von Hecken gesäumt. Sie führte einen steilen Hügel hinauf und nach links. Ich passierte zwei sichtlich vernachlässigte Häuser zur Rechten, bevor ich endlich ein Schild zum Elderberry Cottage entdeckte. Der Name stand auf einem Holzschild, das im Winkel an einem Pfosten in die Hecke direkt vorm Haus gerammt war. Ich nahm an, dass ich, sollte ich weiterfahren, am Ende der Sackgasse oben auf der Klippe landete, wie es mir mein Vater beschrieben hatte.

Es war halb eins, als ich endlich neben der Hecke gegenüber vom Cottage hielt und das Gesicht verzog, weil die Zweige am Autolack kratzten. Es blieb wenig Platz zum Parken, wollte man nicht mitten auf dem Weg stehen.

Dies war es also. Leider sah es genauso aus wie auf der Website. Mein Vater hatte recht, was West Aldell betraf: Es wirkte idyllisch, dennoch begriff ich nicht, was ihm und Marilyn am Elderberry Cottage gefallen hatte, und noch weniger, was in sie gefahren war, ein zweites Mal herzureisen.

Ohne mich nach möglichen anderen Wagen umzuschauen, überquerte ich den Weg. Die Pforte hing schief an einer einzigen Angel, und hinter ihr befand sich ein Kopfsteinpflasterpfad, in dessen Ritzen Unkraut wucherte. An der Haustür baumelte eine Glocke recht heikel an einem einzigen Draht. Ich holte tief Luft und klopfte.

»Bitte sei da, Dad«, murmelte ich. »Bitte, lieber Gott, lass Alice hier sein.«

Wieder klopfte ich, diesmal lauter. Immer noch nichts. Rechts von mir verbarg eine Netzgardine nur halb das Wohnzimmer hinter dem Fenster, sodass ich den roten Samtsessel und das ausgeblichene braune Zweisitzersofa ausmachen konnte, die ich auf der Website gesehen hatte. Das Cottage wirkte wie in einer Zeitschleife gefangen. Ich stellte mir den dünnen Staubfilm auf den Porzellanfiguren vor, die sich Soldaten gleich auf dem Kaminsims reihten.

Erneut hämmerte ich an die Tür, bis sich meine Hand wund geschürft anfühlte. Mein Herz schlug ein Echo zu jedem Hieb gegen die Tür mit der abblätternden grünen Farbe. Wie hatte ich Alice aus den Augen lassen können? Ja, sie war bei ihrem Großvater, aber den kannte sie erst seit einem halben Jahr. Ich selbst kannte ihn kaum.

»Wo bist du, Dad?«, schrie ich die geschlossene Tür an und lehnte verzweifelt meine Stirn dagegen. »Wo ist Alice?«

Als ich wieder aufsah, bemerkte ich, dass die Seitenpforte offen stand. Sie führte in den Garten, wohin man sich zwischen traurigen Pflanzkübeln auf einem Betonstreifen durchkämpfen musste. Durch die Glasscheibe in einer schäbigen, blaugestrichenen Tür konnte ich die Küche sehen. Dort standen Becher auf dem Tisch und einige Schalen in der Spüle.

Versuchsweise drehte ich den Knauf der Hintertür, die sogleich aufschwang. Zögernd ging ich hinein. »Dad?«, rief ich. »Alice?« Die einzige Antwort war das laute Ticken einer Standuhr in der Diele.

Meine Beine drohten nachzugeben, als ich durch das Haus stakste, einen Fuß vor den anderen setzte und die Treppe hinaufstieg, deren Stufen unter mir knarrten. Oben rief ich wieder ihre Namen. Nun war das Ticken der Uhr deutlich leiser.

Sie waren nicht hier; dessen war ich gewiss. Aber waren sie es gewesen? Waren sie heute Morgen hier gewesen?

Ich schaute in ein Schlafzimmer mit einem breiten Bett, das ordentlich gemacht und von einer lila Daunendecke verhüllt war. Nebenan war ein kleines Zimmer, halb so groß wie Alices zu Hause. Dort war ein Einzelbett mit einer grünen Decke, die sorgfältig am Fußende zusammengelegt war. Hatte Alice hier geschlafen?

Mit zitternder Hand griff ich nach der Decke, fürchtete mich, keinen Hinweis zu finden, dass sie hier gewesen war. Mit einem Ruck zog ich die Bettdecke zurück. »O Gott!« Ich schlug eine Hand vor meinen Mund, als ich das Stoffstück sah, das unter dem Kissen vorlugte. Langsam zog ich das Kissen weg und fand ein säuberlich gefaltetes Nachthemd mit hübschen rosa Eulen und einem Rüschensaum. Ich drückte es an mein Gesicht und inhalierte den Duft. Da mochte eine schwache Note von Alice sein, doch ich war mir nicht sicher, ob ich sie mir nur einbildete.

Angespornt von diesem kleinen Fund, ging ich hinüber

zur Kommode und zog die Schublade eine nach der anderen auf. Zusammengerollte Socken, eine neue Packung kleine Mädchenunterhosen, ein paar T-Shirts. Dann, in der letzten, Alices rotes Kleid, direkt neben ihren kleinen blauen Schuhen mit den aufgestickten Sternchen.

Ich stieß einen Schrei aus, als mich Übelkeit überkam. Natürlich war dies ein gutes Zeichen, sagte ich mir. Es hieß, dass sie hier gewesen war. Mein Vater hatte sie zumindest wie versprochen hergebracht. Und er hatte ihr ein hübsches Nachthemd und sonstige neue Sachen gekauft. All das war beruhigend, sagte ich mir, während ich eine Handvoll Muscheln von dem kleinen Haufen auf der Kommode nahm. Und nun glaubte ich sicher zu wissen, wo ich sie finden würde. Mein Vater war mit Alice an den Strand gegangen.

Ich rannte die Treppe hinunter, durch die Küche und zur Hintertür hinaus. Draußen lief ich den Weg weiter, bis ich oben an der Klippe abrupt stehen blieb. Erst jetzt holte ich mehrmals tief Luft.

Vom Klippenrand ging es steil nach unten. Unter mir rollten die Wellen heran, spülten ihre weiße Gischt auf den Sand und zogen sich wieder zurück. Es herrschte Ebbe, sodass ein kleiner Streifen Strand zu sehen war, und obwohl es nicht windig war, schien die Strömung sehr stark zu sein.

Ich trat zurück, bevor ich noch das Gleichgewicht verlor, und ging den steilen Grasweg hinunter, der sich links von mir die Klippen hinunterwand. Er war immer wieder von Steinstufen durchbrochen, die man dort eingefügt hatte, wo der Untergrund zu unsicher war, und ich musste aufpassen, wohin ich trat. Es war die Art Pfad, die Alice lieben würde.

Am Ende verschmolz er mit dem Weg vom Dorf aus. Gegenüber war ein kleiner verlassener Parkplatz, und rechts führte ein Schlipp zum Strand, der von hier unten breiter aussah. Ich frage mich dennoch, wie viel von ihm bei Flut verschwand.

Abgesehen von einem kleinen Jungen, war hier alles einsam und verlassen, wie mein Vater gesagt hatte. Der Junge spielte am äußersten Ende der Bucht mit einem Kescher, beobachtet von einem Paar, das sich sehr angeregt unterhielt.

Ich blickte mich um. Hatte ich wirklich erwartet, sie hier zu sehen? Die Muschelsammlung im Cottage hatte mich sicher gemacht, dass ich Alice und meinen Vater am Strand fände. Nur waren sie nicht hier.

Immer wieder ging ich im Kreis, wollte mich nicht damit abfinden, dass sie nicht hier waren. Alles begann sich zu drehen, und ich sank heulend auf den Sand. Ein Geräusch ertönte, und ich war nicht sicher, ob es von mir gekommen war.

»Geht es Ihnen gut?« Eine Stimme wehte mir zu, doch ich ignorierte sie und grub die Hände tiefer in den Sand. Nie hatte ich mich so verängstigt und allein gefühlt.

»Hallo?« Der Wind trieb das Wort herbei.

Geh weg!

Gedanken fielen einem Heuschreckenschwarm gleich in meinen Kopf ein, bis der Himmel schwarz war.

»Soll ich vielleicht einen Arzt rufen?« Die Stimme kam näher. Immer näher.

Ich senkte den Kopf zu meinen Knien.

Geh weg. Geh weg. Geh weg!

»Brauchen Sie Hilfe?« Eine Hand berührte meine Seite, sodass ich mich abrupt aufsetzte. Das Sonnenlicht war grell, und ich musste meine Augen mit beiden Händen abschirmen.

»Mir geht es gut.« Ich stemmte mich auf die Knie auf, und meine Beine zitterten, als ich aufstand. »Vielen Dank«, sagte ich, wobei ich mir den Sand von der Jeans klopfte.

»Können wir Ihnen irgendwas holen?«, fragte die Frau. Ein Mann stand neben ihr und hielt den kleinen Jungen an der Hand, der seinen Kescher achtlos hinter sich herzog.

»Nein, mir geht es gut«, wiederholte ich. »Vielleicht habe ich gestern Abend nur zu viel getrunken.« Ich versuchte zu grinsen. Die Frau nickte, erwiderte mein Grinsen aber nicht und ließ zu, dass ihr Mann sie einhakte und den Jungen rief, damit er ihnen folgte, als sie weggingen.

Ich wartete, bis sie verschwunden waren, ehe ich hastig zurück über den Schlipp, am Parkplatz vorbei und den Klippenweg hinauflief. Tränen rannen mir übers Gesicht, und bald schluchzte ich laut, sodass ich mich immer wieder zusammenkrümmen musste. Als ich oben ankam, blickte ich hinaus aufs Meer und sprach lautlos den Namen meiner Tochter.

Was konnte ich tun? Alice war jetzt wirklich fort, und ich konnte es niemandem sagen. Bei der Polizei würde es heißen: »Wir wissen, dass sie vermisst wird, Harriet, sie ist vor fast zwei Wochen aus Dorset verschwunden.«

»Alice!«, rief ich leise. »Baby, wo bist du?« Auf wackligen Beinen eilte ich zum Cottage zurück und wieder durch die Hintertür nach drinnen. »Dad? Alice?«, schrie ich in die kalte, stille Luft, während ich auf einen Holzstuhl in der Küche sank. »Wo seid ihr?«

Charlotte

Freitags mittags legte Charlotte ihr Handy mit dem Display nach unten auf den Küchentisch, nachdem sie mit der Schule telefoniert hatte. Molly war krank und wollte abgeholt werden. Sie hatte schon morgens vor der Schule gesagt, dass sie Bauchweh hätte, wie sie es ab und zu tat, um nicht hingehen zu müssen. Normalerweise erwies es sich als nichtig.

Charlotte hatte der Sekretärin gesagt, sie wäre gleich da, allerdings torpedierte es ihre Pläne. Evie war im Kindergarten, und Charlotte sollte sich in einer Viertelstunde mit DCI Hayes auf der Wache treffen. Er hatte vorhin angerufen, sie gebeten, »auf ein Gespräch« vorbeizukommen, und ihr mitgeteilt, dass weder Harriet noch Brian in der Nacht nach Hause zurückgekehrt waren.

»Ich weiß nicht mehr, als ich Angela schon erzählt habe«, sagte sie. »Aber natürlich komme ich, wenn Sie glauben, dass ich helfen kann.«

»Sonst würde ich nicht fragen«, antwortete der Detective.

Charlotte legte auf. Sein Sarkasmus störte sie, und sie überlegte, ob er dachte, sie würde lügen und wissen, wo Harriet und Brian waren. Nun müsste sie ihn auf dem Weg zur Schule anrufen und erklären, dass sie nicht nur später käme, sondern auch noch Molly mitbrächte. Sie konnte sich seine genervte Miene vorstellen, wenn er es hörte.

Charlotte schnappte sich die Autoschlüssel und ihre Handtasche. Nachdem sie sich vergewissert hatte, dass ihr Portemonnaie drin war, und sie eben aus dem Haus wollte, bimmelte das Handy unten in der Tasche. Auf dem Display leuchtete eine unbekannte Nummer auf.

»Hallo?« Charlotte klemmte sich das Telefon zwischen Schulter und Wange ein, während sie mit dem Reißverschluss ihrer Tasche rang. Er hakte dauernd, und sie wusste, wenn sie noch kräftiger zog, würde das Ding endgültig den Geist aufgeben.

»Charlotte?«

Sie erstarrte. »Harriet? Bist du das?«

»Ich brauche deine Hilfe«, schluchzte ihre Freundin.

»Gott sei Dank bist du okay. Wo steckst du? Ist irgendwas passiert? Wo ist Brian? Warum bist du gestern Abend nicht nach Hause gekommen?« Die Fragen kamen in einem Schwall.

»Charlotte, ich brauche deine Hilfe«, flüsterte Harriet.

Charlotte ließ ihre Tasche fallen und drückte das Handy fester an ihr Ohr. »Was ist passiert, Harriet? Ist Brian bei dir?«

»Brian?« Sie stockte. »Nein, Brian ist nicht bei mir.« Noch ein Stocken. »Ich weiß nicht, was ich tun soll.«

»O Gott«, murmelte Charlotte und stellte sich vor, dass Harriet im Begriff war, eine Dummheit zu begehen. »Okay, erzähl mir, wo du bist, und ich komme zu dir. Bist du in der Nähe? Ich kann ...« Charlotte zögerte. Sie hatte sich bereits verpflichtet, an zwei verschiedenen Orten gleichzeitig zu sein, aber Harriet hatte Vorrang. Sie könnte in der Schule anrufen und bitten, dass sie Molly noch ein bisschen dabehielten. Nein, sie würde Tom anrufen. Er müsste von der Arbeit weg und sie abholen. »Ich kann sofort zu dir kommen, Harriet. Bist du zu Hause oder kannst du hinkommen?«

»Nein, da bin ich nicht.«

»Dann sag mir, wo du bist. Ich komme zu dir, egal wo«, sagte Charlotte.

»Ich bin in Cornwall.«

»Cornwall? Was machst du denn in Cornwall?«

»Ich wollte nie jemanden verletzen.«

Charlotte umklammerte das Handy noch fester. »Was hast du getan?«, fragte sie langsam.

»Ich musste es tun, und ich erwarte nicht, dass du mir vergibst, aber sie ist weg, Charlotte. Ich habe solche Angst. Ich weiß nicht, wo sie ist.« Harriet schluchzte laut.

»Ganz langsam. Versuch, mir zu erzählen, was los ist.«

»Ich musste Alice von ihm wegbringen, Charlotte, das musste ich. Aber es ist schiefgegangen, und ich weiß nicht, wo sie ist.«

»Was meinst du?« Charlottes Finger begannen, taub zu werden, so fest umklammerte sie ihr Telefon. Was genau versuchte Harriet ihr zu sagen?

»Ich musste Alice wegschaffen.«

»Nein.« Charlotte starrte zu ihrer Wendeltreppe. »Nein«, wiederholte sie kopfschüttelnd. »Hattest du ... hattest du etwas damit zu tun?« Mit der freien Hand hielt sie sich am Dielentisch fest, der unter ihrem Griff bebte.

»Ich musste«, sagte Harriet schluchzend. »Ich musste weg von ihm. Aber so sollte es nie sein.«

»Nein. Das ergibt keinen Sinn. Du lügst mich an, Harriet.«

»Ich lüge nicht, und es tut mir leid. Es tut mir so leid, aber ich weiß nicht mehr, wo Alice ist. Ich habe es gewusst, doch sie ist nicht hier, und ich kann sie nicht finden ...«

»Du hast mich in dem Glauben gelassen, dass sie entführt wurde. Du hast mich denken lassen, dass sie ein Fremder verschleppt hat.«

»Tut mir leid«, heulte Harriet, aber Charlotte hörte ihr nicht zu.

»Du hast mich denken lassen, dass alles meine Schuld ist, dass ich nicht auf sie aufgepasst habe, und die ganze Zeit warst du das?«, fauchte sie. »Ich glaube es nicht. Das kann ich nicht glauben.«

»Ich weiß«, sagte Harriet. »Ich weiß, dass alles, was du sagst, wahr ist, und es tut mir so leid, aber jetzt ist das nicht wichtig.«

»Nicht wichtig?« Charlotte lachte verbittert. »Willst du mich auf den Arm nehmen? Selbstverständlich ist es wichtig. Was genau ist mit ihr passiert? Mir wurde vorgeworfen, nicht auf sie aufgepasst zu haben, Harriet«, schrie sie. »Herrgott, wie konntest du das tun? Was für eine Mutter entführt ihr eigenes Kind?«

»Ich hatte keine Wahl«, heulte Harriet.

»Natürlich hattest du eine Wahl«, schrie Charlotte. »Keiner entführt sein eigenes Kind.«

Harriet schwieg.

»Du musst gewusst haben, wie schuldig ich mich fühlen würde«, fuhr Charlotte fort. »Sicher hast du gesehen, was alle über mich sagen; das kannst du nicht ignorieren. Wie konntest du das tun?«

»Charlotte, bitte, ich werde es dir erklären, aber jetzt musst du wirklich …«

»Erzähl mir, was passiert ist«, fiel Charlotte ihr ins Wort. Sie zitterte vor Wut. »Wo ist sie?«

»Weiß ich nicht«, schluchzte Harriet. »Das ist es ja. Sie müsste hier sein, ist es aber nicht.«

Charlotte presste den Handballen gegen ihre Stirn. Sie konnte nicht glauben, was Harriet ihr sagte. Es war undenkbar, dass ihre Freundin das getan hatte.

»Er sollte meine Anrufe annehmen, aber das hat er nicht«,

fuhr Harriet fort. »Und das war vor zwei Tagen, und jetzt bin ich hier, und hier ist keine Spur von ihnen.«

»Er? Wer ist er? Der, der sie entführt hat? Ich nehme an, du warst nicht auf dem Schulfest.« Sie bemühte sich, ruhig zu sein, damit sie die Geschichte, die so viele Löcher aufwies, irgendwie zusammenbekam.

Stille.

»Wer hat sie entführt?«, fragte sie wieder, diesmal lauter.

»Mein Vater.«

»Der ist tot«, erwiderte Charlotte ungläubig.

»Nein«, sagte Harriet leise. »Er war nie tot.«

»Was?« Charlotte würgte das Wort hervor. »Aber du hast mir erzählt, dass er gestorben ist. Ganz am Anfang. Gleich bei unserem ersten Treffen hast du mir erzählt, dass dein Vater tot ist, und ich fühlte mich furchtbar, weil ich davon geredet hatte, dass meiner uns verlassen hat.«

»Ich habe ihn eben für tot gehalten, weil meine Mutter das jedem erzählte, aber tatsächlich hatte er uns verlassen. Ich hatte ihn über dreißig Jahre nicht gesehen, und letzten November war er auf einmal da.«

»Das ist wahnsinnig«, rief Charlotte. »Warum lügst du mich bei so etwas an? Hast du eine Vorstellung, wie sich das anhört?« Wieder zitterte Charlotte und musste sich setzen. Sie ballte die Faust auf ihrem Schoß. »Das ist …«, begann sie und brach ab. »Ist irgendwas von dem, was du mir erzählt hast, wahr, Harriet? Weißt du überhaupt, was das Wort bedeutet?«, schrie sie.

»Bitte«, flehte Harriet. »Ich weiß, wie das alles klingt, ja, das weiß ich.«

»Und er hat Alice?«, fuhr Charlotte fort. »Warum hast du ihm vertraut? Warum hast du das getan, Harriet?«

»Wir waren nicht sicher«, weinte Harriet. »Ich musste uns von Brian wegbringen, und er hat es mir unmöglich gemacht, ihn zu verlassen.«

»Brian? Was meinst du damit, ihr wart nicht sicher?«

»Ich war verzweifelt, Charlotte. Er hat jeden getäuscht. Er hätte mir Alice weggenommen.«

Charlotte erinnerte sich an das erste Mal, dass Brian vor ihrer Tür aufgekreuzt war, als er sich wegen Harriets Geisteszustand und Alices Sicherheit sorgte. Sie hatte es weit von sich gewiesen. Aber was war, wenn Brian recht hatte? Nur weil Harriet sich nicht benahm, wie Charlotte es von jemandem mit Wochenbettdepressionen erwarten würde, bedeutete es nicht, dass sie nicht fähig wäre, etwas Blödes zu tun.

»Und wie kommt es, dass du mir nie davon erzählt hast?«, fragte sie vorsichtig.

»Weil ich mich zu sehr geschämt habe«, antwortete Harriet. »Er hat es so dargestellt, als wäre ich verrückt, und lange Zeit dachte ich, dass er recht hat.«

Dennoch hast du deine eigene Tochter entführt, dachte Charlotte. Ihr fiel wieder ein, dass Brian erzählte, sie hätte Alice im Wagen gelassen und vergessen.

»Du musst mir glauben.«

Charlotte lehnte den Kopf an die Wand hinter ihr. Wie konnte Harriet erwarten, dass sie ihr glaubte?

»Ich habe Angst«, sagte sie. »Ich habe niemanden sonst, den ich fragen kann, und es tut mir leid. Bitte, du musst mir helfen, Alice zu finden.«

Harriets Furcht klang echt, trotzdem hatte Charlotte keine Ahnung, was sie tun könnte. Sie hörte zu, als Harriet ihr erzählte, dass ihr Dad nicht an sein Handy ging und das Cottage, in dem Alice sein sollte, leer war.

»Aber sie könnten sonst wo sein. Wie lange hast du gewartet?« Charlotte fasste nicht, dass sie bereits versuchte, ihre Freundin zu beruhigen, aber der Schmerz in Harriets Stimme war sehr real.

»Ich weiß, dass etwas nicht stimmt«, sagte Harriet. »Das fühle ich.«

»Du musst die Polizei rufen, Harriet. Ich kann nichts tun.«

»Das geht nicht«, rief Harriet. »Wenn ich sie rufe, muss ich zugeben, dass ich das alles getan habe. Und dann ...« Sie schluckte. »Ich könnte ins Gefängnis kommen. Brian würde das Sorgerecht für Alice bekommen, und das darf nicht geschehen, Charlotte. Du musst verstehen, dass ich ihm nicht meine Tochter überlassen kann.«

»Und was soll ich tun?«

»Komm her. Hilf mir, sie zu finden.«

»Im Ernst ...« Charlotte lachte kurz auf. Sie konnte sich nicht noch tiefer in Harriets Plan hineinziehen lassen. Die bloße Vorstellung, nach Cornwall zu fahren, um ihrer Freundin bei einer vorgetäuschten Kindesentführung zu helfen, war lächerlich.

»Ich bin in einem Dorf namens West Aldell«, erzählte Harriet ihr und begann, die Adresse und Wegbeschreibung zum Elderberry Cottage herunterzuleiern. »Ich bin schon am Strand gewesen, aber ich warte beim Cottage auf dich.«

»Nein, Harriet. Du musst dich an jemanden wenden, der dir helfen kann, und das bin nicht ich.«

»Es gibt nur dich!« Harriet klang fast hysterisch. »Charlotte, mir ist klar, dass du nicht weißt, ob du mir glauben sollst oder nicht, aber inzwischen müsstest du wissen, dass ich alles für Alice tun würde.«

»Verlang das bitte nicht von mir«, sagte Charlotte. Am anderen Ende trat Stille ein, und für einen Moment dachte sie, dass Harriet aufgelegt hatte. »Harriet? Hörst du mir zu?«

»Wie kann ich nicht fragen?«, flüsterte sie. »Wenn ich es nicht tue, ist es vorbei.«

Charlotte

Charlotte bog aus der Einfahrt und zum Ende der Sackgasse. Ihre Schultern schmerzten vor Anspannung. Sie hätte gedacht, die Last ihrer Verantwortung würde weniger, da sie nun wusste, dass es nicht ihre Schuld war. Doch, sofern überhaupt, war sie schlimmer.

Sie fasste es nicht, in welchem Maße ihre Freundin sie verraten hatte. Ihr Leben war auseinandergepflückt worden; alles, was sie über sich selbst zu wissen geglaubt hatte, war erschüttert worden. Ihre Freundinnen vertrauten ihr nicht; sie vertraute sich selbst nicht mehr. Charlottes glückliche Existenz war aus den Fugen geraten, und alles durch Harriet.

Sie war Harriet immer nur eine gute Freundin gewesen, hatte sich ihrer angenommen, als Harriet es am dringendsten brauchte. Und so vergalt sie es ihr?

Jede Faser in Charlotte schrie, dass sie DCI Hayes anrufen sollte. Sie musste sich aus diesem Chaos befreien, in das sie so ahnungslos hineingezogen worden war. Sobald sie die Wahrheit wussten, würde Charlottes Name reingewaschen. Und Harriet hatte es allemal verdient.

Charlotte hielt an einer roten Ampel und knallte die Hand fest aufs Lenkrad. Sie war schon eine Viertelstunde zu spät, um Molly abzuholen, und hoffte, dass ihre Tochter nicht so krank war, wie es die Schule dargestellt hatte.

Sie drückte den Telefonknopf in ihrem Auto, um nochmals Hayes Nummer zu wählen, und spielte das Gespräch im Kopf durch. Er würde sehr laut Luft holen, wenn sie ihm erzählte, dass Harriet selbst ihre Tochter entführt hatte. Dann würde er sie mit Fragen löchern, die sie nicht beantworten konnte, während er Leute zu dem Cottage in Cornwall schickte. Charlotte erschauderte. Sie konnte sich Harriet vorstellen, die am Fenster auf sie wartete, doch anstelle ihrer Freundin würde sie einen Streifenwagen vorfahren, Officer aussteigen und zur Haustür kommen sehen, bereit, sie in Handschellen zu legen und zur Wache zu schleppen.

Kürzlich hatte es einen Fall gegeben, in dem ein Vater mit seinem Sohn nach Spanien geflohen war. Er hatte geschworen, dass die Mutter das Kind verlassen hatte und er es in sein Heimatland mitnahm, damit es bei seinen Eltern leben konnte. Trotzdem wurde er zu sieben Jahren verurteilt. Charlotte hatte mit dem Mann mitgefühlt, als sie ein Foto von der Mutter gesehen hatte. Sie schien nicht im Mindesten betroffen von dem, was ihr Sohn durchgemacht hatte.

Charlotte tippte auf das Lenkrad, während sie wartete, dass eine Mutter mit ihrer Tochter die Straße überquerte. Das Blinklicht für die Telefonoption am Armaturenbrett erlosch, weil sie nicht genutzt worden war. Charlottes Brust fühlte sich beim Atmen zu eng an. Ohne Frage wäre Harriets Leben in dem Moment vorbei, in dem Charlotte DCI Hayes die Wahrheit erzählte.

Hatte sie das verdient?

Auf der Kreuzung vor ihr blieb das kleine Mädchen stehen und ließ die Hand der Mutter los, um einen grauen Teddy aufzuheben, den es fallen gelassen hatte. Die Mutter drehte sich zur Seite, hob ihre Tochter hoch, küsste sie auf den Kopf und trug sie das letzte Stück über die Straße. Bilder von Harriet mit Alice huschten Charlotte durch den Kopf.

Sie konnte die Stimme ihrer Freundin hören, die sie anflehte, ihr zu glauben, was Brian betraf.

Er hatte sich zwei Tage zuvor, als er bei ihrem Haus auftauchte, so merkwürdig benommen; dass er mehr auf Harriet als seine Tochter fixiert gewesen war, hatte Charlotte beunruhigt.

Aber konnte er wirklich der Mann sein, den Harriet beschrieb? Fähig zu solch einem subtilen Missbrauch, schlimm genug, dass sie einen absurden Plan schmiedete?

Und dann war da noch die Geschichte, die Brian ihr Monate zuvor bei seinem Besuch erzählt hatte. Als er ihr ruhig schilderte, wie Harriet ihre Tochter im Wagen gelassen hatte, während sie bei der Post ihren Pass verlängerte.

Charlotte rückte auf dem Sitz nach vorn und rollte die Schultern. Etwas nagte an ihr, während sie gedankenverloren die Mutter mit ihrem kleinen Mädchen beobachtete. Etwas in ihrem Hinterkopf, ein Fetzen von einem Gespräch, der sich wichtig anfühlte. Nur konnte sie ihn nicht zu packen bekommen.

Charlotte blickte sich nach Hilfspolizisten um, als sie auf den Zickzacklinien vor der Schule anhielt. Um diese Zeit rechnete sie mit keinen, doch es wäre nicht das erste Mal, dass sie erwischt würde.

»Entschuldigung, ich wurde aufgehalten«, sagte Charlotte, als sie ins Büro lief. Molly saß auf einem Kunststoffstuhl in der hinteren Ecke, hielt eine Schale auf dem Schoß, und eine Lehrerin hatte lose einen Arm um ihre Schultern gelegt. Charlottes Tochter war kreidebleich, abgesehen von den dunklen Augenringen, die sie wie einen Panda aussehen ließen.

»Oh, Molly.« Charlotte hatte heute Morgen in ihrer Eile, aus dem Haus zu kommen, offensichtlich nicht beachtet, wie schlecht es ihr ging. Ihre Tochter fiel ihr in die Arme und weinte nun lauter. Charlotte drückte sie, hielt sie dann ein Stück von sich weg, um sie zu mustern und eine verirrte Strähne aus ihrem Gesicht zu streichen. »Na komm, bringen wir dich nach Hause.«

»Sie hat nicht gespuckt«, sagte die Lehrerin, »aber sie fühlt sich sehr heiß an. Sie können die hier mitnehmen.« Sie hielt Charlotte die Schale hin.

Charlotte legte eine Hand an Mollys Stirn und stimmte zu, dass sie sehr heiß war. »Geht gerade irgendwas um?«

»Nicht dass ich wüsste.«

»Ich sollte wohl den Arzt rufen«, sagte sie. Normalerweise wartete sie einen Tag ab, doch jetzt überließ Charlotte nichts mehr dem Zufall. Nicht, wenn es um ihre Kinder ging. Sie hob Molly hoch und trug sie zum Wagen, wobei sie immer wieder die Nase in das warme Haar ihrer Tochter tauchte. So konnte sie Molly nicht allein lassen.

Auf der Rückfahrt rief Charlotte in der Arztpraxis an, und eine Schwester rief sie zurück, als sie in ihre Einfahrt einbog. »Bloß ein Infekt, schätze ich. Geben Sie ihr etwas Paracetamol-Saft, und sorgen Sie dafür, dass sie viel Ruhe hat, aber behalten Sie sie im Auge«, sagte die Schwester. »Falls es schlimmer wird, melden Sie sich.«

Charlotte legte Molly auf das Sofa im Wohnzimmer, deckte sie mit einer Häkeldecke zu und streckte sich auf dem anderen Sofa aus, um sie im Blick zu behalten, solange sie überlegte, was sie wegen Harriet tun sollte. Doch kaum hatte sie sich hingelegt, klingelte ihr Handy.

»Charlotte? Hier ist Angela Baker.«

»Ah, Angela, hallo.« Sie hatte vollkommen vergessen, ihren Termin mit DCI Hayes abzusagen. »Entschuldigung, ich wollte anrufen und Bescheid sagen, dass ich doch nicht kommen kann.« Sie schaute hinüber zu Molly. »Meine Tochter ist krank.«

»Das tut mir leid. Es ist hoffentlich nichts Ernstes?«

Molly schlief bereits, und sie hatte wieder ein wenig Farbe auf den Wangen. »Nein, ich denke nicht. Ich muss nur bei ihr bleiben«, sagte Charlotte. Im selben Moment wurde ihr bewusst, dass sie noch mal zur Schule und zum Kindergarten fahren müsste, um die anderen abzuholen. Vielleicht konnte Audrey sie mitbringen.

»Tja, ich hoffe, es geht ihr bald besser. Ich richte DCI Hayes aus, dass Sie es nicht schaffen. Doch er wird Sie wahrscheinlich anrufen wollen.«

»Natürlich.« Charlottes Herz klopfte so laut, dass sie sich fragte, ob Angela es hören konnte. Sie wusste, wenn sie irgendwas über Harriet sagen wollte, müsste sie es jetzt tun. Später wäre sie …

»Kann ich eine andere Zeit für Ihr Gespräch mit ihm vorschlagen? Vielleicht könnte er zu Ihnen kommen, wenn Sie zu Hause bleiben müssen?«, unterbrach Angela ihre Gedanken.

Sie musste es ihr jetzt erzählen. Wenn sie das Telefonat beendete, ohne erklärt zu haben, was sie wusste, wäre das Zurückhalten von Beweisen.

Doch immer noch nagte dieser Gedanke an ihr. Etwas stimmte nicht, und wenn sie zuließ, dass sie Harriet festnahmen, was würde mit Alice passieren? Was, wenn ihre Freundin die Wahrheit sagte?

»Nein, schon gut«, antwortete Charlotte. Ihr Herzklopfen sprengte ihr beinahe den Brustkorb. »Ich kann später kommen.«

»Okay, danke. Noch eine Frage: Haben Sie je von einer Freundin von Harriet namens Tina gehört? Harriet hatte sie in Kent gekannt.«

»Ich glaube nicht.«

Angela sagte nichts, und unwillkürlich fragte Charlotte: »Hat sie von Harriet gehört? Denken Sie, sie weiß, wo sie ist?«

»Wäre möglich. Sie könnte zurück nach Kent gegangen sein. Irgendwie glaube ich nicht, dass sie allzu weit weg ist.«

»Nicht?«

»Jedenfalls wird sie nicht außer Landes geflohen sein«, sagte Angela.

Jetzt fühlte sich der Erinnerungsfetzen näher an. »Warum nicht?«, fragte sie, aber im selben Moment wusste sie es wieder.

»Harriet besitzt keinen Pass«, murmelte sie im selben Moment, in dem Angela es sagte.

Harriet

Ich wartete beim Cottage, wie ich es Charlotte gesagt hatte, obwohl ich nicht wusste, ob sie käme. Fünf Jahre hatte ich Zeit gehabt, mich meiner einzigen Freundin anzuvertrauen, und es nicht getan. Daher bezweifelte ich, dass ich innerhalb von fünf Minuten vermitteln konnte, was ich brauchte. Ich wusste nicht, ob sie mir glaubte, und könnte es ihr nicht verübeln, wenn sie direkt zur Polizei ging. Aber mir blieb keine andere Wahl, als zu warten.

Hatte ich einen weiteren Riesenfehler gemacht, indem ich sie anrief? Mein Plan hielt sowieso kaum noch zusammen. Das hatte ich mit der panischen Art bewiesen, mit der ich ihn in Stücke riss. Ich wurde zu meinem eigenen Untergang, und mit meinem Anruf bei Charlotte hätte ich ihr ebenso gut den Strick geben können, an dem ich hängen würde.

Aber ich hatte nicht gewusst, an wen ich mich sonst wenden sollte. Ich brauchte Hilfe, und die einzige Person, der ich hoffte, trauen zu können, war die, der ich mich von Anfang an hätte anvertrauen müssen.

Kommst du, Charlotte?

Die alte Standuhr gab den Takt der Minuten so rhythmisch an wie das Metronom auf dem Klavier meiner alten Musiklehrerin in der Schule. Damals hatte mich dessen Ticken in eine Trance gelullt, und ich verbrachte einen Großteil der Stunden damit, aus dem Fenster zu blicken und mir ein anderes Leben zu erträumen. Nun verpuffte mit einem scharfen Tick ein weiteres Stück Hoffnung.

Tick. Du weißt immer noch nicht, wo Alice ist.
Tack. Je länger du wartest, desto schlimmer wird es.

Ungeduldig stand ich aus dem Sessel am Fenster auf und lief in der Küche hin und her. Ich ging nach oben und schaute durchs Fenster auf den verlassenen Weg unten. Alles blieb morbide still. Nicht einmal die Zweige der Bäume bewegten sich, schienen gleichfalls in der Zeit gefroren.

Wie lange würde ich warten? Stunden? Tage? Es würde der Punkt kommen, an dem ich mehr machen müsste, als in einem leeren Cottage herumzuirren. An dem ich selbst die Polizei rufen müsste.

Wann wäre der Punkt erreicht?

Ich stand am Fenster, die Hände an der Netzgardine gespreizt und gegen das Glas gedrückt. Mir brach das Herz angesichts der finsteren Erkenntnis, dass, egal was von nun an geschah, man mir Alice zweifellos wegnehmen würde. Doch alles, was ich wollte, war, sie zu sehen. Ich würde alles riskieren, wenn ich nur erfuhr, dass es meiner Tochter gut ging.

»Komm zurück, Alice«, rief ich in den stillen Raum, und gleich einer Antwort auf mein Flehen fiel ein Sonnenstrahl durchs Fenster und auf den gemusterten Teppich. In einem Moment der Klarheit erkannte ich, dass ich wieder die Kontrolle übernehmen und überlegen musste, was ich sagen sollte, wenn die Polizei käme oder ich sie rufen müsste.

Unten suchte ich in meiner Handtasche nach dem Notizbuch und nahm die Visitenkarte vom Elderberry Cottage heraus, die ich in der hinteren Innentasche verwahrte. Ich drehte die Karte um und betrachtete die leere Rückseite. Dann nahm ich einen Stift aus einem Glas auf dem Kaminsims, setzte mich in den Sessel und kaute nachdenklich am Stiftende. Sorgsam ahmte ich die ausladende Schrift meines Vaters nach und schrieb eine kurze Nachricht auf die Kartenrückseite.

Sie war nicht besonders ausgefeilt und wenig glaubwürdig, doch als ich sie noch einmal durchlas, beschloss ich, dass sie besser war als nichts. Ich steckte sie in meine Gesäßtasche, als die Standuhr sechsmal schlug.

Falls Charlotte direkt nach unserem Telefonat losgefahren war, müsste sie inzwischen hier sein. Ich setzte mir Zeitlimits. Wenn sie bis sieben nicht hier war, würde ich wieder zur Telefonzelle fahren und sie anrufen.

Falls mein Vater und Alice bis acht nicht hier waren, würde ich die Polizei rufen.

Um halb sieben blickte ich erneut aus dem Fenster zur selben Szenerie draußen. Der kleine, heckengesäumte Weg, die hohen, von der Sonne gesprenkelten Bäume. Ich wünschte, irgendwas würde sich verändern, damit ich sehen konnte, dass dort noch Leben war.

Mein Magen erinnerte mich knurrend daran, dass ich seit dem Frühstück nichts gegessen hatte, also durchsuchte ich die Küchenschränke. Es waren wenige Dosen und ein Brotlaib da, eine halbleere Packung Kräcker und eine Auswahl an Frühstückflocken in kleinen Portionspackungen, von denen drei fehlten.

Ich strich mit den Fingern über die Schachteln, während ich zu erraten versuchte, welche Sorten fehlten. Hatte Alice heute Morgen ein Päckchen davon gegessen? Wann war sie zuletzt im Haus gewesen? Es könnte Tage her sein, dachte ich, und mir wurde übel. Ich knallte die Schranktür zu. Im selben Moment wurde laut an die Haustür geklopft.

Automatisch erstarrte ich. Es schien zu schön, um wahr zu sein, dass es Charlotte sein könnte. Aber wenn sie es nicht war, wer dann? Die Polizei?

Langsam schlich ich zur Haustür, spähte durch das verhangene Fenster, doch dahinter flackerte nicht mal ein Schatten.

Ich öffnete die Tür einen Spalt und sah hinaus, wobei ich sie weiter öffnete. Mit niederschmetternder Enttäuschung stellte ich fest, dass dort niemand war und ich tatsächlich mit meiner Freundin gerechnet hatte. Ich kniff die Augen zu, um nicht zu weinen, und empfand blanke Verzweiflung. Ich hätte niemals erwarten dürfen, dass Charlotte kam.

Als ich die Tür wieder zu schließen begann, fühlte ich einen winzigen Atemhauch in meinem Nacken. Die Härchen an meinen Armen stellten sich auf, und ich bekam eine Gänsehaut.

Jemand war hinter mir.

Ich fühlte ihn, roch die holzige Note seines Aftershaves. Er war im Haus, stand im Flur, atmete in meinen Nacken. Wäre der Laut nicht in meiner Kehle gefroren, hätte ich geschrien.

»Hallo, Harriet«, murmelte Brian. Sein Mund war so nah an meinem Ohr, dass ich fast seine Lippen spürte.

Meine Hand zitterte am Türknauf, als er mit einem Arm über meine Schulter griff, um leise die Tür zu schließen. »Überraschung«, flüsterte er.

Langsam drehte ich mich um. Brians Gesicht war sehr dicht vor meinem, zu einem schiefen Grinsen verzerrt, das jedoch nicht über die Wut in seinen Augen hinwegtäuschte.

»Brian? Was …« Ich wollte vor ihm zurückweichen, konnte aber nirgends hin, denn ich war zwischen ihm und der Tür gefangen. Er musste um das Haus herumgegangen sein und sich durch die Hintertür hereingeschlichen haben.

»Was ich hier mache?«, fragte er, den Kopf zur Seite geneigt. »Willst du das wissen? Wo sollte ich denn sonst sein, Harriet?«

Er griff nach einer Locke von mir und wickelte sie sich um den Finger, während er sie mit dem Daumen streichelte.

Ich schüttelte ganz leicht den Kopf. Mein Herz pochte, dass es in meinen Ohren hallte. Er musste es hören können.

»Vielleicht sollte ich dich fragen, was du hier tust, meinst du nicht?«, fragte er. Er zog an meinem Haar, und obwohl es nicht grob war, spürte ich das Ziehen deutlich an meiner Kopfhaut. »Hast du Alice noch nicht gefunden?« Sein Lächeln war wie ein Dolchstoß in meine Brust.

»Wo ist sie?«, hauchte ich angespannt.

»Was für eine komische Frage.« Brians Blick wanderte zu meinem Kopf, als er zärtlich über mein Haar strich. »Und wie kommst du darauf, dass ich wissen könnte, was mit meiner Tochter passiert ist?«

»Was hast du mit ihr gemacht, Brian?«, rief ich. »Wo ist Alice? Bitte, du machst mir Angst.«

»Ich mache dir Angst?«, knurrte er. Seine Miene verzerrte sich zu diesem schmerzlichen Ausdruck, den ich so oft gesehen hatte. Mit jeder meiner Fragen wurde seine Wut größer.

Ich wollte mich wegdrehen, zwang mich aber, ihn weiter anzusehen. »Wenn du ihr irgendwas getan hast ...«

»Was dann?«, fiel er mir ins Wort. »Denn das Komische ist, dass du diejenige bist, die ihr etwas getan hat, nicht wahr, Harriet?« Mit einem Ruck riss er mein Haar nach hinten, und ein scharfer Schmerz schoss durch meine Schultern bis in meinen Kopf. »Mich glauben zu lassen, dass meine Tochter entführt wurde.«

»Geht es ihr gut?«, fragte ich. »Sag mir einfach nur, ob es ihr gut geht.« Seine Aggressivität schockte mich, denn Brian war noch nie gewalttätig geworden; andererseits hatte ich ihn auch noch nie so zornig gesehen.

»Oh, ist sie nicht hier?«, fragte er übertrieben verwundert, lehnte sich zurück und blickte lässig um sich.

»Brian, bitte ...«

»Sei ruhig, Harriet.« Er nahm seine andere Hand von der Tür und presste sie flach auf meinen Mund. »Spar dir deine Fragen. Meinst du nicht, ich hätte einige an dich?«

Dazu gezwungen, Luft durch die Nase zu holen, hörte ich meinen eigenen Atem unerträglich laut. Ich wusste nicht, wie lange ich seine Quälerei aushalten musste, bevor er mir verriet, was mit meiner Tochter geschehen war. Oder wie er sie gefunden hatte.

Als er seine Hand wegnahm, fing Brian sanft meine Unterlippe mit zwei Fingern ein und drückte zu. »Und hör auf, an der Lippe zu nagen«, sagte er. »Sonst blutet sie noch.« Er rieb mit dem Finger über die Stelle, dann ließ er mich los und schlenderte zum Sofa, wo er sich hinsetzte.

Ihm war klar, dass ich nicht weglaufen würde, weil es Dinge gab, die ich von ihm hören wollte, und wie immer hatte Brian die Kontrolle. Er wusste, ich würde ihm folgen und mich ihm gegenüber in den Sessel setzen.

»Das hätte ich dir nie zugetraut, Harriet«, sagte er. »Du hast Alice verschleppt und mich das Schlimmste glauben lassen.« Als er den Kopf schüttelte, spiegelte sich das Licht in seinen feuchten Augen. »Warum hast du mir das angetan? Ich war dir ausnahmslos ein guter Ehemann.«

Als ich schwieg, fuhr er fort: »Nur warst du es gar nicht, stimmt's? Es war dein Daddy. Auferstanden von den Toten.«

»Woher ...« Ich verstummte. »Wo ist Alice?«, fragte ich wieder. Es spielte keine Rolle, woher er so viel wusste; wichtiger war zu erfahren, was er mit meiner Tochter gemacht hatte.

»Was habe ich je getan, dass du mich so sehr hasst, Harriet?«

»Du hast mein Leben ruiniert«, sagte ich und drehte den Kopf, damit er die Tränen in meinen Augen nicht sah. »Du hast mich manipuliert und glauben lassen, dass ich den Verstand verlor. Du hast mir gesagt, dass du mir Alice wegnehmen würdest.« Ich konnte ihn nicht mehr davonkommen lassen. Nicht, wenn er ihr etwas getan hatte.

»Nein, Harriet, das habe ich nie«, erwiderte er streng. »Das würde ich nie tun.«

»Du tust es jetzt«, murmelte ich. »Bitte, sag mir nur, wo sie ist.«

»Ich hatte dir gesagt, solltest du mich je verlassen, würde ich dich finden. Und siehe da« – er schwenkte eine Hand durch die Luft –, »ich habe.« Er rang sich ein unglaublich selbstzufriedenes Lächeln ab und faltete die Hände zwischen den Knien. »Ich lasse dich nicht gehen, Harriet. Niemals werde ich erlauben, dass du mich verlässt. Ich liebe dich, liebe euch beide viel zu sehr.«

»Nein, du liebst mich nicht, Brian«, sagte ich.

»Du, du hältst dich für so clever«, entgegnete er, löste die Hände und schwenkte sie beide durch die Luft. »Wolltest mich austricksen. Tja, sieh dich um, Liebling. Es ist dir nicht gelungen, oder? Denn ich habe deinen Plan vereitelt, und sieh, wo du jetzt bist. Du hockst in diesem gottverlassenen Cottage und hast keinen Schimmer, was mit deiner Tochter ist. Hattest du gehofft, dass ich deshalb verhaftet werde?«

Ich schüttelte den Kopf, und er schnaubte. »Aber du wirst es jetzt, nicht wahr, Harriet? Sie werden dich einsperren für das, was du getan hast. Ich hätte dir gleich sagen können, dass dein dämlicher Plan niemals funktioniert.«

»Wo ist Alice?«, fragte ich ihn wieder. Inzwischen wusste ich, dass ich keine Chance hatte, um meine Freiheit zu kämpfen.

»Willst du nicht wissen, wie ich sie gefunden habe?«, sagte Brian, ohne auf meine Frage zu reagieren. »Dein Notizbuch. Ein bisschen dumm«, fuhr er fort, wobei er das Wort »bisschen« mit zwei zusammengepressten Fingern illustrierte, »da so viel reinzuschreiben.«

Aber ich hatte nie etwas über meinen Plan in das Buch geschrieben. Ich führte lediglich Tagebuch über die Dinge, die Brian mir erzählte und die ich ihm zunächst geglaubt hatte.

»Ich muss sagen, mich wundert ziemlich, dass du ihm erlaubt hast, sie herzubringen.« Naserümpfend blickte er sich in dem Wohnzimmer um. Dann sah er mich lächelnd an. »Ah, du fragst dich, wie ich das Buch gefunden habe, was?«

Natürlich wollte ich es wissen, aber zuerst musste ich meine Tochter sehen. »Sag mir nur, was du mit ihr gemacht hast. Sag mir, dass du die beiden nicht verletzt hast.«

»Du musst wissen, dass keiner dich so gut kennt wie ich, Harriet. Seit Alice verschwunden war, fand ich dein Verhalten nicht ganz stimmig. Da war mehr als Alice. Du hast dich seltsam benommen, aber ich konnte nicht genau sagen, was es war. Dann sah ich dich vor zwei Tagen eine halbe Flasche Milch in die Spüle kippen, bevor du mir erzählt hast, dass sie aus ist und du mehr holen musst.«

Ich sank in dem Sessel nach hinten. Brian beobachtete mich immerzu, lauerte mir auf, wo ich ihn am wenigsten erwartete.

»Ich bin dir gefolgt, habe gewartet, bis du um die Ecke warst, und bin hinterher. Als du in die Telefonzelle gegangen warst und zehn Sekunden später wieder rauskamst, war mir klar, dass du nicht den Anruf machen konntest, den du wolltest. Also bin ich rein, sobald du weg warst, und habe auf Wahlwiederholung gedrückt.«

Ich ballte die Fäuste zu meinen Seiten. Wie konnte ich so blöd gewesen sein? In Gedanken ging ich es noch einmal durch, aber vor lauter Ungeduld, meinen Vater zu erreichen, hatte ich nicht bemerkt, dass Brian mir folgte.

Er nahm ab, weil er dachte, dass du es bist. »Hallo, Harriet«, sagte Brian hämisch und in dem vergeblichen Versuch, die Stimme meines Vaters zu imitieren. »›Tut mir leid, dass ich nicht rangegangen bin, aber Alice hing kopfüber in einem Baum hinten im Garten.‹ Als ich nichts sagte, wurde er wohl ziemlich nervös. ›Harriet, bist du das?‹« Brian lachte kopfschüttelnd. »Dann hat er aufgelegt, und als ich wieder anrief, nahm er nicht ab. Und so, Liebling, fand ich heraus, dass du wusstest, wo deine Tochter ist.«

»Wie kommst du darauf, dass es mein Vater war?«, fragte ich.

Er lachte. »Willst du mir weismachen, er war es nicht? Alice rief im Hintergrund. Ich habe sie gleich erkannt, aber zuerst nicht richtig verstanden, was sie sagte. Dann bin ich die Laute in Gedanken immer wieder durchgegangen, bis ich sicher war, dass sie ›Grandpa‹ gerufen hatte.«

Ich hielt mir eine Hand vor den Mund, um nicht zu schreien. Es war kaum auszuhalten, meine Tochter nicht zu sehen.

»Da habe ich gedacht, dass sie bei einem kranken alten Mann sein muss, der ihr einredet, dass er ihr Großvater ist, denn angeblich hat sie ja keinen echten, oder, Harriet?«, sagte Brian verächtlich. »Mein Vater ist tot und deiner ja scheinbar auch. Doch dann habe ich mich gefragt, was wäre, wenn deiner es nicht ist? Immerhin hast du nie erzählt, wie er gestorben ist. Du warst immer sehr kurz angebunden, wenn es um seinen Tod ging. Und je mehr ich darüber nachdachte, desto logischer schien mir, dass er noch leben könnte.« Brian machte eine kurze Pause. »Jedenfalls habe ich ein wenig online nachgeforscht und festgestellt, dass er sehr gut noch leben könnte, denn es fand sich kein Hinweis darauf, dass er tot war.«

»Ich wusste, dass du mir nicht die Wahrheit sagen würdest, also habe ich dich noch aufmerksamer beobachtet. Du merkst es nicht immer, wenn ich dich beobachte, stimmt's? Als du mit der Milch zurückkamst, hast du vorgetäuscht, krank zu sein, und mich gebeten, dir ein Glas Wasser zu holen, was ich auch tat, nett, wie ich bin. Und ich verließ zwar das Zimmer, nachdem du mich beschuldigt hattest, das Foto von Alice ausgetauscht zu haben, aber ich ging nicht nach unten. Ich wartete ab, was du als Nächstes tun würdest, wie weit deine Täuschung ging.«

»O Gott!«, rief ich. »Meine Täuschung?«

»Ich habe beobachtet, wie du dich seitlich vom Bett zu schaffen gemacht, deinen Nachtschrank weggerückt und ein Notizbuch darunter hervorgeholt hast. Du hattest es unter einem Dielenbrett versteckt, nicht wahr, Harriet? Ich habe es gefunden, als ich später nachsah. Als du unten warst, habe ich es hervorgeholt und alles gelesen, was du reingeschrieben hast. Da wusste ich, dass dein Dad lebt und dass du von mir wegwillst.«

»Ich fand die Karte vom Cottage und rief da an. Der Frau erzählte ich, dass ein Freund von mir, Les Matthews, mir den Ort empfohlen hat, und weißt du, was sie gesagt hat, Harriet? Sie sagte: ›Wie witzig. Les ist gerade in dem Cottage.‹ Das ist der Name deines Vaters, oder, Harriet? Siehst du«, er tippte sich seitlich an den Kopf, beugte sich vor und bleckte lächelnd die Zähne, »ich merke mir die Sachen, die du mir erzählst. Die, bei denen du nicht gelogen hast.« Er lehnte sich zurück, kostete die Wirkung seiner Worte aus.

»An dem Abend bin ich zu deiner guten Freundin gefahren«, wechselte Brian auf einmal das Thema.

»Zu Charlotte?«, fragte ich entgeistert.

»Ich dachte, sie muss auch mit drinstecken, aber die arme Kuh hat keinen Schimmer, was du getan hast, stimmt's?«

Brian fuhr fort: »Gestern habe ich meinem alten Angelkumpel einen Besuch abgestattet, Ken Harris. Und was ist da passiert, Harriet? Dein Dad hatte mit ihm geredet und ihn dazu gebracht, sein Alibi zurückzunehmen, was?«

»Nein«, widersprach ich. »Nein, mein Vater weiß nichts über irgendwelche Angelfreunde von dir.«

»Tja, Harris ist sowieso ein Säufer«, sagte er schließlich. »Hat keine Ahnung, wen er sieht und wen nicht. Die gute Nachricht ist, dass er eine neue Aussage für mich macht. Sie werden bald erfahren, dass ich doch den ganzen Tag dort war, auch wenn es eigentlich keine Rolle mehr spielt, oder, Liebling? Sehr bald wird jeder wissen, dass du hinter allem steckst.«

Er stand auf, kam auf mich zu, packte meine Handgelenke und zog mich hoch. »Wie konntest du mir das antun, Harriet? Ich habe dich immer geliebt, aber das reichte dir anscheinend nicht.«

Wir zuckten beide zusammen, als ein Wagen vor dem Haus hielt. Waren es mein Vater und Alice? Oder Charlotte?

Brian packte meine Arme und drückte mich an die Wand,

sodass ich nicht durchs Fenster sehen konnte. Dann lehnte er sich nach hinten, blickte abwechselnd zum Fenster und zu mir. »Erwartest du jemanden? Ich kann eine Frau in dem Wagen sehen.«

Das musste Charlotte sein. Sie war zu mir gekommen, nur bereute ich den Anruf jetzt, mit dem ich sie noch weiter in die Sache mit hineingezogen hatte, und wünschte, ich könnte sie irgendwie warnen, nicht näher zu kommen. Wenn Brian sie sah, würde er niemals glauben, dass sie nichts mit Alice zu tun hatte.

Ich schüttelte den Kopf, obwohl er wissen würde, dass ich log. Brian wusste immer alles, so viel stand mittlerweile fest.

Er schürzte die Lippen. Mit einem Ruck griff er hinter sich nach meiner Handtasche, die gut sichtbar auf dem Beistelltisch stand. Er presste sie mir an die Brust, damit ich sie nahm. Dann hielt er einen Finger auf meinen Mund, beugte sich nahe zu meinem Ohr und warnte mich, keinen Laut von mir zu geben, während wir auf das unvermeidliche Klopfen warteten.

Trotzdem erschreckte mich das laute Geräusch. Stille. Dann noch ein Klopfen. Ich wartete, dass sie wieder wegging, als plötzlich ein Schlüssel ins Schloss gesteckt wurde. Brians Miene wurde versteinert vor Panik, als er fest meinen Arm packte.

Es war nicht Charlotte. Das musste die Cottage-Besitzerin sein. Binnen Sekunden zog Brian mich durch die Küche und die Hintertür nach draußen. Wir hörten, wie hinter uns die Haustür aufging, doch bis dahin waren wir schon auf dem seitlichen Weg zur Pforte.

Brian rannte weiter, bog nach rechts auf den Pfad in Richtung Klippen. Ich schrie vor Schmerz, als er den Hügel hinabrannte und so grob an meinem Handgelenk zerrte, dass es brannte. Jedes Mal, wenn ich ihn bat, mich loszulassen, wurde sein Griff nur noch strammer. Am Klippenrand blieb er stehen.

Die Luft war abgekühlt, und das Tageslicht schwand. »Brian, sag mir, wo sie ist«, heulte ich.

»Ich habe etwas viel Besseres«, raunte er. Seine Fingernägel bohrten sich in meine Haut. Der Wind blies vom Meer herein und wehte mir seine Worte zu. »Ich zeige es dir.«

Doch als er zum Wasser starrte, erkannte ich dasselbe Aufblitzen von Angst wie an dem Tag, als er mich zu einem Picknick am Strand mitgenommen hatte. Ich folgte seinem Blick. Es herrschte raue See und Flut, sodass die Wellen beständig weiter über den Sand rollten. Brian hasste es schon, das Wasser nur anzusehen.

»Du machst mir Angst. Wo sind sie?«, fragte ich.

Mit zitternder Hand zeigte er zum Horizont. Ich schaute hin, weit hinaus aufs Wasser.

»Wo sind sie, Brian?«, rief ich. Meine Ohnmacht drohte mich zu ersticken.

»Da draußen«, antwortete er und nickte zum Meer.

Freitag, 21. April 2017

Als ich heute mit meinem Vater telefonierte, erzählte er mir endlich, was Alice auf Brownsea Island zu ihm gesagt hatte, als sie sich die Pfauen ansahen. Viel mehr musste ich nicht hören – jetzt verstand ich vollkommen, warum er sich bezüglich meiner Bitte umentschieden hatte.

»Ich bin keine Lügnerin«, hatte Alice das Gespräch eröffnet.

»Du meine Güte, nein«, sagte mein Vater. »Wie kommst du auf die Idee?«

»Daddy sagt, dass ich mir Sachen ausdenke, weil ich ihn ärgern will. Das will ich gar nicht«, sagte sie. »Ich denke mir nichts aus.«

»Erzähl mir, was er sagt, dass du getan hast«, forderte mein Vater sie auf.

Alice erzählte ihm von einem Vorfall mit einem Eis, den ich schon ganz vergessen hatte. Am Neujahrstag war Brian mit Alice und mir nach New Forest gefahren. Alice hatte eigentlich keine Lust dazu, weil sie lieber am Strand spielen wollte, aber Brian bestand darauf, dass wir einen Waldspaziergang machten. Mittlerweile war mir aufgefallen, wie gern er Pläne für uns drei machte, als wollte er seinen Rang in der Familie bestätigen.

Ich ging mit Alice vor und stolperte in den Eingang eines Kaninchenbaus, wobei ich mir den Knöchel verdrehte. Brian murmelte mir zu, dass ich es absichtlich getan hätte. Ich verneinte, musste aber dennoch zurück ins Auto und den Knöchel ruhig halten.

Alice wollte mich nicht allein lassen, weil ihr Angst machte, dass ich verletzt war, doch Brian zerrte sie hinüber zum Fluss, damit sie sich die Fische ansah. Durch den Seitenspiegel sah ich noch kurz zu, wie sie aufgeregt mit einem Stock im Wasser herumstocherte. Letztlich war der Schmerz in meinem Knöchel so stark, dass ich den Kopf zurücklehnte und die Augen schloss.

Eine Viertelstunde später kamen die beiden zum Wagen zurück, und ich sah, dass Alice geweint hatte. Ich fragte sie, was los sei, und Brian sagte, sie hätte nur geheult, weil sie kein Eis von dem Wagen ein Stück weiter oben an der Straße haben durfte.

»Aber für Eis ist es viel zu kalt«, sagte ich lächelnd. Mein Knöchel tat weh, und ich wollte schnellstens nach Hause.

Alice jedoch erzählte meinem Vater ihre Version der Geschichte, und die ging eher so:

»Wenn du ein bisschen fröhlicher aussiehst, kaufe ich dir ein Eis an dem Wagen.« Brian hatte die Straße hinauf gezeigt.

»Darf ich eines mit Schokostange?«

»Ja, auch mit Schokostange«, versprach er.

Sie beobachteten die Fische, und Alice hielt tapfer aus, obwohl sie dringend zu mir wollte, um zu fragen, ob es meinem Fuß besser ging. »Können wir jetzt mein Eis kaufen?«, hatte sie gefragt, als sie endlich zum Auto zurückgehen durfte.

»Eis? Dafür ist es zu kalt.«

»Aber du hast gesagt, dass ich eines darf.«

»Nein, Alice, das habe ich nie gesagt.«

»Doch, hast du.« An dieser Stelle dürfte ihre Stimme schon gekippelt haben. »Du hast gesagt, ich darf eines mit einer Schokostange ...«

»Alice«, fuhr ihr Vater sie an. »Hör auf, dir Sachen auszudenken. Keiner mag eine Lügnerin.«

»Aber ...«

»Du bist undankbar«, sagte er, nahm ihren Arm und schleifte sie tränenüberströmt zum Wagen. »Willst du, dass ich deiner Mutter erzähle, dass du zu einer Lügnerin wirst? Oder wollen wir das für uns behalten, damit sie nicht traurig wird?«

»Grandpa, er sagt, Mummy denkt sich auch Sachen aus und dass ich für sie lüge, und das mag er nicht«, hatte Alice auf Brownsea Island gesagt. »Er sagt, ich mache ihn traurig. Kann ich dir ein Geheimnis verraten?«

»Alice, meine Süße, du kannst mir alles erzählen«, antwortete mein Vater.

»Wenn ich mich hinter dem Sofa verstecke, findet er mich nicht, und dann kann er nicht böse mit mir sein, weil ich nichts Falsches gesagt habe.«

Was auch immer geschieht, tue ich nicht doch das Richtige für uns alle?

Harriet

»Ich verstehe das nicht«, schrie ich Brian an. »Was soll das heißen, sie sind draußen im Wasser? Was hast du mit ihnen gemacht?«

Brian starrte weiter vom Klippenrand aufs Meer hinaus. »Ich habe gar nichts mit ihnen gemacht«, sagte er nach einer ewig langen Pause.

»Was ist dann los?« Meine Stimme zitterte, als ich einen Schritt vortrat. Ich wollte ihn packen und schütteln, Brian anschreien, mir zu verraten, wo Alice und mein Vater waren. Aber ich wusste auch, dass ich nichts aus ihm herausbekäme, wenn ich es tat. Es erforderte meine gesamte Willenskraft, mich zusammenzunehmen.

»Sie sind mit dem Fischerboot raus. Ich habe gesehen, wie sie auf das Boot gestiegen sind. Kurz bevor du heute Morgen hier warst«, sagte er und sah zu mir. »Ich bin ihnen nach unten zum Strand gefolgt. Er hat ein Boot genommen, das an dem Anleger bei den Felsen da unten vertäut war.« Ich blickte in die Richtung, in die er zeigte, aber die Felsen waren von meiner Warte aus sehr hoch, sodass ich keinen Anleger sehen konnte, geschweige denn, ob dort ein Boot vertäut war.

»Du musst sie um zehn Minuten verpasst haben«, sagte er. »Ich sah dich runter zum Strand rennen, war hinter den Felsen und habe dich beobachtet. Du hast mich nicht gesehen, aber du hast ja auch nicht nach mir Ausschau gehalten, nicht wahr, Harriet?«

Ich starrte Brian an und fragte mich, was er von mir hören wollte. Selbstverständlich hatte ich nicht nach ihm gesucht.

»Du hast nach Alice gesucht«, sagte er vorwurfsvoll, worauf mir nicht zum ersten Mal der Gedanke kam, dass er eifersüchtig war. »Und natürlich deinem Vater«, ergänzte er matt.

Mein Vater hatte mir von dem Fischerboot erzählt; er musste entschieden haben, mit Alice rauszufahren, aber das war vor Stunden.

»Der alte Mann wirkte ziemlich entschlossen, als er da nach unten lief«, sagte Brian. Seine Züge verspannten sich. »Hat die Hand meiner Tochter gehalten, als stünde es ihm zu. Das hat mich krank gemacht.«

Ich sah wieder zum Strand. Der Himmel hatte sich bedeckt, und obwohl die Felsen noch klar zu erkennen waren, wusste ich, dass nur noch eine Stunde Tageslicht blieb, bevor die Sonne verschwand. Sicher wären sie zurück, ehe es dunkel wurde. »Ich verstehe das immer noch nicht«, sagte ich. »Du sagst, dass du sie heute Morgen beobachtet hast. Dass du ihnen zum Strand gefolgt bist, sie auf das Boot hast steigen lassen, und du hast nichts getan, um sie aufzuhalten?«

»Ich habe das Haus die ganze Nacht beobachtet, Harriet«, sagte Brian vollkommen ruhig. »Gestern bin ich nach Hause gekommen und sah, dass du weg warst. Als du zwei Stunden später immer noch nicht da warst, hatte ich das Gefühl, dass du dich auf die Suche nach ihnen gemacht hast. Aber als ich gestern Abend herkam, warst du nirgends zu sehen.« Er drehte sich zu mir, als wartete er darauf, dass ich ihm erzählte, wo ich gewesen war. Ich antwortete nicht. »Ich habe ihn gesehen. Klar und deutlich durch das Fenster, wie er im Sessel saß. Ich blieb in meinem Wagen sitzen und wartete auf dich. Die ganze Nacht habe ich gewartet, und du bist nicht gekommen. Ich fing an zu denken, dass ich irgendwas falsch gedeutet hatte.«

»Wenn du wusstest, dass Alice in dem Haus ist, wie konntest du dann einfach nur dasitzen und beobachten?«

»Wie gesagt, Harriet, ich habe auf dich gewartet.«

Ich starrte ihn ungläubig an.

»Jetzt mach den Mund zu, Harriet«, sagte er. »Ich konnte sehen, dass es Alice heute Morgen gut ging. Es gab keinen Grund für mich, da reinzustürmen. Nicht, solange ich sicher war, dass du bald hier erscheinen würdest. Und hier bist du.« Er strich mir mit der Hand durchs Haar. »Am Ende bist du gekommen.«

Ich wich zurück. Er hatte unsere Tochter seit zwei Wochen nicht gesehen, hatte geglaubt, dass sie entführt worden war, und dennoch hatte er, nachdem er sich überzeugt hatte, dass es ihr gut ging, auf das gewartet, was er eigentlich wollte: mich.

»Ich wusste, dass sie okay war«, knurrte er, als hätte er meine Gedanken erraten. »Wäre sie in Gefahr gewesen, hätte ich sie geschnappt, also versuch ja nicht, es so hinzudrehen, als wäre ich kein guter Vater.«

»O mein Gott«, murmelte ich. Brian kam näher und ergriff wieder mein Handgelenk. Ich wimmerte, als der Schmerz erneut aufflammte, weil er es schon wund gescheuert hatte, als er mich aus dem Cottage zerrte.

»Du warst nicht da«, sagte er eiskalt, und seine Augen blitzten. »Du musst einsehen, dass du mir unsere Tochter nicht wegnehmen kannst. Du musst wissen, dass du mich nicht verlassen kannst, Harriet.«

Als Brian meinen Arm losließ, rieb ich die wunde Stelle und bewegte die Hand hin und her. Wer wusste, welchen Schaden er angerichtet hatte? Eine Röntgenaufnahme würde nie die Wahrheit erzählen. Nicht die Wunden zeigen, die viel tiefer lagen und deren Narben unsichtbar waren.

Brian begann, am Klippenrand entlang zu dem Pfad zu gehen, der hinunter an den Strand führte. »Ich verstehe nicht, warum du sie auf das Boot gelassen hast«, rief ich, als ich ihm folgte. Er ignorierte mich, doch ich wusste, dass es seine Furcht vor Wasser war, die ihn daran gehindert hatte, ihnen hinterherzugehen. »Und was hast du getan, als sie weg waren? Warum bist du mich nicht suchen gekommen?«

»Ich habe gewartet, dass sie wiederkommen«, antwortete er, ohne sich umzudrehen. »Ich dachte nicht, dass sie so lange wegbleiben würden.« Brian ging den Weg hinunter, und ich hielt mich dicht hinter ihm. Dann blieb er stehen und drehte sich zu mir um. »Über fünf Stunden habe ich gewartet, bevor ich zurück zum Haus bin und dich gesehen habe. Sie sollten nicht so lange da draußen sein, oder, Harriet?«, fragte er und musterte mich, als lauerte er auf Anzeichen von Panik.

Ich schüttelte den Kopf. »Nein«, sagte ich leise, »sollten sie nicht.« Ich hatte keine Ahnung, was mein Vater vorhatte. Das Einzige, was ich wusste, war, dass sie heute Morgen noch in Sicherheit waren, und ich konnte nur hoffen, dass er so gut auf sie aufpasste, wie ich glaubte.

»Und was passiert jetzt?«, fragte Brian. »Fahren wir als große, glückliche Familie nach Hause?«

»Ja«, antwortete ich. »Das können wir machen.« Ob er es ernst meinte oder nicht, ich würde den Köder nicht schlucken. »Können wir, Brian«, wiederholte ich. »Wir müssen besprechen, wie es weitergeht.«

Ich würde alles tun, was nötig war, damit ich Alice nie wieder aus den Augen verlor. Ich würde für immer bei Brian bleiben, wenn es bedeutete, dass er der Polizei nichts erzählte.

Er lachte. »Denkst du ehrlich, dass ich das glaube? Dass du wieder in unser gemeinsames Leben zurückkehrst? Herrgott,

Harriet, für wie blöd hältst du mich?« Seine toten Augen fixierten mich, schienen sich geradewegs durch meine Pupillen in meinen Kopf zu bohren, wo Brian immer alles sah. Dann drehte er sich wieder um und ging weiter.

Schließlich erreichten wir die Straße unten. Brian marschierte auf den Schlipp zum Strand zu. Die Flut bedeckte den Sand nun fast vollständig. Ich fragte mich, ob sie noch weiter ansteigen würde. Ich hatte schon Buchten wie diese gesehen, wo das Wasser bei stürmischen Winden bis zu den Klippen anschwoll.

Links von uns erstreckten sich die Felsen, aber sie waren jetzt schierer, und sobald wir den Schlipp hintergingen, konnten wir beide den Anleger und ein kleines Fischerboot sehen, das die ganze Zeit hier gewesen sein musste.

»Ist es das?«, schrie ich. Meine Beine drohten einzuknicken, als Brian erneut mein Handgelenk packte und mich zu den Felsen zog. »Brian, ist das das Boot?« Das musste es sein, so wie er mich darauf zuzerrte. Ich versuchte, an ihm vorbeizusehen, und konnte knapp eine Gestalt in dem Boot ausmachen.

So verzweifelt ich Alice sehen wollte, kostete es Anstrengung, mit Brian mitzuhalten, und je näher wir kamen, desto klarer wurde, dass es sich bei der Gestalt auf dem Boot um meinen Vater handelte.

»Dad!«, schrie ich und kletterte über die Felsen zu ihm. Er blickte auf und stieg von dem kleinen Fischerboot, das auf dem Wasser wippte. Kurz schaute er zu Brian, dann zu mir und war sichtlich geschockt.

»Wo ist Alice?«, rief ich, weil ich sie nirgends sehen konnte. Brian hielt meinen Unterarm fest umklammert. »Wo ist sie?« Ich wurde panisch, sackte beinahe zusammen. Inzwischen waren wir bei meinem Vater, und ich konnte erkennen, dass Alice nicht in dem Boot war.

»Alice geht es gut.« Mein Vater trat einen Schritt vor. »Es geht ihr gut, Harriet«, versicherte er mir.

»Wo ist sie?«, rief ich wieder. »Sie ist nicht bei dir, also was hast du mit ihr gemacht?«

»Harriet, ich habe gar nichts gemacht.« Wieder sah er zu Brian und dann beunruhigt zu mir.

»Dad, kannst du mir bitte sagen, wo sie ist?«, drängte ich. Ich musste sie dringend in den Armen halten, ertrug es nicht mehr, nicht zu wissen, ob sie in Sicherheit war.

»Er ist die ganze Nacht hier gewesen«, sagte mein Dad zu mir. Seine Augen waren weit aufgerissen vor Angst. Ich spürte, wie sich Brian neben mir verspannte. Also hatte mein Vater ihn gesehen. Er hatte gewusst, dass Brian das Haus beobachtete. Kein Wunder, dass er so verängstigt wirkte; er musste sich die ganze Nacht gesorgt haben, was Brian tun würde. Aber das alles konnte warten. Jetzt musste ich meine Tochter sehen.

»Alice!«, schrie ich, und als mein Vater sich nach links wandte, folgte ich seinem Blick zu einem Deckenbündel auf den Felsen. Ich trat vor, doch Brian, der mich immer noch festhielt, riss mich jäh zurück. Ich sollte nicht vergessen, dass er noch da war.

»Sie schläft«, sagte mein Vater, als sich das Bündel rührte. »Ich war den Tag über mit ihr rausgefahren, weil ich nicht wusste, was ich sonst tun sollte. Es war ein langer Tag, und sie ist eingeschlafen, deshalb habe ich sie dorthin gelegt, solange ich das Boot fertig mache.«

»Alice!«, rief ich wieder und wollte mich von Brian befreien, was mir nicht gelang. Ich blickte mich zu ihm um, wollte ihm sagen, dass er mich gefälligst loslassen soll, doch

Brian funkelte meinen Vater wütend an. Er sah nicht mal in die Richtung unserer Tochter.

»Mummy!«, ertönte eine Stimme hinter mir, und als ich mich wieder umdrehte, saß Alice aufrecht und stand auf.

»Alice, oh, mein Baby.« Ich streckte die Arme so weit aus, wie ich konnte, aber Brian zog mich bereits zurück und stellte sich so vor mich, dass er zwischen mir und meinem Vater und meiner kleinen Tochter war, die nun vorsichtig über die Felsen auf uns zustakste.

»Lass mich zu ihr!«, schrie ich. Brian reagierte nicht.

Ich beobachtete, wie sie mit leuchtend rosa Gummistiefeln, die ich noch nie gesehen hatte, einen Schritt vor den anderen setzte. Weil ich sie so dringend berühren wollte, versuchte ich erneut, mich Brians Griff zu entwinden, verlor das Gleichgewicht und strauchelte.

»Mummy!«, rief Alice wieder hörbar panisch.

»Alles okay«, antwortete ich. »Mummy ist okay.« War ich, auch wenn ein stechender Schmerz durch mein Handgelenk schoss.

Ich musste sie in die Arme nehmen, ihr sagen, dass ich sie nie wieder verlassen würde. Aber Brian würde nicht zulassen, dass ich jetzt zu ihr ging, und ich musste vorsichtig sein. Er hielt zu viele Trümpfe in der Hand und konnte immer noch dafür sorgen, dass ich alles verlor.

Neben ihm blickte mein Vater nervös zwischen Brian und mir hin und her. Er stand wie angewurzelt da, während Brian auf ihn zurückte. Immer noch sah er nicht zu Alice.

»Dad, du solltest gehen«, sagte ich.

Aber mein Vater bewegte sich nicht. »Er war die ganze Nacht hier«, sagte er wieder. »Hat nur beobachtet.« Er holte tief Luft und hielt sie an.

»Bitte«, dränge ich. »Geh einfach.« Eine Auseinandersetzung mit Brian, der ihn eiskalt anstarrte, würde er nie gewinnen.

Als mein Vater endlich einen Schritt zurücktrat, sagte er zu mir: »Ich habe ernst gemeint, was ich sagte, Harriet. Meine eine Bedingung – du erinnerst dich doch?«

Ich nickte und betete, dass er wegging, als er auf den Felsen kurz ins Wanken geriet und ich erkannte, was für ein gebrechlicher alter Mann er geworden war, seit wir uns zuletzt gesehen hatten. Mir brach es das Herz, mit anzusehen, wie er versuchte, nicht hinzufallen. Unwillkürlich streckte ich die freie Hand aus, um ihn zu stützen, doch noch bevor ich ihn erreichte, stieß Brian mich zurück und stürzte sich auf meinen Vater.

Ich fiel wieder auf die Felsen zurück. Alices Schreie erfüllten die kalte Luft. Brian beachtete seine Tochter immer noch nicht, packte meinen Vater und schlang die Hände um seinen Hals.

»Nein!«, schrie ich, und Alice heulte noch lauter. »Lass ihn los, Brian!«

Brian hörte nicht auf mich. Über Alices und meinen Schreien hinweg war nicht auszumachen, ob er irgendwas zu meinem Vater sagte, als er ihn zurückstieß. Ich sah lediglich die Furcht in den Augen meines Vaters. Brian warf sich auf ihn und schleuderte ihn gegen die Felsen.

»Lass ihn!«, kreischte ich. »Es ist nicht seine Schuld. Bitte, er ist ein alter Mann, Brian.«

Mein Vater rappelte sich auf, doch Brian streckte mir abwehrend eine Hand entgegen, damit ich nicht zu ihm oder Alice gelangte. Hilflos schaute ich zu, wie mein Vater seine Hände aufsetzte, um sich wieder aufzurichten. Alice stand zitternd da und schluchzte: »Mummy, er soll aufhören.«

Aber Brian würde nicht aufhören. Das wusste ich. Sein Rücken bildete eine feste Wand zwischen uns, und er hatte uns alle ausgeblendet.

Wacklig stemmte mein Vater sich erst auf die Knie und dann vollständig hoch. Er hob beide Hände, während er nach Luft rang.

»Brian!«, flehte ich. »Bitte, tu ihm nichts.« Ich versuchte, Brian zurückzuziehen, aber er holte mit einem Arm nach hinten aus und stürmte erneut vor, erwischte meinen Vater unvorbereitet und vergrub die Daumen in seiner Kehle.

Entsetzt beobachtete ich die Furcht in den glasigen Augen meines Vaters, die Haut an seinem dünnen Hals, die sich um Brians Finger kräuselte, als sie sich tiefer hineinsenkten. »Mach keine Dummheit«, schluchzte ich. »Bitte, wir können alle einfach nach Hause fahren.«

»Dir muss klar sein, dass das jetzt nicht mehr geht«, brüllte Brian, und mit einem letzten Stoß katapultierte er meinen Vater mit solcher Wucht auf die Felsen, dass ich seinen Schädel brechen hörte.

Für einen Moment herrschte absolute Stille, bevor lauter Schreie zu hören waren. Inzwischen konnte ich nicht mehr sagen, von wem sie kamen; Alices und meine verschmolzen und wurden ohrenbetäubend.

Von meinem Vater, der reglos dalag, kam kein Laut. Brian fuhr zu mir herum. Sein Atem ging schnell, und seine Augen waren so dunkel, dass sie beinahe schwarz aussahen. Jeder Muskel seines Körpers war angespannt, und ich wusste, dass er immer noch kampfbereit war. Ich sah ihm an, wie gern er mich für das, was ich getan hatte, verletzen würde.

Alices Schreien war zu einem Wimmern geschrumpft. Auch ich war verstummt, und wieder war es unheimlich still am Strand, abgesehen vom rhythmischen Schwappen der Wellen an den Felsen.

Brians Blick wich nicht von mir, verschlang mich vollständig. Ich erkannte, dass sich seine Gedanken überschlugen, er sich fragte, wie er mich verloren hatte und was er jetzt tun sollte. Dann ergriff er meinen verletzten Arm und fing an, mich zum Anleger zu zerren. Ich rief ihm zu, er solle stehen bleiben, streckte meine Hand nach Alice aus, als er mich an ihr vorbeizog, konnte sie aber nicht erreichen.

»Brian, was machst du?« Ich schaute mich zu meinem kleinen Mädchen um. Ihre Lippen bebten vor Angst, während sie wie erstarrt dastand.

Er ignorierte mich, zerrte mich weiter zum Boot, blieb jedoch davor stehen, und ich bemerkte einen Anflug von Unentschlossenheit. Er hatte doch nicht vor, in das Boot zu steigen? Was mochte in seinem Kopf vorgehen, dass er seine größte Angst verdrängte? Es war ein Furcht einflößender Gedanke.

»Brian, hör auf damit«, sagte ich verzweifelt. »Wir können Alice nicht hierlassen. Du willst nicht in das Boot steigen.«

Aber Brian wusste, dass er die Kontrolle verloren hatte, und irgendwie musste er sie wiedergewinnen, auch wenn er merklich unsicher war, wie. Er stieß mich in das Boot. »Alice kommt klar«, murmelte er.

Ich versuchte, wieder auszusteigen, aber Brian schubste mich in die Ecke. »Wir können sie nicht hierlassen«, schrie ich. »Und mein Dad braucht Hilfe. Brian, du musst aufhören!« Mein Vater lag reglos auf den Felsen. Alice näherte sich ihm ein Stück.

»Brian, stopp!« Ich versuchte, mich hochzuziehen, packte sein Hemd, krallte die Hände in die Baumwolle.

Er riss mir den Stoff aus den Händen und löste mit einer Hand das Tau, mit dem das Boot am Anleger festgemacht war. Dann startete er den Motor, der sofort losbrummte. Atemlos zog ich mich hoch und stürzte auf die Bootskante zu, doch Brian hielt mich an den Knöcheln fest, und sosehr ich mich auch anstrengte, er war stärker als ich.

Langsam bewegten wir uns von den Felsen weg. Alices Arme hingen schlaff herunter, die Spitzen ihrer pinken Gummistiefel wiesen nach innen, ihr Mund stand weit offen. Nie hatte ich Brian mehr gehasst als in diesem Moment. Nie hatte ich einen solch intensiven Drang verspürt, meinen Ehemann zu verletzen.

Mit aller Kraft bereitete ich mich darauf vor, mich herumzuschnellen und Brian wegzustoßen, als ich jemanden den Schlipp herunterkommen sah. Für einen Sekundenbruchteil erstarrte ich und beobachtete die Gestalt, die näher kam, bis ich die lange graue Strickjacke, die enge Jeans und den schwingenden Pferdeschwanz ausmachen konnte.

Charlotte?

Mir stockte der Atem, und Erleichterung überkam mich, als die Frau, von der ich nun wusste, dass es Charlotte war, in Alices Richtung lief. Mein Zögern bedeutete, dass wir noch weiter wegtrieben. Falls sie nach mir rief, konnte ich es nicht hören. Alice hingegen musste es gehört haben, denn sie blickte vom Boot weg und hatte angefangen, vorsichtig auf Charlotte zuzuklettern.

Ich presste eine Hand auf meinen Mund, um mein Schluchzen zu unterdrücken. Wenigstens war meine Tochter in Sicherheit. Und sie würden einen Krankenwagen für meinen Vater rufen, der, soweit ich es sehen konnte, sich nach wie vor nicht rührte.

Brians Griff an meinen Knöcheln lockerte sich. Ich sah nach hinten. Er starrte zum Horizont, ahnungslos, dass Charlotte hier war. Wenn ich schnell reagierte, könnte ich mich seinem Griff entwinden, aus dem Boot springen und zurück zu den Felsen schwimmen. Das Wasser war flach, und es war nicht weit. Innerhalb von Minuten wäre ich wieder bei meiner Tochter.

Aber jetzt war Charlotte hier, und ich wusste, wenn ich floh, würde er mir folgen und dafür sorgen, dass es für mich vorbei war. Ich würde niemals mit dem davonkommen, was ich getan hatte.

Gefangen in einem Moment von Unentschlossenheit, trieben wir weiter aufs Meer hinaus. Das Boot schwankte auf jeder Welle, weshalb Brian sich an der Bootskante festhielt.

Am Strand verschwammen Charlottes und Alices Umrisse. Auch das Tageslicht nahm rapide ab. Bald wäre es richtig dunkel. Schon jetzt färbte sich das Meer pechschwarz.

Ich überlegte, dass es für mich auf die eine oder andere Art sowieso vorbei war. Wahrscheinlich würde ich für das bezahlen, was ich getan hatte, und falls eine geringe Chance bestand, dass ich nicht ins Gefängnis kam, sollte ich Brian vielleicht nie wieder verlassen.

Während ich erwog, in dem Boot zu bleiben, fiel mir ein, dass ich auf dem Meer im Vorteil war. Denn ich konnte schwimmen. Und Brian nicht.

Charlotte

Charlotte schlang die Arme fest um Alice, um sie warm zu halten. Zwei Wochen lang hatte sie sich für das Verschwinden des kleinen Mädchens verantwortlich gefühlt, und nun hielt sie Alice in den Armen und atmete ihren Duft ein, als sie ihren Kopf an Charlottes Brust vergrub. Charlotte war so ungemein froh, dass sie an sich halten musste, nicht zu weinen. Alice war verängstigt, und Charlotte war klar, wie dringend sie sich um der Kleinen willen zusammenreißen musste, was ihr jedoch zunehmend schwerer fiel.

»Wo ist Mummy hin?«, fragte Alice ein weiteres Mal. »Wann kommt sie wieder?«

»Bald«, sagte Charlotte. »Ich verspreche dir, dass sie bald wieder da ist.« Sie wollte nicht darüber nachdenken, was auf dem winzigen Boot geschah oder wohin Brian sie brachte. Sie sah hinab zu dem kleinen Mädchen, dessen Körper an ihrem zitterte, und umfing es fester. Als sie wieder aufblickte, war das Boot ganz verschwunden.

»Wird Grandpa wieder gesund?«, fragte Alice.

Zwei Sanitäter hockten auf den Felsen vor ihnen. Charlotte konnte Les nicht sehen. »Sie tun alles, was sie können«, flüsterte sie in Alices Haar. Sie musste zugeben, dass es nicht gut aussah.

Zehn Minuten früher war Charlotte beim Elderberry Cottage angekommen und hatte eine Frau angetroffen, die so verwirrt aussah, wie Charlotte sich fühlte. »Oh, hallo, ich bin auf der Suche nach Freunden, aber vielleicht habe ich die falsche Adresse erwischt.« Charlotte lehnte sich zurück, um nach einem Hausnamen zu suchen, obwohl sie sicher war, dass auf dem verwitterten Schild vorn »Elderberry« gestanden hatte.

»Nach wem suchen Sie denn?«, fragte die Frau. Hinter dem dichten dunklen Pony und dem dicken Brillenrahmen konnte Charlotte ihre Augen kaum sehen. »Mir gehört das Cottage, aber ich habe hier gerade einen Feriengast.«

»Ähm«, stammelte Charlotte. Sie hatte keine Ahnung, wie Harriets Vater hieß, und konnte nicht riskieren, sich auf ein Gespräch über ihn einzulassen.

»Ich habe hier einen Les Matthews – meinen Sie den?«

»Ja«, sagte Charlotte zögerlich. »Ist dies Elderberry Cottage?«

»Ja, richtig. Er war vorhin nicht da. Ich war bloß gekommen, weil Glenda angerufen hatte. Sie meinte, dass gestern Abend jemand Komisches hier rumgelungert hat. Glenda wohnt in dem Haus an der Ecke.« Die Frau zeigte den Weg hinauf in die Richtung, aus der Charlotte gekommen war. »Sie ist fast neunzig.«

»Ah, verstehe.«

»Wir haben hier keine Leute, die rumlungern. Hier kommt keiner hin. Ich habe Glenda gesagt, dass es nichts weiter ist, musste ihr aber versprechen, mal nachzusehen. Ehrlich gesagt denke ich, ihr passt nicht, dass ich das Cottage vermiete. Sie hätte lieber jemanden, der dauerhaft hier wohnt, doch was soll man machen?«

»Weiß ich nicht«, antwortete Charlotte.

»Deshalb habe ich immer das Gefühl, dass ich herkommen und solche Sachen klären muss, wenn sie mich anruft, nur …«

»Verzeihen Sie, ich möchte wirklich nicht unhöflich sein,

aber ich muss meinen Freund finden. Können Sie mir sagen, wie ich zum Strand komme?«

»Zum Strand?« Die Frau blickte auf ihre Uhr. »Es ist halb neun durch; um diese Zeit ist niemand mehr da unten.«

»Ich würde trotzdem gern nachsehen, weil er nicht im Cottage ist. Geht es da lang?« Sie zeigte Richtung Klippen.

Die Frau schüttelte den Kopf. »Nein, abends ist es viel zu gefährlich, den Pfad zu benutzen. Sie können nicht sehen, wohin Sie treten. Am besten fahren Sie zurück durchs Dorf, wenn Sie wirklich an den Strand wollen. Aber denken Sie dran, dass Flut ist. Viel wird vom Strand nicht mehr übrig sein.«

Charlotte dankte ihr. Am liebsten wäre sie wieder ins Auto gestiegen und nach Hause gefahren. Es wurde dunkel, und die Wege waren nicht beleuchtet; dennoch würde sie sich niemals verzeihen, wenn sie nicht wenigstens am Strand nach Harriet sah.

Sie wendete ihren Wagen auf dem schmalen Weg, wobei sie achtgab, nicht den Land Rover der Frau zu rammen, der ziemlich schief vor ihr parkte, und fuhr die Strecke zurück, die sie gekommen war, bog nach rechts in den Ort und folgte den Schildern zum Strand.

Sobald sie Alice auf den Felsen stehen sah, atmete sie auf. Doch ihre Erleichterung währte nicht lange, denn als Nächstes bemerkte sie das Fischerboot mit den zwei Gestalten darin, das langsam aufs Meer hinaustuckerte.

Sie kletterte über die Felsen, rief Alices Namen, und das kleine Mädchen drehte sich tränenüberströmt zu ihr um. »Alice, ich bin es, Charlotte. Komm zu mir.«

Zögerlich machte Alice kleine Schritte auf sie zu, bis Charlotte sie erreichte und in ihre Arme nahm.

»Daddy hat Mummy in dem Boot mitgenommen«, weinte Alice. »Und er hat Grandpa wehgetan. Er hat ihn auf die Felsen geworfen.« Schluchzend zeigte sie mit dem Finger auf die Stelle.

»O Gott«, rief Charlotte aus, als sie ihn sah. Sie machte einen Schritt auf ihn zu, wollte jedoch nicht zu dicht ran, weil Alice sich an ihr festklammerte. Charlotte zog das Handy aus ihrer Tasche und wählte den Notruf. »Ich brauche einen Krankenwagen und die Polizei«, sagte sie, als sich jemand meldete.

Die Polizei und die Sanitäter kamen, und nachdem sie die groben Einzelheiten von Charlotte erfahren hatten, holten sie die Küstenwache hinzu. An die hatte Charlotte gar nicht gedacht, was sie sich nun vorwarf. Sie hoffte, dass sie schnell wären, denn schon jetzt schwand mit dem Licht jede Hoffnung, dass Harriet wohlbehalten zurückkam.

Charlotte redete mit Alice, um sie von dem abzulenken, was die beiden Polizisten nur wenige Schritte von ihnen entfernt in ihre Funkgeräte sprachen. »Wenn das Rettungsboot hier ist, finden sie deine Mummy und bringen sie zurück«, sagte sie. Da Alice ihren Vater nicht erwähnt hatte, tat Charlotte es auch nicht. »Jetzt erzähl mal, was du in Cornwall so gemacht hast.« Sie bemühte sich, sie beide auf andere Gedanken zu bringen, obgleich ihre immer wieder zu Harriet abschweiften.

Der Polizei hatte sie gesagt, dass Harriet nicht schwimmen konnte. Hatte es ihnen zugerufen, als sie mit der Küstenwache telefonierten. Alice hatte seltsam zu Charlotte aufgeblickt, und sie sagte dem kleinen Mädchen, es solle sich keine Sorgen machen, dass mit ihrer Mutter alles gut würde. Vor der Kleinen hätte sie überhaupt nichts sagen dürfen.

Aber Alice sah sie weiterhin so eigenartig an und schien nachzudenken.

»Was ist?«, fragte Charlotte. Alice zuckte mit den Schultern und schwieg, daher hakte Charlotte nicht nach.

»Ich will nicht, dass Grandpa stirbt.« Alices Stimme war so dünn, dass Charlotte sie kaum hörte. Sie bekam das Bild des Körpers nicht aus dem Kopf, der in einem definitiv falschen Winkel gelegen hatte.

Wieder schaute sie hinüber zu den Sanitätern und fragte sich, was geschah; dann zu den Polizisten, die sie bald befragen würden. Charlotte hatte keine andere Wahl, als ihnen die Wahrheit zu sagen.

Harriet

Mit verkniffener Miene lenkte Brian das Boot aufs dunkle Meer. Ich dachte, Zorn würde ihn antreiben, aber jedes Mal, wenn er sich zu mir drehte, waren seine Augen nichts als tote schwarze Löcher.

In ihm war nichts mehr. Eine leere Karkasse des Mannes, den ich kennenlernte und dem ich seither erlaubt hatte, mich zu kontrollieren. Brian wusste, dass er mich verloren hatte, und für ihn bedeutete es, dass er nichts mehr zu verlieren hatte.

Mein armer, tragischer Ehemann. So gefangen in seiner eigenen Welt, in der für nichts außer mir Platz war. Nicht einmal für Alice. Seine Gefühle für seine eigene Tochter kamen seiner sogenannten Liebe zu mir nicht einmal nahe. Das sah ich heute Abend deutlicher denn je.

Ich musste zumindest versuchen, ihm auszureden, was immer er plante. Andererseits bezweifelte ich, dass er einen richtigen Plan hatte.

»Brian«, sagte ich sanft, bog den Rücken durch und winkelte die Knie unter mir an. »Ich glaube nicht, dass du mir etwas antun willst. Dafür liebst du mich zu sehr.«

»Liebe?« Er lachte. Seine Schultern spannten sich an, als er mit der rechten Hand die Bootskante umklammerte. »Da ist keine Liebe mehr.« Er fixierte den schwindenden Horizont vor uns.

»Was hast du vor?«

»Halt den Mund, Harriet.« Er verkrampfte sich und hielt sich fester an der Bootsseite.

»Ich weiß, dass du mich nicht verlieren willst«, sagte ich.

Schließlich hatte er in den letzten vierundzwanzig Stunden die Möglichkeit gehabt, die Polizei anzurufen. Brian hätte sichergehen können, dass ich für mein Handeln bezahlte; er hätte mich einsperren lassen können, weit weg von Alice, so wie er es stets angedroht hatte.

Jetzt wusste ich, dass er es nicht tun würde. Er wollte Alice nicht ohne mich. Mir meine Tochter zu nehmen, war nie mehr als eine Drohung gewesen, damit ich bei ihm blieb.

Ich war nicht sicher, ob er mich aus dem Boot werfen und sich selbst retten wollte, doch allmählich fragte ich mich, ob er plante, dass wir beide starben. Als ich zurück zum Strand schaute, konnte ich dort niemanden mehr sehen, doch die blinkenden Blaulichter verrieten mir, dass Hilfe gekommen war. Es war beruhigend, dass meinem Vater geholfen wurde, auch wenn mir klar war, dass die Polizei Charlotte befragen würde. Inzwischen dürften sie wissen, was ich getan hatte.

Ich sank an die Bootsseite. War alles vorbei?

Das konnte ich nicht zulassen. Ich musste stark sein, irgendwoher die Kraft nehmen, dies hier zu überstehen.

»Brian, wir müssen zurück zu Alice.«

»Ich habe gesagt, du sollst den Mund halten«, fauchte er mich an.

»Ich weiß, dass du sie liebst«, fuhr ich fort. Nicht so, wie man sich wünschte, dass das eigene Kind geliebt wurde, doch ich war mir sicher, dass er ihr nichts tun wollte. »Stell dir vor, welche Angst sie haben muss.«

»Du sollst ruhig sein!« Er drehte sich zu mir um. Das Boot kippte zur einen Seite, und Brian erstarrte. Wieder sah ich seine Angst – vor dem prekären Balancieren auf dem Wasser, das er so sehr fürchtete. »Kein Wort mehr.« Langsam wandte er sich wieder zum Horizont.

Ich sagte nichts. Stattdessen kroch ich tiefer zum Bootsboden und beobachtete Brian aufmerksam. Ich malte mir den Aufruhr aus, den wir verursacht hatten. Die hektischen Officers und Sanitäter am Strand, die Befragungen, wie sie alles zusammenfügten. Dagegen war es hier draußen auf dem Meer vollkommen friedlich. Inzwischen war die Sonne untergegangen, und abgesehen von den blinkenden Blaulichtern war kaum noch etwas zu sehen.

Wir dümpelten weiter hinaus ins Nichts. Ich schaute nicht mehr zum Strand zurück, sagte mir, dass bald ein Rettungsboot unterwegs wäre. Es würde nicht lange dauern, bis es den Schlipp hinunter ins Wasser rauschte und beständig schneller auf uns zuraste. Würden sie rechtzeitig bei uns sein?

Ich schlang die Arme um meinen Oberkörper. Was, wenn sie gar keines gerufen hatten? Das konnte ich unmöglich einschätzen. Mein Leben lag in Brians Händen, wie von jeher, und während mich neue Angst durchfuhr, wurde mir klar, dass ich irgendwie die Kontrolle zurückgewinnen musste. Ich durfte nicht aufgeben. Was wäre ich dann für eine Mutter?

Ich bewegte die Beine unter mir und lockerte meine Finger, die ich unbewusst zusammengekrampft hatte. Brian war nicht zu trauen. Gewiss traute er sich selbst nicht mehr, und wenn ich erlaubte, dass er uns immer weiter auf die schwarze See brachte, würde er gewinnen. Ich musste ihn ein für alle Mal aufhalten. Aber hieß das wirklich, dass ich keine andere Wahl hatte als die, die sich in meinem Kopf festzusetzen begann?

Leise stemmte ich mich vom Bootsboden hoch und auf die Füße, blieb aber in der Hocke. Ich hatte die Oberhand, erinnerte ich mich. Brian konnte nicht schwimmen, und er wusste nicht, dass ich es konnte. Diese Worte wiederholte ich im Geiste, bis sie den Teil von mir übertönten, der meine Idee grotesk fand.

Mein Herz hämmerte wild, als ich auf meinen Fußballen wippte. Sobald ich aufstand, würde ich mich schnell nach vorn stürzen, um ihn zu überraschen, allerdings fürchtete ich, dass meine Beine sich nicht zügig genug bewegten. Während ich bereits die nächsten Schritte überlegte, war ich fassungslos, dass ich zu solch einer Tat fähig sein könnte.

Ich atmete tief durch, richtete mich auf und sprang auf Brian zu. Mit beiden Händen packte ich sein Hemd. Das Boot schwankte, und Brian fuhr herum, griff nach meinen Armen, um sich abzufangen.

»Was machst du ...«, begann er zu brüllen, und mit allem, was ich an Kraft aufbieten konnte, stieß ich ihn rückwärts zur Bootskante.

Ich wusste, egal was geschah, Brian würde sein Versprechen halten, mich niemals loszulassen. Wenn er über Bord ging, würde ich es auch tun.

Sein Blick huschte zwischen mir und dem Wasser, das sich endlos unter uns erstreckte, hin und her. Ich ermahnte mich, an Alice zu denken, die auf mich wartete. Brian dachte gewiss nur an seine Angst, in die eisige Dunkelheit zu stürzen, die nicht mal eine Armlänge entfernt war. Mit diesem Bild im Kopf warf ich mich nach vorn und fiel mit Brian zusammen ins Wasser.

Das Meer war eiskalt und stach sofort in meine Haut. Mit jedem Atemzug schoss Schmerz durch meine Brust. Brians Augen waren weit vor Furcht, als er mit mir stürzte, und er versuchte weiterhin, mich in seinen Armen zu halten. Als er den Mund zum Schreien aufriss, tauchte er unter, sodass ihm ein Schwall Meerwasser hineinlief, bevor er prustend und spuckend wieder nach oben stieg.

Ich sah das blanke Entsetzen, das sich seiner bemächtigte, während er darum kämpfte, den Halt an mir nicht zu verlieren.

Es war ein bittersüßer Moment, meinen Mann wild zappeln, nutzlos mit den Armen fuchteln zu sehen. Derweil trat ich kräftig mit den Beinen, um mich über Wasser zu halten.

Da er mich immer noch festhielt, zog Brian mich mit, als er unterging. Ich hatte bereits tief Luft geholt, doch er schaffte es irgendwie, seine Umklammerung noch zu verstärken, und seine Panik bugsierte uns weiter in die Tiefe.

Ich brauchte Luft, und als ich uns beide wieder an die Oberfläche brachte, fragte ich mich, wie oft ich mich von ihm nach unten ziehen lassen durfte.

Der grelle Strahl eines Suchscheinwerfers schwang über uns hinweg, näher als die Lichter vom Strand. Es musste ein Rettungsboot sein. Brian folgte mit einem panischen Ausdruck meinem Blick, suchte nach Zeichen von Hilfe, und in dem Moment sah ich, dass er, der so entschlossen war, uns beide in den Tod zu reißen, nichts lieber zu wollen schien, als zu leben.

Ich hatte die Macht, sagte ich mir wieder. Er hatte keine mehr.

Für einen flüchtigen Augenblick hatte ich Mitleid mit meinem Mann. Vor zwei Dingen hatte er sich immer so gefürchtet: zu ertrinken und mich zu verlieren. In gewisser Weise schloss sich für ihn ein Kreis.

Er verdiente nicht zu sterben.

Oder?

Die Lichter kamen näher. Bald wären die Rettungsschwimmer bei uns.

Mein Herz raste, und ich schaute Brian in die Augen. Kalt.

Dunkel. Einst hatte ich mich in diese Augen verliebt, hatte sie für stark und beschützend gehalten. Doch seither hatte ich über die Jahre zu oft gesehen, wie sie mich kontrollierten, mich zu seinem Eigentum machten.

Ich zog meine Beine so weit wie möglich an und rammte sie gegen ihn, fühlte seine Schenkel unter meinen Füßen, als ich ihn von mir stieß. Seine Hände glitten von meinen Armen, und er blickte mir fragend in die Augen, während er schon mit beiden Armen um sich zu schlagen begann.

Begriff er, dass ich schwimmen konnte?

Als Brian im Wasser versank, wartete ich einige Sekunden in dem Wissen, dass ich tauchen und ihn retten könnte, wenn ich wollte.

Die Strömung trieb ihn langsam von mir weg. Ich zählte bis fünf, doch Brian tauchte nicht wieder auf. Ängstlich schwamm ich auf die Stelle zu, an der sich Wellenkräusel von innen nach außen ausbreiteten.

Das Rettungsboot war jetzt nahe, und der Suchscheinwerfer fing mich ein.

Nun legte ich mich auf den Rücken und schwamm fort von Brian. Gleich würden sie mich aus dem Wasser holen. Bis dahin wäre schwer zu sagen, wo er sein mochte.

Harriet

»Wo ist Ihr Mann?« Die Rettungsschwimmer waren natürlich in Sorge, weil sie ihn nirgends entdecken konnten. Ich wies vage ins Wasser. Mir fiel das Atmen schwer. Die eisige Kälte hatte mir zugesetzt, und Schmerz durchströmte meinen gesamten Körper.

»Da drüben ...«, versuchte ich zu sagen, hatte jedoch Mühe, die Worte herauszubringen. In dem Moment, in dem ich aus dem Wasser gezogen wurde, hatte mein Körper angefangen, in einen Schockzustand zu fallen. Ich schloss die Augen, bis die Stimmen über mir zu einem wirren Geflüster wurden. Adrenalin pulsierte in mir, und ich wollte nur kurz alles ausblenden.

Die Stimmen trafen Entscheidungen. Sie würden mich an den Strand bringen, beschlossen sie; ein weiteres Rettungsboot war bereits unterwegs. »Keine Angst«, versicherte mir jemand, der dicht an meinem Ohr sprach. »Wir finden ihn.«

Ich wollte ihnen sagen, dass es sinnlos war. Brian konnte nicht schwimmen. Vermutlich war er längst tot. Als er uns beide aufs Meer hinausbrachte, hatte er sich bloß sicher gefühlt, weil er dachte, auch ich könne nicht schwimmen. Doch mein Atem ging zu schnell und angestrengt, also entschied ich, mir die Puste zu sparen.

Innerhalb von Minuten waren wir am Strand, wo mir eine Polizistin aus dem Boot half und mich in eine Rettungsdecke wickelte. Eine Sanitäterin kam auf uns zugelaufen, und die Blaulichter erhellten nach wie vor den Himmel wie Feuerwerk. Schließlich begann mein bibbernder Körper, die Wärme zu absorbieren, und mein Kopf wurde klarer.

»Wo ist meine Tochter?«

»Um sie wird sich gekümmert«, antwortete die Sanitäterin und führte mich an das Ende des Strands, wo ein hell erleuchteter Krankenwagen wartete. Zwei oder drei Leute wuselten um ihn herum. »Können Sie mir Ihren Namen sagen?«

Ich kniff die Augen leicht zusammen, bis ich Alice erkannte, die hinten in dem Krankenwagen saß. Charlotte war bei ihr, hatte einen Arm um ihre Schultern gelegt, während ein Mann in grüner Uniform vor ihnen hockte. Er hielt eine Art Instrument in der Hand, mit dem er vor Alice wedelte. Ich bildete mir ein, sie lachen zu hören, was mir ein Lächeln entlockte.

»Wissen Sie, wie Sie heißen?«, fragte die Sanitäterin langsamer und lauter, als könnte ich sie nicht verstehen. Sie presste die Finger auf mein Handgelenk, um nach einem Puls zu tasten.

»Harriet Hodder.«

Inzwischen hatte der Aufruhr eine Handvoll Schaulustiger angezogen, die im Pulk zusammen oben am Schlipp standen, zeigten und nickten und ihre eigenen Schlüsse zu dem Drama am Strand zogen. Wir mussten eine spannende Zerstreuung an ihrem andernfalls langweiligen Abend bieten.

»Ich muss zu Alice«, sagte ich.

»Und das können Sie auch in einer Minute, aber zuerst müssen wir uns vergewissern, dass mit Ihnen alles okay ist.« Die Sanitäterin war ganz auf mich konzentriert. »Wissen Sie, welcher Tag heute ist, Harriet?«

»Es ist Freitag. Ich habe meine Tochter seit dreizehn Tagen nicht bei mir gehabt.« Sie ließ von mir ab und legte meine Hand behutsam an meine Seite. Der Sand unter mir war feucht. »Öffnen Sie bitte den Mund«, sagte sie. Ich tat es und erlaubte ihr, hineinzusehen und meine Temperatur zu messen, ehe ich sie wegschob und bat, mich zu meiner Tochter zu lassen.

Die Sanitäterin blickte zur Polizistin neben uns, tauschte sich wortlos mit ihr aus, was eine gefühlte Ewigkeit dauerte. »Okay«, sagte sie endlich, wirkte indes unsicher.

Beide Frauen stützten mich und halfen mir hinüber zum Krankenwagen. Meine Beine zitterten, und sie mussten den Großteil meines Gewichts tragen. Ich war schwach vom Mangel an Nahrung und Flüssigkeit, von der Kälte des Meers und der Anstrengung, mich über Wasser zu halten.

Alice rief nach mir, als sie mich kommen sah, und richtete sich auf.

»Schätzchen!« Meine Stimme brach, während ich mich von den Frauen losmachte und die letzten Meter auf Alice zustolperte, um sie in die Arme zu schließen. Ich schluchzte in ihr Haar. Die Freude, sie wieder fühlen zu können, überwältigte mich. Sämtliche anderen Gedanken verebbten, und in diesem Moment dachte ich nicht daran, was mit meinem Mann geschehen war oder was die Zukunft für uns bereithielt. Es genügte, einfach wieder bei meiner Tochter zu sein.

Als ich schließlich aufblickte, sah Charlotte mich an. Sie saß noch hinten in dem Krankenwagen, nach vorn gebeugt, und knüllte nervös den Saum ihrer Strickjacke auf ihrem Schoß zusammen. Bei ihrem Anblick kamen mir die Tränen. Ich öffnete den Mund; ich musste ihr danken, doch was konnte ich, umgeben von Leuten, zu ihr sagen? Charlotte nickte kaum merklich, doch ihr Gesichtsausdruck wirkte gequält.

Ein Sanitäter sagte mir, dass sie mich noch durchchecken müssten, aber ich versicherte ihm, es ginge mir gut, und sobald er um die Seite des Krankenwagens verschwunden war, wandte ich mich zu Charlotte. »Ich danke dir«, sagte ich, doch sie sprach gleichzeitig mit mir.

»Brian?«, fragte sie. »Ist er ... was ist passiert?«

Kopfschüttelnd blickte ich hinaus aufs Wasser. »Ich, ähm, sie suchen noch nach ihm. Ich denke, sie ...« Ich verstummte und beugte mich zu Alice hinunter. »Bist du okay, Süße?« Ich mochte mir nicht mal vorstellen, wie sie das alles verkraftete.

Charlotte stand auf und wies auf die Liege. »Legen wir sie hin«, sagte sie. »Ich glaube, sie wäre längst eingeschlafen, hätte sie nicht auf dich gewartet.« Sie zog eine grobe Wolldecke von der Liege, und als ich Alice hochhob und drauflegte, deckte Charlotte sie zu. Ich kniete mich auf den Boden neben Alice und strich ihr übers Haar.

»Sie werden mit dir reden wollen«, sagte Charlotte leise.

Ich nickte, während ich weiter mein Baby anschaute. Alices Lider flatterten bereits. Es würde nicht lange dauern, bis sie einschlief; sie war eindeutig erschöpft.

»Harriet«, sagte Charlotte nun drängender. »Die Polizei wird jeden Moment mit dir sprechen wollen.«

»Weiß ich«, antwortete ich, richtete mich auf und drehte mich zu ihr um. »Was hast du ihnen erzählt? Was glauben sie, weshalb du hier bist?«

»Sie haben noch nicht mit mir gesprochen, aber das werden sie, und ich weiß nicht, was ...«

»Sag einfach, dass du hergekommen bist, weil ich Angst hatte, und mehr weißt du nicht«, antwortete ich nach raschem Überlegen. »So kann man dich mit nichts in Verbindung bringen. Wo ist mein Vater?«, fragte ich. »Wie geht es ihm?«

»Er war bewusstlos, als die Sanitäter eintrafen«, sagte sie. »Es tut mir so leid, Harriet. Ich weiß, dass du das nicht hören willst, aber er hat es nicht geschafft. Tut mir ehrlich leid.«

»Nein.« Ich schüttelte vehement den Kopf. »Nein, das kann nicht wahr sein.«

»Es sah schon nicht gut aus, aber zumindest hat er nicht mitbekommen, was passiert ist, oder hatte Schmerzen. Und die Sanitäter haben alles getan, was sie konnten ...«

»Nein!«, schrie ich und hielt mir die Ohren zu, damit ich nicht hörte, was sie sagte. Wenn ich es nicht hörte, stimmte es vielleicht nicht. Das Gleiche hatte ich gedacht, als ich das leere Krankenhausbett meiner Mutter gesehen hatte.

Mein Vater durfte nicht tot sein. Nicht, wenn ich ihm noch so viel zu sagen hatte.

»Harriet.« Charlotte nahm meine Hände und drückte sie herunter. »Du musst vorsichtig sein«, flüsterte sie. »Hier sind zu viele Leute.«

»Aber ich habe ihm nicht gesagt, dass es mir leidtut«, schluchzte ich. »Er wird es nie erfahren.«

Er würde nie erfahren, dass ich, wenn ich könnte, die Zeit zu dem Tag zurückdrehen würde, an dem er wieder in mein Leben trat. Und diesmal würde ich ihn auf keinen Fall um das bitten, worum ich ihn gebeten hatte. Ich würde ihn nie in eine Position bringen, in der er nicht Nein sagen konnte.

Kummer ballte sich tief in meinem Bauch, dehnte sich mit jedem Atemzug weiter aus. Nicht mein Vater. Nicht der Mann, der sein Leben für Alice und mich riskiert hatte. Das alles war meine Schuld, und nun war es zu spät. Ich konnte nichts mehr tun, um irgendwas besser zu machen. »Er hat sie nur weggebracht, damit wir sicher sind.«

»Harriet!«, sagte Charlotte. »Das kannst du nicht machen. Man wird dich sicher beobachten.«

Mir war klar, was sie meinte. Die Polizei würde genau registrieren, wie ich mich verhielt. Ich sollte nicht um den

Mann trauern, der mein Kind entführt hatte. Aber ich konnte nicht anders. Schlagartig wurde mir so speiübel, dass ich mich, ehe ich mich bremsen konnte, vor die Hecktüren des Krankenwagens erbrach.

Charlotte nahm mich in die Arme, strich mir übers Haar und brachte mich dazu, mich neben Alice zu setzen, die glücklicherweise schon eingeschlafen war. Wie gern hätte ich mich zu ihr gelegt und wäre ebenfalls eingeschlafen. Hätte dies alles in nichts als einen bösen Traum verwandelt.

»Du darfst nicht zusammenbrechen. Er hatte deine Tochter entführt, denk daran«, sagte sie so leise, dass nur ich es hörte.

»Aber es ist alles meine Schuld«, wimmerte ich. Natürlich wusste sie es bereits, dennoch strich sie mir weiter übers Haar und ermahnte mich, mich zusammenzunehmen.

Doch mich riss der Schmerz innerlich in Fetzen, die sich falsch wieder in eins fügten, bis ich das Gefühl hatte, sie gehörten nicht zu mir. Eine sengende Hitze durchfuhr mich wie Feuer, bis ich nichts anderes mehr fühlte.

Ich konnte sie nicht glauben lassen, dass mein Vater verantwortlich war. Nicht nun, da er tot war. Entschlossen hob ich den Kopf und betrachtete das Chaos um mich, die Panik, den Schmerz. Jeder war einzig meinetwegen hier.

»Wie kann ich mit mir leben, wenn ich nicht die Wahrheit sage?«, murmelte ich.

»Harriet, sieh hin«, befahl Charlotte und drehte meinen Kopf nach links, wo Alice zur Form einer Erdnuss zusammengerollt lag. Ihr Atem ging tief und ruhig. Nichts ahnend – wie sie es sein sollte. »Wie kannst du mit dir leben, wenn du es tust?«

Ich konnte nicht verstehen, wieso Charlotte nach allem, was ich ihr angetan hatte, noch versuchte, mich zu schützen. Aber ich bekam keine Gelegenheit, sie nach dem Grund zu fragen. Oder warum sie bereit war, für mich zu lügen. In diesem Moment nämlich erschien eine Polizistin, die sich als DC Rawlings vorstellte, und nachdem sie ihr Beileid ausgedrückt hatte, ohne jemanden direkt anzusprechen, bat sie Charlotte und mich, sie aufs Revier zu begleiten, wo sie und ihr Kollege uns einige Fragen stellen wollten. Eine andere Polizistin würde bei Alice bleiben, versprach sie mir, als sie uns zu dem Wagen oben an dem Schlipp führte. Ich bekam auch keine Gelegenheit mehr, Charlotte zu sagen, wie leid es mir tat, bevor sie zur Befragung geführt wurde. Und ich konnte sie nicht mehr fragen, wie weit sie zu gehen bereit war.

HEUTE

Von dem Moment an, da mein Vater meiner Bitte nachgab, war mir bewusst gewesen, dass ich wohl eines Tages die Polizei belügen müsste. Ich hatte mir einzureden versucht, dass ihm nichts passieren würde, weil er Alice für mich versteckt hatte, und bemühte mich, nicht an die unzähligen Dinge zu denken, die schiefgehen könnten. Dabei war mir natürlich klar, wie leicht sie es konnten.

Manchmal stellte ich mir vor, wie ich in einem Verhörraum saß – wobei meine Vorstellung von solchen Räumen Fernsehserien entlehnt war – und bei meiner Geschichte bliebe, die Ermittler überzeugte, dass ich nichts mit dem Verschwinden meiner Tochter zu tun gehabt hatte.

Was ich nie bedacht hatte, war, dass ich auch lügen müsste, was den Mord an meinem Mann anging.

War es Mord? Ich hatte ihn sterben lassen, ihn aber nicht tatsächlich getötet. Besteht da ein Unterschied? Meine Finger tippen nervös auf dem Tisch, während ich warte, dass DI Lowry wieder hereinkommt. Ich frage mich, weshalb der Detective hinausgerufen wurde, und vermute, dass es Neuigkeiten zu Brian gibt.

Vielleicht ist er gar nicht tot, denke ich, und meine Finger erstarren, als die Tür aufgeht. Ich ziehe meine Hände auf meinen Schoß, damit Lowry nicht sieht, wie unruhig sie sind. Lowry sieht mich nicht an, setzt sich auf seinen Stuhl und schaltet das Aufnahmegerät wieder ein, bevor er routiniert ansagt, dass die Befragung fortgesetzt wird.

Ich habe ihm schon erzählt, wie mein Mann mich über Jahre misshandelt hatte, mich gegen meinen Willen auf das Boot zerrte, sodass meine Tochter allein am Strand zurückblieb. Ich habe ihm erzählt, dass Charlotte es bestätigen wird, denn sie fand Alice auf den Felsen.

»Was ich nicht verstehe, Harriet«, sagt er, »ist, warum Sie nie erwähnten, dass Ihr Vater noch lebt, als Alice vermisst wurde.«

Ich sehe ihn an, schweige zunächst, weil ich damit gerechnet hatte, weiter zu Brian befragt zu werden. Falls Lowry unwohl dabei ist, so über meinen nun toten Vater zu sprechen, lässt er es sich nicht anmerken. Für mich hingegen sind seine Worte wie Gewehrkugeln, die laut und scharf durch meinen Kopf hallen.

Ich erzähle ihm die Wahrheit über die Lüge meiner Mutter, dass mein Mann ihn für tot hielt, und füge hinzu, dass ich nie auf die Idee gekommen war, Brian zu widersprechen, als er nach dem Schulfest mit der Polizistin sprach. Und als der Detective wissen will, ob ich meinen Vater gesehen hatte, seit er uns vor vierunddreißig Jahren verließ, gestehe ich, dass er vor sechs Monaten plötzlich vor meiner Haustür aufgekreuzt war.

Lowry zieht die Augenbrauen hoch, lehnt sich auf seinem Stuhl zurück und lässt das Geständnis wirken. Es ist nicht die Antwort, die er erwartet hatte. »Jetzt begreife ich erst recht nicht mehr, warum Sie ihn nie erwähnt haben«, sagt er. Von dieser Wendung ist er entweder begeistert oder beunruhigt, denn gewiss hatte er nicht gedacht, dass ich so bereitwillig zugeben würde, meinen Vater wiedergesehen zu haben. Doch mir blieb keine andere Wahl. Alice wird ihnen erzählen, dass sie ihn kennt.

»Harriet«, sagt Lowry und lehnt sich näher zum Aufnahmegerät. »Haben Sie gewusst, dass es Ihr Vater war, der Alice vor dreizehn Tagen von dem Schulfest entführte?«

Ich schließe die Augen, senke meinen Kopf und atme sehr tief ein.

»Harriet?«

Mein Vater hatte mir das Versprechen abgerungen, dass ich jede Beteiligung leugnen würde. Ihn jetzt zu verraten fühlt sich so viel unverzeihlicher an. »Nein, davon wusste ich nichts«, sage ich. Mir gehen Charlottes Worte durch den Kopf: Wie könnte ich mit mir leben, wenn ich nicht log?

DI Lowry verschränkt die Arme, lehnt sich abermals zurück und neigt den Kopf zur Seite, während er mich aufmerksam betrachtet.

Auf der vierundzwanzigminütigen Fahrt vom Strand zur Polizeiwache hatte ich mir eine notdürftige Geschichte zurechtgelegt, bestehend aus Fragmenten der Wahrheit; heraus kam eine Version der Realität, an die ich glauben musste. Ich mag gelernt haben, mir Geschichten auszudenken, als ich jünger war, doch erst dank Brian hatte ich gelernt, so gut wie alles zu glauben.

Ich trinke von meinem Wasser, schlucke zu laut und erinnere den Detective daran, wie mein Mann war und welche Angst ich vor seiner Reaktion gehabt hatte.

»Richtig, Ihr Ehemann«, sagt er unbeeindruckt. »Von dem niemand sonst wusste, dass er Sie misshandelte.«

Ich ignoriere seinen Tonfall. »Mein Vater war der erste Mensch, dem ich mich anvertraute.«

Der Detective blickt zu meinem Handgelenk. Ich habe es mal wieder an der Stelle gerieben, wo sich ein großer roter Ring um meinen Unterarm zieht. »Es war nicht physisch.« Ich höre auf zu reiben und zeige hin. »Obwohl er mich heute Abend gepackt hatte. Aber nein, was er in unserer Ehe getan hat, fühlte sich viel schlimmer an.«

»Und was hat Ihr Vater gesagt, als Sie es ihm erzählten?«

Ich erzähle Lowry, dass mein Vater mich dazu bewegen wollte, Brian zu verlassen, Brian es jedoch unmöglich gemacht hatte. Und dann erzähle ich ihm die Geschichte, die mein Dad sich ausgedacht hatte, als er sagte, er könne mich nicht mehr treffen. Dass er gesagt hätte, er wäre nach Frankreich gezogen und könnte leider nichts mehr tun, um zu helfen. Und ich sagte dem Detective, dass ich ihn erst heute Abend wiedergesehen habe.

Lowry begreift nach wie vor nicht recht, warum ich nichts von alledem vor dreizehn Tagen gegenüber der Polizei erwähnt hatte. Ich hätte doch einen Verdacht haben müssen, dass mein Vater Alice vom Schulfest entführt haben könnte.

»Im Nachhinein wünschte ich, ich hätte etwas gesagt«, antworte ich. »Natürlich bereue ich es jetzt. Ich habe meine Tochter seit zwei Wochen nicht gesehen.« Tränen laufen mir bei dem Gedanken an Alice über die Wangen, weil ich so dringend bei ihr sein will. Ich trockne mir mit meinem T-Shirt-Ärmel das Gesicht ab. Ich würde alles ändern, wenn ich damit meinen Vater retten könnte.

»Gibt es wirklich keine Neuigkeiten?«, frage ich ihn wieder. »Ist Brian gefunden worden?«

DI Rawlings legt die Hände vor sich auf dem Tisch übereinander. Ihre Schultern sind leicht vorgebeugt und angespannt;

ihre Stirn scheint nun permanent gerunzelt. Sie kann ihren Frust nicht verbergen, egal wie sehr sie sich bemüht.

»Tut mir leid, aber ich kaufe Ihnen schlicht nicht ab, dass Sie nichts von Brian wussten.«

»Oh Mann!« Ich sacke auf meinem Stuhl nach hinten und sehe zur Seite, weg von dem Detective.

»Was ist los, Charlotte?« Nun ist Rawlings' Neugier geweckt.

»Ich kann nicht fassen, dass wir immer noch bei dem Thema sind. Ich wusste nichts«, sage ich mit zusammengebissenen Zähnen. »Harriet hat mir nie erzählt, wie ihr Mann war. Ich habe sie nicht so gut gekannt, wie ich dachte, was mir jetzt auch klar ist. Ich weiß nicht, warum Sie so wild darauf sind, dass ich mich noch mieser fühle als sowieso schon.«

Irgendwann war meine Müdigkeit in Erschöpfung übergegangen. Aber mein Herz hämmert, und Adrenalin rauscht durch meine Adern, weshalb ich, je mehr Vorhaltungen mir DI Rawlings macht, umso mehr schreien will: »Raus mit der Sprache!«

»Ich versuche nicht, Ihnen ein schlechtes Gewissen einzureden«, sagt sie, und immer noch gibt ihre Miene keinerlei Emotionen preis. »Ich möchte nur die Wahrheit herausfinden.«

»Und ich erzähle Ihnen die Wahrheit«, schreie ich und merke, wie ich rot werde. »Ja, vielleicht hätte ich genauer hinsehen sollen, aber« – ich stocke – »Tatsache ist, wenn man nicht will, dass jemand etwas mitbekommt, tut es auch keiner.«

Rawlings weicht ein wenig zurück, zieht die Augenbrauen zusammen. Anscheinend findet sie meinen kleinen Ausbruch amüsant.

Ich schiebe meinen Stuhl zurück, dass die Beine über den Boden kreischen, und stehe auf. Dann reiße ich mir die Strickjacke herunter, ziehe mit einer Hand mein T-Shirt hoch und mit der anderen Hand den Jeansbund nach unten. »Das hier«, sage ich und zeige auf die rote Narbe seitlich an meinem Bauch, »habe ich vor jedem verborgen.«

Ich lasse das T-Shirt wieder los und wische mir mit der Hand die Tränen ab, wobei ich sie jedoch nur auf meinem Gesicht verschmiere. Tom ist der einzige Mensch, der die Wahrheit kennt: Dass mein Vater eines Abends in seinem Zorn das heiße Bügeleisen aus der Steckdose rupfte und mich damit erwischte, als er es wütend herumwirbelte. Es mochte ein Unfall gewesen sein, dennoch wollte ich nie, dass jemand anders davon erfuhr.

»Und ich tue es bis heute. Also wagen Sie es nicht, es als meinen Fehler darzustellen.«

»Harriet, ich weiß, dass es ein furchtbarer Abend für Sie gewesen ist, aber ich werde es Ihnen sofort sagen, wenn es Neuigkeiten gibt.« DI Lowry blickt streng auf, als wir erneut von einem Klopfen an der Tür unterbrochen werden. Ein Officer schaut herein und bittet ihn nach draußen. »Verflucht«, murmelt er. »Zwei Minuten!«, sagt er zu mir.

Als er zurückkehrt, nimmt er wieder auf seinem Stuhl Platz und räuspert sich. Er sitzt jetzt leicht vorgebeugt und stützt die Ellbogen auf den Tisch. »Fahren wir fort«, sagt er streng.

»Was ist passiert?«, frage ich.

Sie haben Brian gefunden. Ich weiß, dass sie es haben. Er lebt noch und erzählt ihnen, was ich ihm angetan habe.

»Ich stelle hier die Fragen, Mrs. Hodder«, sagt er, rückt ein wenig linkisch auf seinem Stuhl hin und her und faltet die Hände. »Was hat Sie nach Cornwall geführt?«

Wieder hole ich tief Luft und schlucke den Kloß in meinem Hals herunter. »Ich habe eine Nachricht bekommen«, lüge ich. »Sie wurde vor drei Tagen durch den Briefschlitz gesteckt.« Ich beuge mich vor und ziehe die Visitenkarte vom Elderberry Cottage aus meiner Gesäßtasche, deren Rückseite ich heute Nachmittag beschrieben hatte. Nachdem ich sie noch einmal angesehen habe, schiebe ich sie ihm über den Tisch.

Lowry sieht sie an und liest laut vor. »*Verzeih mir bitte, Harriet, aber ich tue es für euch. Ihr seid beide in Gefahr, wenn ihr bleibt.*« Er dreht die Karte um und liest auch die Adresse laut vor. »Also haben Sie die bekommen und beschlossen, nach Cornwall zu fahren und Elderberry Cottage zu suchen?«

Ich nicke.

»Und Sie kamen nicht auf die Idee, es jemandem gegenüber zu erwähnen?« Er wedelt mit der Karte. »Nicht einmal der Vertrauensbeamtin, die zu der Zeit quasi bei Ihnen gewohnt hat?«

»Ich wollte nur zu meiner Tochter«, sage ich leise. »Vor meinem Vater hatte ich keine Angst. Ich war überzeugt, dass Alice in Sicherheit war, und ich sorgte mich, dass irgendwas schiefgehen könnte, wenn ich es jemandem erzähle.«

Obwohl mir bewusst ist, wie mächtig schief alles geht.

»Wie lange muss ich noch hier sein?«, frage ich ihn, leere mein Wasserglas und lasse mir von ihm nachschenken.

Lowry blickt zu der klobigen Armbanduhr an seinem Handgelenk und antwortet mir nicht.

»Haben Sie Brian gefunden?«, frage ich.

Er zögert. »Nein, Mrs. Hodder, wir haben Ihren Mann nicht gefunden.«

»Oh ...« Ich sacke auf dem Stuhl nach hinten und versuche zu ergründen, wie ich mich angesichts dieser Nachricht fühle. Ich war überzeugt, dass sie es hatten.

Ist er tot? Er muss es sein.

Lowry stellt mir mehr Fragen zu Brian und was er mir angetan hatte, ausnahmslos in demselben ungläubigen Tonfall, als mir auf einmal etwas einfällt.

»Mein Tagebuch«, sage ich und springe auf. »Es ist in meiner Handtasche. Die habe ich ...«

Wo ist mein Tagebuch? Ich hatte die Tasche mit an den Strand genommen, weil Brian sie mir im Cottage in den Arm gedrückt hatte. »Ich habe sie irgendwo fallen gelassen«, sage ich kopfschüttelnd, denn ich erinnere mich nicht mehr. Ich muss sie fallen gelassen haben, als ich meinen Vater sah. Vielleicht ist sie noch auf den Felsen. Oder das Meer hat sie verschluckt.

»Möchten Sie eine Pause machen, Charlotte?« Rawlings scheint es zu wollen, denn sie weiß offenbar nicht, wohin sie schauen soll.

Ich wollte nicht ausflippen. Stumm bejahe ich und biege auf dem Korridor direkt in Richtung Toiletten. DI Rawlings geht in die entgegengesetzte Richtung.

Als ich fünf Minuten später wieder aus der Toilette komme, sehe ich DCI Hayes mit DI Rawlings und einen anderen Mann, den ich nicht erkenne, vorn am Eingang der Wache. Ich presse mich in einen Türrahmen, sodass ich nicht zu sehen bin. Von hier aus kann ich gerade noch verstehen, was am Ende des Korridors gesprochen wird.

»Wie läuft es?«, fragt Hayes. »Machen wir Fortschritte?«

»Von Fortschritten würde ich nicht sprechen«, antwortet

DI Rawlings. »Aber ich glaube auch nicht, dass wir aus Charlotte Reynolds noch viel mehr rausbekommen.«

»Und Harriet Hodder ist überzeugt, dass der Mann noch auftaucht«, ertönt eine andere Stimme. Ich neige mich etwas vor und sehe zu dem kleinen Mann mit der Metallgestellbrille. Ich frage mich, ob er der Detective ist, der Harriet verhört. »Es scheint sie hochgradig zu beunruhigen.«

»Beunruhigen?« Auf einmal tritt Angela zu ihnen, und ich ziehe mich zurück, bevor mich einer von ihnen entdeckt. »Was soll das denn heißen, DI Lowry?«

»Nun, ich glaube, er würde uns eine andere Geschichte erzählen. Eine, von der sie nicht will, dass wir sie hören.«

»Ach du lieber Himmel«, ruft Angela aus. »Wollen Sie mich auf den Arm nehmen? Harriet Hodder hat schreckliche Angst. Die Frau ist über Jahre von ihrem Mann misshandelt worden. Selbstverständlich ist sie beunruhigt!«

»Wenn das stimmt«, sagt Lowry, »Wir haben nur ihre Aussage, und ich bin nicht sicher, ob ich ihre Version dessen, was auf dem Boot passiert ist, glaube.«

»Tja, dann dürfte dies eine interessante Lektüre für Sie sein«, erwidert Angela. »Sie hat das letzte Jahr Tagebuch geführt.« Für einen Moment verstummt sie, und ich kann nur das Rauschen meines Blutes hören.

»Und trotzdem hatten Sie nichts mitbekommen?«, fragt Lowry. »Sie haben praktisch mit den beiden in dem Haus gelebt und diese Seite von Brian Hodder dabei nicht gesehen?«

Wieder herrscht Stille. Ich kann mir vorstellen, was Angela denkt. Keiner von uns hat es geahnt, will ich ihr sagen. Keiner hat es gesehen.

»Habe ich nicht«, sagt Angela schließlich. »Sie haben

recht. Zu der Zeit habe ich nicht gesehen, was er tat, aber sehen Sie in das Notizbuch. Er ist sehr subtil vorgegangen. Brian Hodder war ein gerissener Manipulator.«

»Nun, was immer auf dem Boot vorgefallen sein mag, die Wahrheit werden wir wohl nie erfahren«, folgert Lowry.

»Angela?«, spricht DCI Hayes sie an. Ich lehne mich weiter ein bisschen vor und riskiere noch einen Blick zu den Detectives. Angela sieht in die andere Richtung. »Gibt es sonst noch etwas?«

Als sie nicht reagiert, fragt er abermals: »Angela?«

»Nein«, sagt sie entschlossen und sieht die anderen wieder an. »Sonst nichts.« Dabei höre ich deutlich, dass sie noch etwas anderes beschäftigt.

»Brauche ich einen Anwalt?«, frage ich, als Lowry zurückkommt. Er war über zehn Minuten weg, eine gefühlte Ewigkeit lang, während ich wartete und überlegte, was er wohl als Nächstes vorhat, ob er mich anklagen will. Meine Brust brennt vor Hitze, und ich kratze mich durch das dünne Baumwoll-T-Shirt, bis meine Haut darunter noch mehr zu brennen beginnt. »Bin ich verhaftet?«

»Nein«, antwortet er, aber ich glaube, dass er nicht froh mit diesem Ergebnis ist.

»Dann darf ich gehen?«

Er nickt langsam, beäugt mich misstrauisch und sagt: »Ja, doch wir werden Sie gewiss noch mal sprechen müssen. Und wir müssen uns morgen früh mit Ihrer Tochter unterhalten.«

Ich traue meinen Ohren nicht. Ich darf gehen? Heißt das, sie glauben mir – oder haben zumindest keine Beweise? Heißt das, Charlotte hat für mich gelogen?

»Hier ist jemand für Sie.« Lowry senkt die Stimme, und

als ich aufblicke, steht Angela in der Tür. Ich stoße meinen Stuhl nach hinten, springe auf und werfe mich ihr um den Hals. Sie umarmt mich und schiebt mich aus dem Raum.

»Darf ich wirklich gehen?«, frage ich sie flüsternd.

»Ja, dürfen Sie.« Sie lächelt und führt mich durch den Korridor zum Empfangsbereich. »Ich bringe Sie über Nacht zu einem sicheren Haus. Alice ist schon dort«, sagt sie, als sie die Tür öffnet. »Sie hat geschlafen, als ich ging.«

Draußen trifft mich die kühle Nachtluft wie ein Schlag. Als wir allein auf dem Parkplatz sind, dreht Angela sich zu mir und sagt: »Ihre Tasche wurde am Strand gefunden. Ich habe Ihr Tagebuch gelesen, Harriet. Warum haben Sie mir nicht erzählt, was Brian getan hat?«

Ich blicke geradeaus. Es war mein Plan gewesen, Angela wissen zu lassen, wie mein Mann wirklich war; jeder sollte sehen, was Brian tat. »Das wollte ich«, sage ich. »Aber ich war nicht sicher, ob Sie mir glauben würden. Man muss es mit eigenen Augen gesehen haben.«

Ich spüre, wie sich Angela verspannt, und bin nicht sicher, ob sie auf Brians Lügen hereingefallen ist oder mir nicht zu vertrauen wagt.

»Er ist sehr gerissen«, sage ich. »Ich hatte gehofft, mit ein bisschen mehr Zeit würden Sie erkennen, was er tut. Gewiss hätten Sie das. Nur ging vorher alles schief.«

»Hatten Sie Ihr Telefon eingestöpselt?«, fragt sie. »An dem Tag, als es in die Badewanne fiel? Sie hatten es vehement abgestritten, aber Brian war so …« Sie schwenkt eine Hand durch die Luft.

»Überzeugend?«, helfe ich ihr aus. »Nein, hatte ich nicht. Das war er.«

Angela führt mich zu einem wartenden Taxi am Parkplatzrand. »Er hat meinen Vater umgebracht«, sage ich. »Er hat ihn vollkommen grundlos angegriffen.« Nach allem, was geschehen ist, fühle ich mich immer noch wie betäubt. Die Trauer hat sich in mich eingegraben, ist ein Teil von mir geworden, und es ängstigt mich, dass ich sie einfach akzeptieren muss.

»Es tut mir leid, Harriet«, sagt sie und berührt meinen Arm. »Das mit Ihrem Vater tut mir sehr leid.«

»Ich weiß, was alle von ihm denken werden, aber was er getan hat, tat er aus Liebe zu Alice und mir.« Es bricht mir das Herz, diese Worte auszusprechen, und ich habe das Gefühl, dass ich sie künftig noch sehr oft sagen werde. Aber vermutlich stoßen sie auf taube Ohren.

»Sie wissen, dass Sie wieder befragt werden, oder?«, fragt Angela. »DI Lowry wird Ihnen weitere Fragen zu dem stellen wollen, was auf dem Boot passiert ist.«

Ich nicke. »Das hat er mir schon gesagt.«

»Es ist nur – achten Sie darauf, dass Ihre Geschichte stimmig ist, Harriet.«

Ich sehe sie fragend an. »Ich verstehe nicht.«

»Er wird genau wissen wollen, was auf dem Boot zwischen Ihnen und Brian war.« Sie hält inne, als wir das Taxi erreichen, legt eine Hand an die Tür, öffnet sie aber nicht. »Sie hatten gesagt, dass Sie nicht schwimmen können, aber ich habe ein paar Sachen gesehen.«

»Was meinen Sie?«

»Einmal habe ich Ihren Badeanzug ganz unten im Wäschekorb gesehen«, sagt sie und schüttelt den Kopf. »Antworten Sie nicht. Ich muss nicht mehr wissen.« Ihr Blick wandert zu meinem Bauch, den ich kreisend reibe. »Aber das habe ich übersehen, nicht wahr?«

353

Mir stockt der Atem, und ich sehe zu Boden.

»Die wievielte Woche?«, fragt sie sanft.

»Die siebte«, murmle ich. »Da war eine Nacht.« Ich möchte es ihr erklären. Ihr den Grund sagen, warum ich mit meinem Mann geschlafen habe, obwohl es zum Glück zu einer Seltenheit geworden war. Ich wollte nicht, dass Brian so kurz vor dem Schulfest irgendwas aufregte, und fürchtete, wenn ich mich weigerte, würde er anzweifeln, dass alles normal war.

»Wie haben Sie es erkannt?«, frage ich. »Noch gibt es keine Anzeichen.« Ich leide nicht unter Übelkeit, und überhaupt lässt sich diese Schwangerschaft so anders an als bei Alice, dass ich sie manchmal vergesse oder mich frage, ob ich wirklich schwanger bin.

»Es war eher geraten, weil da etwas in Ihrem letzten Tagebucheintrag stand. Sie haben geschrieben: ›Sicher tue ich das Richtige für uns alle.‹ Ein kleines Detail, aber es fiel mir auf, weil Sie sonst von Ihnen beiden schrieben. Und Sie haben sich heute Abend viel den Bauch gerieben«, ergänzt sie. »Allerdings habe ich auch darauf geachtet.«

Von dem Baby erfuhr ich eine Woche vor dem Schulfest, und sosehr ich auch verdrängte, dass ich mit seinem Kind schwanger bin, war mir klar, dass ich jetzt erst recht meinen Plan durchziehen musste. Sobald Brian es wüsste, hätte ich keine Chance mehr, ihm zu entkommen. Vor allem nicht, falls es der Sohn war, von dem er immer geträumt hatte, von dem er hoffte, er würde wie er werden. Ich hole tief Luft und schiebe den Gedanken von mir, als Angela mir die Autotür öffnet. Ich will bereits einsteigen, da bemerke ich eine Gestalt hinten an der Mauer.

»Können Sie bitte noch kurz warten?«, frage ich. »Da ist jemand, mit dem ich sprechen muss.«

Charlottes blasses Gesicht hebt sich im Licht vor der Polizeiwache grell vom dunklen Nachthimmel ab. Die Haut unter ihren Augen ist gerötet und ihr Make-up verschmiert. Sie blinzelt hektisch, als sie erst mich ansieht und dann zur Seite blickt. Keine von uns weiß, was sie sagen soll, aber ich muss etwas finden. »Ich kann dir gar nicht sagen, wie leid es mir tut; ich hätte das niemals tun dürfen.«

»Nein«, sagt sie schlicht. »Hättest du nicht.«

Angela beobachtet uns, und ich drehe mich so, dass sie mein Gesicht nicht sieht. »Danke. Ich hatte nicht verdient, dass du nach Cornwall kommst. Ich hätte dich nicht fragen dürfen ...« Ich breche ab, weil meine Worte schon für mich leer klingen.

»Du hättest wissen müssen, dass ich alles für dich tun würde. Du hättest mir sagen können, was los war. Ich war deine Freundin, Harriet. Dafür sind Freundinnen da«, sagt sie hörbar erschöpft.

Ich weiß nicht mal, was ich antworten soll. Sie hat ja recht.

»Die letzten zwei Wochen wurde ich beschuldigt, Alice aus den Augen verloren zu haben«, fährt sie fort. »Ich gab mir selbst die Schuld. Und heute Abend musste ich mir anhören, wie sie mir die Schuld geben.« Sie zeigt zur Polizeiwache. »Seit Stunden fragen sie mich, warum ich nicht wusste, dass meine beste Freundin Probleme hat, warum ich nicht sofort gehandelt habe, als du mich heute Morgen angerufen hast, aber das konnte ich ihnen ja schlecht sagen, nicht?« Sie schüttelt den Kopf und sieht weg. Ihre Augen glänzen feucht. »Heute Abend fühle ich mich immer noch schuldig, fasst man das? Ich fühle mich schuldig, weil ich dir keine besonders gute Freundin gewesen bin.«

»Nein, sag das nie wieder, du bist die beste ...«

»Nicht«, unterbricht Charlotte mich. »Ich kann es nicht hören. Ich will einfach nur nach Hause zu meiner Familie.«

»Es tut mir so leid«, sage ich und strecke einen Arm nach ihr aus, doch sie weicht aus, ehe ich sie berühren kann.

»Ich kann dir nicht verzeihen, was du getan hast, Harriet«, erwidert sie.

»Das verstehe ich.« Ich verstehe es wirklich, und unweigerlich denke ich, dass es genau das ist, was Brian gewollt hätte.

EIN JAHR SPÄTER

Audrey schenkt einen großen Schluck Rotwein in Charlottes Glas und hält ihr eigenes, bisher unangerührtes in der Hand. Charlotte wartet, obwohl sie weiß, dass Aud nicht vorhat, als Erste zu sprechen.

»Ich weiß nicht, was passiert ist.« Charlotte dreht den Glasstiel zwischen Daumen und Zeigefinger.

»Es ist nicht das erste Mal«, sagt Aud. »Vor zwei Wochen hast du dich unter einem Vorwand frühzeitig bei Gail verabschiedet, und offensichtlich wolltest du gar nicht beim Buchclub sein. Aber heute Abend bist du schon weg, ehe du überhaupt durch die Tür warst.« Audrey seufzt und greift über den Tisch nach Charlottes Händen. »Rede mit mir.«

Charlotte trinkt von ihrem Wein und stellt das Glas zu laut auf den Couchtisch zurück. *Tja, Audrey, die Sache ist die, dass ich kurz vor einem Zusammenbruch stehe.*

»Ich habe das Gefühl, dass eine schwarze Wolke über mir schwebt«, sagt sie schließlich. »Und die werde ich nicht los.«

»Es ist ein Jahr her.« Audreys Ton wird etwas sanfter.

»Weiß ich, und mir ist klar, dass ich es abhaken sollte, aber ich kann es nicht.«

Audrey sieht sie fragend an. Charlotte kann nicht von ihr erwarten zu verstehen, was sie selbst nicht begreift. »Du fühlst dich immer noch verantwortlich«, sagt Aud.

»Nein, tue ich nicht.« *Jedenfalls nicht für das, was mit Alice geschah.*

»Dann kapiere ich es nicht. Du willst nicht mehr mit uns ausgehen, und wenn ich dich auf dem Spielplatz sehe, bist du mit den Gedanken weit weg. Charlotte, sieh dich an. Du wirkst permanent panisch. Und du hast abgenommen«, sagt sie. »Zu viel.«

Charlotte nimmt ihr Glas auf und schwenkt die rote Flüssigkeit, bis sie beinahe überschwappt. Es stimmt, eine Menge ihrer Sachen schlackern an ihr.

»Rede mit mir«, wiederholt Audrey.

»Erinnerst du dich, als alle erfuhren, dass Alice von ihrem Großvater entführt wurde?«, fragt Charlotte. »Innerhalb von vierundzwanzig Stunden kreuzten die Leute, die mich bis dahin geschnitten hatten, vor meiner Haustür auf, und jeder sagte, wie wunderbar es wäre, dass Alice gefunden wurde, und wie erleichtert ich sein müsste.«

»Aber das warst du doch auch.«

»Natürlich war ich froh, dass es ihr gut ging, aber erst Tage zuvor hatten sie sich alle von mir distanziert, hatten ihre Kinder von meinen weggezogen. Und dann hatten sie ihre saubere Lösung, was für sie bedeutete, Schwamm drüber und so tun, als wäre es nie passiert. Ich hatte das Gefühl, als würden sie mir vergeben.«

»Ich komme nicht mehr mit.« Aud schüttelt den Kopf.

»Ihre Vergebung hieß, dass sie mich vorher für schuldig hielten. Und sie hatten kein Problem damit, meine Kinder darunter leiden zu lassen.«

Audrey sieht hinab zu ihrem Glas und sagt nichts. Sie beide wissen, dass Charlotte die Wahrheit sagt.

»Keine von ihnen hat sich entschuldigt, weil sie nicht eingestehen wollten, dass sie sich mir gegenüber schlimm verhalten hatten. Und ich habe sie nie zur Rede gestellt. Ich habe es einfach gut sein lassen.« Charlotte zuckt mit den Schultern. »Aber die Geschichte schwebt immer im Raum. Neulich fing Gail an, über diesen Film zu reden, *The Missing*, und mich hat es wirklich interessiert, doch auf einmal verstummt sie, sieht mich an, und es ist, als wäre die Luft gefroren. Jemand wechselte das Thema, und wir fingen an, über Friseure oder irgendwelchen Quatsch zu reden, und ich dachte, so wird es immer sein, oder?«

»Wenn dich das so belastet, solltest du ihnen sagen, wie du empfindest«, sagt Aud. »Du kannst nicht erwarten, dass sie es von sich aus verstehen.«

»Ach, ich weiß nicht«, seufzt Charlotte. Welchen Sinn hätte es? Sie könnte ihnen nicht alles erzählen. Das könnte sie niemandem.

»Geht es wirklich darum?«, fragt Audrey. »Sonst hast du nichts auf der Seele?«

Charlotte lehnt den Kopf gegen die Rückenlehne des Sofas. Oft ist sie kurz davor, Audrey die ganze Wahrheit zu sagen, bremst sich aber jedes Mal. Sie fragt sich, wie Aud reagieren würde, wenn sie wüsste, dass Harriet sie getäuscht hatte und Charlotte danach eine Falschaussage machte, um sie zu schützen.

Vielleicht würde mit Audrey zu reden helfen, die schwarze Wolke zu lichten, denn in letzter Zeit kam sie so nahe, dass Charlotte damit rechnete, eines Tages aufzuwachen und festzustellen, dass sie vollkommen von ihr verschlungen wurde.

Es ist nicht einfach vorzutäuschen, dass das Leben wieder normal ist.

Doch für Audrey gab es keine Grauzonen. Sie würde ihr zweifellos sagen, dass sie zur Polizei gehen und die Wahrheit sagen musste. Harriet würde verhaftet und angeklagt, Alice würde ihr weggenommen, und was würden dieselben Leute dann sagen? Zu was für einer Freundin würde es Charlotte machen?

Nein. Sie hat ihre Entscheidung vor einem Jahr getroffen und muss lernen, mit ihr zu leben.

»Ich überlege, Harriet zu besuchen«, sagt Charlotte.

»Gut. Ich habe nie verstanden, warum ihr den Kontakt verloren habt, vor allem, weil sie dich so dringend sehen wollte.«

»Na ja, sie ist weggezogen …«

»Ach, fang nicht wieder damit an«, sagt Aud. »Du warst schon auf Abstand gegangen, bevor sie wieder zurück nach Kent gezogen ist. Du hast noch nicht mal das Baby gesehen. Willst du deshalb jetzt hin?«

»Unter anderem.« Charlotte ergänzt nicht, dass sie sich hauptsächlich einiges von der Seele reden will. Dass sie Harriet etwas fragen will, was sie seit jenem Abend am Strand beschäftigt. »Wenn ich nächste Woche hinfahre, könntest du die Kinder nehmen?«, fragt sie.

Ein warmer Luftschwall bläst in Harriets Küche, als sie die Ofenklappe öffnet. Sie beugt sich hinein und piekt mit einem Messer in den Biskuitteig. Die kleinen Kuchen sehen gar aus, aber sie zögert. Ihr Kopf ist halb im Ofen, als sie überlegt, ob sie die Kuchen herausnehmen oder ihnen noch fünf Minuten geben soll. Am Ende schließt sie die Ofenklappe und blickt zur Uhr, wobei sie den Rücken streckt und ihren Bauch reibt.

Er fühlt sich hart an. Diese Empfindung kommt und geht, ist heute jedoch ausgeprägter, was wenig wundert, da Charlotte in einer Stunde kommt.

Harriet nimmt das Babyphone und hält es an ihr Ohr. Sie kann leises, herzerwärmendes Murmeln hören. Als sie es wieder auf das Fensterbrett legt, wandert ihr Blick zum Garten, wo Alice mit einer Gießkanne an dem kleinen Blumenbeet entlanggeht. Die Maklerin hatte ihr erklärt, dass der Garten für die Erdgeschosswohnungen in dieser Gegend eine gute Größe hätte, vor allem so nahe an der Schule. In dem Moment, in dem Harriet die Wohnung gesehen hatte, sagte sie schon zu. Nach den anderen fünfzehn Besichtigungen war ihr klar gewesen, dass sie einen Volltreffer gelandet hatte, und wünschte, die Maklerin hätte ihr diese Wohnung gleich gezeigt.

Zurück nach Kent zu ziehen war eine leichte Entscheidung gewesen. Sie konnte nicht in einem Haus bleiben, in dem überall die Erinnerungen an Brian lauerten. Jeden Morgen wachte Harriet auf und stellte sich ihren Mann neben sich im Bett vor. Und das letzte Bild von ihm im Wasser holte sie wieder ein, was kein guter Start in den Tag war.

In Dorset gab es nichts mehr für Harriet. Sie konnte nirgends mit Alice hingehen, ohne schmerzlich an das erinnert zu werden, was sie verloren hatte. Einmal hatte sie in einem Café in einem National-Trust-Haus gestanden und gemerkt, wie die Welt um sie herum verpuffte, als sie daran denken musste, wie sie sich in genau dem Raum mit ihrem Vater unterhalten hatte. Als Alice an ihrem Ärmel zupfte, hatte Harriet sich umgeschaut und bemerkt, dass sie weinte. Ein Paar an einem Ecktisch starrte sie an.

In dem Moment war ihr klar geworden, dass sie einen

Neuanfang brauchten, eine Chance, neue Erinnerungen zu schaffen, anstatt die noch frischen, schmerzlichen täglich aufs Neue zu durchleben. Die Wohnung in der großen viktorianischen Doppelhaushälfte um die Ecke von Alices neuer Schule war ideal dafür.

Harriet holt tief Luft und nimmt Rauch in der Luft wahr. »Oh nein«, murmelt sie, während sie die Ofenklappe aufreißt. Die kleinen Biskuitkuchen haben dunkelbraune Ränder bekommen, von denen Harriet weiß, dass sie hart und bröselig sein werden. Sie schleudert das Blech zur Seite und ringt mit den Tränen.

»Mummy, was riecht hier so?« Alice kommt in die Küche, rümpft die Nase und stellt die leere Gießkanne auf den Boden.

»Ich habe die Kuchen verbrannt.«

Alice geht hinüber und betrachtet die beiden Biskuitkuchen. »Die schmecken trotzdem gut, Mummy.«

Harriet wuschelt ihrer Tochter lächelnd durchs Haar. »Was machst du im Garten?«

»Ich gieße Grandpas Rose«, antwortet sie wie selbstverständlich.

»Das ist lieb.« Sie stockt. »Hast du Daddys auch gegossen?«

Alice nickt, und Harriet wechselt das Thema, indem sie ihre Tochter fragt, ob sie etwas trinken möchte. Sie hat keine Ahnung, ob es richtig ist, wie sie mit Alice über Brian spricht. Psychiater haben ihr geraten, ihn nicht zu ignorieren, weil Alice wissen muss, dass sie über ihren Vater reden darf und Fragen stellen, wann immer sie will. Aber oft ist Harriet unsicher, ob es ihnen guttut.

Harriet hatte keine Rose für Brian kaufen wollen. In dem

Gartencenter hatte sie zunächst eine ausgesucht, die sie für ihren Vater pflanzen wollte. Erst an der Kasse fiel ihr ein, dass Alice auch eine für ihren Vater haben sollte. »Wollen wir auch eine für deinen Daddy aussuchen?«, hatte sie gefragt, und Alice war mindestens drei Schritte hinter ihr hergegangen, als sie umkehrte. Harriet hatte auf hübsche Sträucher gezeigt, bis Alice mit einem einverstanden war.

Anfangs hatte Harriet eine Knospe abgeschnitten und sie in eine Glasvase auf die Fensterbank gestellt. Sie erzählte Alice, dass sie manchmal von Grandpas Strauch war, manchmal von Daddys. Doch bald ertrug sie es nicht mehr, irgendwas von Brian im Haus zu haben, und hörte auf, Blüten von seinem Strauch abzuschneiden.

Es ist bloß eine Pflanze, sagte sie sich. Aber das war es nicht. Es war eine ständige Erinnerung, dass er da draußen war und sie beobachtete. Und sie fürchtete, dass sie eines Tages den verdammten Strauch ausreißen würde.

»Möchtest du das mit nach draußen nehmen?« Harriet füllt ein Glas mit Wasser und reicht es Alice. Sie muss noch die Küche aufräumen, sich umziehen und frische Servietten zu dem Kuchen legen, den sie sicherheitshalber gekauft hat. Damit alles nett aussieht.

Sie hatte nicht mehr mit Charlotte gesprochen, seit sie ihr erzählte, dass es keinen Prozess geben würde. Bis dahin war es keine Überraschung mehr gewesen, dennoch hatte sie die Bestätigung erleichtert. Soweit Harriet es verstand, konnte ihr keine Beteiligung nachgewiesen werden. Es gab keinen Beweis, dass ihr Vater nicht allein gehandelt hatte, ob die anderen es glaubten oder nicht.

Und so ließ sie ihn am Ende die Schuld übernehmen, wie sie es ihm für den Fall versprochen hatte, dass etwas schiefging. Und wie schief es gegangen war, denkt sie. Ihr kommen die Tränen, als sie wieder zu seinem Rosenstrauch blickt.

Ihr Vater war nur für sechs Monate in ihrem Leben gewesen, hatte es aber geschafft, alles zu verändern. Sie atmet tief ein, sieht sich um und erinnert sich wie so oft daran, dass er ihr all dies geschenkt hat. Freiheit: Die war alles, was sie sich je gewünscht hatte.

Im letzten Jahr hat Harriet ihm häufig gesagt, wie leid es ihr tut. Sie flüstert es nachts, wenn sie sich im Bett zusammenrollt und ihr Tränen über die Wangen laufen. Sie sehnt sich nach einem weiteren Tag mit ihm, damit sie noch einmal die Magie erleben könnte, die er in Alices und ihr Leben gebracht hatte. Sie würden Sandburgen bauen und Eis essen, wenn es kalt war, und sie würden lachen. Lachen, bis es sich größer anfühlte als jeder Schmerz.

Harriet presst ihre Hand gegen die Fensterscheibe, sodass die Rose verdeckt ist. Sie spürt, wie sich das Loch in ihrem Herzen ausdehnt, bis sie sich zwingt, sich davon loszureißen. Sie muss an den Tag denken, der ihr bevorsteht. Charlotte wird bald hier sein. Ihr Bauch flattert, und sie erlaubt sich, ein klein wenig aufgeregt zu sein, als sie einen Lappen hervorholt und beginnt, die Arbeitsflächen zu putzen.

Charlotte drückt den Teebeutel mit einem Plastiklöffel am Rand des Pappbechers aus. Felder rollen vor dem Zugfenster vorbei. Der Wagon war leer gewesen, bis an der letzten Haltestation eine Schar Fahrgäste einstieg. Nun sind es mindestens zwölf Leute, einschließlich eines Paars, das ganz hinten im Wagen sitzt und immer wieder Charlottes Aufmerksamkeit auf sich zieht.

Das Mädchen sieht aus, als sei es höchstens siebzehn.

Sie sitzt am Fenster und starrt mürrisch nach draußen. Ihr Freund, der gut zehn Jahre älter ist, tritt rastlos auf einen alten lila Koffer ein. Jedes Mal, wenn sein Fuß dagegenstößt, zuckt das Mädchen zusammen. Er hat einen zotteligen Bart und dunkle Augenbrauen über stahlgrauen Augen, deren Blick durch den Wagon huscht, als suche oder erwarte er Ärger.

Charlotte fühlt, wie der Plastiklöffel zwischen ihren Fingern bricht, sieht nach unten und ist erstaunt, dass sie das Ding in der Mitte durchgeknackt hat. Sie ermahnt sich, nicht auf das Paar zu achten und zu überlegen, was sie Harriet sagen will. Es gibt viele Dinge, die sie zu ignorieren versucht hat und die nicht aufhören wollen, sie zu verfolgen.

Anfangs war Charlotte froh gewesen, dass Harriet zurück nach Kent gezogen war. Sie müsste sich nicht dauernd umblicken, wenn sie in den Park ging, auch wenn sie kaum noch in jenen Park ging. Aber dann nach ein paar Wochen wandelte sich die Erleichterung in Wut, die sich tief in ihr festsetzte und zu wachsen begann. Sie war wütend auf Harriet. So unsagbar wütend.

Die Zeitungen hatten Harriets Geschichte »tragisch« genannt und sie als tapfer bezeichnet. Charlotte schluckte die Lügen, die sie las, aber sie blieben ihr im Hals stecken, und derweil wuchs ihre Wut immer weiter. Schlimmer wurde es durch den Umstand, dass sie kein Ventil für sie hatte. Statt sie herauszulassen, musste sie sich stillschweigend damit abfinden, dass sie geholfen hatte, Harriet als Opfer darzustellen.

An manchen Morgen, wenn Charlotte die Vorhänge zurückzog, wollte sie die Fenster aufreißen und schreien. Die Welt wissen lassen, dass sie es war, die ihr Mitleid und ihre Bewunderung bekommen müsste, nicht Harriet. Wo waren die Geschichten über Charlotte? Was war mit den Leuten passiert, die sie in der Presse attackiert hatten? Keiner von denen nahm seine Schmähungen zurück. Keinen schien zu interessieren, was aus der Freundin geworden war; andererseits sollte sie sich vielleicht freuen, dass sie nicht mehr über sie redeten. Und dass die Geschichte dieses fürchterlichen Josh Gates über Jack nie erschienen war.

Doch still zu sein erdrückt sie. Es kommt ihr vor, als würde sie in ihrem Schweigen ertrinken. Seit Harriets Umzug stellt Charlotte sich das Leben vor, das ihre alte Freundin jetzt führt: wie ihr Haus aussieht, ob sie sich das Haar hat schneiden lassen, ob sie einen Freundeskreis hat, der akzeptiert, was ihr passiert ist. Diese Fragen gehen ihr so viel durch den Kopf, dass sie Harriet mittlerweile richtig dafür hasst, dass sie weggegangen ist, um sich ein neues Leben aufzubauen, während Charlottes immer tiefer in ihrer Verzweiflung versinkt.

Sie kann nicht abschütteln, dass sie die Polizei belogen hat, aber da ist noch etwas anderes. Und wenn das, was Alice ihr erzählte, wahr ist, muss Charlotte wissen, was sie gedeckt hat.

Charlotte trinkt ihren Tee und sieht auf ihre Uhr, als sie in einen weiteren Bahnhof einfahren. Beim nächsten Halt muss sie aussteigen, und der soll in zwölf Minuten kommen. Der Zug fährt wieder an, und sie schreibt eine Textnachricht an Audrey, um sich nach den Kindern zu erkundigen. Als der Freund des Mädchens die Stimme erhebt, blickt Charlotte auf. Er nennt seine Freundin eine dämliche Schlampe und knallt die Faust vor sich auf den Tisch. Das Mädchen weint nun. Ihre Schultern beben, und vom Mascara geschwärzte Tränen laufen ihr übers Gesicht. Die anderen Fahrgäste halten die Köpfe gesenkt oder starren aus den Fenstern, ausgenommen eine Dame in den Achtzigern, die das Paar beobachtet, sichtlich geschockt ob dieser öffentlichen Zurschaustellung von Zorn und Hysterie. Nun beugt sich der Mann dicht zu dem jungen Mädchen, und bei jedem seiner Worte weicht sie weiter vor ihm zurück.

Charlotte steht auf. Es hatte eine Zeit gegeben, in der sie sich aus den Angelegenheiten anderer herausgehalten hätte, aber dieses Verhalten kann sie nicht zulassen. Als sie durch den Mittelgang geht, fühlt sie die nervösen Blicke der anderen Fahrgäste, die sie wahrscheinlich für verrückt halten, sich einzumischen. Doch sobald sie bei dem Paar ist, bleibt Charlotte abrupt stehen. Der Mann hat die Hände an die Wangen des Mädchens gelegt, doch jetzt küsst er sie auf die Nasenspitze und sagt ihr, es tue ihm leid und wie sehr er sie liebe. Ihr Schluchzen geht in ein Lachen über, und sie erwidert, dass sie ihn auch liebt. Beide bemerken Charlotte gar nicht, die vor ihnen steht.

Sie könnte weitergehen, so tun, als wolle sie zur Toilette, aber diese Scharade erspart sie sich, macht auf dem Absatz kehrt und geht zurück zu ihrem Platz. Ein Arm schnellt vor, sodass sie wieder stehen bleibt und zu der alten Dame sieht, die sagt: »Das war sehr gut, meine Liebe. Sie waren die Einzige, die bereit war einzuschreiten.«

Charlotte dreht sich zu dem Paar um. »Ich glaube, dem Mädchen ist nicht klar, dass es Hilfe braucht.« Sie ist wütend, dass er sie so behandelt. Dieses Mädchen ist die Tochter von jemandem, und Charlotte würde wollen, dass jemand einschreitet, wären es Molly oder Evie.

»Nein«, sagt die alte Dame. »Aber sie wird es eines Tages.«

»Vielleicht sollte ich zurückgehen und etwas sagen.«

»Würde ich nicht«, entgegnet die Dame. »Man kann nicht immer wissen, ob man nicht eher mehr Schaden anrichtet.

Wenn sie nicht bereit ist, sich helfen zu lassen, wird es Ihnen keiner von beiden danken.«

Harriets Erdgeschosswohnung ist leicht zu finden. Sie liegt am Ende einer hübschen Straße, wo gleich um die Ecke eine Reihe kleiner Läden ist, und gegenüber gibt es einen großen Park mit einem Pavillon, einem Teich und einem Kinderspielplatz.

Charlotte steht auf dem Gehweg vor dem Haus. Auf einmal ist der Gedanke, Harriet zu sehen, viel zu überwältigend, und sie muss sich dazu zwingen, den kurzen Weg zur Haustür zu gehen, zu klingeln und nicht wegzulaufen. Ihr Herz pocht, und sie fragt sich, ob sie sich womöglich übergeben muss, wenn Harriet die Tür aufmacht.

Harriet trägt ein langes blaues Kleid und eine weiße Strickjacke. Ihr Haar ist kurz geschnitten und von einem sehr viel kräftigeren Braun. Ihr von Lipgloss glitzernder Mund formt ein Lächeln, als sie beiseitetritt, um Charlotte hereinzulassen. Charlotte murmelt ein »Danke«. Als sie an ihr vorbei und zur Küche durchgeht, kommt Alice mit einer Handvoll Blumen hereingestürmt und drückt sie Charlotte in die Hand.

»Ach du meine Güte«, sagt sie, während sie sich zu dem kleinen Mädchen beugt. »Vielen Dank!« Die Tränen überraschen sie. Sie hat nicht gedacht, dass sie so emotional auf das Wiedersehen mit Alice reagieren würde, die inzwischen sogar größer als Molly ist. Ihr Haar ist zu einem Zopf geflochten und mit einer gelben Schleife zusammengebunden. Sie plappert etwas über den Garten, über einen Rosenbusch und über das neue Baby, das in einem Stubenwagen neben Mummys Bett schläft, und sie fragt, ob Charlotte ihr Zimmer sehen möchte, weil sie ihre Schmetterlinge ins Fenster gehängt hat.

»Sehr gern, gleich, ja?«, sagt Charlotte und richtet sich auf. Alice hört nicht auf zu reden, erzählt ihr von der Schule und holt ein Bild von der Kühlschranktür, um es ihr zu zeigen.

»Das ist mein Bild vom Schulkaninchen«, sagt Alice. »Es ist ein echtes.«

Harriet bewegt sich um sie herum, befüllt den Wasserkocher und schiebt Kuchen auf einen Teller, den sie auf den kleinen Tisch in der Ecke stellt. Spucktücher sind ordentlich am Tischrand aufgestapelt, und Babyfläschchen stehen aufgereiht hinter der Spüle. Charlotte fragt sich, wo das Baby ist, während Alice weiter auf sie einredet.

»Ich gehe jetzt zur Großenschule«, sagt Alice stolz. »Fünfmal die Woche.« Sie hält fünf Finger in die Höhe.

»Das ist sehr gut gezählt. Und magst du die Schule?«

Alice nickt eifrig. »Das Kaninchen heißt Cottontail, und wir dürfen sie in der Pause auf den Arm nehmen, und gestern war ich dran, sie zu füttern, aber weißt du, dass man ihnen nicht zu viele Möhren geben darf?«

»Nein, das habe ich nicht gewusst.«

»Ja, weil in denen Zucker drin ist, und dann kriegen die Kaninchen schlechte Zähne. Das hat meine Lehrerin bei der Morgenversammlung gesagt.«

»Du bist aber klug, Süße.« Charlotte lächelt sie an.

»Ist sie«, sagt Harriet, die sich neben ihre Tochter stellt und eine Hand auf Alices Kopf legt. »Sie vergisst nichts«, ergänzt sie, doch es klingt nicht, als sei das unbedingt etwas Gutes. »Alice, wie wäre es, wenn du dir ein Stück Kuchen nimmst und ein bisschen Fernsehen guckst?« Kaum hat sie Alice ein Stück Kuchen gegeben, ist sie auch schon weg.

»Sie wirkt sehr glücklich.« Charlotte blickt ihr nach.

Harriet nickt. »Das hoffe ich. Aber sicher weiß man das

ja nie, oder? Bitte, nimm ein Stück.« Harriet reicht ihr einen Teller. Charlotte nimmt ihn und setzt sich auf den Stuhl, auf den Harriet zeigt.

»George schläft«, sagt Harriet und sieht stirnrunzelnd zur Uhr. »Schon seit zwei Stunden. Wahrscheinlich wacht er bald auf.« Charlotte erinnert sich an jene Zeiten, als wäre es gestern gewesen. Allerdings kann sie nicht erkennen, ob Harriet unbedingt will, dass George wach wird, oder nicht.

»Es hat mich gefreut, von dir zu hören«, fährt Harriet fort. »Aber jetzt, wo du hier bist, habe ich das Gefühl, dass es kein Freundschaftsbesuch ist.« Sie versucht zu lachen, doch es kommt ein nervöser Laut heraus.

»Nein, vielleicht nicht«, gesteht Charlotte. »Ich kämpfe mit mir.«

Harriet nickt. »Wegen dem, was du der Polizei erzählt hast?«

»Das auch.«

»Denkst du, es war falsch?« Harriets Blick schweift ab, als sie mit einer kleinen Gabel in ein Kuchenstück sticht und Krümel über ihren Teller stieben.

Charlotte seufzt. »Ich hätte nie gedacht, dass ich zu dem fähig wäre, was ich getan habe. Es macht mir ein schlechtes Gewissen. Und Angst. Ich habe Angst, dass mich eines Tages alles einholt.«

»Das kann nicht mehr passieren«, sagt Harriet.

»Nein, vielleicht nicht, was mich jedoch nicht davon abhält, genau das zu denken. Ich weiß nicht mal mehr, wer ich bin.«

»Was meinst du? Du bist immer noch derselbe Mensch.«

»Nein, bin ich nicht«, erwidert Charlotte matt. »Ich bin überhaupt nicht mehr dieselbe. Ich tue jetzt Dinge, die mir gar nicht ähnlich sehen.« Tom würde ihr nicht glauben, wenn sie ihm erzählte, dass sie sich fast in den Streit des Paars eingemischt hätte. »Ich bin so weit entfernt von dem Menschen, der ich war, dass es mir Angst macht, denn ich mochte mein altes Ich.«

»Aber was hat sich denn tatsächlich geändert?«, fragt Harriet. »Dein Leben ist noch dasselbe. Du hast dieselben Freundinnen und wohnst mit deinen fantastischen Kindern in deinem bezaubernden Haus. Was ist so anders?«

Charlotte legt ihre Hände flach auf den Tisch und zupft an der Ecke einer Papierserviette. Sie stellt sich vor, dass Harriet sie eigens für ihren Besuch gekauft hat, und empfindet einen Anflug von Mitleid ob dieser vergeblichen Mühe. »Alles ist anders, Harriet. Nichts davon ist real. Es kommt mir vor, als sei alles, was ich tue, eine Lüge, und ich kann mit keinem darüber reden. Nicht einmal meine beste Freundin weiß, was ich getan habe.« Es geschieht nicht absichtlich, doch sie betont die Worte »beste Freundin«.

»Willst du es Audrey erzählen? Geht es darum?«

»Ja, ich würde es Audrey sehr gern erzählen, aber darum geht es nicht. Es geht darum, dass ich die ganze Zeit so wütend bin. Ich habe diese Wut in mir, die nirgends hinkann«, sagt Charlotte und hält eine Hand an ihren Bauch. »Kannst du dir vorstellen, wie sich das anfühlt?«

»Selbstverständlich kann ich das. Ich habe dasselbe gefühlt, als mir gesagt wurde, dass mein Vater tot ist. Und die meiste Zeit in meiner Ehe auch.«

Charlotte sieht nach unten. Sie weiß, wie erschüttert Harriet wegen ihres Vaters war, aber deshalb ist sie nicht hier, und sie weigert sich, sich heute in Harriets Welt ziehen zu lassen. »Das mit deinem Vater tut mir leid, aber du musst mir sagen, was ich mit dieser Wut anfangen soll.« Sie fühlt schon, wie die Hitze in ihr auflodert. »Ich bin wütend auf dich, Harriet«, sagt sie rundheraus. »Ich bin wütend, weil du alles hinter dir gelassen und dir ein richtig nettes Leben eingerichtet zu haben scheinst.«

Harriet schaut sich in der Küche mit dem winzigen Fenster und den wenigen Schränken um, mit dem Gasherd, der immer dreckig aussieht, egal wie sehr sie ihn schrubbt.

»Du hast das Leben, das du dir immer gewünscht hast«, sagt Charlotte.

»Das Leben, das ich mir immer gewünscht habe? Wie stellst du dir mein Leben vor?«

»Weiß ich nicht«, gibt Charlotte zu. »Aber du hast neu angefangen, und ich …« Sie ist nicht sicher, wie sie den Satz beenden soll.

»Und du was?«, fragt Harriet.

»Ich weiß nicht. Ich muss mit allem klarkommen.«

»Denkst du, ich nicht?«, fragt Harriet. »Jeden Tag rechne ich damit, Brian vor meiner Tür zu sehen. Ich öffne sie und stelle mir vor, dass er dasteht, diesen Blick in den Augen, den Kopf seitlich geneigt, und ich höre ihn vollkommen deutlich: ›Hallo, Harriet. Überraschung.‹«

»Das wird nicht passieren.«

»Seine Leiche wurde nie gefunden«, sagt Harriet. »Also mag es unwahrscheinlich sein, aber nicht unmöglich. Jahrelang hatte ich mich davor gefürchtet, dass er nach Hause kommt, hatte Angst, dass ich irgendwas Falsches getan oder gesagt habe. Habe mich gefragt, worüber ich als Nächstes verhört werde. Nichts davon lässt mich in Ruhe. Ich weiß nicht, ob es das jemals wird.«

»Willst du mir erzählen, dass nach allem, was geschehen ist, es nicht besser ist?«, fragt Charlotte.

»Natürlich ist es besser. Aber es verwandelt sich nicht wie von Zauberhand in ›wunderbar‹. Ich bin froh, wenn ich mir versichert habe, dass er nicht jeden Moment zur Tür hereinkommt. Dann atme ich wieder und kehre in mein Leben mit den Kindern zurück. Aber ich verarbeite es immer noch. Und ich bezweifle, dass ich die Art Leben führe, die du dir vorstellst.« Harriet lächelt traurig. »Ich mache nicht viel daraus, aber das ist in Ordnung. Genau das brauchen wir jetzt, und nur darauf kommt es an. Alice muss sich sicher fühlen. Sie beide müssen es.«

Harriet legt vorsichtig ihre Gabel auf den Teller. »Es vergeht kein Tag, an dem ich nicht zurückblicke und wünsche, ich könnte ändern, was geschehen ist. Doch zu der Zeit war ich so verzweifelt, dass ich nicht wusste, was ich sonst tun sollte. Ich lebte in einer Falle, die Brian geschaffen hatte, und ich sah ganz ehrlich keinen anderen Weg, ihm zu entkommen.«

»Aber warum hast du mir nie etwas erzählt?«

»Ich habe selbst lange gebraucht, bis ich erkannte, was er tat«, antwortet Harriet. »Bis dahin dachte ich, dass er schon jeden um uns herum überzeugt hatte, dass ich verrückt war. Als ich anfing, das Tagebuch zu schreiben, fragte ich mich selbst bereits, ob ich es bin. Ich habe nicht …« Sie verstummt.

»Du hast mir nicht vertraut?«

»Nein, vielleicht nicht«, gesteht sie. »Aber nur, weil ich solche Angst hatte. Ich vertraute keinem mehr. Ich glaubte ihm, als er sagte, er würde mir Alice wegnehmen lassen, und ich dachte, wenn ich jahrelang darauf reingefallen war, wie könnte ich dann erwarten, dass du es nicht tust? Kannst du ehrlich behaupten, du hättest eher mir als ihm geglaubt?«

»Natürlich hätte ich«, sagt Charlotte, doch Harriet hört die winzige Pause, die einen Bruchteil zu lang ist.

»Bereust du, was du der Polizei gesagt hast?«

Charlotte sieht zu ihrem unangerührten Kuchen. »Nein, eigentlich nicht«, antwortet sie. »Denn ich denke nicht, dass die Alternative eine bessere Option gewesen wäre. Aber da ist noch etwas anderes ...« Ihr Herz klopft schneller. Sie ist nicht mal mehr sicher, ob sie Harriet noch hören kann. »Ich weiß, dass du schwimmen kannst, Harriet. Alice hat es mir erzählt, als wir an dem Strand waren. Sie hat gesagt, dass du früher mit ihr zum Schwimmen warst, es aber ein großes Geheimnis war. Im Grunde erzählte sie es mir nur, damit ich mir keine Sorgen um dich in dem Boot machte.«

Harriet sieht weiter Charlotte an und nickt kaum merklich. Ihre Hand zittert, als sie wieder nach der Gabel greift.

»Was ist mit Brian passiert?«, fragt Charlotte, als über ihnen ein Schreien ertönt. »War es – war es Absicht?«

Harriet blickt zur Decke, rührt sich aber nicht. Das Schreien verstummt, und sie sieht mit weit aufgerissenen Augen zu Charlotte. Jetzt möchte Charlotte die Antwort wirklich nicht mehr hören.

Das Schreien hebt wieder an, diesmal beharrlicher. Harriet schiebt ihren Stuhl zurück und eilt aus der Küche. Charlotte lehnt sich auf ihren Stuhl zurück. Sie hätte nicht fragen sollen.

Als Harriet zurückkommt, hält sie ihr Baby fest eingewickelt an ihrer Brust. Sie setzt sich hin und löst behutsam die Babydecke, ehe sie ein wenig vorrückt, damit Charlotte das Kind besser sehen kann.

Der kleine George hat dichtes dunkles Haar und zarte Züge. Er öffnet die Augen, und Charlotte sieht die Ähnlichkeit sofort. Das Baby ist Brian wie aus dem Gesicht geschnitten. Sie hofft, dass ihr die Reaktion nicht anzusehen ist, als sie mit der Hand über das weiche Haar streicht, doch für einen Moment bekommt sie keine Luft. »Er ist bezaubernd«, sagt sie schließlich, denn natürlich ist er das, ob er seinem Vater ähnelt oder nicht.

Harriet presst die Lippen auf den Kopf ihres Sohnes und beobachtet weiterhin Charlotte, die sich wiederum fragt, ob Harriet die Ähnlichkeit wahrnimmt oder nur ihren Sohn sieht. Sie betet, dass Letzteres zutrifft.

»Das erste Mal, dass ich George beschützen wollte, war auf dem Boot mit Brian«, sagt Harriet. »Bis dahin hatte ich meine Schwangerschaft mehr oder weniger verdrängt. Ich konnte mir nicht vorstellen, noch ein Kind in unsere Familie zu bringen.«

Charlotte sieht weiter George an, während sie seinen kleinen Kopf streichelt.

»Brian hatte angefangen, auch Alice zu kontrollieren«, sagt Harriet. »Ich durfte nicht zulassen, dass er noch mehr Schaden anrichtet.«

»Ich hätte nichts sagen sollen …«, beginnt Charlotte, doch Harriet unterbricht sie.

»Was hätte ich denn tun sollen?«, fragt sie leise. »Er hätte mich umbringen können. Er hätte mir Alice weggenommen, und hätte er gewusst, dass er einen Sohn hat …« Sie verstummt, schließt die Augen und beugt sich näher zum Kopf ihres Sohnes. »Für uns haben Kinder Vorrang, nicht wahr?«

Charlotte rückt unruhig auf ihrem Stuhl hin und her. Sie blickt zur Tür und zurück zu Harriet und deren kostbarem Baby.

»Sag mir, was du getan hättest, Charlotte«, murmelt Harriet.

»Ich weiß es wirklich nicht«, antwortet sie ehrlich. Sie hatte nie auch nur darüber nachdenken können, dass sie zu einem Mord fähig sein könnte. Doch Mutter zu sein konnte einen zu außergewöhnlichem Handeln verleiten.

»Ich weiß, dass ich dich schon um so vieles gebeten habe, und es steht mir nicht zu, mehr zu verlangen.« Harriet schüttelt den Kopf, und Tränen treten aus ihren Augenwinkeln. »Aber ich bitte dich …«

»Nicht«, sagt Charlotte. Ihr Herz scheint in ihrem Hals zu schlagen. »Du musst nicht bitten. Ich werde nichts sagen.«

»Danke«, flüstert Harriet. »O Gott, ich danke dir.«

»Mummy, ich habe Hunger!« Alice kommt hereingelaufen, sinkt dramatisch gegen ihre Mutter und gibt ihrem kleinen Bruder einen Kuss auf den Kopf. »Darf ich noch ein Stück Kuchen?«

»Nein«, antwortet Harriet lächelnd und reibt ihrer Tochter den Bauch. »Sonst verdirbst du dir den Appetit fürs Abendessen. Bleibst du?«, fragt sie Charlotte.

»Danke, aber ich muss wieder los.« Charlotte schiebt ihren Stuhl zurück und steht auf. Sie hat sich für die Nacht ein Hotelzimmer gebucht, damit sie nicht sofort nach Hause fahren muss, doch jetzt will sie dringend allein sein.

»Hast du gewusst, dass ich richtig neidisch war, als du mir erzähltest, dass Tom und du euch trennt?«, fragt Harriet, während sie ebenfalls aufsteht und wartet, dass Charlotte ihre Tasche und die Blumen von Alice nimmt. »Es klingt verrückt, aber für mich war es alles, was ich mir wünschte. Sicher war ich auch traurig, weil Tom ein netter Mann ist, aber du warst nicht glücklich, und du hast etwas dagegen gemacht. Ich sehnte mich danach, eine Wahl zu haben und mit ihr zu leben. Übrigens habe ich einen Kurs in Gartenbau angefangen.«

»Wirklich?«

Sie nickt. »Ein Abend die Woche. Ich habe eine ältere Nachbarin, die solange bei den Kindern ist. Du hast uns diese Sicherheit gegeben«, sagt sie. »Mir tut leid, wie ich es getan habe, ehrlich leid. Es war so falsch, und ich werde nie aufhören, dafür zu bezahlen.«

Harriet tritt zur Seite und folgt Charlotte in den Flur. »Ich bin froh, dass du gekommen bist«, sagt sie. »Du fehlst mir.«

Charlotte bleibt vor der Tür stehen, während Harriet sie ihr öffnet. »Ich weiß, dass es dir leidtut. Das weiß ich.« Es wäre ein Leichtes, Harriet zu sagen, dass sie ihr verzeiht. Vielleicht wird sie es eines Tages. Heute jedoch fühlt sie sich – nun, ein wenig leichter, vermutet sie. Ein klein wenig mehr, als könne sie nach Hause zu ihren wundervollen Kindern gehen und sie kräftig drücken. Aud sagen, dass sie sich schick machen und auf ein paar Drinks ausgehen möchte. Und, ja, verdammt, sogar Tom anrufen und ihm danken. Denn auch wenn sie kein sehr gutes Paar waren, ist er ihr im letzten Jahr ein wunderbarer Freund gewesen. Sie hat Glück. Sie ist schon immer eine der Glücklicheren gewesen, und sie braucht nicht mehr als das, was sie hat.

Charlotte beugt sich nach unten, als Alice hinter ihnen angelaufen kommt und gegen Charlottes Beine rennt, um sich umarmen zu lassen.

»Alice macht sich gut«, sagt sie leise zu Harriet, während sie sich wieder aufrichtet. »Sie macht sich richtig gut.«

Harriet nickt, beißt sich auf die Unterlippe, um nicht wieder zu weinen, auch wenn sie es nicht verhindern kann.

»Bye, Harriet«, sagt Charlotte schließlich und geht hinaus.

»Charlotte«, ruft Harriet. Sie will ihrer Freundin sagen,

dass sie nicht gehen soll, aber das kommt ihr nicht zu. »Pass auf dich auf.«

Harriet blickt Charlotte nach, wohl wissend, dass sie keine andere Wahl hat, als sie gehen zu lassen. Genau wie sie es bei Jane musste. Als Charlotte um die Ecke verschwunden ist, schließt sie die Tür und denkt, dass sie wahrscheinlich nichts mehr von ihr hören wird, auch wenn sie sich wünscht, sie würde es eines Tages doch.

Sie versteht nicht, wie Charlotte denken konnte, sie würde hier wie Gott in Frankreich leben; andererseits wird es wohl keiner wirklich verstehen.

Ich sehe, wie Brian mich von hinten im Garten beobachtet, Charlotte.

Ich sehe ihn jedes Mal, wenn ich in die Augen meines Sohnes blicke.

Bei jedem Telefonklingeln rechne ich damit, dass mir jemand sagt, Brian lebt, wurde an irgendeinem Strand gefunden.

Mein Vater ist tot, und das ist allein meine Schuld.

In manchen Nächten wacht sie schweißgebadet auf und erinnert sich dran, dass sie, abgesehen von ihren Kindern, jeden verloren hat, der ihr je etwas bedeutete. Sie sagt sich, dass sie es aus irgendeinem Grund verdienen muss, und hasst sich selbst für das, was sie getan hat.

Dann schleicht Harriet sich ins Zimmer ihrer Tochter, sieht Alice, deren blondes Haar sich auf dem Kissen fächert und die ein unschuldiges Lächeln auf den Lippen hat, und weiß, dass sie alles wieder machen würde.

Nun ist auch noch George da. George, dessen winzige Finger nach ihrer Hand greifen, der sie festhält und sie wissen lässt, dass nichts wichtiger ist als er.

Sie hat ihm den Vater genommen, bevor Brian wusste, dass er den Sohn haben sollte, den er immer wollte – den Jungen, von dem er hoffte, er würde wie er –, und Harriet kann nur hoffen, dass sie ihren Sohn rechtzeitig gerettet hat. Dass nicht mehr von seinem Vater in George steckt als dessen braune Augen. Aber das muss die Zeit zeigen.

»Mummy?«

Harriet steht immer noch an der Haustür, als sie eine Hand an ihrem Arm fühlt. Sie blickt hinunter zu Alice.

»Was gibt es zum Abendessen?«

»Ach, Spätzchen, das weiß ich noch nicht. Was möchtest du denn gern?«

»Pizza. Hast du geweint?«

Harriet wischt sich mit dem Ärmel übers Gesicht und lächelt Alice zu. »Mummy geht es gut«, sagt sie. »Hatten wir nicht gestern erst Pizza?«

Alice sieht sie auf diese Art an, wie sie es immer tut, wenn sie merkt, dass etwas nicht stimmt. »Grandpa hat mir im Cottage jeden Tag Pizza gemacht«, sagt sie leise. »Bist du glücklich-traurig?«

»Ja«, antwortet Harriet lachend. »Ich bin sehr glücklich, solch eine wundervolle Tochter zu haben.« Sie hockt sich hin und nimmt Alice in die Arme. »Ich mache dir gleich ein Sandwich.«

»Und auch Eis? Bei Grandpa durfte ich jeden Tag Eis.« Alice löst sich von Harriet. »Du machst meine Haare nass, Mummy.«

»Entschuldige!« Sie weint und lacht gleichzeitig und kitzelt ihre Tochter. Harriet hofft, dass Alice niemals aufhört, von den zwei Wochen mit ihrem Großvater zu erzählen.

»Können wir ein Bild malen, Mummy?«, fragt Alice.

»Können wir ein großes Bild vom Strand malen und es in mein Zimmer hängen?«

»Mein Schätzchen, du kannst absolut alles machen, was du möchtest.«

DANKSAGUNG

Als ich dieses Buch zu schreiben begann, hatte ich keine Ahnung, wie es enden würde, ob es etwas taugen oder ich es überhaupt je zu Ende schreiben würde. Ich wusste lediglich, dass ich es schreiben wollte, und wenn es niemandem sonst gefiel, hätte ich wohl etwas Neues angefangen. Es war eine dreijährige Reise mit einigen Stolpersteinen auf dem Weg, doch dank vieler Leute habe ich es bis an diesen Punkt geschafft. Zweifellos wäre es ohne sie nichts geworden.

Ich erinnere mich noch an den Tag, als die Geschichte von Harriet und Charlotte aufkeimte. Holly Walbridge, das verdanke ich dir. Auf den Ausflügen in den Park hast du dir endlos meine finsteren Gedanken anhören müssen, wie es sich anfühlen würde, wenn das eigene Kind verschwindet. Ich hoffe, dass ich keinen bleibenden Schaden bei dir verursacht habe!

Dann wurde die Idee zu einem ersten Entwurf, und ich schulde Chris Bradford ein riesiges Dankeschön, dass ich ihn über alles ausfragen durfte, was mit der Polizei zu tun hat, und dass er mich zu einem anderen – viel besseren – Ende dirigierte, als ich es ursprünglich geschrieben hatte. Chris, dein Wissen ist unbezahlbar, und meine Fehler sind ganz allein meine.

Ich habe großes Glück, solche fantastischen Freundinnen zu haben, die nicht nur die ersten Durchgänge lasen, sondern auch die darauf folgenden, und das unter erheblichem Zeitdruck! Donna Cross und Deborah Dorman, ihr seid die Besten. Danke, dass ihr so schnell gelesen und mir unschätzbares Feedback gegeben habt. Und danke an Lucy Emery und Becci Holland, die erste Entwürfe gelesen haben und immer da sind, um mich zu unterstützen. All meinen anderen Freunden und meiner Familie, die großes Interesse an meinem Schreiben gezeigt haben; es bedeutet mir so viel, gefragt zu werden, wie es mit dem Buch läuft, und die ehrliche Freude zu sehen, wenn es gute Neuigkeiten gibt.

An meine wunderbare Gruppe von Autorinnen, die zu lebenslangen Freundinnen geworden sind: Ihr habt mich aufgemuntert, wenn es nicht so gut lief, und mit mir gefeiert, wenn es prima voranging. Cath Bennetto, Alexandra Clare, Alice Clark-Platts, Grace Coleman, Elin Daniels, Moyette Gibbons, Dawn Goodwin und Julietta Henderson – Schreiben wäre nicht dasselbe ohne euch.

Und dann kam Nelle. Du hast mein Buch vom Schundhaufen gehoben und mir gesagt, wir würden richtig hart arbeiten, und, ja, das haben wir allemal! Es brauchte ein Jahr überarbeiteter Versionen, bis ich dich endlich jene magischen Worte sagen hörte: *Dein Buch ist klar zum Abheben.* Nelle Andrew, mir wären nicht genügend Seiten erlaubt, davon zu schwärmen, wie fantastisch du bist. Eine bessere Meisterin hätte ich mir nicht wünschen können. Ich danke dir vielmals, dass du an mich geglaubt und mich auf diese unglaubliche Reise mitgenommen hast. Und ein großes Dankeschön auch an das Team bei FD, einschließlich meiner wunderbaren Stief-Agentin Marilia Savvides, und dem fantastischen

Rechte-Team: Alexandra Cliff, Jonathan Sissons, Zoe Sharples und Laura Otal. Ihr alle habt so schwer gearbeitet, dies zu einem Erfolg zu machen.

Als wir mein Buch endlich abheben ließen, haben sich glücklicherweise zwei unglaubliche Lektorinnen in die Geschichte verliebt. Emily Griffin bei Cornerstone und Marla Daniels bei Gallery in den USA – ich bin begeistert, mit euch beiden arbeiten zu dürfen. Eure Anmerkungen und Tipps treffen ausnahmslos den Nagel auf den Kopf, und gemeinsam habt ihr die Geschichte in eine neue Dimension gehoben. Bei Cornerstone danke ich auch Clare Kelly, Emina McCarthy und Natalia Cacciatore. Ihr wart alle so enthusiastisch und entschlossen, dass wir Erfolg haben werden.

Schließlich komme ich zu meiner wundervollen Familie. Mum, seit ich acht war, sagst du mir, ich kann schreiben, und hast nie aufgehört, mich zu unterstützen. Mir hat es nie an Liebe oder Ermutigung gefehlt. Ganz gleich, welche Entscheidungen ich traf, du hast mir bedingungslos beigestanden, und das ist das Wichtigste überhaupt. Ich weiß, wie stolz du bist, und ich weiß auch, wie stolz Dad wäre.

Meinem Ehemann John: Wahrscheinlich hätte ich mir vor fünf Jahren nicht die Zeit genommen, zu »sehen, ob ich ein Buch schreiben könnte«, wärst du nicht gewesen. Dein Glaube an mich schwankte nie, und das brauchte ich mehr, als ich dir jemals gesagt haben dürfte. Danke, dass du das Buch beinahe so oft gelesen hast wie ich, und für dein Input. Ich erzähle dir dauernd, dass du zu viel weißt, doch in diesem Fall habe ich es sehr geschätzt! Du bringst mich jeden Tag zum Lachen und bist der netteste Mann, den ich mir wünschen könnte. Danke, dass du du bist.

Und meinen wunderbaren Kindern Bethany und Joseph.

Meine größten Errungenschaften von allen. Ihr habt meine Welt auf den Kopf gestellt, und dafür liebe ich euch. Meine eigenen Worte werden dem Ausmaß meiner Liebe zu euch nicht gerecht, also borge ich mir eure: Bethany, ich liebe dich bis Pluto und mit der Unendlichkeit multipliziert zurück, und Joseph, ich liebe dich mehr als die mit der Unendlichkeit multiplizierte Ausdehnung des Universums. Folgt stets euren Träumen, meine Kleinen.